Un bébé pour le prince

*

Séduite par le Dr Ashwood

*

Coup de foudre à Palerme

CAROL MARINELLI

Un bébé pour le prince

Traduction française de
CÉCILE LOMBARD

BLANCHE

HARLEQUIN

Collection : Blanche

Titre original :
THEIR SECRET ROYAL BABY

Ce roman a déjà été publié en 2017

HARPERCOLLINS FRANCE
83-85, boulevard Vincent-Auriol, 75646 PARIS CEDEX 13
Service Lectrices — Tél. : 01 45 82 47 47 - www.harlequin.fr
ISBN 978-2-2804-7356-9 — ISSN 0223-5056

Composé et édité par HarperCollins France.
Imprimé en avril 2022 par CPI Black Print (Barcelone)
en utilisant 100% d'électricité renouvelable.
Dépôt légal : mai 2022.

MIXTE
Papier issu de sources responsables
FSC® C159065

Pour limiter l'empreinte environnementale de ses livres, HarperCollins France s'engage à n'utiliser que du papier fabriqué à partir de bois provenant de forêts gérées durablement et de manière responsable.

1.

— Tu es rentré chez toi pour Noël, Elias ?

Mandy, l'infirmière de garde, avait apporté du café et des gâteaux. Il était près de minuit, l'équipe pouvait enfin faire une pause après une série d'urgences dans le service.

— Non.

Elias Santini but une gorgée de café tout en mettant à jour le dossier de M. Evans, un patient qu'il venait d'adresser en cardiologie.

— Tu as travaillé, alors ?

Elias soupira. Comme toujours, les gens étaient curieux, ils voulaient des détails sur son existence… Il était interne d'urgence intérimaire, et bien qu'habitué du Royal Hospital, il effectuait des remplacements dans divers hôpitaux de Londres.

— Non plus. J'avais pris deux semaines de vacances, je suis allé passer le nouvel an en Ecosse.

Mieux valait livrer ce renseignement peu compromettant que répondre à la question qu'elle avait failli lui poser…

— De quel pays es-tu, exactement ?

Raté ! Il aurait été facile de mentir : avec son teint mat et son accent prononcé, il pouvait passer pour grec ou italien. Il parlait couramment les deux langues.

Pourtant, il était trop fier de son héritage pour ne pas dire la vérité.

— De Medrindos.

— Oh ! C'est là que nous avons fait notre voyage de noces, avec Marc ! J'aimerais tant y retourner un jour, pour voir si c'est toujours aussi beau !

— C'est toujours aussi beau.

— De quel endroit parlez-vous ? demanda Valerie, infirmière elle aussi, en choisissant un gâteau.

— Medrindos, le pays natal d'Elias. Une petite île en Méditerranée, un endroit merveilleux.

Il opina.

— C'est vrai. Les plages et l'eau azur attirent de nombreux touristes, comme les églises et le palais royal.

En réalité, c'était une principauté très fortunée, mais inutile de préciser qu'il était prince et second héritier du trône. Cela se saurait bien assez tôt…

Il aurait suffi que Mandy fasse une recherche sur Internet et déniche des photos de la famille royale… Ou qu'elle lise quelques titres de journaux sur les jeunes princes oisifs. Le frère d'Elias, Andros, faisait perpétuellement la fête à bord du yacht royal, le long des côtes de la Méditerranée.

Elias, lui, après une période de service militaire pour son pays, avait étudié la médecine à Oxford. Malgré son absolue discrétion, les médias avaient fini par découvrir son identité. Aussitôt, ses parents l'avaient rappelé auprès d'eux, et, deux ans durant, il avait mené la même vie dépravée que son aîné. Impunément, malgré les articles de presse… « Les princes sont princes », répétait sa mère à chaque nouveau scandale révélé par les journaux. Par exemple, cette femme qui avait prétendu être enceinte de lui…

Il avait eu beau nier, le Palais avait envoyé ses avocats, et la police. On avait même fixé les montants du dédommagement, pour le cas où l'enfant se serait avéré être de lui.

Il existait en effet des photos de cette jeune femme à côté de lui lors d'un grand mariage à Londres, et d'une fête dans un hôtel de luxe. Mais il n'avait pas couché avec elle.

Elle avait même eu l'aplomb de prétendre qu'il lui avait avoué son amour ! Elias n'en revenait pas. Sa mère au moins aurait dû deviner que cette effrontée mentait ; qu'il ait dit à une femme qu'il l'aimait était totalement absurde.

Pourtant, personne ne l'avait écouté. On avait préféré

attendre le résultat du test de paternité, qui avait soulagé tout le monde, lui excepté, bien entendu.

Il était sorti de cette histoire encore plus blasé, et convaincu que son existence était dénuée de sens et d'intérêt.

Le roi et la reine, refusant qu'il poursuive sa carrière de médecin, lui avaient alors suggéré d'épouser la princesse Sophie de Theodora, qu'ils avaient choisie pour lui. Il avait refusé et, quelques mois plus tard, était revenu en Angleterre, à Londres cette fois.

Depuis, il n'était retourné dans son pays qu'en de rares occasions, pour des cérémonies officielles où sa présence était souhaitée. Ici, il cultivait jalousement son anonymat en évitant toute relation personnelle. Un peu frustrant, mais c'était le prix à payer pour exercer le métier qui le passionnait.

— Comment va M. Evans, Elias ?

Roger, le spécialiste de garde, revenait de la chambre d'un patient.

— Je l'ai adressé en cardiologie, mais l'équipe est occupée aux soins intensifs, on ne pourra pas l'examiner tout de suite.

— Pourquoi n'essaies-tu pas de dormir un peu, pendant que tout est calme ? Je termine demain matin à 9 heures, mais toi, tu es de service tout le week-end.

— Bonne idée, dit Elias en prenant sa tasse de café.

Il se dirigea vers la porte, mais s'arrêta net.

— Roger, je me demandais si je pourrais te parler, lundi.

— Pourquoi pas maintenant ?

Mandy s'attardait dans la pièce, et Elias n'aimait pas les oreilles indiscrètes.

— Je préférerais lundi.

— Si tu veux, je repasserai ici une demi-heure avant la fin de mon service, demain matin.

— C'est gentil de ta part, merci.

Pour se rendre dans la chambre de garde, Elias traversa la salle d'observation, où un vieillard, admis un peu plus tôt, braillait la chanson *J'aime Glasgow, ma ville natale* d'une voix éraillée ; l'infirmière présente sourit à Elias.

— Il me faut des boules Quiès, dit-elle. A mon avis il en a pour un bon moment.

La voix de l'homme le suivit jusqu'à la chambre. Il mit en marche l'appareil qui neutralisait le bruit venant de l'extérieur, et éteignit la lumière.

Puis, ses baskets toujours aux pieds, il s'allongea sur le lit et ferma les yeux. La voix de baryton lui parvenait encore faiblement.

« J'aime Glasgow… »

Un nostalgique de son Ecosse natale… Elias, pour sa part, adorait Londres. Il y avait fait ses études secondaires, dans un pensionnat réputé, il s'y sentait chez lui. Bien entendu, jamais il ne renierait Medrindos, mais pourquoi ne pas concilier les deux ?

Mandy, ou une autre, découvrirait bientôt qui il était, il s'y était préparé. Il allait avoir trente ans, projetait de devenir spécialiste d'urgence, et regrettait simplement que son statut ne lui permette pas d'exercer dans son pays.

En tant que second héritier du trône, son rôle était minime. Son père, le prince Bruno, âgé de soixante ans, gouvernerait probablement encore une trentaine d'années avant qu'Andros lui succède.

Pour l'instant, Elias envisageait de postuler pour devenir chef de clinique dans le service.

Il glissa peu à peu dans une rêverie proche du sommeil. Sans doute inspiré par l'accent écossais du brailleur dont la voix étouffée lui parvenait toujours, il revécut la nuit qui l'avait marqué à jamais…

Ce soir-là, il était à bord du yacht royal, en pantalon noir et chemise blanche, car il y avait une fête. Alvera, la responsable des relations publiques, avait suggéré que la princesse Sophie y soit invitée, qu'on les voie danser ensemble, et qu'à l'aube on les découvre tous les deux en train de s'embrasser sur la plage.

Il revoyait le pâle sourire de Sophie, manifestement pas plus enthousiaste que lui. Or une danse et un baiser étaient suffisants pour établir une relation officielle, qu'il serait ensuite malaisé de rompre. Mieux valait ne rien entreprendre. Il était resté dans un coin discret et, après avoir subtilisé une bouteille de champagne, avait filé sans se faire remarquer.

Personne ne le vit marcher pieds nus le long de la jetée.

Sur la plage, heureux de fouler le sable encore chaud, il se sentit enfin libre. Il venait de s'accorder un délai…

Il se moquait des représailles. Sa mère, la reine Margarita, n'avait jamais été très présente dans la vie de ses fils, qu'elle confiait à des nurses. Il se souvenait d'un soir lointain où, alors qu'elle allait l'embrasser pour lui dire bonsoir, il avait renversé son verre de lait tant il était ému ; elle s'était aussitôt reculée.

— Peut-on s'occuper d'Elias, je vous prie ?

Il n'avait plus jamais voulu qu'on s'occupe de lui.

Il se tourna vers le yacht d'où lui parvenaient de la musique et des rires. Il ne regrettait pas de l'avoir quitté. Il était las de coucher avec des filles qu'il n'aimait pas et de mener cette existence oisive.

Tant pis si sa mère était furieuse. Quant à son père… Pour consoler son fils de ne pouvoir exercer la médecine, il lui avait proposé un poste de conseiller à la direction de l'hôpital de Medrindos. Mais les tâches administratives ne l'intéressaient pas. Son rêve, c'était de faire partie d'une équipe médicale et d'utiliser ses compétences et son intelligence.

Au moment où il débouchait le champagne, il avait entendu une voix…

— Vous fêtez quelque chose ?

La jeune femme était allongée sous un arbre, appuyée sur les coudes, comme si elle prenait un bain de lune. De longs cheveux bouclés tombaient en cascade sur ses épaules, mais l'obscurité ne permettait pas d'en deviner la couleur.

— Je suppose, oui.

— Je pensais que ce coin de paradis m'était réservé !

Il avait souri de son accent écossais.

— Je ne voudrais pas vous déranger…

— Pas de souci, avait-elle répondu en lui tendant un gobelet.

En le regardant verser le champagne, elle avait ri, dévoilant des dents étincelantes.

— J'ai cru que vous n'alliez jamais me le proposer !

— A votre santé !

— A la vôtre !

Il avait bu au goulot. Il était aux anges.

Elle avait désigné le yacht.

— On dirait qu'ils s'amusent, là-dessus !

— En effet, ce doit être une fête. Je m'appelle Elias.

— Elias ! Vite, Elias !

C'était la voix de Mandy ! Il s'agita, se redressa dans le lit tandis que la porte s'ouvrait ; la lumière du couloir entra à flots dans la chambre, et son merveilleux souvenir s'évanouit.

Il bondit. Sans aucun doute une urgence… Mandy repartait déjà en composant un numéro sur son portable. Il la rattrapa, et ils traversèrent le service en hâte.

— Une jeune femme, travail prématuré. Je viens d'appeler l'obstétrique, c'est la folie à la maternité, apparemment.

— Comme souvent… Ils n'attendent pas forcément un appel de chez nous en buvant leur café !

Le mois précédent, il avait mis tout seul un petit garçon au monde avant que l'équipe arrive. Par chance, l'accouchement s'était bien passé.

Et le bébé était à terme, au contraire de celui-ci…

Il sursauta en entendant sonner le code bleu.

— Je viens de signaler un arrêt cardiaque pour M. Evans. Et Roger qui est en réa avec un enfant malade !

C'était le chaos dans le service, comme d'habitude…

— De combien est-elle enceinte ?

— Vingt-neuf semaines. Elle a perdu les eaux, le bébé arrive très vite.

Devant le box, il prit une profonde inspiration pour se calmer. C'était son premier prématuré.

Un long gémissement émana de derrière le rideau.

— Comment s'appelle-t-elle ? demanda-t-il en entrant sans attendre la réponse.

Et il n'en eut pas besoin : c'était Beth.

Assise en tunique d'hôpital, les yeux fermés, un plaid la couvrant des pieds à la taille. Son incroyable chevelure de flamme relevée en un chignon qui commençait à s'écrouler, et ses mèches folles trempées de sueur. Il reconnut ses boucles d'oreilles, en or rose, ornées de rubis…

Les mêmes que cette nuit-là. Lorsqu'ils étaient entrés dans la villa où elle logeait, elle avait pris sous la lumière des couleurs enchanteresses, cuivre patiné pour les cheveux, rose pâle pour les lèvres. Et ses splendides yeux en amande du bleu pur de la mer.

A présent, Valerie l'entourait de ses bras.

— Retenez-vous le plus possible de pousser, Beth !

Il eut un instant d'hésitation. Et s'il demandait à Mandy d'aller chercher quelqu'un d'autre ? Pourrait-il échanger avec Roger ?

Mais il n'avait pas de temps à perdre en tergiversations et déplacements. Le bébé arrivait.

Etait-ce le sien ? Il ne pouvait pas se permettre d'y penser. Pas maintenant.

— Beth, le Dr Santini est là…

Beth ouvrit les paupières et croisa le regard… d'Elias. Car c'était Elias.

Jamais elle n'oublierait cette nuit-là…

Leur rencontre, le champagne, leur idylle, leurs baisers passionnés, et le merveilleux moment où ils avaient fait l'amour.

Ni, hélas, les conséquences de cette soirée, qui avaient déchiré sa famille et détruit sa vie.

2.

Le souffle court, incapable de parler, Beth secoua la tête avec frénésie, puis s'aperçut qu'Elias était en tenue de bloc bleu marine.

Et un badge affichait son nom… C'était donc lui, le médecin qui venait l'assister !

Non, c'était trop horrible ! Pas question qu'il apprenne de cette façon qu'il était père.

Tout allait de travers, et à une étonnante rapidité. Un quart d'heure plus tôt, elle rentrait à son hôtel, satisfaite de son travail. Désormais, elle avait devant elle l'homme avec qui elle n'avait passé qu'une seule nuit…

C'était un cauchemar, elle se réveillerait bientôt dans son lit d'hôtel !

— Je veux partir !

Elle fit mine de descendre du chariot, l'infirmière la retint.

— Rallongez-vous !

Elle se dégagea et, dans son mouvement brusque, la tunique tomba.

— C'est impossible… Je veux retourner à l'hôtel, je…

Elias saisit les mains de Beth. L'angoisse qu'elle ressentait n'était pas due qu'à sa présence à lui : le travail prématuré était en soi effrayant, et ce box n'avait rien de rassurant.

— Tout va bien, Beth.

Beth n'en revint pas. La voix d'Elias était tellement calme, il était si maître de lui… L'avait-il vraiment reconnue ?

Comment aurait-elle pu prévoir cette catastrophe ? Elle avait organisé l'inauguration du restaurant londonien de son meilleur client, M. Costas. La soirée avait été un succès. L'établissement était bondé d'amis et de relations du patron, dont la plupart, venus pour l'occasion, logeaient comme elle à l'hôtel situé juste en face. Tout s'était déroulé à merveille.

C'était à la fin, après le départ du dernier hôte, qu'elle avait eu très chaud. Malgré le froid vif de cette nuit de janvier, elle avait gardé son manteau sur le bras et était sortie en robe noire de laine, collants noirs et talons aiguilles.

L'air glacé l'avait rafraîchie, et elle était restée un instant immobile pour calmer la brûlure de ses joues. Au moment où elle se remettait en marche, elle avait ressenti une violente pointe de feu dans les reins.

Ce devait être ses talons hauts… Elle s'était penchée pour les ôter. Alors la douleur avait gagné son ventre gonflé. Elle avait plaqué une main dessus et constaté qu'il était très dur.

Puis la souffrance était passée, et elle s'était adossée à un mur pour retrouver son souffle.

Elle était en collant, ses souliers à la main, quand elle avait éprouvé une sueur froide et une subite nausée.

L'hôtel lui avait tout à coup paru très loin, à une distance infranchissable.

Elle avait sorti son téléphone. Que devait-elle faire, qui devait-elle appeler ? L'hôpital où elle était inscrite pour son accouchement ? Impossible, il était à Edimbourg…

Une ambulance ? Non, inutile. Elle n'avait plus mal nulle part. Avait-elle mangé quelque chose d'indigeste, ce soir ? Ce devait être son estomac qui protestait.

Mais une nouvelle douleur l'avait pliée en deux. Pas aussi forte que la première, mais bien plus que les fausses contractions décrites par la sage-femme, et qu'elle devait paraît-il s'attendre à ressentir. Un tiraillement dans le bas-ventre lui avait coupé le souffle, comme si le bébé était descendu et appuyait.

Elle devait se rendre à l'hôpital sans tarder… Elle héla un taxi, qui ralentit.

— L'hôpital le plus proche ?

— Le Royal ?

— S'il vous plaît.

Le cœur battant la chamade, elle s'était installée sur le siège en se reprochant d'être trop douillette. Qui prévenir ? Ses parents ? Pas question. Ils étaient furieux et honteux qu'elle soit enceinte. Depuis qu'elle avait quitté la maison, elle ne pouvait espérer aucune aide de leur part.

Bien entendu, sa mère lui rendait parfois visite chargée de pull-overs et de chaussettes spécialement tricotés pour elle, et son père lui avait envoyé une longue lettre précisant que l'enfant n'était pas responsable de la situation, avec un chèque pour lui acheter des affaires.

Et si elle appelait Rory, son ex ?

Pourquoi l'ennuyer à minuit passé ? Il n'était pas le père…

Elle s'exhorta au calme. Elle ne souffrait plus, et même si elle était sur le point d'accoucher, on pouvait stopper le travail. L'une de ses amies en avait fait l'expérience. Non, pas de problème, elle s'en sortirait.

En espérant que le bébé aille bien…

Un nouveau coup de poignard la frappa au ventre, plus violent que le premier, cette fois. Elle se recroquevilla sur le siège en gémissant.

— Ne vous en faites pas, jeune dame, nous arrivons ! fit le chauffeur.

Il se gara devant les urgences et klaxonna en faisant de grands moulinets des bras pour qu'on vienne les aider. Beth vit un garde de sécurité se précipiter à l'intérieur.

Elle avait du mal à respirer et les jambes si faibles qu'elle doutait de pouvoir bouger, mais la douleur était passée. Elle n'en était qu'au début des contractions, et, pour un premier-né, l'accouchement pouvait durer des jours… Elle ressentit un tel soulagement qu'elle sortit son portefeuille pour payer la course.

— Combien vous dois-je ?

Sa voix lui parut vaguement normale.

— Rien, jeune dame, c'est pour moi, répondit le chauffeur.

— Si, je vous en prie ! dit-elle en lui tendant des billets.

Elle désirait tant que ce soit un trajet ordinaire, un soir comme les autres…

— Vous allez prendre cet argent ! hurla-t-elle soudain.

Elle perdait les pédales… Elle s'efforça de se maîtriser.

Elle brandissait toujours ses billets quand une infirmière ouvrit la portière. Une autre se tenait à côté avec un fauteuil roulant.

— Je me débrouille toute seule ! cria Beth en agrippant la poignée placée au-dessus de la fenêtre.

— Nous allons vous aider, répondit l'infirmière.

Beth n'avait pas le choix… Son manteau sur le bras et ses souliers à la main, elle tremblait comme une feuille.

— Je m'appelle Mandy, et voici Valerie. Et vous ?

— Beth.

— De combien êtes-vous enceinte, Beth ? demanda Mandy en l'installant dans le fauteuil.

— Vingt-neuf semaines.

Elles lui firent traverser un service en ébullition. Par des portes ouvertes, Beth entrevit un enfant qui semblait au plus mal, puis un homme à qui on faisait visiblement un massage cardiaque. Ces deux infirmières n'auraient-elles pas été plus utiles auprès de ces gens-là ?

Dans le box, alors qu'elles lui posaient des questions, elle sentit un flot de liquide chaud coulé entre ses jambes.

— Je me suis mouillée…

Honteuse, elle fondit en larmes pendant qu'on l'aidait à s'allonger sur le chariot.

Mandy lui ôtait ses collants et Valerie tentait de l'extraire de sa robe quand une réceptionniste était entrée.

C'était effrayant d'être exposée ainsi, presque nue ! Mais

très vite, Mandy la couvrit d'un plaid, puis tira son portable de sa poche et sortit, l'air soucieux.

— Il nous faut votre nom et votre adresse complète, dit la réceptionniste.

— Elizabeth Foster.

— Votre adresse, Elizabeth ?

— Beth ! répondit-elle d'une voix haut perchée.

Elle ne supportait pas qu'on l'appelle « Elizabeth ». Ses parents ne le faisaient que lorsqu'ils étaient fâchés contre elle.

— Navrée, Beth. Votre adresse…

Elle la donna.

— Edimbourg ? Vous êtes loin de chez vous, dit Valerie.

— Je suis à Londres pour mon travail.

— Il nous faut également le nom de la personne à prévenir.

Beth secoua la tête.

— S'il vous arrive quelque chose, Beth, nous devons savoir qui informer.

C'est-à-dire appeler ses parents en pleine nuit pour leur annoncer une mauvaise nouvelle… Non, impossible.

— Rory.

— C'est votre compagnon ?

— Mon ex, mais il est ami avec ma famille. Il aura le tact nécessaire pour leur parler, si jamais… Passez-moi mon portable, son numéro est dessus.

Elle le donna, tout en regardant avec terreur une soignante brancher une couveuse.

— Je n'en suis qu'à vingt-neuf semaines, c'est trop tôt ! Ne pouvez-vous pas m'administrer quelque chose pour stopper le travail ?

Valerie l'entoura de son bras.

— Cessez de vous inquiéter, nous sommes avec vous, et le médecin arrive.

— Il faut que je pousse !

— Non. Attendez qu'il soit là.

Beth ferma les paupières très fort et résista de toutes ses forces.

Mais tout alla de mal en pis, parce que soudain, en ouvrant les yeux, elle reconnut Elias. Le père de son enfant.

— Non !

Elle tenta de descendre du chariot et déclara qu'elle voulait rentrer chez elle.

Elle n'avait qu'une envie : partir en courant. Mais où ? Le bon sens qu'il lui restait protestait, et Elias aussi. Il lui prit les mains et la tint par les poignets pendant qu'elle s'agenouillait. La tunique lui tomba des épaules, exposant ses seins.

Elle s'en moquait complètement.

Il était si calme… Impossible qu'il l'ait reconnue. Elle, elle ne l'oublierait jamais. Elle ne pensait pas le revoir un jour… Et elle ne détachait pas le regard de ses yeux noirs qui l'avaient séduite si rapidement.

Il portait une tenue bleue froissée, et ses cheveux étaient plus longs que dans son souvenir… Elle eut envie de les rejeter en arrière pour dégager son front, et observa sa barbe naissante. Il avait l'air d'avoir été éjecté de son lit…

— Beth, l'équipe d'obstétrique est en route. En attendant, c'est moi qui suis de garde aux urgences.

— Non ! hurla-t-elle. Je veux un obstétricien !

Valerie lui tapota l'épaule.

— Le Dr Santini sait ce qu'il fait. Le mois dernier, il a mis au monde un magnifique petit garçon. Vous êtes entre d'excellentes mains.

Bon sang, elle ne contestait pas sa compétence ! Elle ne voulait pas de cet homme auprès d'elle, voilà tout. Elle le vit passer tranquillement une blouse jetable et des gants.

— Je ne te savais pas si précautionneux !

Elias comprit l'allusion : il n'avait pas pris le temps d'employer un préservatif, cette nuit-là ; et il était peut-être confronté à la conséquence de sa négligence…

Impossible d'y réfléchir en ce moment. S'il commençait à imaginer qu'il allait mettre au monde son propre enfant…

— Concentrons-nous sur le bébé.

Beth croisa son regard, et lut l'angoisse au fond de ses yeux.

— Pouvons-nous brancher l'oxygène, Valerie ?

L'infirmière s'efforçait de capter le rythme cardiaque du bébé à l'aide d'un doppler.

Beth était nue, terrifiée et vulnérable.

— Me permets-tu de t'examiner, Beth ?

Une alarme sonna, de nouveau, et elle entendit réclamer un anesthésiste. Etait-ce pour l'homme qu'on tentait de réanimer ? Ou pour cet enfant qu'elle avait entrevu ?

Ainsi, seul Elias était disponible. Et peut-être était-ce aussi difficile pour lui… Sa voix était tendue.

Elle acquiesça de la tête.

— Tout est arrivé très vite… J'allais bien, et… J'ai si peur…

— Sais-tu quand les contractions ont commencé ?

— Non… Je sortais du restaurant… Environ minuit.

Il jeta un coup d'œil à la pendule. Il était à peine minuit vingt.

La pauvre… Et pas seulement parce que c'était elle. Il s'agissait d'un accouchement précipité, où l'utérus expulsait le fœtus très vite. Les prématurés naissaient plus facilement que les autres, mais c'était vraiment expéditif, les contractions étaient souvent violentes et épuisantes.

— Peux-tu me donner quelque chose pour stopper le travail ?

Il crispa les mâchoires.

— Beth, il est trop tard. Nous allons essayer de ralentir au maximum la dernière phase. Si tu pouvais ne pas pousser…

Il tenterait de contrôler la délivrance à la main, car une naissance si rapide risquait d'endommager le cerveau de l'enfant.

Il aurait besoin d'assistance et de matériel quand l'enfant serait là. Il regarda Mandy.

— Nous l'emmenons en réa ?

Mandy secoua la tête.

— C'est complet. L'obstétrique arrive, de toute façon.

— OK.

Il avait plusieurs fois vu l'équipe en action. Elle venait avec tout le nécessaire, et pouvait transformer n'importe quel box en salle de soins intensifs néonataux, voire en salle d'opération.

Il tâta la tête du bébé, et la trouva minuscule.

— Il faut que je pousse ! cria Beth.

— Non. Respire à fond, lentement, essaie de te retenir. Donnons à ce bébé une naissance douce.

Une autre contraction arrivait, et elle gémit.

— C'est trop tôt, sanglota-t-elle.

— C'est ainsi, on n'y peut rien, Beth.

La douleur passa. Bizarre, les mots d'Elias avaient apaisé Beth. C'étaient ceux de son père quand l'un de ses paroissiens venait demander du soutien dans une période troublée. Il les écoutait s'épancher, raconter leurs drames et leurs peurs, et ensuite, il prononçait ces paroles, et faisait son possible pour les aider à tourner la page. Pourtant, il n'avait pas réussi à le faire pour elle. Il n'avait pas pu accepter que sa merveilleuse fille, si bien élevée, se soit mal conduite.

Elias, lui, l'acceptait. Elle l'écouterait donc.

— Continue à respirer à fond, pour fournir beaucoup d'oxygène au bébé. Concentre-toi.

— Je m'y efforce, mais…

— Rien d'autre ne compte, en ce moment.

Il avait raison, leur histoire pouvait attendre…

Elias voyait déjà les cheveux du bébé, aussi roux que ceux de sa mère, comme elle le découvrirait elle-même bientôt.

Il jeta un coup d'œil à l'équipement installé et à la couveuse, à présent chaude, prête à accueillir l'enfant, et remercia Mandy d'un signe de tête. L'infirmière avait préparé des ciseaux et des clamps pour le cordon, une serviette stérile pour prendre le nouveau-né. Elle sortait à présent un produit qu'on injecterait à Beth pour délivrer le placenta.

— Tu te débrouilles bien, Beth.

Elle semblait épuisée, ses cheveux étaient trempés de sueur. Ses taches de rousseur ressortaient sur sa peau dont la pâleur naturelle était accentuée. Pourtant, elle s'appliquait à respirer profondément.

Le seul bruit audible de la pièce était le rythme cardiaque du bébé, fort et rapide.

— Savez-vous si c'est un garçon ou une fille ?

— Je voulais que ce soit une surprise.

Ils échangèrent un sourire, puis elle se crispa.

— Une autre contraction !

Ses jambes tremblaient sous l'effort qu'elle faisait pour se retenir. Mais son utérus se contracta malgré elle, et la tête fut expulsée. Elias fit glisser le cordon par-dessus.

— Prête à faire la connaissance de ton bébé ?

— Non ! s'écria-t-elle en tendant les bras.

Il regarda les petits yeux en amandes s'ouvrir, et le corps suivit. C'était une fille.

— Hello, bébé ! murmura-t-il en souriant.

Beth s'aperçut qu'Elias était ému aux larmes. En fin de compte, son bébé avait été mis au monde avec amour… Et elle se sentait en sécurité.

Elias laissa Mandy couper le cordon et observa sa fille, qui clignait des paupières et prenait sa première inspiration. Elle referma les yeux, ouvrit la bouche et poussa un petit cri, puis se mit à pleurer.

Sans attendre que Mandy l'enveloppe dans la serviette stérile, il la passa à Beth, et les pleurs cessèrent aussitôt.

— Une fille ! s'écria Beth, tandis que le bébé, couché sur son ventre, découvrait l'odeur de sa mère et retrouvait le bruit familier de son cœur.

Mandy les recouvrit toutes deux d'une couverture et tint le masque à oxygène devant le visage du bébé, alors qu'Elias s'efforçait d'oublier qu'il en était le père.

Lorsque Beth croisa le regard de sa fille, toutes ses peines s'évanouirent.

— Oh ! ma chérie ! dit-elle en sanglotant.

— Mettons-la dans la couveuse, Beth. Je dois faire des tests.

— Je t'en prie, Elias, encore un petit moment…

Quand il la coucha, la petite fille protesta.

— Comment va-t-elle ? demanda Beth.

— Score d'Apgar, 7, excellent pour une prématurée. Le tonus musculaire est faible, mais c'est normal.

Il passa le relais à l'équipe d'obstétrique qui venait d'entrer, et les regarda installer leur matériel.

Mandy avait disparu. Le volume sonore augmentait, hors du box, mais il refusait de penser à ce qui l'attendait. Il fixait la nouveau-née, qui semblait s'affaiblir de minute en minute. Ses narines frémissaient, comme si elle ne parvenait pas à respirer correctement, et ses membres devenaient flasques.

— Elias, j'ai besoin de toi !

C'était Mandy, qui passa la tête par le rideau.

— J'arrive.

— Un enfant de deux ans, qui fait des convulsions…

Il ne bougeait pas.

— Elias ! hurla Mandy par-dessus son épaule en se dirigeant vers la salle de réa.

Il regarda Beth, que Valerie réconfortait tandis qu'une sage-femme l'examinait. Elle lui jeta un bref regard.

— Elias !

Cette fois, une alarme sonna, et il ne put plus rien pour son enfant. Même s'il leur disait qu'il était le père, on lui demanderait de passer à la suite. Il était médecin d'urgence, de service en ce moment.

— Je reviens, Beth !

Mais elle ne le regardait plus. Elle délivrait le placenta en jetant des regards anxieux à la petite foule qui entourait sa fille.

Qui était aussi la sienne à lui. A présent, il s'autorisait à le penser.

3.

Elias était parti. Beth avait compris qu'il n'avait pas le droit de s'attarder, que d'autres tâches l'appelaient.

Pourtant, elle ne comprenait plus grand-chose : il était minuit vingt-neuf ; moins d'une demi-heure plus tôt, elle était dans la rue, en train de se demander que faire…

Désormais, elle était mère, et personne ne lui expliquait ce qui se passait. Elle saisissait des mots épars : « Surfactant », « ventilation artificielle », « PPC ».

— Emmenons-la dans le service !

Elle venait de se rendre compte qu'on lui avait posé une perfusion, et tremblait sous sa couverture en écoutant la conversation pendant que la sage-femme mesurait sa tension.

— C'est plein, il faut la transférer à St. Patrick.

— Non ! Vous ne pouvez pas me l'enlever !

— Ne vous inquiétez pas, dit la sage-femme, nous vous enverrons la rejoindre dès que possible.

— Je veux rester avec elle !

— Tension, 9/5. Combien avez-vous, d'habitude ?

La tête lui tournait, des petits points blancs passaient devant ses yeux. Elle se souvenait vaguement d'avoir entendu que sa tension était basse, mais les chiffres lui échappaient. Impossible de répondre.

— Je vous allonge complètement. Prenez quelques profondes inspirations.

Encore ! Elle entendait les battements de cœur de sa fille, qui lui parurent rapides, même si elle ne pleurait plus depuis un moment. Un médecin, qui se présenta comme le néonatalogiste, vint lui annoncer qu'on transférait son bébé, qui serait mieux aux soins intensifs néonataux.

— Puis-je aller avec elle ?

— Navré, l'ambulance sera pleine de monde et de matériel.

— Je m'assiérai dans un coin.

— Vous n'êtes pas en état de rester assise.

— Puis-je au moins la voir ?

Tout ce qu'elle vit, ce fut une touffe de cheveux roux, des tuyaux et des machines...

Le box était très calme, maintenant.

Mandy revint avec une poche à perfusion.

— J'ai demandé une ambulance pour vous, Beth, mais vous attendrez peut-être un peu ; nous faisons passer les urgences d'abord.

Par chance, on vint la chercher à peine un quart d'heure plus tard. La sage-femme accompagna son chariot, et Mandy lui sourit.

— Je prendrai des nouvelles du bébé demain matin avant de partir. Vous avez choisi un prénom ?

— Pas encore.

Pourtant, elle en avait un en tête : Eloise, dont la sonorité rappelait celle d'« Elias » — qu'elle entrevit dans la salle de réa en passant.

Le trajet en fourgon fut rapide. Dix minutes plus tard, pendant qu'on la conduisait au service de maternité, elle repéra dans les couloirs les panneaux indiquant les soins intensifs néonataux.

On l'installa dans un lit.

— Comment va ma fille ?

— Nous vous donnerons des nouvelles dès que nous en aurons.

L'effroi lui serra la poitrine. Toujours cette même réponse... Et elle était totalement impuissante...

Elias ne s'était jamais senti aussi malheureux. Il lui arrivait de se demander s'il était bon médecin… Comme ses amis le lui faisaient parfois remarquer, tout lui avait été offert sur un plateau : il avait reçu la meilleure éducation possible dans l'un des pensionnats anglais les plus renommés, et fait la fac de médecine à Oxford… Pourtant, ce soir, il avait eu la preuve qu'il était compétent, qu'il méritait son diplôme. Il avait réussi à mettre au monde un prématuré — qui était en outre son propre enfant —, sans montrer sa terreur.

Et il avait eu le cœur déchiré de devoir quitter le box avant de savoir ce qu'il en adviendrait.

Bien entendu, s'il avait déclaré que cette mère et son enfant étaient liés à lui, on l'aurait sans doute autorisé à rester, mais il n'aurait été d'aucune utilité…

En entrant en salle de réa où une jeune maman sanglotait devant son fils atteint de convulsions, Elias fut pris de nausée.

Toutefois, il parvint à se concentrer, administra le produit nécessaire et interrogea la mère. Il fit une prise de sang, puis remplit les fiches et demanda une radio pour vérifier qu'il ne s'agissait pas d'une pneumonie.

En même temps, il ne pouvait s'empêcher de penser qu'il aurait dû être là-bas, avec la mère de sa fille…

Ayant vu Valerie passer avec un incubateur, il soupçonnait qu'on les avait transférées toutes les deux.

Il alla ensuite faire son rapport au pédiatre, et en chemin croisa Roger.

— Puis-je te dire un mot, Roger ? On vient de m'informer d'un problème urgent dans ma famille.

— Tu n'as pas l'air bien, en effet. J'appelle Raj tout de suite.

Roger passa un bref coup de téléphone et raccrocha.

— Il part à l'instant, mais il risque de ne pas être là avant une demi-heure.

— Merci.

De nouveaux patients affluaient. Impossible d'attendre sans rien faire… Il traita un cas d'empoisonnement. Alors qu'il mélangeait du charbon activé pour le faire boire à la jeune fille, il vit passer Mandy avec un poste à perfusion.

— Comment va le bébé ?

Elle eut un geste vague.

— Il est à St. Patrick.

— Et la mère ?

— Elle l'a rejoint dans une autre ambulance. La pauvre ! Ce doit être terrifiant d'être loin de chez soi dans un moment pareil. Elle était à Londres pour le travail.

Elle le dévisagea.

— Il paraît que tu as reçu de mauvaises nouvelles ? Navrée, mais il faudrait que tu remplisses le dossier avant de partir. Ce bébé doit être enregistré.

— Bien sûr.

Il fit boire sa patiente, la laissa aux soins de son petit ami, se rendit au comptoir des infirmières et se mit à la tâche.

Elizabeth Foster, vingt-trois ans. Elle habitait à présent Edimbourg, alors qu'elle vivait auparavant à Dunroath, un modeste village de pêcheurs sur la côte est de Fife.

Et elle avait donné Rory comme personne à prévenir… S'étaient-ils remis ensemble ? Il fronça les sourcils. Et si l'enfant n'était pas de lui ? Il sourit. Au fond de lui-même, il était convaincu que si : la date ne trompait pas.

Le soir de leur rencontre, Beth s'était décrite comme une « fille du presbytère » et il n'avait pas compris, alors. Maintenant, il savait que son père était pasteur, et très strict.

Les derniers mois n'avaient pas dû être drôles pour elle…

Il rédigea ses notes et termina en indiquant que la patiente avait été transférée à St. Patrick.

Puis il passa aux observations sur sa fille. Soudain, il eut un coup au cœur et ses mains tremblèrent : bon sang ! C'était également son héritière… Le Palais avait coutume de citer le nom du médecin qui mettait au monde un enfant royal. Il imaginait déjà les gros titres des journaux…

Mais par-dessus tout, il pensait au bébé, à son petit crâne

couronné de cheveux roux. A ses difficultés à respirer, et à ses membres inertes.

Il se prit la tête dans les mains. Que faisait-il ici ? Les larmes lui picotèrent les paupières, et la panique monta.

— Elias, ça va ? demanda Roger. Raj est là, tu peux partir.

— Merci.

Il se rua dans la chambre de garde pour se changer, puis traversa la salle d'observation où le patient, inlassable, chantait toujours « J'aime Glasgow… ».

Pour gagner du temps, Elias prit l'issue de secours.

S'il faisait part à sa famille de ce qui se passait, la machine se mettrait en route aussitôt : les avocats, les médecins qui exigeraient des tests… On lui demanderait de rester en retrait et de laisser le Palais s'occuper de tout.

Une princesse venait de naître, et Beth ne le savait pas. Car un peu plus de sept mois plus tôt — précisément vingt-neuf semaines —, cette nuit-là, il avait décidé de ne rien dévoiler de lui.

Mais quoi que sa famille puisse penser de cette rencontre de hasard, le destin leur avait offert, à Beth comme à lui, un merveilleux cadeau.

4.

Affaiblie et somnolente en dépit de son affolement, Beth tomba dans une sorte de torpeur qui la ramena sept mois et demi plus tôt…

Elle était aux anges, sur l'île grecque où elle avait organisé le vingt-cinquième anniversaire de mariage de George et Voula Costas. Des sentimentaux, ces deux-là… Ils étaient nés et s'étaient mariés sur cette même île. L'anniversaire de mariage s'était déroulé à merveille, quelques invités poursuivaient les festivités. En se débarrassant de ses sandales dans l'entrée de sa villa, Beth souriait.

Un cocktail dans un gobelet en carton à la main, cadeau du serveur, elle n'aspirait qu'à une chose, après ces deux journées épuisantes : se détendre.

Elle enclencha le ventilateur de sa chambre, car la nuit était très chaude, puis ôta sa robe en lin et détacha ses cheveux.

Comme elle allait s'allonger, le téléphone sonna. Sans doute son père, curieux de savoir si tout s'était bien passé… Un prétexte pour vérifier qu'elle était rentrée.

Elle eut envie de ne pas répondre. Elle avait vingt-deux ans, après tout ! C'était son premier voyage hors de l'Angleterre, et elle venait de se séparer de Rory, son petit ami depuis pas mal de temps. Mais il était deux heures de plus en Grande-Bretagne, son père avait dû veiller tard pour l'appeler. Sa mère et lui s'inquiéteraient… Elle décrocha.

— Coucou, papa !

— Tu n'as pas l'air surprise de m'entendre ?

— Je me doutais que tu appellerais…

Elle fit un effort pour garder son calme. Son père connaissait les Costas et la plupart des invités. Même s'il s'inquiétait que sa fille soit si loin, il était vraiment intéressé par la soirée.

— Nous voulions juste savoir comment ça s'était passé. Voula a-t-elle été surprise ?

— Oh oui ! Tu aurais dû voir sa tête !

— Elle ne se doutait vraiment pas des projets de George ?

— Absolument pas !

Après quelques minutes, Beth mit fin à la conversation et s'allongea sur le lit, mais son enthousiasme l'avait quittée. Ses parents, qu'elle aimait beaucoup par ailleurs, la surveillaient de trop près. Son père était d'une austérité terrible.

Pourtant, elle avait eu une enfance de rêve, entre un père et une mère déjà assez âgés quand elle était née. Le presbytère recevait pas mal de visiteurs, surtout étrangers, ce qui la ravissait. Bien entendu, elle était tenue à un comportement exemplaire, par respect pour la réputation de sa famille, mais, même au cours de son adolescence, elle n'avait pas souffert d'être fille de pasteur. Elle était libre d'explorer les plages ou d'aller camper, de sortir le soir, de lire des livres interdits… Elle avait pas mal d'amis, et les garçons ne l'attiraient pas particulièrement.

Hélas, dès qu'elle avait atteint l'âge adulte, les problèmes avaient commencé. Ses parents souhaitaient l'orienter vers l'école d'infirmières ou le professorat, et elle était impatiente de partir étudier à Edimbourg, où elle pensait partager un appartement avec son amie Shona.

Hélas, son père avait d'autres projets… Il avait trouvé à la loger pour la semaine chez l'un de ses amis, elle devait rentrer au village pour les week-ends et les vacances.

Beth s'était disputée avec lui, en vain… Mais très vite, elle avait compris qu'elle n'était pas faite pour être infirmière ou institutrice. Cela n'avait été qu'un prétexte pour quitter la maison familiale.

Elle soupira. A présent, même si elle avait regagné le presbytère, elle volait de ses propres ailes… Elle se leva et se drapa dans un sarong avant d'ouvrir un volet pour regarder dehors. Quelle nuit merveilleuse ! Le ciel et la mer étaient d'un bleu sombre, des milliers d'étoiles scintillaient autour du mince croissant d'argent de la lune. Les arbres se balançaient sous la brise ; sur l'eau, un yacht illuminé était entouré de bateaux plus modestes. M. Costas lui avait parlé de jeunes princes qui donnaient une fête…

Soudain, elle eut envie de sortir, de marcher, de profiter de cette nuit de liberté.

Elle tira de son placard une robe droite de couleur verte trouvée sur un marché et qu'elle ne rapporterait pas à la maison parce qu'elle dévoilait trop son anatomie pour ses parents. Puis elle décida de laisser ses cheveux lâches et de rester pieds nus. Son gobelet de cocktail à la main, elle sortit. Elle avait besoin de réfléchir, loin du bruit de la fête des Costas, loin du presbytère. A présent qu'elle avait rompu avec Rory, elle souhaitait réfléchir à son avenir.

La route traversée, elle foula le sable doux. Des rires et de la musique émanaient du yacht. Elle s'assit sous un palmier qui se balançait dans la brise…

Ce fut alors qu'elle l'aperçut. Un homme grand, carré, qui arrivait au loin en longeant le rivage. Il tenait une bouteille à la main, et marquait parfois un arrêt pour se tourner vers la mer. Qui était-ce ? Sa démarche était souple et féline. Il l'intriguait… Quand il s'arrêta près d'elle, elle comprit que la pénombre la dissimulait à ses yeux. Il semblait contempler l'eau d'un air songeur, et elle eut envie d'en savoir plus. En entendant le bruit caractéristique d'un bouchon de champagne qui saute, elle sourit.

— Vous fêtez quelque chose ?

Il tressaillit et se retourna, visiblement surpris de ne pas être seul.

— Je suppose, oui.

Il brandit la bouteille dans sa direction, et elle tendit son gobelet.

— J'ai cru que vous n'alliez jamais me le proposer !

Il s'appelait Elias. Tout en tapotant le sable à côté d'elle pour l'inviter à s'asseoir, elle hésita à poursuivre la conversation. Que penserait son père de son comportement ?

— Moi, c'est Beth. Alors, pourquoi ce champagne ?

— Pourquoi pas ? Vous êtes en vacances ?

— Pas du tout ! En fait, si, je suis venue pour mon travail, mais j'ai officiellement terminé depuis un quart d'heure.

— Que faites-vous, dans la vie ?

— J'organise des événements.

Elle désigna de la tête l'hôtel situé derrière eux, d'où provenaient également de la musique et des rires.

— Il m'a fallu trois mois pour préparer les noces d'argent de mes clients.

— Pff ! Vingt-cinq ans, c'est long !

— J'étais de votre avis avant, mais leur façon de célébrer cet anniversaire m'a appris deux ou trois choses.

— Par exemple ?

Elle fit un geste vague.

— Peu importe. Et vous, que faites-vous dans la vie ?

Il marqua une légère hésitation.

— Je suis médecin.

— C'est un beau métier. Un métier *respectable.*

— Pourquoi prononcez-vous ce mot ainsi, comme si vous imitiez quelqu'un ? Votre métier ne l'est pas aux yeux de certains ?

Inutile d'entrer dans les détails. Au presbytère, où l'on recevait souvent de futurs mariés, son père lui confiait depuis toujours l'organisation du repas et de la réception. L'été, il pouvait y avoir trois mariages dans le week-end, elle connaissait les possibilités de tous les restaurants.

Elle avait donc fait part de son idée à son père.

« Tu veux faire payer les gens pour organiser leur fête ? En faire ton métier ? » avait-il demandé, visiblement horrifié.

— Pourquoi ne pas vivre d'un travail que j'aime faire et pour lequel je suis douée ?

— Ce n'est pas une profession pour une femme. »

Elle soupira.

— En effet, ça ne plaît pas à tout le monde. Mais à moi, si. M. Costas, qui possédait un restaurant à Dunroath, le village où je suis née, m'a chargée de l'inauguration de celui qu'il ouvrait à Edimbourg. Comme il était satisfait de moi, il m'a engagée pour son anniversaire de mariage ici.

Elle rit.

— Vous auriez dû voir la tête de sa femme quand elle est entrée dans la salle de réception tout à l'heure ! Elle a d'abord cru à une coïncidence, puis elle a réalisé que toutes les tables étaient occupées par des proches, amis et parents de leur couple. M. Costas voulait lui faire la surprise…

— Dans ces conditions, ça n'a pas dû être facile à organiser !

— Non, d'autant que j'avais en même temps des problèmes personnels à régler…

— C'est-à-dire ? demanda-t-il en remplissant son verre.

Elle regarda la mer, des rires émanaient toujours de l'hôtel et du yacht. Soudain, elle n'avait plus envie de s'amuser…

— C'est à cette période que j'ai décidé de me séparer de mon petit ami. Rory était vraiment un chic type, tout le monde était certain que nous allions nous fiancer.

— Alors, pourquoi avoir rompu ?

— J'écoutais M. Costas m'expliquer ce qu'il souhaitait faire pour surprendre sa femme. Après vingt-cinq ans, il était toujours aussi enthousiaste à la perspective de la rendre heureuse. Quand il décrochait son téléphone et que c'était elle, je voyais son visage s'éclairer aussitôt. J'ai pris conscience que je n'aimais pas Rory. J'avais dix-huit ans la première fois que je suis sortie avec lui. Notre histoire a duré quatre ans…

— Tant que ça ! s'exclama Elias. Moi, je n'ai jamais tenu plus de… Je n'ai pas vraiment compté, mais pour moi, quatre semaines, c'est déjà long.

Elle ne répondit pas. A quoi bon évoquer la surveillance constante dont elle faisait l'objet ? La première année, Rory et elle prenaient un café ensemble au foyer du temple après l'office. La seconde, il l'invitait au restaurant une fois dans le week-end avant de la reconduire chez elle.

Bien entendu, ce sage garçon, éduqué aussi strictement qu'elle, était prêt à attendre le mariage pour aller au-delà d'un baiser…

C'était elle, plus impatiente, qui avait fait le premier pas. En couchant avec lui, elle s'était aperçue qu'il leur manquait… la passion.

— A la fin, Rory m'a annoncé qu'il comptait demander ma main à mon père. Ça peut paraître bizarre, mais…

— Pas du tout.

— Je suis une fille du presbytère. Il y a deux moyens d'en sortir : dans un cercueil, ou en robe de mariée.

— Je comprends, dit-il en posant la main sur la sienne.

Elle en fut agréablement surprise. Sa peau était chaude, et ses doigts se serrèrent autour des siens pour ne plus les lâcher.

— Mes parents étaient mécontents que je vienne ici.

— Pourtant, vous êtes là !

— J'ai dû insister, mais je ne le regrette pas.

Curieusement, elle d'ordinaire si réservée éprouvait le besoin de se confier.

— Et pourtant, je ne parle pas grec…

— Difficile, pour travailler ici !

— En général, les gens parlaient anglais, ou sinon, je trouvais un interprète. Mon accent écossais est quelquefois un obstacle…

— Pour moi, il est charmant.

— Merci. Et vous, vous êtes en vacances ?

— Aussi, oui. Quand repartez-vous, Beth ?

Elle soupira. C'était passé si vite !

— Lundi. Demain matin, je dois vérifier que les invités ont été satisfaits de l'hôtel, et que tout le monde a été payé. Mais j'ai l'après-midi et la soirée pour moi. Et vous ?

— Navré, je suis obligé de partir en fin de matinée.

Elle en fut attristée. Ils n'avaient que ce soir…

— Voulez-vous que nous allions danser ?

— Je ne suis pas très douée, je n'ai jamais appris.

— Difficile à croire…

Sans répondre, elle leva les yeux vers le ciel. Elle éprouvait une plénitude inconnue.

— Et on est si bien, ici !

Un téléphone vibra, Elias s'assit pour le tirer de sa poche. Il allait partir… Elle sentit sa gorge se serrer. Pourtant, à sa grande surprise, il éteignit l'appareil sans même lire le nom de son correspondant, et le posa près de la bouteille vide.

— On ne vous attend pas ?

— Pas encore, dit-il en se remettant sur le dos. Et vous ?

Elle hésita. C'était le moment idéal pour trouver une excuse et rentrer à la villa. Si elle en avait eu envie…

Elle s'allongea à côté de lui, et remarqua qu'il regardait fixement ses cheveux, qui devaient rougeoyer sous le reflet de la lune.

— Vous êtes rousse ?

— Oui.

— Et vos yeux, de quelle couleur sont-ils ?

— Bleus. Et les vôtres ?

— Gris, et j'ai les cheveux noirs.

— Je le vois.

Ainsi que l'ombre de ses pommettes et de sa bouche pleine…

Malgré la pénombre, elle vit son regard plonger dans le sien. Allait-il l'embrasser ? Elle en trembla d'anticipation.

S'il s'était penché sur elle, elle ne l'aurait pas repoussé. Mais c'était visiblement autre chose qui l'intéressait. Il se leva, et elle le regarda, intriguée, sortir son portefeuille et le placer près de son téléphone, à côté de la bouteille vide.

Puis il se tourna vers elle et lui tendit la main.

— Venez, dansons, Beth. Ici même, si vous tenez à rester sur cette plage.

5.

— Bon, d'accord !

Beth posa la clé de sa villa sur la pile d'objets et prit la main qu'Elias lui tendait pour l'aider à se relever.

Il était bien plus grand qu'elle… Et si solide ! Il l'entraîna jusqu'au rivage où mouraient de petites vagues.

Là, il leva le bras qui tenait sa main et lui enlaça la taille de l'autre. Un prétexte pour l'embrasser, sans doute…

— Je ne mens pas, Elias, je suis très maladroite !

— Je ne te crois pas.

Il la fit pirouetter, et elle rit. Puis il l'attira contre lui et lui montra comment placer ses pieds. En fait, il était sérieux !

— Toi, en revanche, tu parais bon danseur !

Il sourit.

— J'ai pris des cours. Essayons un renversé.

Il la fit se pencher en arrière et plaqua une main ferme dans son dos ; elle se crispa aussitôt.

— Je… J'ai peur…

— Laisse-toi guider. Ne crains rien, je suis là pour te retenir.

Alors il la serra contre son torse, et elle sentit les battements de son cœur contre sa poitrine. Elle était incapable de détourner le regard de sa bouche sensuelle…

— Allons dans l'eau, ce sera plus facile.

Elle eut un sourire en coin.

— Un prétexte pour me déshabiller ?

Il haussa les épaules en souriant.

— Je n'ai pas besoin de prétexte.

Il reprit sa main, et ils entrèrent en courant dans l'onde peu profonde, qu'elle trouva froide. Elle lui passa les bras autour du cou, attendant un baiser… qui n'arriva pas.

— Je comprends pourquoi tu as rangé ton portefeuille. Tu savais que nous finirions dans la mer !

— Pas du tout !

Elle sentait l'eau contre ses cuisses et les mains d'Elias sur ses hanches. Vexée à présent, elle n'avait plus du tout envie d'apprendre à danser.

— A mon tour de ne pas te croire !

Enfin, il l'embrassa. Contrairement à ceux de Rory, son baiser n'était ni doux ni hésitant. Sa langue fouilla sa bouche, s'entremêla à la sienne… C'était comme si on l'embrassait pour la première fois. Transportée, elle passa la main dans ses cheveux, l'attira plus près et lui rendit son baiser avec une passion dont elle ne se savait pas capable.

A présent, elle sentait son sexe durci contre son ventre. Dans cette situation, Rory reculait les hanches pour le lui dissimuler… Elias, lui, se collait contre elle pour qu'elle le sente mieux. Une chaleur torride se répandit entre ses cuisses. Puis il rejeta la tête en arrière pour la regarder en passant la langue sur ses lèvres. Elle en eut le souffle coupé, et son corps tout entier devint douloureux de désir. Elle fit mine de l'embrasser de nouveau, mais il se déroba.

— Nous sommes ici pour danser, Beth.

Il plaqua la main dans son dos, et resta bien droit quand elle se courba.

Tandis qu'il caressait ses seins sous sa robe, elle posa la bouche sur son cou salé par l'eau de mer. Il se baignait sans doute souvent… Puis elle remonta jusqu'au lobe de son oreille, et prit soudain conscience que c'était la première fois qu'elle faisait cela. Qu'elle entendait ce sourd grognement qui faisait vibrer la gorge et le torse d'Elias, et qu'elle sentait la caresse de ses mains sur ses fesses…

Elle leva les yeux et plongea le regard dans le sien. Sans un mot, ils sortirent de l'eau, et elle eut l'impression d'être lourde.

— On essaie encore ?

Cette fois, il ne réussit pas à l'empêcher de tomber, mais la rattrapa à temps pour amortir sa chute et s'écrouler à côté d'elle.

Ils s'embrassèrent à perdre haleine, et un désir fou monta en elle. Il était à demi allongé sur elle, elle sentait toujours son érection contre son ventre.

Il l'embrassait avec une rage qu'elle n'avait jamais connue… Et c'était divin. Trop. Elle était sur le point de perdre tout contrôle…

Elle se raidit et s'écarta.

— Nous devrions cesser, Elias.

— Pourquoi ?

— Je vais jouir.

— Et alors ? Pourquoi faire l'amour, sinon pour se donner du plaisir et en recevoir ?

Pas dans son monde à elle, songea-t-elle.

Il pressa son sexe durci sur sa cuisse et, de nouveau, écrasa les lèvres sur les siennes.

Elle eut l'impression de perdre la tête. Elle ne souhaitait plus qu'une chose, qu'il la prenne, qu'il la pénètre… Les jambes tremblantes, les hanches arquées vers lui, elle essaya de le tirer sur elle pour sentir son poids.

Mais il se recula, roula sur le côté et s'appuya sur un coude.

Elle eut un petit rire choqué, tenta de reprendre son souffle, et ouvrit enfin les yeux.

Il se leva, l'aida à se remettre sur ses pieds.

— Viens !

6.

Docile, Beth suivit Elias vers l'endroit où ils avaient laissé leurs affaires. Jamais elle n'avait éprouvé un désir aussi impérieux.

Sur le chemin de sa villa, ses clés à la main, elle se sentait à la fois nerveuse et emplie d'allégresse. La chaleur qu'elle ressentait entre les jambes la brûlait. C'était si excitant ! Comme si elle allait enfin vivre quelque chose qui lui avait toujours manqué…

Elle ouvrit la porte, et ils se ruèrent aussitôt dans la chambre.

Elle lui tendit ses lèvres, et il appuya sur l'interrupteur. Pour elle, c'était le geste le plus sexy au monde : Rory, pour qui le sexe était un péché, faisait l'amour dans le noir.

Quand elle voulut attirer Elias sur le lit, il résista et lui jeta un regard scrutateur.

Ses cheveux à elle étaient pleins de sable, comme son pantalon noir à lui… Il l'entraîna dans la salle de bains, ouvrit le robinet à fond, et ils se mirent sous le jet tout habillés. Tout en lui ôtant sa robe pour chasser le sable de ses seins, il posa la bouche sur la sienne. Puis il descendit. Lorsqu'il suça ses mamelons, elle crut mourir de plaisir.

Il remonta jusqu'à sa bouche, et, n'y tenant plus, elle lui ôta sa chemise et lui savonna les bras et le torse. Puis elle le fit tourner pour lui laver le dos pendant qu'il se débarrassait de son pantalon et de son boxer-short.

Elle admira ses fesses fermes avant de les savonner. Ce soir, toutes les audaces lui étaient permises… Elle se sentait femme pour la première fois.

Quand il se retourna, elle se mordit les lèvres. Son corps nu était magnifique ; toison noire sur son torse, ventre plat, longues jambes musclées… Le regard de Beth fut toutefois vite attiré par son sexe, dur et arrogant.

Pour elle.

Tandis qu'il faisait glisser son shorty sur ses cuisses, elle le caressa longuement.

Il jura entre ses dents, apparemment fasciné par son pubis. Il n'avait peut-être jamais vu de toison aussi flamboyante…

Lorsqu'il fit mine de chercher du sable dedans, elle se retint à lui pour ne pas tomber. Puis il la souleva, et elle passa les jambes autour de sa taille pour qu'il l'emporte vers le lit.

Elle ouvrit les draps et s'allongea.

Il prit le temps d'allumer les lampes de chevet et la détailla de ses yeux gris. Chaque centimètre carré de sa peau frémissait sous son regard. Il s'agenouilla au-dessus d'elle, lui embrassa les seins, et les lécha d'une langue aussi légère qu'une plume. Puis, à genoux entre ses cuisses, il la caressa de son sexe.

Haletante, parcourue de sensations inouïes, elle se redressa sur les coudes pour mieux le voir.

— Attends ! dit-il soudain. J'ai dû perdre mon portefeuille quelque part, je vais le chercher.

Les joues brûlantes, elle secoua la tête et baissa les mains pour le toucher.

— Non, Beth…

Il dut sentir son désir fou et ne put visiblement pas résister. Il la pénétra et commença un mouvement de va-et-vient, lent et régulier. Elle faillit se mettre à pleurer tant c'était doux…

Puis, d'un coup, il l'écrasa de son poids, pressa les lèvres sur les siennes et s'enfonça plus profondément en elle. Très vite, il se releva sur les coudes et lui jeta un regard intense.

Jamais elle n'avait jamais connu pareille sensation… Il accéléra son mouvement, en gémissant, en criant… Elle tremblait tout entière, sentant monter la jouissance. Soudain elle hurla, perdue, incapable de toute pensée cohérente.

Il resta un moment allongé sur elle, puis lorsque leurs

souffles eurent repris un rythme normal, il roula sur le côté pour la regarder en souriant.

— Merci, Beth.

Rory, la première fois, lui avait dit : « Navré. »

Elias la remerciait.

— C'était merveilleux. Tu ne m'embrasses pas pour me souhaiter bonne nuit ?

— Non, répondit-il avec un sourire nonchalant, c'est toi qui vas le faire.

Elle ne se fit pas prier. Avec lui, c'était si facile d'être elle-même…

Au réveil, Elias regarda Beth dormir. Allait-il se rendormir lui aussi ? Il se sentait si bien ! Ou alors, il pouvait l'éveiller d'un baiser…

Sans bruit, il sortit du lit et alluma son portable pour voir l'heure. Zut, presque 10 heures ! En principe, il se levait tôt. Il prit connaissance des appels manqués, parcourut les nombreux messages, et eut un petit choc au cœur en lisant celui d'Alvera qui le priait de la contacter immédiatement.

Il soupira. Il n'avait fait que retarder l'inévitable. Bientôt, il serait officiellement fiancé. Il aurait voulu avoir le numéro de téléphone de Beth, pour prendre de ses nouvelles, mais cela aurait été cruel pour tous les deux. Et ne les aurait menés nulle part, il le savait.

Il s'assit près d'elle au bord du lit et contempla sa splendide chevelure de flammes répandue sur l'oreiller. Il aurait tant aimé rester ! Mais il n'avait pas le choix. Il se pencha et chercha les lèvres de la belle endormie.

Beth n'avait encore jamais été éveillée d'un baiser. C'était si bon, si sensuel ! En passant les mains dans le dos d'Elias, elle sentit le tissu de sa chemise, ouvrit les yeux et comprit qu'il partait. Il pressa son front contre le sien.

— C'est l'heure… Il faut que j'y aille.

— Je sais.

— Nous ne nous sommes pas protégés…

— Pas de problème.

Si elle l'affirmait… Après tout, elle était sortie avec un garçon pendant quatre ans, elle devait prendre ses précautions.

Il fit mine de se lever, mais elle le retint et croisa son regard. Impossible de le laisser partir avant d'avoir ses coordonnées.

Mais à quoi bon ? Elle imagina son père, au presbytère, en train de lui demander qui l'appelait…

Elle étudia Elias un long moment. Son père ne comprendrait pas, elle ne pourrait jamais le lui présenter. Ils n'avaient pas d'avenir ensemble.

— Merci, Elias.

Jamais Elias n'avait eu autant de peine à quitter une femme.

Il ne répondit à aucun appel. Il réfléchit, et quand il entra au palais, il avait pris sa décision. Il se rendit aussitôt chez ses parents, qu'il trouva en compagnie d'Alvera.

— J'ai décidé de reprendre la médecine.

La reine lui jeta un regard froid.

— Tu sais que c'est impossible, répondit son père. Tu es prince, ce serait un cauchemar pour l'hôpital. Si tu veux, nous pouvons créer un poste de…

— Je suis médecin. Je peux travailler à Londres, où personne ne me connaît.

— La famille de la princesse Sophie ne donnera jamais son accord.

— Je ne l'épouserai pas.

Ce n'était pas du romantisme, Beth n'était pour rien dans sa décision. Il n'était pas prêt à se fixer, voilà tout.

— Ah, tu as donc l'intention de continuer à te promener sur la plage avec n'importe qui ? lança sa mère en claquant des doigts.

Aussitôt, Alvera ouvrit un dossier et lui tendit des photos.

— J'ai essayé de vous joindre, dit-elle avec un sourire compatissant.

Il étudia la première image, qu'il trouva très belle : il dansait dans la mer avec Beth, qu'il tenait courbée sur son bras. Sa chevelure de feu trempait dans l'eau.

Sur le cliché suivant, ils s'embrassaient sur la plage. Rien de compromettant, mais elle lui avait dit que ses parents étaient très stricts…

— Pas question de publier ça !

Alvera opina.

— Je ferai mon possible. C'est le photographe du Palais qui les a prises. Espérons qu'il n'y en a pas d'autres.

— Que faisait-il sur la plage en pleine nuit ?

— Nous l'avions mandaté pour te photographier avec Sophie, pour annoncer enfin une heureuse nouvelle…

— Eh bien, pour moi, c'en est une.

Il fit mine de se diriger vers la porte.

— Elias ! cria son père. Nous n'avons pas terminé. Tu ne peux pas partir comme ça, tu as des obligations…

— Dont certaines plus importantes. Pour l'instant, qu'Alvera s'assure que pas une seule de ces photos ne paraît dans les journaux !

Il fit une recherche rapide sur son téléphone, pour vérifier le mot qu'il n'avait pas compris : « presbytère ». Son cœur frémit quand il apprit que c'était le logement du pasteur.

Bon sang ! Si jamais ces clichés étaient révélés par la presse…

Il se dirigea vers le bureau et s'empara du dossier qui contenait les photographies.

— Ne me photographiez plus jamais sans mon consentement. Si par hasard ces images étaient publiées, vous devrez expliquer au peuple pourquoi le prince Elias ne remet plus les pieds chez lui. Et je suis sérieux.

Aucun scandale ne devait gâcher le souvenir de cette nuit merveilleuse. Pour elle comme pour lui.

7.

Dans son lit de la maternité, Beth soupira : par la suite, elle avait vécu un tel cauchemar ! Son précieux souvenir était devenu une affaire sordide.

Ces derniers mois, elle avait traversé tant d'épreuves. Découvrir qu'elle était enceinte, l'annoncer à ses parents, être chassée de la maison comme une fille perdue ; reprendre tant bien que mal sa carrière — car la plupart de ses clients, amis de ses parents, la fuyaient. Et elle aurait bientôt un enfant à élever…

Mais tout cela n'était rien comparé à l'effrayante incertitude dans laquelle elle se trouvait. Elle ne savait même pas si son bébé était vivant… On ne lui donnait aucune nouvelle.

De sa chambre, elle entendait des pleurs de nouveau-nés, mais sa fille ne se trouvait pas parmi eux.

— Quelqu'un viendra vous parler dès que ce sera possible, lui avait-on dit.

On l'avait installée confortablement, on lui avait apporté du thé et des sandwichs, mais ce qu'elle voulait, c'était savoir comment allait son bébé.

Enfin, une sage-femme vint prendre sa tension.

— Ma fille est en soins intensifs néonataux. La seule chose que je sais, c'est qu'elle avait des difficultés respiratoires…

— C'est donc normal qu'elle soit sous surveillance constante.

— Puis-je la voir ?

— Votre tension est vraiment basse. Ne vous inquiétez pas, l'équipe s'occupe d'elle. Inutile d'aller vous évanouir là-bas.

Une fois seule, Beth observa la perfusion. Peut-être, si

elle la débranchait, pourrait-elle se débrouiller pour trouver l'unité de soins intensifs. A ce moment-là, elle entendit des pas et se redressa dans son lit, le cœur battant la chamade, espérant du nouveau.

Elle reconnut la réceptionniste qui était déjà venue lui poser des questions, et cacha tant bien que mal sa déception.

— J'ai un certain Elias Santini, qui demande à vous voir.

Elle soupira. N'importe comment, il fallait qu'elle lui parle…

— D'accord, je l'attends.

Peu après il fut sur le seuil, en jean noir et gros manteau d'hiver.

Il était d'une beauté saisissante, elle l'avait oublié. Le souvenir qu'elle avait de lui s'était estompé peu à peu durant les mois atroces qu'elle avait passés au presbytère.

Ses mâchoires étaient crispées, il paraissait tendu.

— Tu es fâché ? demanda-t-elle. Je n'ai pas besoin qu'on en rajoute, tu sais.

— Je ne suis pas ici pour ça, Beth.

Elias avait traversé Londres en voiture sous la pluie ; tous les feux avaient semblé passer au rouge pour le retarder. Par chance, ayant déjà effectué des gardes à St. Patrick, il avait un passe pour le parking du personnel. Il s'était précipité à la maternité.

Tout y était calme ; les pleurs des nouveau-nés ne parvenaient pas à rompre la tranquillité ambiante, et la réceptionniste était souriante.

— Elias Santini. J'aimerais voir Beth Foster, qui vient d'être admise…

— Un moment, s'il vous plaît.

La jeune femme était partie, et revenue peu après.

— Elle vous attend. Chambre 11, juste au bout du couloir.

Et à présent, il était face à Beth…

— Comment va-t-elle ? lui demanda-t-il.

— On ne me dit rien, et je ne peux pas bouger d'ici. Il paraît que j'ai une tension trop basse pour me lever.

Son visage d'une pâleur de cire se chiffonna.

— J'aurais aimé que ça se passe autrement, qu'elle naisse à terme. Je me demande de quoi je suis punie…

— C'est un accident, Beth.

Elle frissonnait. Heureusement, la sage-femme apporta une couverture supplémentaire.

Beth hésita un instant avant de jeter un regard douloureux et accusateur à Elias.

— Ne me reproche pas de ne pas t'avoir prévenu, je te rappelle que j'ignorais ton nom.

— Je le sais.

— As-tu l'intention de demander un test de paternité ?

Il ne répondit pas tout de suite. Le Palais en exigerait sans doute un. On lui interdirait de communiquer avec Beth, puis les avocats arriveraient… Beth serait avertie par Alvera qu'elle avait tout intérêt à se taire.

Mais ce n'était pas nécessaire de la mettre au courant, du moins pour l'instant.

— Nous en reparlerons plus tard.

— A quoi bon ?

— Laissons passer la nuit, tu veux ?

— Tu crois qu'elle la passera, elle ? De bien plus grands prématurés survivent, n'est-ce pas ?

— Bien sûr ! La plupart. Les soins intensifs néonataux de St. Patrick sont les meilleurs de Londres.

Il avait répondu avec une assurance qu'il n'éprouvait pas, pour la rassurer et se rassurer lui-même ; en réalité, il ne pouvait encore rien affirmer. Leur fille aurait besoin d'une surveillance médicale de tous les instants.

— C'est ce qu'on me répète… Puisque c'est toi qui m'as accouchée, aurais-tu le droit d'aller aux nouvelles ?

Bien entendu, elle ignorait tout de la situation. L'unique façon d'être autorisé à entrer était de se présenter comme le père ; par conséquent, de déclarer l'enfant à son nom…

Si jamais le Palais l'apprenait, la machine à broyer se déclencherait. Et si la presse savait qu'il avait mis au monde son propre bébé... Mais inutile de s'en soucier pour l'instant. Il voulait d'abord voir sa fille.

— Oui, à condition de leur dire que je suis le père.

Elle eut un rire sans joie.

— C'est la vérité !

— Nous ne sommes pas forcés de l'annoncer à la terre entière...

Il la vit changer de visage.

— D'accord, Beth. Donne-moi ton numéro de portable, je t'enverrai un texto de là-bas. Et si je peux prendre une photo...

Elle fit un signe de tête et appuya sur la sonnette. La sage-femme arriva peu après.

— Voici le père de ma fille. Lui serait-il permis de se rendre auprès d'elle ?

— Bien sûr ! Je vais les prévenir qu'il est en route.

— Je te tiens au courant le plus vite possible, dit-il. Peut-être serai-je obligé de rester en retrait, mais au moins...

Il ne termina pas.

Au moins, l'un des deux serait près de leur bébé.

Elle eut un faible sourire.

— Merci.

On conduisit Elias dans une petite salle d'attente.

Il regarda son portable, où figurait à présent le numéro de Beth. Quel dommage de ne pas l'avoir eu plus tôt...

Juste à ce moment, le vibreur annonça un message, qu'il consulta.

Du nouveau ?

Elias s'apprêtait à répondre quand une infirmière entra.

— Bonjour, monsieur. Je suis Cathy, la surveillante. Vous devrez sans doute patienter encore pour voir le néonatalogiste.

Depuis minuit, nous avons eu trois admissions en urgence : des jumeaux, et votre fille…

— Pas de problème.

— Pour l'instant, elle est un peu plus stable. Nous avons préféré ne pas la placer sous respirateur, pour laisser ses poumons se fortifier. Elle a reçu des surfactants.

— D'accord. L'obstétrique n'est pas ma spécialité, mais je suis médecin urgentiste.

— Dans ce cas, vous savez à peu près à quoi vous attendre. Elle est d'une bonne taille, déjà. Avez-vous la date exacte de la conception ?

Il la donna, et ils se mirent à calculer ensemble.

— Donc, si vous en êtes certain, elle a trente semaines.

C'était encourageant… Un peu rassuré, il écouta la suite des explications de Cathy. Selon elle, l'équipe était efficace et compétente.

— Aimeriez-vous la voir ?

— Volontiers, mais puis-je d'abord appeler la maman ?

« La maman ». C'était si étrange…

— Bien sûr, allez-y !

Beth répondit à la première sonnerie.

— Je viens de parler à la surveillante, elle m'a autorisé à me rendre auprès d'elle.

Il y eut des sanglots à l'autre bout de la ligne.

— Ne t'inquiète pas, je passerai en sortant d'ici.

— Elias… Peux-tu dire à notre fille que je l'aime ?

— Je le ferai.

Pas plus son habitude des situations d'urgence que les avertissements de Cathy ne protégèrent Elias du sérieux choc qui l'attendait : sa fille n'était pas en couveuse, mais allongée sur la petite table de réanimation. Bien sûr elle était couverte pour qu'elle ne prenne pas froid, mais elle semblait si épuisée, si fragile… Ses yeux étaient fermés, ses jambes pendaient de côté.

Il ne la reconnut pas, elle qui était si pleine de vigueur au moment de sa naissance… Elle était désormais inerte. Une infirmière la surveillait avec attention.

— Bien, je vous laisse, à présent, dit la surveillante. Voici Terri, qui s'occupe d'elle en permanence.

Terri lui sourit.

— Puis-je la toucher ? demanda-t-il.

— Oui, à condition d'être ferme. Posez la main sur son crâne, et serrez ses pieds dans l'autre.

Il eut l'impression de toucher de l'air…

Il se surprit à craindre la réaction de ses parents. Estimeraient-ils qu'il avait encore commis une erreur ?

Il chassa aussitôt cette pensée. Il y avait plus important.

— Puis-je faire une photo, pour sa maman ?

— Restez avec elle, je m'en charge, dit Terri.

Il prit la petite main de sa fille dans la sienne, lui caressa la paume de l'index, et vit avec soulagement les doigts minuscules s'enrouler autour du sien. Elle avait des réflexes, c'était bon signe.

Le cœur serré par l'émotion, il la regarda ouvrir ses yeux en amande, si semblables à ceux de sa mère. A présent, il la reconnaissait ! Il se pencha pour mettre sa tête à hauteur de la sienne.

— Ton papa et ta maman t'aiment très fort, ma chérie.

D'où lui venait cette voix, pour s'adresser à un bébé dont il avait encore peine à croire qu'il était le sien ?

Pourtant, c'était si simple…

— Nous t'aimons beaucoup, et nous allons te tirer de là. Accroche-toi, ma puce.

En sortant, il reprit le chemin de la chambre de Beth et franchit le seuil sur la pointe des pieds.

Allongée sur le dos, elle fixait le plafond. Elle tourna la tête à son entrée.

— Elle va bien, Beth. Elle est magnifique.

Beth éclata en sanglots, et il n'eut plus l'esprit à lui donner des détails ou à lui montrer les photos. Il s'assit au bord du lit et l'attira contre lui. Comme si c'était tout naturel.

Beth ne protesta pas : la présence d'Elias la réconfortait. C'était si bon de savoir qu'il avait approché leur fille, et d'être à nouveau blottie contre son torse solide !

Cela faisait des mois que personne ne l'avait serrée dans ses bras…

Heureux de tenir Beth contre lui, Elias lui raconta tout par le menu, avec précaution, pour ne pas l'effrayer.

— Je veux la voir !

— Bientôt.

Il sortit son portable et lui montra la photo du bébé coiffé de son petit bonnet rose.

Elle sourit à travers ses larmes.

— Quoi ! Du rose sur des cheveux roux ! C'est une hérésie ! Il faut que je le leur signale.

Puis elle observa les clichés pris par l'infirmière : un bébé, relié à de nombreux tuyaux. Etait-ce bien le sien ? Elle doutait, et elle en avait honte.

Enfin, devant l'image du bébé les yeux ouverts, elle poussa un petit cri de surprise.

— Là, j'étais en train de lui dire que tu l'aimais très fort. Et sur celle-ci, tu vois, elle me tient le doigt. Elle est vigoureuse. Ne t'en fais pas, tout va bien se passer.

— Envoie-les sur mon portable !

— Si tu veux.

— Ce que je veux, c'est qu'elle ait une vie normale, qu'elle soit en bonne santé.

Que répondre ? Sa fille devrait lutter pour y parvenir. Mais, après tout, elle était princesse. Comment annoncer à Beth, dans l'état de faiblesse où elle se trouvait, qu'elle venait d'accoucher d'une possible héritière du trône de Medrindos ?

Non. Et il ne préviendrait pas non plus le Palais. Il ne tenait ni à un nouveau scandale, ni à ce qu'on le force à se marier. Même s'il parvenait à les convaincre que son bébé était bien soigné à St. Patrick, on convoquerait d'autres médecins, on mettrait des gardes du corps à la porte. Sans parler de la presse…

Lui aussi voulait mener une vie normale. Il disposait de six semaines pour annoncer officiellement la naissance. Cela lui laissait le temps d'apprendre à connaître ce qui était devenu, d'un jour à l'autre, sa petite famille.

8.

En ouvrant les yeux, Beth avisa un plateau de petit déjeuner sur la table de chevet. Soudain, le souvenir de la journée de la veille lui revint, et la panique avec.

Elle était seule dans la chambre, mais découvrit un billet à côté du plateau.

« Pas de changements signalés, je retourne la voir.

Elias. »

Rassurée, elle alluma son portable dans l'intention d'étudier les photos de sa fille, et constata que son téléphone était presque déchargé. Il fallait à tout prix qu'elle appelle ses parents pendant qu'elle le pouvait, même si ce coup de fil lui coûtait beaucoup…

Désormais, sa mère lui rendait visite environ une fois par mois, pour lui apporter des vêtements tricotés et un peu d'argent remis par son père. Mais l'ambiance restait très tendue. Elle les avait déçus, et elle savait que son père avait honte d'elle.

— Allô ! C'est Beth. Si jamais la communication est coupée, c'est que ma batterie est vide.

— Que t'arrive-t-il ?

— J'ai eu des contractions hier soir, à minuit…

— Mais c'est beaucoup trop tôt ! Que te fait-on pour les stopper ?

Elle perçut la panique dans la voix de sa mère.

— Maman, ma fille est née à minuit et demi…

— Mon Dieu ! Comment va-t-elle ?

— Je n'ai pas encore pu la voir, j'attends que ma tension remonte pour lui rendre visite et en savoir plus.

— Je viens tout de suite !

— J'étais à Londres pour l'inauguration du restaurant de M. Costas. Je suis à la maternité de l'hôpital St. Patrick.

— Pas de problème. J'arrive dès que possible. Avec Donald.

Le cœur de Beth se serra. Elle n'espérait pas une réunion heureuse autour d'une couveuse. La réconciliation avec son père prendrait des années, elle en était consciente.

— C'est horrible de t'imaginer là-bas, toute seule.

Beth ne dit rien d'Elias. Ils n'étaient pas ensemble, peut-être n'était-il même pas certain que le bébé soit de lui…

— Tu l'as un peu vue, au moins ?

Beth leva la tête. Elias était sur le seuil.

— Oui. Je l'ai tenue dans mes bras à sa naissance. Elle est rousse, et très mignonne. Maman, ma batterie est presque à plat. Quand je l'aurai rechargée, je t'enverrai des photos d'elle. Mais pour les regarder, il faudra que tu charges ton téléphone, toi aussi.

L'appareil se trouvait dans le tiroir du bureau de son père…

— D'accord. Je vais me renseigner pour les horaires de trains. Peux-tu me rappeler ?

— Oui.

— Embrasse-la pour nous. Je file prévenir ton père, il est déjà au temple.

Elias entra au moment où elle raccrochait.

— Tes parents ? Comment l'ont-ils pris ?

Elle haussa les épaules.

— Je n'ai pas très envie d'en parler. Raconte-moi, plutôt.

— Elle a l'air un peu mieux. Je n'ai pas pu rester longtemps, c'était l'heure des soins.

A son arrivée devant la couveuse, Terri posait une perfusion au bébé. A l'évidence nullement gênée par sa présence, elle lui avait expliqué calmement chacun de ses actes.

— Son infirmière, Terri, semble très compétente ; elle m'a chargée de te dire qu'elle était impatiente que tu viennes.

Une sage-femme entra pour prendre les constantes de Beth. Celle-ci tendit docilement le bras et demanda :

— Puis-je me rendre auprès de ma fille ?

— Votre tension est encore très basse.

— En fauteuil roulant, alors ?

Elias ébaucha un sourire : quelle obstination ! Personne ne l'arrêterait…

— Bonne idée, je vais en chercher un ! dit-il.

Lorsqu'il fut sorti, Beth fit sa toilette avec l'aide de la sage-femme, passa une tunique et une robe de chambre propres, et une paire de chaussons. Elle se regarda dans le miroir, désolée : elle n'avait même pas de quoi s'attacher les cheveux…

Elias, revenu avec le fauteuil roulant, la poussa vers les soins intensifs, où la sage-femme avait téléphoné qu'ils arrivaient.

— Préfères-tu attendre que quelqu'un vienne te parler d'abord ?

— Inutile, allons-y tout de suite.

Ils traversèrent une salle pleine de couveuses inoccupées, puis pénétrèrent dans ce qui lui parut une cabine spatiale, où une infirmière souriante la salua.

— Je m'appelle Terri, je suis responsable de votre fille.

— Enchantée. Dites-moi, pourquoi est-elle sur le ventre ? Ne devrait-elle pas être en chien de fusil ?

— Elle manque un peu de tonus musculaire… Mais de toute façon, les nouveau-nés se mettent parfois dans des positions ahurissantes.

— Puis-je la prendre ?

— Pas tout de suite. Je sais que vous en mourez d'envie, mais elle a besoin de repos, et nous essayons de lui éviter les émotions. Tout déplacement la fatiguerait.

Terri eut beau montrer à Beth comment toucher son bébé, elle se sentit frustrée…

— Au fait, avez-vous déjà choisi un prénom ?

— Eh bien… J'étais tellement persuadée que ce serait un garçon que je n'y ai pas réfléchi.

La sonnerie soudaine d'une alarme les fit sursauter. Aussitôt, Terri chatouilla les pieds du bébé, puis lui frictionna le dos et les bras. Enfin, la minuscule poitrine se souleva de nouveau.

— Je lui rappelle qu'elle doit respirer, dit l'infirmière.

Terrifiée, Beth tourna la tête vers Elias : il retenait son souffle, et ses jointures étaient blanches sur les poignées du fauteuil.

— C'est déjà arrivé ?

— Bien sûr, c'est fréquent chez les prématurés. Nous avons l'habitude. Vous devriez retourner vous reposer dans votre chambre, vous ne croyez pas ?

— Oui, en effet, je me sens faible.

Elias ramena Beth et l'aida à remonter dans son lit.

Aussitôt installée, elle éclata en sanglots.

— Maintenant que je l'ai vue, je devrais être soulagée, mais… je n'ai pas l'impression que ce soit la mienne.

— Moi non plus, Beth, je ne l'ai pas reconnue avant qu'elle ouvre les yeux. Tu verras, peut-être la prochaine fois…

Une sage-femme entra pour lui tirer du colostrum. Elle se sentait si lasse… Elle ne songeait plus qu'à dormir.

— Vas-y, si tu veux, Elias. Oh ! J'y pense… Je n'ai pas débarrassé ma chambre, ni payé l'hôtel. Je crois que mon chargeur de téléphone y est resté aussi.

— Je m'en occupe. Tu as besoin d'autre chose ?

Elle prit deux listes sur la table de chevet : une établie par la sage-femme, l'autre par Terri.

— Oui, de tout ça ! Plus du sérum capillaire, pour mes cheveux…

— Parfait.

Elle le regarda, si gentil, si serviable… C'était tellement étrange qu'il ait reparu dans sa vie !

Elle n'eut pas le loisir d'y réfléchir. Dès qu'il fut parti arriva le néonatalogiste, qui l'entretint de l'état de sa fille. Enfin, l'assistante sociale vint lui proposer une chambre dans un appartement destiné aux parents de grands prématurés qui vivaient loin de Londres.

— La cuisine, le salon et la salle de bains sont communs, mais vous pourrez y dormir avec votre mari et… Vous n'avez pas d'autres enfants ?

— Non.

— Bon. En sortant d'ici, demain, allez voir Rowena, la coordinatrice, elle vous guidera.

Après le départ du spécialiste, elle avait reçu un texto.

Quel est le numéro de ta chambre d'hôtel ?

Quand Elias eut la réponse de Beth, il put enfin entrer dans sa chambre d'hôtel.

Il jeta un regard circulaire autour de lui. Elle n'avait pas grand-chose… Il remplit la mallette des quelques effets qu'il découvrit, son chargeur de batterie et un carnet. Puis il se mit en quête de ce qu'il devait acheter, et envoya un second message.

Il me faut ta taille de vêtements, et tes mensurations pour le soutien-gorge.

Au rayon parfumerie, il renonça à prétendre qu'il était compétent. Il remit ses deux listes à une vendeuse, qui lui promit de tout rassembler pour lui.

Il se rendit au rayon layette, et même si sa fille n'avait pas besoin de vêtements avant longtemps, il passa en revue ceux de la plus petite taille disponible.

Brusquement, il se trouva malgré lui au bord des larmes. Non, impossible de craquer ! Beth n'avait pas besoin de ça. En fait, il était tombé amoureux d'un être à peine plus grand que sa main, et épouvanté à l'idée de le perdre…

Il prit une profonde inspiration pour refouler son émotion, et avisa un adorable ourson rose assis sur une étagère, une couronne sur la tête. Une princesse.

Il l'acheta sans hésiter, avec un plaid de couleur crème. Terri avait conseillé à Beth d'en porter un quelques heures contre sa poitrine, puis de le déposer dans la couveuse au moment de nourrir le bébé.

D'ailleurs, il était las de l'appeler « le bébé ». Il était grand temps que sa fille ait un nom.

Après avoir fait l'acquisition d'un gros sac en cuir souple et y avoir rangé ses achats, il retourna à l'hôpital. Pendant le trajet, son téléphone sonna.

C'était sa mère…

— Elias ? Je voulais un conseil, pour ta fête d'anniversaire. Je pensais prévoir une apparition au balcon, après le déjeuner…

Il frémit. Comment réagirait-elle, s'il lui annonçait qu'il était père depuis quelques heures ?

Il ne connaissait que trop sa mère. Alvera serait missionnée pour faire entendre raison à Beth, et on le prierait de tout laisser tomber.

Pas question.

— Je suis de garde, ce jour-là. En fait, autant que je te dise, je compte rester à Londres au moins deux mois sans retourner à Medrindos. Inutile de faire des projets pour cette période.

— Mais il faut que tu rentres ! Tu as trente ans !

— N'insiste pas.

Il n'abandonnerait pas sa fille. Son anniversaire à elle, c'était aujourd'hui.

— J'ai un signal d'appel, on cherche à me joindre. Je te laisse.

Il raccrocha, et tressaillit en consultant l'écran. Beth ? Pourvu que ce ne soit pas de mauvaises nouvelles…

Sa brève conversation avec sa mère l'avait rendu furieux : même s'il était dans le brouillard concernant sa relation avec Beth, même s'il ignorait ce qu'il adviendrait par la suite entre eux, il refusait de la soumettre aux desiderata de sa famille.

Au moment où il prenait cette décision, sa voix affolée lui parvint.

— Elias ? Viens tout de suite ! Elle ne respire plus !

9.

Jamais Beth n'avait été aussi épouvantée.

Après le déjeuner, elle s'était sentie assez en forme pour retourner aux soins intensifs. Chloe, l'assistante, la conduisit jusqu'à la couveuse ; elle trouva sa fille toujours endormie, dans la même position, les bras au-dessus de la tête. Terri reprit ses explications avec patience.

— Nous devons faire à sa place ce qu'elle est incapable de faire seule. Par exemple, elle ne peut pas réguler sa température, et n'a pas de réflexe de succion ; de toute façon, cela la fatiguerait trop, c'est pourquoi nous la nourrissons par sonde avec votre lait.

Beth soupira.

— Je comprends…

— Comme vous l'avez déjà vu, elle oublie de respirer, et nous devons lui rappeler de le faire.

— A quoi sert le respirateur ?

— Ce n'est pas un respirateur, mais une PPC, une machine à pression positive continue, qui l'assiste.

Soudain, l'alarme sonna, faisant tressaillir Beth. Terri frotta le dos du bébé, comme le matin, mais cette fois sans succès.

Paniquée, Beth regarda le rythme cardiaque chuter. Une seconde alarme retentit.

— Que se passe-t-il ?

Terri ouvrit la porte de la couveuse et retourna le minuscule bébé sur le dos. Sa peau changeait de couleur à vue d'œil, virait au grisâtre…

— Vous vous souvenez de mes explications sur l'apnée et la bradycardie ?

Oui, Beth se souvenait…

Une autre infirmière arriva, munie d'un ballonnet et d'un masque à oxygène qu'elle appliqua sur le minuscule visage.

Beth crut perdre connaissance.

— Allons, suivez-moi, ne restez pas là !

Tandis que Chloe guidait Beth vers la salle d'attente, elles croisèrent le néonatalogiste qui arrivait à pas précipités. Beth jeta un regard en arrière : un petit groupe se rassemblait autour de la couveuse.

— Asseyez-vous ici, on viendra vous donner des nouvelles.

Beth resta là, debout, perdue, à regarder une jeune femme qui se préparait un café.

— Que vous arrive-t-il ? Je suis Shelly, mon bébé est là aussi…

Beth eut un pauvre sourire. Shelly était une maman, comme elle. Soudain, elle prit conscience qu'elle était mère. Sans répondre, elle sortit son portable.

— Il faut que j'appelle son père !

Mais l'écran ne s'alluma pas.

— Oh non ! Je n'ai plus de batterie !

Shelly fouilla dans son sac.

— Attendez, je vous prête mon chargeur.

Après avoir branché son téléphone, Beth appela Elias, qui promit d'être là le plus vite possible.

Shelly tendit une tasse de café à Beth.

— Buvez, ça vous fera du bien.

— Merci. Ma fille a cessé de respirer, son cœur est en train de s'arrêter.

— Ça arrive, oui. Mais l'équipe est compétente. Mon petit garçon est né à vingt-cinq semaines, il est ici depuis deux mois. Il pourra rentrer à la maison dès qu'il passera cinq jours sans un épisode d'apnée…

Soudain, elle regarda par-dessus la tête de Beth.

— Voici le papa, je crois.

Beth se retourna.

— Oui, c'est Elias.

— Enchantée, je suis Shelly.

Elias fit un bref signe de tête et s'assit pour écouter Beth.

Un autre couple entra, amené par Chloe. Elias reconnut Amanda et Dan, les parents des jumeaux admis dans la nuit.

— Bonjour !

Ils ne répondirent pas, on les avait eux aussi expulsés de la salle.

— Pourquoi personne ne vient-il nous parler ? demanda Beth dans un gémissement.

Parce que tout le monde était très occupé… Elias se leva. Inutile de laisser Beth s'inquiéter davantage.

— Je vais voir ce qui se passe.

— Elias, ils ne te laisseront pas…

Il sortit sans écouter la fin de la phrase et, d'un geste, demanda à Chloe la permission d'entrer. Elle disparut et reparut peu après.

— Terri est d'accord, à condition que vous restiez en retrait.

— Parfait, merci.

A son entrée dans la pièce, l'infirmière leva les yeux vers lui. Elle était en compagnie d'une collègue et du néonatalogiste, qui écrivait dans le dossier.

— Il ne pourra pas vous parler avant un bon moment, dit-elle en désignant de la tête la couveuse des jumeaux, entourée de nombreux soignants.

— Je suis venu aux nouvelles, sa mère est folle d'inquiétude. Je ne vous encombrerai pas.

— Merci. Votre fille va mieux, mais nous ne pouvions pas laisser sa maman voir ça. Nous avons dû la réanimer et lui administrer de la caféine.

Comme la nuit précédente lors de l'accouchement, Elias s'exhorta au calme et observa le travail des infirmières. Le bébé commençait à bouger les bras.

— C'est l'effet de la caféine, dit l'infirmière. Vous pouvez ramener Beth quand vous jugez qu'elle est prête, mais ne vous précipitez pas.

— Promis.

Il alla rejoindre Beth, qui était d'une pâleur effrayante. Son cœur se serra à l'idée qu'il l'avait laissée traverser toutes ces épreuves seule…

Désormais, elle ne l'était plus.

Dan arpentait la pièce, et Shelly avait pris Amanda dans ses bras.

— Elle va bien, dit Elias à Beth. On l'a mise sous perfusion de caféine pour la stimuler.

— Je peux y retourner ?

— Dans un petit moment. Beth… Cet accident risque de se reproduire. Elle aura besoin de beaucoup de soutien.

Et Beth aussi, il le savait…

Quand le spécialiste apparut enfin sur le seuil, la main de Beth agrippa la sienne. A sa déception, le néonatalogiste se dirigea vers Amanda et Dan.

— Pouvez-vous me suivre dans mon bureau, je vous prie ? Apportez vos cafés.

C'était mauvais signe… Elias se sentit oppressé. Un frisson le parcourut. Il se leva.

— Viens, Beth, allons la voir.

Leur fille était allongée sur le dos, les yeux grands ouverts, et remuait bras et jambes.

— Bonjour, ma chérie ! dit Beth en s'efforçant de prendre un ton joyeux.

Le bébé tourna la tête. Elle réagissait au son de sa voix. Beth sourit. C'était bien son enfant…

Tout à coup, Elias se souvint qu'il avait un cadeau pour elle. Il repartit à la voiture et déposa le gros sac dans la chambre de Beth. Il en sortit la petite princesse ourse, qu'il posa délicatement dans la couveuse.

— Comment vas-tu l'appeler, Beth ?

— Je n'y ai pas encore réfléchi.

Pouvait-elle se rendre ridicule et avouer qu'elle avait choisi

Eloise, qui évoquait son prénom à lui ? C'était à l'époque où elle croyait ne jamais le revoir…

A présent, elle était heureuse de l'avoir retrouvé, et pas seulement pour son enfant. Sa présence, son calme, étaient si réconfortants !

Le soir, il partit chercher leur dîner à la cantine de l'hôpital. Ils mangèrent les deux hamburgers dans la chambre.

— Tu devrais essayer de dormir, Beth. Je vais rester auprès d'elle.

— C'est vrai ? Jusqu'à demain matin ?

Elle avait forcément remarqué les cernes profonds qui marquaient ses traits, mais elle ignorait qu'il n'avait déjà pas fermé l'œil la nuit précédente.

— Merci ! dit-elle.

10.

Beth s'éveilla à 4 heures du matin, toujours aussi épuisée. Ses seins douloureux étaient gonflés par le lait qui montait. Elle appuya sur la sonnette et la sage-femme vint lui en tirer. Puis le conseil de Terri lui revint, au sujet de la couverture qu'elle devait porter pour qu'elle s'imprègne de son odeur. Elias y avait-il pensé ?

Elle se leva, et découvrit dans le placard, au lieu des paquets habituels de grands magasins, un gros sac de cuir souple et élégant. Elle le posa sur le lit.

Elle y trouva un splendide plaid en cachemire, des sous-vêtements et des produits de toilette et de parfumerie pour elle. Plus de très jolies tenues pour nouvelle maman, de celles qui figuraient dans les suppléments des journaux du dimanche.

Les étiquettes indiquaient des marques de luxe, ce qui la mit étrangement mal à l'aise.

Sentant qu'elle ne se rendormirait pas, elle alluma la télévision.

Deux heures plus tard, elle se prépara un thé accompagné que quelques toasts. Au moment où elle entrait dans la salle de bains, son téléphone sonna.

— Maman ? Bonjour !

— Je ne te réveille pas ? Navrée de t'appeler aux aurores, mais je pars maintenant pour la gare d'Edimbourg. Comment va-t-elle ?

Que dire pour ne pas effrayer sa mère ? Pourtant, il fallait la préparer à ce qu'elle découvrirait…

— Elle a des hauts et des bas. Je vous expliquerai quand vous l'aurez vue.

— Donald ne m'accompagne pas, Beth. Il souffre d'un début de rhume, comme chaque hiver.

Beth ferma les yeux sans répondre. Son bébé était entre la vie et la mort, et son père prétextait un refroidissement pour ne pas venir à son chevet…

Avisant Elias sur le pas de la porte, elle essuya d'un revers de main les larmes qui ruisselaient sur ses joues.

— Beth ? Je devrais être là-bas vers 13 heures, je prendrai le train de 16 heures pour rentrer.

— D'accord, maman, à bientôt, alors.

Elle raccrocha et se tourna vers Elias.

— Comment va-t-elle ?

— Elle a passé une bonne nuit.

Contrairement à lui. Chaque sonnerie l'avait réveillé en sursaut de sa légère somnolence, et de nombreuses alarmes sonnaient aux soins intensifs néonataux.

Il avait l'intention d'appeler les divers hôpitaux où il travaillait pour annuler les gardes prévues, et de rentrer chez lui rattraper quelques heures de sommeil.

Du moins, c'était un vague projet. Beth pleurait. Sans doute venait-elle de parler à ses parents.

Comment la consoler, arranger les choses ? Il n'en avait pas la moindre idée.

— Tu as pu dormir un peu ?

— Bof…

Elle fut soulagée qu'il n'évoque pas sa conversation téléphonique. A quoi bon l'ennuyer avec ses problèmes familiaux ?

Elle se redressa, s'étira, et sourit en voyant son regard se fixer sur ses seins gonflés.

— Ce sont eux qui m'ont réveillée, à 4 heures.

— Je comprends.

Une sage-femme entra pour lui faire remplir la feuille d'autorisation de sortie.

— Beth, je vais à la cantine chercher le petit déjeuner, dit Elias.

— Bonne idée ! J'ai très faim !

La sage-femme lui tendit un autre formulaire.

— Vous avez six semaines pour déclarer la naissance. Comme il vous faut une consultation postnatale juste avant, je vous ai pris un rendez-vous.

— Mais… Et si je suis rentrée à Edimbourg, d'ici là ?

Aussitôt, elle porta la main à sa bouche. Comment pouvait-elle dire une chose pareille ? La veille, on l'avait informée que le bébé en aurait probablement encore pour plus de deux mois. Si elle rentrait chez elle d'ici là, c'était que sa fille avait quitté ce monde…

— Euh… Je voulais dire…

Les larmes lui montèrent aux yeux.

— Ne vous mettez pas dans cet état, Beth. Si vous ne pouvez pas venir pour une raison quelconque, il suffit de téléphoner, nous ferons une lettre pour votre obstétricien là-bas. Sauf contrordre, donc, ce sera le 14 février.

Elle fit la moue.

— Quoi ? Le jour de la Saint-Valentin ?

— Navrée, nous n'avions pas le choix. Parlons un peu contraception, à présent. Je sais que ce n'est pas votre priorité en ce moment, mais méfiez-vous du retour de couches. Sauf, bien entendu, si vous souhaitez un second enfant très vite.

— Oh ! mon Dieu, non !

— Vous pouvez reprendre des rapports sexuels dès que vous vous sentez prête, mais ne comptez pas sur l'allaitement pour vous protéger.

— D'accord.

La sage-femme lui tendit une plaquette de comprimés.

— A partir de trois semaines après l'accouchement, il est plus prudent de prendre la minipilule.

— Merci.

Beth sourit vaguement. A quoi bon protester ? Elle ne tenait pas à raconter sa vie.

Et à présent, elle était autorisée à partir. Déjà… Cela lui semblait bien tôt, même si c'était pour rejoindre l'appartement des familles de l'hôpital !

Elle disciplina ses boucles folles à l'aide de sérum capillaire et les attacha. Puis elle choisit un haut boutonné, un joli pantalon de yoga et des chaussures souples, et s'examina dans le miroir : si son ventre n'avait pas été si distendu, elle aurait pu faire croire qu'elle s'apprêtait à sortir pour un jogging.

Quand elle émergea de la salle de bains, Elias était assis sur une chaise.

— Alors, c'est à ta taille ? demanda-t-il.

— Hum, mais je me sens bizarre.

— Ah, pourquoi ?

— Euh… Je ne sais pas trop.

Difficile à expliquer… Ces vêtements coûteux n'étaient pas son style, elle ne se sentait pas elle-même. Pas plus que lorsque ses parents lui imposaient plus ou moins ce qu'elle devait porter. Après avoir quitté le presbytère, où elle avait laissé presque toute sa garde-robe, elle avait éprouvé un vrai plaisir à courir les boutiques pour s'acheter des tenues qui lui plaisaient. En ce moment, bien sûr, son allure vestimentaire était le cadet de ses soucis, mais dans son monde déjà si bouleversé, c'était une nouveauté de plus à assimiler.

Ils se rendirent aux soins intensifs, et leurs cœurs se serrèrent quand Chloe leur interdit l'entrée de la salle.

— La visite du néonatalogiste va commencer. Nous devons respecter la confidentialité des patients. Vous ne pourriez entrer que dans des circonstances exceptionnelles.

— D'accord, je comprends, répondit Beth.

En réalité, elle avait du mal à comprendre.

Elle se surprit à s'appuyer contre Elias, qui, toujours prévenant, avait passé un bras autour de ses épaules.

— La visite n'excède pas une heure, sauf le lundi et le vendredi, où elle dure un peu plus longtemps. Profitez-en pour visiter l'appartement des familles. Installez-vous en salle d'attente, je vais prévenir Rowena, la coordinatrice, que vous êtes là…

Ils obtempérèrent, mais Beth était agacée de ce contretemps.

— « La confidentialité du patient » ! dit-elle en levant les yeux au ciel. Comme si ces bébés pouvaient parler ! Comment…

Elle s'interrompit en remarquant Amanda et Dan, qui pénétraient dans la salle, et eut honte de sa légèreté. Qu'arrivait-il à leurs jumeaux ? Chloe avait évoqué des circonstances exceptionnelles…

— Mon Dieu ! Je n'aurais pas dû plaisanter.

— Tu n'y es pour rien, Beth.

Il n'avait pas pu s'empêcher de sourire de son commentaire sur « la confidentialité du patient ». Etait-il d'abord médecin, ou d'abord père ? Il ne savait plus.

— Il faut du temps pour s'accoutumer au jargon médical.

— Pour moi, c'est une langue étrangère. C'est la première fois que je viens à l'hôpital, mes consultations prénatales avaient lieu dans une annexe.

— Rassure-toi, j'ai beau être du métier, je ne comprends pas tout non plus !

Rowena apparut, et les emmena visiter l'appartement. Le salon, la cuisine, les appareils ménagers et les règlements les concernant n'eurent bientôt plus de secrets pour eux ; il y avait aussi la buanderie, et une liste interminable d'instructions pour son utilisation.

— Nous devons être rigoureux, pour éviter les abus. Nous avons eu un père qui apportait toute sa lessive de la semaine pour que sa femme la mette au lave-linge ici !

En dépit des contraintes, Beth était enchantée de pouvoir loger tout près de sa fille.

Finalement, la coordinatrice les abandonna dans une petite pièce presque nue, qui serait leur foyer pour l'avenir proche…

Elle était meublée d'un bureau, d'une chaise, et d'un lit double relativement étroit. Ils se laissèrent tomber dessus et restèrent sur le dos, à fixer le plafond.

Elias poussa un soupir de lassitude.

— Ouf ! La dernière fois que je me suis allongé, notre fille n'était pas encore née.

— Tu dormais, au moment de mon arrivée aux urgences ?

— Plus ou moins. J'allais m'endormir pour de bon quand Mandy est venue me chercher pour que j'accouche une femme en travail prématuré.

— A quel moment t'es-tu aperçu que c'était moi ?

— Dès que je t'ai vue.

— Tu es resté très calme.

— Pas à l'intérieur.

— Pourtant, je me souviens de tes mots : « C'est comme ça, on n'y peut rien ». Ils m'ont apaisée, parce que c'est ce que dit mon père pour consoler ses paroissiens malheureux ou angoissés.

— Il est plutôt strict, non ? Comment a-t-il réagi à la nouvelle de ta grossesse ?

C'était précisément le sujet qu'elle voulait éviter…

— J'ai commencé par l'annoncer à Rory.

— Ton ex ?

— Oui. J'en étais déjà au troisième mois quand il m'a proposé de renouer avec lui. J'ai bien été obligée de le mettre au courant… Naturellement, il a été affreusement choqué.

— Pourquoi ? Il a cru qu'il était le père ?

— Non, au contraire !

— Alors pourquoi dis-tu « choqué » ?

Quel drôle de mot ! « Inquiet », peut-être, « blessé », ou « jaloux », mais pourquoi « choqué » ?

— Eh bien… Parce que j'avais…

Elle haussa les épaules.

— Tu sais bien !

Il était réellement intrigué, à présent. Il tourna la tête pour croiser son regard, mais elle détourna les yeux. A ses lèvres pincées, il comprit qu'elle réprimait un sourire.

— Il a attendu des années que tu acceptes de coucher avec lui ?

— Si on parlait d'autre chose ?

— Non, répondit-il en souriant.

— Au contraire, c'est moi qui ai dû le supplier. Quand je lui ai raconté les circonstances de ma rencontre avec toi, il a perdu à peu près tout respect pour moi.

Le sourire d'Elias s'évanouit.

— Nous n'avons rien fait de mal, Beth.

Bien sûr, si c'était à recommencer et qu'il possédait une baguette magique, il modifierait certaines données, mais il ne regrettait pas une minute ce qui s'était passé entre eux. Surtout, il ne supportait pas qu'elle en ait honte.

— Rory imaginait tout à fait la réaction de mes parents. Il m'a proposé de leur dire que le bébé était de lui.

Cela contraria Elias. Si elle avait accepté, il aurait eu un enfant sans jamais le savoir…

— C'était gentil de sa part, dit-elle, mais je ne voulais pas ressortir avec lui, et…

— Puis-je suggérer que c'était de l'opportunisme, plutôt que de la gentillesse ?

Elle se tourna vers lui. Leurs regards se croisèrent, comme cette nuit-là sur la plage, mais ils avaient une histoire commune, à présent.

— Et tu n'as pas hésité ? demanda-t-il.

Il la vit ébaucher un sourire.

— Si, bien entendu. Mais Rory est plutôt blond et menu, et je m'étais mis en tête que ce serait un garçon. J'ai pensé qu'un jour ou l'autre il nous serait difficile d'expliquer sa grande taille et ses cheveux noirs de Grec…

Il rit avec elle, mais se rembrunit bientôt.

Elle le prenait pour un Grec… Impossible de la détromper pour le moment, il devait continuer à l'écouter.

— Et même s'il m'offrait une solution à mon problème, je suis certaine qu'il m'en aurait voulu par la suite. Je l'entends d'ici dire « la fois où Elizabeth a fauté ».

— Ah ?

— Mes parents ne m'appellent « Elizabeth » que lorsqu'ils

sont fâchés contre moi. Rory a la même façon qu'eux de voir la vie.

— Et quand tu leur as appris que tu allais avoir un enfant ?

Elle déglutit avec peine et hésita un instant.

— J'ai attendu la seizième semaine avant d'avoir le courage de le leur annoncer. Bien entendu, ils ont aussitôt voulu réclamer des explications à Rory, j'ai été forcée de leur dire que je n'étais pas enceinte de lui.

Il la regarda, perplexe.

— Ils ont été encore plus offusqués. Ils ne sont pas méchants, mais très conservateurs. C'était déjà assez dur pour eux d'accepter que Rory m'ait fait un enfant…

— Et alors ?

— Ils m'ont demandé qui était le père, et j'ai donné ton prénom, vu que je ne connaissais pas ton nom de famille.

Elle sentit ses joues la brûler au souvenir de leur réaction horrifiée.

— Ils ont voulu savoir où je t'avais rencontré, et j'ai expliqué que c'était sur la plage, après la fête que j'avais organisée au restaurant.

Dit de cette manière, cela semblait sordide, alors que ce qu'ils avaient fait était si beau…

— A mon avis, mon père aurait préféré qu'un pêcheur m'ait violée. Si au moins je n'avais pas été consentante, ils l'auraient mieux vécu, ma mère et lui.

— Quelle horreur ! Je suis vraiment navré de t'avoir fait subir tout ça.

— Pas autant que moi ! Ils ne m'ont pas mise dehors, mais quand j'ai parlé de louer un appartement à Edimbourg, ils ne m'ont pas retenue. Depuis, je ne suis plus rentrée à la maison. J'ai dû recommencer à travailler, alors que la plupart de mes clients étaient des paroissiens de mon père. Il ne m'est resté que M. Costas. J'en ai trouvé un ou deux autres depuis et j'ai créé un site Internet, mais, sur le plan financier, les choses ne sont pas faciles.

— Tu n'as pas à t'inquiéter à ce sujet.

— Oh si ! je m'inquiète. Mon père m'envoie un peu d'argent chaque mois, et l'assistante sociale m'a assuré que tant que j'allaitais on me fournirait des chèques-restaurant pour la cantine. Mais tout de même…

Il était hors de question qu'elle se soucie de ça, en plus du reste. Sans tout lui raconter, il pouvait en dire un minimum pour la tranquilliser.

— Beth… Je suis riche.

Elle sourit.

— C'est vrai ? Alors je tâcherai d'en profiter. Ah, autre chose… Ma mère doit venir cet après-midi.

Elle le regarda droit dans les yeux.

— J'aimerais mieux qu'elle ne te voie pas.

Il aurait pu en prendre offense, mais il était inutile de lui donner d'autres sources d'inquiétudes. Ils étaient ensemble depuis si peu de temps… Le lien entre eux était fragile, ils devaient concentrer toute leur énergie sur leur fille.

— D'accord, je disparaîtrai.

— Merci. Au fait, as-tu d'autres enfants ? L'assistante sociale me l'a demandé quand j'ai signé les papiers pour être hébergée ici, et je n'en savais rien.

Il eut un petit rire.

— Non.

Elle hésita, et se força à poursuivre.

— Je te connais si peu… Tu as quelqu'un dans ta vie ?

Cette fois, il ne rit pas.

— Non, mais…

Comment lui expliquer qu'une fiancée l'attendait, qu'il était prince et qu'on l'obligerait tôt ou tard à se marier ?

— Tu me caches quelque chose, n'est-ce pas ?

— Je te cache beaucoup de choses, Beth.

— C'est très bien ainsi ! J'ai déjà du mal à assimiler tout ce qui m'arrive, je préfère ne pas savoir.

Elle était sincère : elle ne tenait pas à entendre des histoires d'ex-femmes, de passé, ni qu'il lui annonce qu'il serait bientôt forcé de rentrer en Grèce…

— Mon seul souci, pour l'instant, c'est ma fille. J'ai tellement peur, Elias !

— Je m'en doute. Mais elle va mieux que nous ne l'avions craint. Je ne t'ai pas dit… En fait, j'ai fait le calcul précis avec la surveillante : elle a trente semaines, à la minute près.

Il lui sourit.

— As-tu choisi un prénom ?

— Euh… J'avais pensé à Eloise, en souvenir de toi, parce que ça sonne un peu comme « Elias ».

— Ah ! j'adore.

Oubliant instantanément tous les devoirs et les tracas qui l'attendaient, il fut soudain certain d'avoir raison de tout miser sur leur relation.

11.

Assise près de la couveuse, Beth vit avec angoisse Amanda passer dans le couloir. Comment la saluer ? Dan et elle avaient perdu l'un des jumeaux ce matin. La petite fille.

Et ces malheureux parents ne pouvaient pas s'éloigner de cet enfer, puisqu'ils devaient encore se battre pour la vie de leur petit garçon… Mais Amanda n'entra pas dans la pièce.

Elias était rentré chez lui prendre quelques vêtements de rechange, et également, comme Beth l'en avait prié, évacuer les lieux pendant la visite de sa mère.

Elle se tourna vers l'infirmière.

— Terri… Ça va sans doute vous paraître bizarre, mais je n'ai pas parlé d'Elias à ma mère.

— Ne vous en faites pas, Beth, il y a tous les cas de figure, ici ! Je serai muette.

— Merci.

Beth sourit à la femme rousse qui entrait, et se leva pour l'accueillir.

— Maman ! Te voilà ! Je te présente Eloise !

Elle voulut la prendre dans ses bras, mais arrêta son geste en voyant les yeux de sa mère s'emplir de larmes.

— Mon Dieu ! C'est terrible !

Terri, avec la patience qui la caractérisait, exposa une fois de plus l'utilité de toutes les machines reliées au bébé. Elle revint sur ce à quoi on pouvait s'attendre et sur ce qu'on pouvait espérer dans les prochaines semaines.

A la fin des explications, la mère de Beth, qui semblait un peu dépassée, la regarda.

— Beth, je crois qu'il me faut un café.

— Je t'accompagne.

— Pas question, reste avec ta fille.

— Votre maman a besoin d'un moment de solitude, dit doucement Terri.

— Bon, d'accord.

Beth consulta sa montre : il y avait plus de vingt minutes que sa mère était partie… Où pouvait-elle bien être ? Elle se leva.

— Terri, je vais voir ce que fait ma mère.

Elle la découvrit dans la salle d'attente, en train de bavarder avec Amanda tout en tricotant.

C'était une vraie femme de pasteur, qui savait aider les gens dans les moments sombres. Beth s'irritait parfois du fait que ses parents soient si ouverts et attentionnés avec les étrangers, et pas avec elle…

Pourtant aujourd'hui, Amanda avait un énorme besoin de consolation, même Beth le reconnaissait.

— Je venais voir si tout allait bien…

— Ah ! Beth ! Nous parlions de la fille d'Amanda.

— Votre maman va lui tricoter un bonnet, dit Amanda.

— Ainsi qu'un assorti pour son frère, ajouta sa mère.

Amanda se leva et l'embrassa.

— Je dois retourner auprès de lui, maintenant. Merci encore.

Une fois que Beth fut seule avec sa mère, celle-ci la regarda.

— Navrée de t'avoir laissée tomber, mais… j'ai été tellement bouleversée ! Toutes ces machines…

— Pas de problème, je comprends très bien. Je m'assois un moment avec toi.

C'était agréable de la voir ! Elle eut bientôt tricoté deux minuscules bonnets pour les jumeaux, et en commença un troisième destiné à Eloise.

Puis elle leva la tête de son ouvrage pour désigner une valise posée dans un coin.

— Je t'ai apporté des affaires, au cas où… Comme je

n'ai trouvé aucune de tes chemises de nuit, j'en ai pris deux des miennes.

Beth songea avec horreur aux vêtements qu'elle avait laissés au presbytère. Malgré tout, elle remercia sa mère qui rangeait son tricot, la raccompagna jusqu'à la sortie et l'embrassa.

— Je reviendrai lundi, ou avant si nécessaire. Appelle-moi si tu as besoin de quelque chose.

— D'accord, maman, merci.

Avant de regagner sa chambre, elle envoya un texto à Elias pour lui annoncer le malheur qui avait frappé Amanda et Dan, et le prévenir que sa mère était partie. En passant devant la salle d'attente, elle avisa Amanda qui sanglotait en serrant contre son cœur les deux petits bonnets.

Beth n'était pas très douée pour réconforter les autres… Chaque fois qu'un paroissien demandait du soutien, ses parents l'envoyaient dehors, ne lui permettant que d'apporter le thé et de repartir sans faire de bruit.

Elle se pencha et prit Amanda dans ses bras.

— Amanda… Je suis navrée.

La jeune femme leva vers elle ses yeux noyés de larmes.

— Quel décalage ! Je viens de recevoir un message de mon coiffeur. J'aurais dû être chez lui en ce moment, en train de me faire coiffer…

— Je comprends ce que tu ressens. Personne ne peut se mettre à notre place… Ce matin, j'ai reçu un texto d'une cliente qui se plaignait de ne pas encore avoir reçu les menus pour son repas de mariage.

A l'extérieur, la vie continuait, alors qu'ici, dans ce monde effrayant, tout était suspendu…

Elles restèrent enlacées un moment.

— Dan va sortir chercher le dîner…

— Inutile ! J'ai apporté de quoi manger pour tous.

La voix d'Elias ! Beth leva la tête : il portait des boîtes en carton d'où émanait un fumet délicieux.

Après avoir reçu le texto de Beth, Elias avait cherché comment aider le jeune couple, que leur dire. En s'arrêtant chez son traiteur préféré, il avait eu l'idée de commencer par leur offrir le repas, dont ils n'avaient sans doute pas eu le temps de s'occuper. Ce n'était pas grand-chose, mais il avait constaté à quel point les parents se tenaient les coudes dans ce service, et se souvenait de la gentillesse de Shelly la veille à leur arrivée.

Ils laissèrent le couple dîner dans l'intimité et se retirèrent dans leur chambre.

— Alors, comment s'est passée cette visite ?

— Papa n'est pas venu. Il était enrhumé, paraît-il.

— Il a bien fait, dans ce cas.

Elle haussa les épaules.

— S'il ne pouvait pas voir sa petite-fille, il aurait pu au moins me voir moi.

— Et te passer son rhume ?

— Je suis immunisée, je n'attrape jamais rien.

— Peut-être ne voulait-il pas prendre le risque.

Elle était peinée… Elias n'insista pas et se coucha sur le lit pendant qu'elle ouvrait la valise apportée par sa mère. Elle en tira quelques frusques qu'elle refourra aussitôt dedans, et referma le couvercle.

— Viens près de moi, dit-il en tapotant la couette.

Elle s'allongea, les yeux au plafond.

— Je n'imagine pas comment je vais me réconcilier avec mon père.

— Ne t'inquiète pas, ça se fera, dit-il avec conviction.

Il n'en était pourtant pas certain… Il avait eu l'occasion de se rendre compte que Donald Foster était un être difficile à vivre.

Si cela n'avait pas permis à Elias de retrouver Beth, son voyage à Dunroath pour le nouvel an n'avait pas été totalement improductif. Il était entré au temple, dans l'intention de s'enquérir auprès du pasteur des coordonnées de sa fille.

Avant la fin de l'office, il avait changé d'avis : le sermon du révérend Foster sur les terribles conséquences de la promiscuité l'en avait dissuadé.

— Je suis convaincu qu'un jour…

— Tu ne le connais pas, coupa-t-elle, tu n'as aucune idée de sa façon de voir la vie !

— J'ai au moins entendu l'un de ses sermons…

Elle lui jeta un regard intrigué.

— Je suis allé dans ton village, pour essayer de te retrouver.

Il haussa les épaules.

— Mais je dois avouer qu'en sortant du temple j'ai craint que lui demander où était sa fille ne soit très mal perçu.

Elle eut un petit rire.

— Tu as eu raison. Alors comme cela, tu m'as cherchée ? Dans quel but ?

— Tu le sais très bien.

— Non, je t'assure !

— Tu me manquais, Beth. Je suis fou de toi, en réalité.

Il était mal à l'aise. Il avait déjà baissé sa garde cette nuit-là, et voilà qu'il recommençait…

Elle le regarda, stupéfaite. Après toutes ces horribles surprises, celle-ci était plutôt agréable. Autant que leurs regards rivés l'un à l'autre, et le fait qu'ils se souviennent ensemble de cette nuit merveilleuse…

Quand il se pencha pour l'embrasser, elle répondit à son baiser. Un baiser chaud et doux, en accord avec la situation, mais pendant lequel ils furent enfin eux-mêmes, plutôt qu'apprentis-parents.

— Tout finira par s'arranger, murmura Elias.

Et elle le crut.

12.

Avoir un bébé en couveuse était l'expérience la plus intense de la vie de Beth. Tout tournait autour d'Eloise Foster.

Sa fille, à présent âgée de deux semaines.

Elias et elle accordaient si peu d'attention au reste du monde que les visites d'amis étaient rares, pour ne pas dire inexistantes.

Son père, dont le rhume s'était transformé en bronchite, n'avait encore pas vu sa petite-fille.

Et avant qu'Eloise ait dix jours, Beth avait perdu l'espoir de pouvoir la nourrir au sein. Elle se sentait tellement coupable d'avoir failli à son enfant qu'elle était tendue, toujours sur le point de fondre en larmes.

Sa mère revint avec un lot de bonnets qui iraient grossir les réserves de tous les soins intensifs néonataux de Londres.

Ils vivaient des jours atroces. Alors qu'ils pensaient reprendre enfin leur souffle, Eloise faisait une montée subite de température. Ou bien son apnée s'aggravait, et on devait augmenter sa dose de caféine.

Mais il y avait aussi de bons moments.

Le second lundi de la vie d'Eloise, à l'heure de la visite des médecins pendant laquelle il fallait libérer la salle, Beth entra dans leur petite chambre et trouva Elias en train d'enfiler une grosse veste.

— Viens, allons nous promener.

Il lui tendit son manteau. Elle le garda sur le bras, mais quand ils sortirent, l'air froid la saisit et elle s'emmitoufla avec plaisir dedans.

— Où veux-tu m'emmener ?

— A Kensington Gardens.

Ce n'était pas très loin. Sur le trajet, il entra dans un snack-bar acheter du café et des pâtisseries.

En l'attendant, Beth fouilla dans ses poches. Elle y trouva un billet de train, un paquet de bonbons à la menthe et un pense-bête pour envoyer à Gemma un choix de menus pour son mariage, prévu au mois de juin. Sur un second, elle avait noté quelques suggestions de restaurants pour un client qu'elle avait surnommé en secret « Le Roi des Paresseux ».

Elle eut l'impression de faire irruption dans un autre univers, qui l'attirait à lui pour qu'elle le rejoigne.

Mais elle n'était pas encore prête. Elias ressortit et ils reprirent leur marche.

Malgré le froid et la grisaille, c'était bon d'être dehors, de quitter l'atmosphère confinée de l'hôpital.

— J'aime ce parc, j'adore m'y promener.

— Je n'y étais jamais venue.

Ils allèrent jusqu'à l'étang circulaire, et observèrent les cygnes en appréciant la fraîcheur. Il faisait toujours si chaud, à l'hôpital !

— Tu avais raison, c'est agréable de prendre l'air, dit-elle en enfonçant les mains dans ses poches, où elle sentit de nouveau ses papiers. Je devrais passer quelques coups de fil cet après-midi, reprendre contact avec certains de mes clients…

— Tu en as beaucoup ?

— Pas tellement, à part M. Costas, qui ne me laissera pas tomber. Je peux céder quelques événements mineurs à mon amie Jess, mais je ne veux pas perdre les autres.

Elle poussa un soupir.

— Et pourtant, je n'ai pas la tête à réfléchir à ce que je dois faire.

— Par exemple, le plus urgent ?

— Un goûter d'anniversaire. Et… un drôle de type, qui veut que je planifie sa demande en mariage de bout en bout.

Elle leva les yeux au ciel.

— Les hommes sont tellement flemmards !

— Merci du compliment !

Elle sourit.

— Je ne parlais pas de toi. Mais il faut tout lui mâcher, il n'a aucune imagination.

Elle haussa les épaules.

— Remarque, il me paie pour ça, et bien.

— Tant mieux. Qu'as-tu d'autre en prévision ?

— Un mariage en grande pompe, au mois de juin.

— C'est encore loin !

— Pas pour la mariée ! Elle exige que je la tienne au courant régulièrement. Bien entendu, je l'ai informée de mes problèmes personnels et elle ne m'ennuie pas trop en ce moment. Mais je suis sûre qu'elle va revenir à la charge sans tarder. J'espérais que cette cérémonie, où il y aura foule, m'apporte de nouveaux clients…

Elle poussa un profond soupir.

— Et s'il te plaît, ne me dis pas que je n'ai pas de souci à me faire au plan financier.

— Je n'en avais pas l'intention.

Lui dont les parents ne comprenaient pas qu'il accepte des week-ends et des nuits de garde alors qu'il était richissime, il était bien placé pour savoir que le travail n'était pas seulement une affaire d'argent…

— Il s'agit de ta carrière.

— Hum, et elle a déjà un coup dans l'aile. Je touchais pas mal de gens par l'intermédiaire de mon père, et je connaissais tout le monde au village. A Edimbourg, c'est une autre histoire…

— Qu'as-tu à faire, exactement ?

— Vérifier les contrats des fournisseurs, et établir une nouvelle liste d'arrangements floraux. Elle n'a pas aimé ce que je lui proposais.

— C'est-à-dire ?

— Eh bien, en juin, les gardénias sont fleuris. Ils sentent

délicieusement bon, et je pensais décorer les bancs avec de petits bouquets attachés par un tartan, mais…

Elle haussa les épaules.

— Il faut que j'apprenne à renoncer à mes propres idées, sans doute. Elle veut des orchidées, et je dois essayer…

— Je parlais de cette semaine, dit Elias. Qu'as-tu à faire cette semaine ?

— Déclarer la naissance d'Eloise ! Ils ne cessent de me le rappeler…

— Non, ça peut attendre. Je voulais parler de ton travail.

Sachant qu'elle peinait à reprendre le fil de sa vie professionnelle, il avait espéré que cela lui serait plus facile hors de l'hôpital, au milieu de la verdure, de l'eau et des oiseaux.

— Ce goûter d'anniversaire est en février, donc très bientôt, dit-elle. Et pour la future mariée, je dois vérifier le choix des menus, et envoyer les contrats pour qu'elle les signe…

L'air désespéré, elle se tourna vers l'étang.

— Peut-être que ça fait trop. Tu sais, j'ai songé à me mettre en quête d'une baby-sitter.

— J'ai déjà trouvé.

Elle se tourna vers lui, l'air surpris.

— Beth, quoi qu'il se passe entre nous, je ne serai jamais loin pour Eloise.

Il avait parlé d'un ton si serein que, pour la première fois, elle envisagea un avenir où sa fille aurait ses deux parents.

Il avait été merveilleux à l'hôpital, et à présent qu'ils en étaient sortis, qu'ils étaient assis sur un banc du parc pour discuter travail et enfant, elle sentait la pression se relâcher un peu.

— Si tu achetais une imprimante ?

— Pour quoi faire ?

— Tu pourrais imprimer ces contrats dès ce soir et promettre à ta cliente qu'elle les aura dans la semaine. Pour cette histoire de paresseux qui veut que tu demandes une femme en mariage à sa place, je veux bien t'aider…

— Merci. Et le goûter d'anniversaire ?

— Passe-le à ta collègue. Pour le reste, nous pouvons nous débrouiller. J'irai même poster les envois si c'est nécessaire.

Voyant qu'il se levait, elle fit de même et ils rentrèrent à l'hôpital. Cette conversation et ce rapide tour d'horizon de sa vie professionnelle l'avaient réconfortée.

Quand elle entra aux soins intensifs, un énorme cadeau l'attendait : Terri lui proposa de prendre Eloise dans ses bras.

Enfin !

Elle s'assit dans un grand fauteuil relax, ouvrit son chemisier, et après des vérifications de matériel qui mobilisèrent deux infirmières, sa fille fut finalement sur sa poitrine, comme la nuit de sa naissance.

Ce fut le bonheur total.

Eloise, qui était déjà plus tonique, se blottit contre elle. C'était magique… Beth embrassa son petit crâne et s'imprégna de sa douce odeur de bébé. Elle fut autorisée à la garder ainsi durant une heure.

Par la suite, elle ne put pas la tenir tous les jours dans ses bras, mais on lui permettait de plus en plus de choses, de changer sa couche, de la masser, ou de lui parler quand elle était éveillée.

Et à l'heure de la visite des médecins, elle partait en promenade avec Elias, qui s'arrangeait pour être disponible.

Par n'importe quel temps, qu'il pleuve, qu'il neige — bien sûr, de la neige fondue — ou qu'il vente, ils sortaient.

Elle jugeait raisonnable de s'accorder cette pause, durant laquelle ils apprenaient à se connaître et renouaient le contact avec leur vie professionnelle. Elias avait repris quelques gardes, et, avec l'aide de l'imprimante qu'il lui avait achetée, elle parvenait à maintenir le rythme.

Un matin, ils poussèrent un peu plus loin que d'habitude et arrivèrent au kiosque à musique. L'herbe givrée craquait sous leurs pieds.

— On se gèle ! dit-il soudain. On peut rentrer, si tu préfères.

Elle enfonça les mains dans ses poches en souriant.

— Tu exagères ! Si tu voyais les hivers chez moi…

— Merci, j'ai vu.

Elle sourit à nouveau.

Elle n'en revenait pas, qu'il soit allé jusqu'à Dunroath pour tenter de la retrouver ; cela signifiait tant de choses.

Dommage, pourtant, qu'il n'ait pas osé se renseigner auprès de son père… Mais elle n'en dit rien.

— Je suppose qu'il fait moins froid en Grèce ?

Il observa un rouge-gorge qui chantait sur le kiosque et rassembla son courage.

— Beth… Je ne suis pas grec. Je viens d'un pays appelé Medrindos.

— Quoi ?

— Et c'est vrai que, là-bas, le climat est plus doux. L'hiver ressemble à votre printemps.

— Tu comptes prévenir ta famille ?

— Seulement quand je serai prêt.

— La situation te gêne ?

Il eut un rire bref.

— Pas du tout.

— Tu as honte ?

— De toi ? Jamais de la vie. Tu as honte, toi, de ce qui s'est passé entre nous ?

Que répondre ? C'était la nuit la plus merveilleuse de sa vie, et elle avait à présent une fille pour qui elle éprouvait un amour inconditionnel…

— Non, mais je regrette d'avoir fait souffrir mes parents.

— Ils t'aiment ; quand ils verront que tout se passe bien, ils seront soulagés.

— Je n'en suis pas certaine.

— Si, je t'assure.

— Pourquoi n'as-tu rien dit chez toi, dans ce cas ?

— Parce que mes parents sont très autoritaires, ils ont tendance à tout prendre en main. Et j'ai besoin de passer du temps avec toi.

— Moi aussi. Parle-moi d'eux.

Il réfléchit un instant. Il devait trouver des mots qui ne la choqueraient pas.

— J'ai eu une éducation très privilégiée, même si je ne voyais pas beaucoup mes parents.

— Que veux-tu dire ?

— Par exemple, ma mère venait nous dire bonsoir à la nurserie, mais, dans la journée, c'était des nourrices qui s'occupaient de nous.

— Plusieurs à la fois ? Tes parents sont donc si riches ?

Si elle avait su…

— Une pour moi, une pour mon frère, plus une troisième pendant les vacances et les jours de fête, je suppose. Eloise ne subira pas le même sort. Je tiens à ce qu'elle vive dans notre intimité.

— Ne t'inquiète pas !

Beth était incapable d'imaginer ce genre de situation. Même si elle jugeait ses parents étouffants, ils avaient été présents à chaque stade de son enfance, et elle avait partagé tous ses repas avec eux.

— Je veux être maître de ma vie, Beth.

— Tu l'es déjà ! Pourquoi dis-tu qu'ils veulent tout prendre en main ?

Elle avait du mal à comprendre. Il semblait considérer ses parents comme froids et distants, pourtant il craignait qu'ils ne se mêlent de leur existence…

— Eh bien… Par exemple, l'année dernière, une femme a prétendu qu'elle était enceinte de moi.

Il se retourna en s'apercevant qu'elle restait en arrière, et attendit qu'elle le rattrape.

— Ma famille a envoyé ses avocats, et…

— C'était vrai ?

— Non. Je n'avais même pas couché avec elle.

— Dans ce cas, quel intérêt avait-elle…

Elle se tut soudain.

— Oh ! peu importe.

— Vas-y, termine ta question !

Elle secoua la tête. Elle n'était pas prête à tout entendre.

— Je ne sais pas ce qui m'arrive, j'oublie tout !

Beth patientait avec Amanda dans la salle d'attente, la visite des médecins n'allait pas tarder à prendre fin. Elias était parti dans un snack-bar chercher du vrai café.

— Et moi, je ne cesse de me répéter, dit Amanda en souriant. Dan me répond chaque fois : « Tu me l'as déjà dit ! »

— Elias aussi !

Elle rit, heureuse de constater qu'elle n'était pas seule à perdre le nord. Soudain, Rowena passa la tête dans l'encadrement.

— Beth, puis-je vous parler ?

— Bien sûr !

Elle entra à sa suite dans le petit bureau.

— Je sais que vous êtes loin de chez vous, mais à présent qu'Eloise va mieux et que vous ne l'allaitez plus, il se peut que nous soyons obligés de vous trouver un autre logement. Nous avons encore deux chambres de libre, mais nous devons donner la priorité aux parents des enfants les plus faibles et aux mères qui allaitent.

— Je comprends.

— Nous ne vous mettons pas à la porte, nous avons quelques solutions de rechange, selon le budget dont vous disposez…

Rowena expliqua qu'une maison assez proche prenait des pensionnaires, qu'il existait également un modeste hôtel à proximité, et qu'Elias et elle pourraient toujours utiliser les parties communes de l'appartement dans la journée.

Beth sourit. C'était plutôt bon signe. Cela signifiait qu'Eloise était presque tirée d'affaire. Malgré tout, elle avait de la peine à se figurer si loin d'elle…

Lorsqu'elle retourna en salle d'attente, Elias bavardait avec Amanda.

— Vous comptez fêter ça ?

Il secoua la tête.

— Non, inutile.

— Que devrait-il fêter, Amanda ? demanda Beth.

— Son anniversaire. Tu l'avais oublié ? fit la jeune femme en rinçant sa tasse.

Elle sortit.

— J'ignorais que c'était ton anniversaire, dit Beth une fois qu'ils furent seuls. Comment l'a-t-elle su ?

— Mon frère vient de m'appeler.

Il ne parlait que très rarement de sa famille, et, de toute façon, elle ne l'écoutait pas... Elle s'était totalement fermée quand il avait commencé à raconter cette histoire de femme qui prétendait être enceinte de lui.

Un jour ou l'autre, il allait devoir tout lui avouer...

— Beth, le Royal m'a demandé de remplacer un collègue en congé de maladie cet après-midi, de 14 à 22 heures.

Assise sur le lit de leur petite chambre, Beth étudiait Elias, qui paraissait préoccupé. Bien entendu, il n'était pas *que* ce qu'il disait être, mais autant éviter de creuser. Ils se connaissaient à peine, leur relation était fragile... Pour l'instant, ils étaient avant tout parents d'un même enfant. Pourtant, elle sentait que les choses étaient en train de changer. Elle commençait à sortir du brouillard, de la confusion qui régnait en elle depuis trois semaines. Le monde recommençait à tourner.

— Ils ont été sympas de me laisser partir, la nuit de ton accouchement...

— Accepte, je me débrouillerai. Je vais tenir compagnie à Eloise un moment.

Elle resta jusqu'à ce que sa fille s'endorme, puis regarda l'infirmière.

— Terri, pourrais-je m'absenter deux heures ?

— Enfin ! Filez vous aérer !

— Vous m'appellerez en cas de problème ?

— Bien sûr !

Beth lui faisait confiance, et elle éprouvait le besoin de

sortir de cet univers confiné. Elle porta sa robe noire en laine au pressing et s'acheta quelques vêtements.

Des leggins, des jupes droites, et un ou deux gilets croisés qui seraient parfaits pour tenir Eloise dans ses bras.

Puis elle pensa au cadeau d'Elias. Elle fit tirer et agrandir la photo d'Eloise en train de lui tenir le doigt, le jour de sa naissance, et choisit un cadre argenté.

Pour finir, elle entra dans une pâtisserie et acheta un gâteau. En rentrant, elle inscrivit son nom sur le carton et le rangea dans son coin du réfrigérateur.

Ce soir, elle était décidée à écouter ce qu'il avait à lui dire.

Elle passa une jupe courte, des collants épais et un cache-cœur noir. Se sentant enfin elle-même, elle retourna auprès de sa fille.

— Pas mal ! s'exclama Terri. J'ai l'impression que ça vous a fait du bien, de sortir.

Beth ne put qu'acquiescer.

Lorsque Elias la rejoignit, il parut agréablement surpris de sa tenue.

— Voici papa, Eloise.

Elle se tourna vers lui en souriant.

— Elle a sommeil, mais il faut changer ses draps avant de la recoucher. Tu veux la soulever pendant que Terri installe le drap propre ? Tu ne l'as pas vue de l'après-midi…

— Volontiers.

Elle le regarda prendre leur fille avec précaution. Il était si doux ! Il l'observait tout en la tenant contre lui.

— Elle est presque endormie !

— Gardez-la quelques minutes, Elias, dit Terri en approchant le grand fauteuil.

Il y prit place sans se faire prier. Qu'ils avaient l'air heureux d'être ensemble, le père et la fille !

Elias était bouleversé. C'était la première fois qu'il prenait vraiment Eloise dans ses bras. Il leva la tête vers Beth.

— C'est sans doute le plus beau cadeau d'anniversaire que j'aie jamais eu… C'est merveilleux.

Eloise, qui semblait apprécier elle aussi, le fixait de ses yeux déjà brouillés de sommeil.

Peu après, il se leva et la recoucha dans la couveuse, où elle s'endormit aussitôt.

— Alors, ce travail ?

— C'était bizarre de me retrouver aux urgences. Ils m'ont demandé si je pouvais assurer la nuit après-demain, ici à St. Patrick.

— Accepte ! Et maintenant viens, j'ai une surprise pour toi.

Il poussa un grognement. Il détestait les anniversaires. C'était depuis toujours des moments guindés et officiels, et, ces dernières années, des prétextes à boire plus que de raison…

— Allons !

Elle lui céda le passage à l'entrée de leur chambre exiguë, qui leur était devenue familière. Elle avait casé dans un coin l'imprimante qui l'avait aidée à se remettre au travail : finalement, elle avait chargé Jess du goûter d'anniversaire, et la demande en mariage du Roi des Paresseux était presque au point. Gemma, la mariée de juin, avait reçu ses contrats, le menu était choisi.

Elias s'assit sur le lit, et Beth le rejoignit avec un gâteau qui venait de chez un pâtissier, une bougie et un paquet joliment emballé. Son cadeau…

Il l'ouvrit avec une exclamation de surprise, et examina les doigts minuscules d'Eloise qui entouraient le sien. Comme il avait été soulagé de constater qu'elle en avait la force !

— Tu sais que c'est ta fille, Elias.

— Bien sûr.

— Nous devons la déclarer…

— Oui.

Ils avaient réussi à tenir trois semaines, et en avaient tiré le meilleur parti. Maintenant, s'ils n'étaient pas tout à fait un couple, ils étaient au moins des parents unis.

Et pas loin d'être un vrai couple, songea Elias en attirant

Beth contre lui. Elle ressemblait de nouveau à la jeune femme qu'il avait rencontrée sur la plage.

Nettement plus couverte, évidemment, mais elle avait retrouvé son style.

— Il faut que je te parle, Elias. Rowena m'a annoncé qu'ils risquaient d'avoir besoin de la chambre pour une autre mère. Elle m'a laissé quelques jours pour me retourner, et m'a donné quelques pistes…

Il secoua la tête.

— Tu vas venir t'installer chez moi, c'est tout près d'ici.

— Non, je ne veux pas m'imposer…

— C'est un grand plaisir pour moi de t'accueillir. Nous nous débrouillerons.

Chez lui, ils seraient enfin tranquilles pour échanger leurs aspirations respectives, décider de ce qu'ils souhaitaient faire ensemble…

Il lui passa une main sur la joue. Après tout, qui les empêchait de commencer tout de suite ?

Il l'attira à lui et l'assit sur ses genoux.

Beth avait à peine écouté les conseils de la sage-femme concernant la contraception et le sexe… Elle n'aurait pas imaginé que, trois semaines plus tard, elle serait là, les yeux dans ceux d'Elias, en train de se pencher pour l'embrasser…

Cette fois, c'était un baiser sensuel, de pur désir.

Il lui caressa les cheveux, puis descendit les mains sur ses fesses et la serra contre lui. Elle se sentit de nouveau femme… Au beau milieu de cette période de trouble et d'angoisse, ils se retrouvaient enfin, et c'était délicieux.

Hors d'haleine, elle recula, effrayée par la réaction de son corps : il lui semblait qu'une flamme la brûlait de l'intérieur.

— Joyeux anniversaire, Elias !

— Merci !

Ils se mirent au lit et s'embrassèrent encore, jambes entremêlées. De longs baisers paresseux, comme s'ils rattrapaient le temps perdu.

— Tu viens habiter chez moi, dit de nouveau Elias.

13.

— L'étang va me manquer…

Assise sur un banc de Kensington Gardens, Beth soupira en contemplant les cygnes sur l'eau.

— Il me reste quelques services à effectuer à St. Patrick, dit Elias.

Il n'ajouta pas que, le lundi, il avait une entrevue au Royal pour un poste à temps plein.

— Mon Roi des Paresseux m'a envoyé un e-mail, il veut que je lui soumette d'autres suggestions pour l'endroit où il fera sa demande. Je lui ai répondu d'emmener l'élue de son cœur aux sports d'hiver, tant qu'il y a encore de la neige. Apparemment, c'est un skieur émérite.

— Et alors ?

— Il trouve ça trop sophistiqué. Il préférait quelque chose de plus simple.

— Que lui as-tu proposé ?

— D'emmener sa dulcinée dans un bon restaurant qui lui préparerait son plat préféré. Et j'ai facturé le conseil cinquante livres.

Il éclata de rire.

— Il a été satisfait ?

— Non. Apparemment, il ignore quel est le plat préféré de sa petite amie. Je te l'ai dit, ce type est un cas désespéré.

— Je croyais que tu aimais ton métier ?

— Bien sûr !

— Pourtant, tu n'es pas très gentille avec tes clients.

— Je ne suis pas médecin, j'ai le droit de me moquer un peu d'eux !

— Je te trouve dure avec celui-ci. Moi aussi, j'ignore quel est ton plat préféré.

— Mais nous n'allons pas nous fiancer ! De toute façon, je ne suis pas difficile. Une fois, nous avons reçu un couple de Français, au presbytère, et la femme a insisté une ou deux fois pour cuisiner.

— Quel âge avais-tu ?

— Quatorze ans. Chez mes parents, on ne complique pas. La cuisine est excellente, mais très simple.

— Et alors, cette Française ?

— La première fois, elle a fait un cassoulet.

— Et tu t'es mise à adorer ça ?

— Oh non ! c'était immangeable ! J'ai horreur des haricots secs. Je me suis forcée par politesse. Mais ensuite, elle a offert de recommencer. Pas moyen de refuser, malgré nos craintes. Ce jour-là, elle a préparé un poulet à la provençale. Je n'avais jamais mangé d'ail, et jamais rien goûté d'aussi bon. Mes parents aussi se sont régalés. Incroyable. Ma mère a copié la recette, mais on ne trouve pas d'*herbes de Provence*, au village. Et maman n'y met ni vin ni échalotes. Papa appelle ça « le poulet à la provençale écossaise », quand il est seul avec moi…

Il éclata de rire.

— C'est l'humour de mon père qui t'amuse à ce point ?

— Non, mais il t'en faut, du temps, pour répondre ! Tu tournes autour du pot !

— Je suis écossaise, nous aimons les détours. Et toi, quel est ton plat préféré ?

— Un bon curry…

Elle fronça le nez.

— On trouve de nombreux fruits de mer dans mon pays, et aussi de l'agneau, bien entendu. Mais quand j'étais étudiant, j'ai goûté mon premier curry dans un restaurant indien d'Oxford, c'était tellement succulent que j'aurais pu recommencer tous les soirs.

— Eh bien, je n'oserais pas suggérer à mon client d'emmener sa future fiancée manger un curry !

— Il est beau, au moins ?

— Je ne l'ai jamais vu, nous communiquons par mail. Tu sais qu'il m'a même demandé de l'aider à choisir la bague ? J'ai voulu savoir le signe astrologique de sa petite amie, eh bien, il n'en a aucune idée, tu te rends compte !

Elias secoua la tête en souriant.

— Tu as raison, ce type est vraiment nul. Et toi, au fait, quel est ton signe ?

— Gémeaux. Tu comprends, je suis double face.

Elle n'avait pas besoin de préciser que l'une était rarement visible…

— Je m'en suis aperçu. Et j'ai envie d'explorer les deux.

Soudain, elle prit conscience qu'il était le seul être au monde à qui elle avait montré l'autre Beth…

Beth rassembla peu à peu ses affaires. Le lendemain en début d'après-midi, tout était emballé et elle nettoyait son coin de réfrigérateur en bavardant avec Amanda.

— Tu as de la chance de pouvoir sortir d'ici, Beth ! Je suis lasse de la cantine et des plats de chez le traiteur. Je suis contente que ta mère ait promis de m'apporter un plat de chez elle. Quand revient-elle ?

— Demain.

— Et ton père ? Il n'est jamais venu, n'est-ce pas ?

Inutile de raconter ses malheurs, Amanda avait assez des siens. Non seulement elle avait perdu sa fille, mais son garçon était toujours plus petit qu'Eloise à la naissance…

— Il a eu un rhume, qui s'est transformé en une vilaine bronchite.

Elle soupira. Leurs bavardages du matin et du soir allaient

lui manquer… Amanda lui avait confié qu'elle n'était pas mariée avec Dan, qui venait de quitter sa femme.

Elle eut un léger rire en y repensant.

— Mes parents sont tellement stricts ! Tu as de la chance que ma mère ignore que tu n'es pas mariée avec Dan !

Amanda hocha la tête et lui jeta un regard intrigué.

— Ils sont au courant, pour Elias ? C'est que… Il disparaît à chaque visite de ta mère, et, la dernière fois, elle a dit…

Amanda se tut brusquement.

— Continue !

— Que tu étais mère célibataire. Je n'ai pas compris, Elias est tout le temps avec toi…

Beth poussa un nouveau soupir.

— C'est vrai, nous sommes en porte-à-faux, et ça commence à me peser.

Le lendemain, sa mère serait là pour la quatrième fois… Elias arriva, prit ses valises, et ils sortirent. Dans la voiture, sur le chemin de l'appartement, elle se décida.

— Elias, j'ai décidé de dire la vérité à maman le plus tôt possible.

— Veux-tu que je lui parle ? Ce serait volontiers.

— Merci, mais je pense qu'il vaut mieux que ce soit moi. Elle relaiera l'information auprès de mon père. Peut-être viendra-t-il la semaine prochaine…

Elle eut un petit rire.

— C'est vrai que tu l'as déjà vu ! J'ai du mal à me mettre ça dans la tête… A mon avis, ta rencontre avec lui ne se fera pas si aisément.

— Je te crois sans problème !

Il se tourna vers elle en souriant.

— Je plaisante. Ne t'inquiète pas, tout se passera bien.

— Facile à dire…

Il arrêta la voiture.

— Voilà, nous y sommes.

— Déjà ? C'est vraiment tout à côté de l'hôpital !

Beth était perplexe, et sa perplexité s'accrut quand ils traversèrent le hall surveillé par un gardien pour prendre l'ascenseur.

Elle n'était pas spécialiste des appartements londoniens, mais un endroit si proche du centre et si luxueux… Etait-ce réellement à lui ?

Une fois, elle avait failli lui demander si son logement lui appartenait ou s'il le louait ; mais ses parents lui avaient enseigné que parler argent n'était pas poli. De plus, elle en savait si peu à son sujet qu'elle craignait, en posant trop de questions, de faire éclater la bulle dans laquelle ils vivaient depuis quelques semaines.

— Tu habites ici depuis longtemps ?

— Six mois.

Au moment où il avait acheté l'appartement, il l'avait jugé un peu en dessous de son standing. Un quatre pièces…

Beth examinait les plafonds hauts et la splendide cheminée du salon, il la sentit mal à l'aise.

Elle s'approcha de la grande baie vitrée et regarda à l'extérieur, visiblement ébahie de découvrir en bas Kensington Gardens, le but de leur promenade quotidienne.

— Elias… Quand tu m'as dit que tu étais riche, j'ai répondu que je tâcherais d'en profiter…

Elle déglutit.

— Je ne le pensais pas.

— J'avais bien compris que tu plaisantais.

La richesse d'Elias ne rassurait pas Beth, au contraire… Elle se sentait profondément troublée.

Elle l'étudia, en jean et pull-over noir, une tenue simple, mais qu'il portait avec élégance. Déjà, en le voyant marcher sur la plage de l'île, cette nuit-là, elle avait remarqué cette mystérieuse grâce innée…

Elias observa Beth, dans son seul et unique manteau sur des leggins sans prétention. Il la vit croiser les bras, comme pour se défendre.

Et il avait eu raison de ne pas dévoiler son identité. Elle était beaucoup plus compliquée que les écervelées qu'il fréquentait d'habitude. Son titre de prince ne l'impressionnerait pas, bien au contraire.

— Même si je plaisantais, j'avais tort, dit Beth. En fait, je viens de comprendre que c'était l'inverse : c'est toi qui pourrais profiter de moi…

Son cœur se serra. Tout ce qu'elle avait à partager, c'était Eloise.

Elle poursuivit son examen des lieux : rien ne dépassait, c'était immaculé, alors qu'Elias travaillait tellement… Il pouvait se payer une femme de ménage, et sans doute aussi une nourrice, bien qu'il ait affirmé ne pas en vouloir pour sa fille. Elle commençait à avoir un aperçu de l'ampleur de son pouvoir. Elle pensa au studio qu'elle louait à Edimbourg, à sa carrière qui redémarrait, et eut le terrible sentiment qu'il pouvait tout faire disparaître, simplement en claquant des doigts.

— Je ne te ferai jamais ça.

Elias s'aperçut qu'il avait parlé d'une voix enrouée… Eloise était sa fille, il savait ce que cela impliquait.

Il avait les moyens de payer discrètement Beth, puis de s'en souvenir comme d'une erreur de son passé. Mais il refusait de considérer cette option.

L'autre était pourtant effrayante.

S'ils étaient un couple, si cette relation conduisait à ce qu'il espérait, Eloise serait princesse. Il avait fait tout son possible pour échapper à cette vie, mais un bébé changeait les perspectives.

— Que se passera-t-il si nous ne nous entendons pas, Elias, si je ne me mets pas au diapason ?

— T'ai-je demandé de le faire ?

Elle jeta un nouveau regard circulaire à ce fastueux appartement. Il pourrait payer les meilleurs avocats, comparés à celui de son village, que d'ailleurs elle n'aurait même pas les moyens de consulter.

— Non, en effet. Mais…

Elle revit le petit berceau qu'elle avait acheté, la baignoire de bébé, tout ce qu'elle s'était efforcée d'avoir pour son enfant.

— Elias, j'ai un logement à Edimbourg, prêt pour l'arrivée Eloise. Et si je voulais l'emmener là-bas dès qu'on l'autorisera à sortir de l'hôpital ?

Que répondre, là, tout de suite ? Il espérait beaucoup de cet entretien prévu au Royal, sa vie était planifiée ici. Il y avait tant de choses à discuter ! Et Beth semblait peiner à assimiler les informations.

— Je téléphone à St. Patrick pour prévenir que je ne vais pas travailler.

— Non, s'il te plaît, ne change rien. J'ai besoin de me retrouver. Et en cas de problème avec Eloise, au moins tu serais sur place.

Lorsqu'il fut parti, elle songea avec effroi, une fois de plus, que toute cette richesse pouvait l'étouffer.

Malgré tout, c'était si bon de passer une soirée et une nuit seule, en dehors de l'hôpital !

Au moment où Beth consultait sa messagerie, son portable sonna.

Elle répondit aussitôt, et sentit la panique monter en reconnaissant la voix de son père. Elle ne lui avait pas parlé depuis des mois…

— Comment vas-tu, Beth ?

— Bien, merci.

— Et Eloise ?

— Elle progresse tous les jours. Il y a des hauts et des bas, évidemment, mais elle s'en sortira.

— Ta mère est patraque. Je suppose qu'elle a attrapé mon rhume, je suis d'avis qu'il vaudrait mieux qu'elle ne fasse pas le voyage demain. Je viendrai à sa place.

Beth ferma les yeux, et son cœur se serra.

Inutile d'espérer que leurs retrouvailles se passent bien. Son père avait été très peiné, fâché, et la tension était toujours perceptible dans sa voix. Il devait également la sentir tendue. Elle aussi avait beaucoup souffert…

La seule fois où elle avait dévié de la ligne droite, on l'avait chassée de la maison. Bien entendu, elle n'avait pas été jetée à la rue, mais son père avait été si soulagé qu'elle propose de partir !

Il ne lui avait envoyé de l'argent que par sens du devoir, alors qu'elle avait besoin d'amour et de compréhension…

— Je serai là vers 13 heures.

— D'accord, j'ai hâte de te voir.

C'était faux, elle appréhendait cette rencontre…

Après avoir raccroché, elle visita le reste de l'appartement et choisit de s'installer dans la chambre d'amis plutôt que dans le lit d'Elias.

Non par pudibonderie, mais parce qu'elle ne se sentait pas prête à vivre avec lui, à partager une intimité plus grande que celle qu'ils avaient déjà.

Elle défit ses valises, considéra les vêtements qu'il lui avait achetés, puis jeta un regard autour d'elle au décor luxueux et au mobilier impressionnant.

Décidément, elle ne rentrait pas dans ce moule.

Elle poussa la porte d'une somptueuse salle de bains, remplit la baignoire, ajouta des sels moussants et des huiles avant de s'y plonger jusqu'au cou.

Tout en essayant de se détendre dans l'eau chaude, elle réfléchit : elle ressentait de la peur, mais celle-ci n'était pas due, comme elle l'avait supposé, au fait d'être éloignée d'Eloise. En réalité, c'était ses sentiments pour Elias qui l'effrayaient.

Inutile de se le cacher davantage, elle savait à présent qu'ils étaient profonds.

Durant leurs nombreux mois de séparation, elle avait fermé son cœur à son souvenir, pour survivre ; mais depuis la naissance de leur fille, il s'était rouvert largement.

Pourquoi considérer cela comme un problème ? Elle était folle de lui, et il lui avait assuré être fou d'elle. Et autant reconnaître que les quelques semaines passées près de lui avaient presque suffi à lui faire oublier l'enfer qu'elle avait traversé auparavant.

Ce qui la perturbait, c'était cette impression d'être tombée amoureuse à retardement…

En outre, seuls le hasard et les circonstances les avaient réunis, elle en avait bien conscience. Ce n'était pas suffisant pour envisager un avenir ensemble.

S'il n'avait pas été de garde au Royal le soir de son accouchement, il ne l'aurait jamais revue, et n'aurait jamais su qu'il était père…

Tout de même, il était allé jusqu'à Dunroath pour tenter de la retrouver, songea-t-elle en sortant de son bain.

D'accord, mais elle ne comptait sans doute pas assez pour lui, puisqu'il avait manqué de courage pour parler à son père…

Elle se sécha et se prépara pour la nuit. C'était agréable, de ne pas devoir tout ranger dans sa trousse de toilette après s'être brossé les dents… Et de pouvoir rester nue au lieu d'enfiler des vêtements à la hâte sur son corps encore humide.

Après s'être enduite de lait hydratant et avoir pris sa pilule — comme tous les soirs depuis qu'ils s'étaient embrassés —, elle se mit au lit en savourant la douceur des draps.

Qu'Elias travaille pour la nuit à St. Patrick la rassurait. S'il se passait quoi que ce soit, il serait sur place.

Rien ne se passa. Pas de nouvelles, bonnes nouvelles…

Durant sa pause, Elias se rendit aux soins intensifs pour voir Eloise, qu'il trouva à plat ventre dans le haut de la couveuse, où elle avait réussi à se nicher.

Elle respirait seule, à présent, et n'était plus aidée que par un peu d'oxygène administré par le nez. C'était un énorme pas en avant.

Il repassa lui dire au revoir avant de rentrer chez lui. Terri, qui venait d'arriver, lui sourit.

— Alors, comment c'était, aux urgences ?

— La folie, comme d'habitude !

Tout en vérifiant le matériel, elle lui lança un regard admiratif.

— Je n'avais pas compris que vous étiez le médecin qui a accouché Beth. Je n'ai rempli le dossier qu'hier… Vous avez dû avoir une de ces peurs !

— C'est vrai.

Il ressentit un pincement au plexus. Les pièces du puzzle s'emboîtaient peu à peu…

Bientôt, tout le monde serait au courant de tout.

Oh ! Terri était discrète, il avait confiance en elle, mais la presse, qui ne cessait de fouiner, n'allait pas tarder à découvrir la vérité.

Durant tout un mois, il avait réussi à protéger Beth des bouleversements qui l'attendaient, mais le temps était écoulé.

— Voulez-vous la prendre, Elias ?

— Volontiers.

— Otez le haut de votre tenue.

Il s'exécuta et s'installa dans le fauteuil. A présent qu'Eloise n'était pratiquement plus reliée à rien, il était plus facile de la sortir de sa couveuse.

Ce n'était pas la première fois qu'il tenait sa fille dans ses bras, mais, ce matin, tout était calme autour d'eux. Il lui raconta une petite histoire, comme il le faisait en principe tous les soirs, et la sentit se détendre au son de sa voix. Il aurait même juré qu'elle avait souri.

Tout en parlant, il l'observait avec satisfaction, et son

cœur se gonfla de joie : elle ressemblait de plus en plus à une personne. Elle prenait du poids tous les jours, et en était à présent à trente-quatre semaines de gestation. Pas encore tout à fait l'âge normal pour naître, mais enfin, Beth et lui étaient sortis de cette terrifiante spirale et pouvaient s'occuper un peu d'eux-mêmes.

Ils devaient repartir du début, d'ailleurs. Ils n'étaient même jamais allés dîner au restaurant. Ils avaient besoin de passer une soirée en ville pour apprendre à se connaître de façon plus « normale ».

— Voulez-vous que je vous photographie ? demanda Terri.

— Avec plaisir ! Tenez, prenez mon téléphone.

Beth fut réveillée par la sonnerie, un texto venait d'arriver sur son portable. Elle tâtonna pour le trouver, alluma l'écran et lut.

Eloise a passé une bonne nuit.

Elle ouvrit la pièce jointe et s'extasia sur le magnifique cliché de sa fille dans les bras d'Elias. Ils avaient tous les deux l'air si heureux ensemble !

A sa grande surprise, il était 7 heures du matin. Elle venait de dormir une nuit entière sans interruption.

Encore somnolente, elle tenta de se rendormir. Des images défilèrent devant ses yeux fermés : des bribes de la nuit où elle avait rencontré Elias. Les rires et la musique provenant du yacht qu'elle était en train d'admirer, cette silhouette élancée qui marchait sur la jetée, puis sur la plage… Cet homme qui avançait d'une démarche souple, sans se presser, une bouteille à la main…

— Beth ?

On frappa à la porte, et très vite, un rai de lumière apparut, Elias était sur le seuil de la chambre.

— J'ai apporté le petit déjeuner.

Elle s'assit dans le lit et alluma la lampe de chevet.

— Entre. Comment s'est passée ta nuit aux urgences ?

— Très bien.

Il semblait ne pas avoir fermé l'œil, mais il y avait des semaines qu'il dormait très peu, de toute façon. Il n'était pas rasé, et des cernes sombres soulignaient ses yeux… Etait-elle dans la réalité, ou encore dans sa rêverie ?

Elle venait de se rappeler quelque chose… Dans ce moment entre veille et sommeil, un détail avait attiré son attention, mais à présent, elle ne parvenait plus à le retrouver. C'était comme si elle essayait d'attraper de la fumée…

En revanche, elle se souvint de la photo qu'il avait envoyée.

— Vous avez fait un gros câlin, Eloise et toi !

— Une heure. Je l'ai même nourrie, et je lui ai raconté une histoire. C'est une auditrice attentive.

— Parce qu'elle ne parle pas encore ! dit-elle en riant. Et de quoi était-il question ?

— De toi.

— Elias, je sais que j'étais un peu perturbée, hier soir…

Sa gorge se serra, et elle poursuivit avec peine.

— J'ai tout fait toute seule depuis des mois. Je n'ai jamais douté que mes parents me soutiendraient en cas de pépin…

Elle sentit ses yeux s'embuer.

— J'ai toujours été une bonne fille, et au premier faux pas, ils m'ont rejetée. Eloise est tout ce que j'ai.

— Non, Beth, je suis là, moi aussi. Tu n'es pas seule.

— Oui, mais… J'aurais voulu que nous soyons sur un pied d'égalité.

— Et alors ? Ce n'est pas le cas ?

Elle lui jeta un regard suspicieux et ne répondit pas.

Il s'éclaircit la gorge. Il fallait qu'ils se sentent en confiance l'un vis-à-vis de l'autre. Ils devaient résoudre tous les obstacles pour être ensemble, et forts pour affronter ce qui allait suivre.

Elle poussa un long soupir.

— Je ferais mieux de me préparer, si je ne veux pas être en retard.

— A quelle heure arrive ta mère ?

— Elle ne vient pas aujourd'hui, elle est souffrante. C'est mon père qui la remplace.

— Ah ! très bien. Tu refuses toujours que je lui parle ?

— Le jour où tu en as eu l'occasion, tu ne l'as pas fait !

Son père était intimidant, elle ne le niait pas, mais, malgré tout, elle éprouvait de l'amertume à la pensée qu'il n'avait pas osé se présenter à lui… Autant l'avouer.

Percevant un certain ressentiment dans sa voix, Elias posa sa tasse et lui mit la main sur l'épaule.

— Ce serait justement l'occasion de me rattraper, Beth.

— Non, ça ne ferait qu'empirer les choses. J'aimerais simplement qu'il fasse la connaissance de sa petite-fille. Ce qui se passe entre nous ne le regarde pas. Si nous ne parvenons pas à nous entendre…

— Pourquoi envisages-tu toujours l'échec, alors que nous n'avons encore rien tenté ?

— Je veux bien tenter, répondit-elle. Et je sais que me réfugier dans la chambre d'amis ne résout rien… Elias, ce n'est pas le sexe qui me préoccupe, mais le sentiment que j'éprouve pour toi.

Elle plongea le regard dans ses magnifiques yeux gris, et son cœur se serra à l'étouffer.

Sa rupture avec Rory s'était faite en douceur et n'avait pas été très douloureuse. Mais se séparer d'Elias, le perdre… Ce serait atroce. Il avait bouleversé sa vie, et pas seulement à cause d'Eloise. Chaque matin, elle avait l'impression d'être vivante pour la première fois.

Il se contenta de sourire.

— J'ai pensé que nous pourrions sortir, ce soir. Comme tous les couples le font.

— Tu veux dire dîner ensemble au restaurant ?

— Hum. Je réserverai quelque part où nous serons tranquilles pour parler de nous deux. Ce sera plus facile dans un endroit neutre, qui ne soit ni l'hôpital ni mon appartement.

— Oh ! c'est une excellente idée. Ça me plairait beaucoup !

En effet, il était temps de découvrir s'ils étaient liés par autre chose qu'un bébé.

14.

Beth sortit de l'immeuble d'un pas plus assuré, elle entrevoyait pour la première fois une lueur d'espoir.

Comme une flamme qui brûlait dans sa poitrine, et qui réchauffait cette matinée hivernale.

Il était plus de 9 heures, et la journée serait chargée.

En ce lundi, jour de longue visite des médecins, elle ne verrait Eloise que plus tard dans la matinée ; et à l'heure du déjeuner, elle aurait à peine le temps de faire un saut chez Elias, car elle devrait être de retour à l'hôpital assez tôt pour accueillir son père… N'étant pas certaine d'avoir le temps de repasser à l'appartement, elle avait mis dans un sac ses escarpins et son sac de maquillage, et comptait s'arrêter au pressing pour récupérer sa robe.

Jamais elle n'avait été aussi excitée par un rendez-vous…

Au passage, elle acheta un café pour Amanda, comme Elias le faisait souvent pour elle, et se rendit aux soins intensifs.

Amanda, souriante, était dans la salle d'attente.

— Oh ! que c'est gentil ! Merci, Beth ! Tu sais quoi ? Finn n'est plus sous respirateur ! On l'a mis sous PPC, et toute l'équipe a l'air contente de ses progrès.

Beth eut un large sourire.

— C'est une nouvelle formidable !

Elles bavardèrent en buvant leur café.

— J'ai vu Elias avec Eloise, ce matin, en train de lui raconter une histoire. C'est un père fantastique.

— Je suis bien d'accord, il m'a même envoyé la photo ! Et il m'a invitée au restaurant, ce soir. J'ai apporté de quoi me changer, au cas où je ne pourrais pas repasser chez lui après le départ de mon père. Mes chaussures, mon maquillage, ma robe qui sort du pressing…

— Veux-tu que je la mette sur un cintre ?

— Oh ! volontiers, merci !

Quand les médecins eurent fini leur visite, Beth entra dans la salle pour retrouver sa fille, qu'elle trouva endormie.

— Elle a été très occupée, ce matin, dit Terri.

L'infirmière lui exposa ce qui avait été décidé au sujet des soins d'Eloise. Elle pourrait bientôt prendre son premier bain, ce qui était un immense progrès.

Elle était toujours sous perfusion de caféine, mais à dose très réduite, et avait pris du poids.

— Le spécialiste est très satisfait, elle a beaucoup progressé en un mois.

Terri sourit à Beth.

— Alors, cette première nuit loin d'elle ?

— J'ai dormi dix heures d'affilée, répondit celle-ci sur un ton coupable. Je craignais de trop m'inquiéter pour pouvoir fermer l'œil, mais j'ai pris un bain bien chaud et je me suis endormie dès que j'ai posé la tête sur l'oreiller.

— C'est fabuleux. Ne vous y habituez pas, quand même ! Quand elle sera à la maison, il faudra la nourrir la nuit…

Oh ! ce ne serait sans doute pas avant un bon mois, mais Beth devait sérieusement penser à trouver un endroit où sa fille puisse se considérer comme chez elle.

— Profitez-en pour rattraper votre sommeil en retard et vous organiser.

Intriguée, Beth observa l'infirmière. Savait-elle à quel point sa relation avec Elias était fragile ? Elle se concentra pour écouter la suite.

— Eloise aurait dû naître en mars, et nous ne sommes que début février. Si les choses avaient suivi leur cours normal, vous seriez en train de solliciter un congé de maternité, d'acheter des affaires pour le bébé, et de préparer la maison pour sa venue. Tout ceci vous a été refusé. Ne vous sentez donc pas coupable de rentrer chez vous le soir, de vous reposer, et de faire tout ce que vous auriez fait si elle n'était pas arrivée si tôt.

Beth acquiesça et regarda sa fille qui s'éveillait et cherchait à manger. Pour l'instant, elle tétait sa main, ce qui l'occuperait un petit moment.

— Je vais lui préparer son biberon.

Sans doute se rendormirait-elle avant d'avoir terminé, songea Beth en s'installant dans le fauteuil avec sa fille... Eloise buvait un peu à présent, mais la succion l'épuisait vite. Et sa matinée avait été bien agitée : son père l'avait tenue sur ses genoux pour lui raconter une histoire, on lui avait remis ses perfusions et les médecins l'avaient examinée. Pas étonnant qu'elle ait du mal à prendre son lait... Au bout de deux gorgées, comme prévu, elle replongea dans le sommeil, et Beth ne réussit pas à la réveiller. Le reste lui serait administré par sonde.

Elle la tendit à Terri pour qu'elle la recouche dans sa couveuse et se leva.

Alors qu'elle se dirigeait vers la sortie, l'infirmière la rappela.

— Beth ! J'allais oublier... Pouvez-vous faire savoir à votre famille et à vos amis que nous ne pouvons pas donner de nouvelles d'Eloise ? Nous avons eu plusieurs appels dans le service, ces derniers jours, et Chloe a conseillé à ces gens de s'adresser à vous.

— Désolée. Mes parents sont allergiques aux téléphones portables. Mon père vient cet après-midi, je lui rappellerai de prévenir ma mère...

— Ce ne sont pas vos parents.

— Qui, alors ?

— Chloe n'a pas compris le nom, mais cela s'est produit plusieurs fois. Pouvez-vous en parler à Elias, c'est peut-être sa famille à lui ? Nous prenons la confidentialité des patients très au sérieux, ici, et au risque de paraître grossiers, nous ne fournissons aucun renseignement. Nous ne confirmons ni n'infirmons que l'enfant est chez nous, sauf si nous avons directement la personne à prévenir en cas de problème.

Bizarre… Elias lui avait pourtant assuré qu'il ne dirait rien à sa famille pour l'instant.

— Je ne comprends pas…

— A quelle heure votre père arrive-t-il ?

— A 13 heures. Je me dépêche, il ne faut pas que je me mette en retard…

Elle se dirigea vers la porte en soupirant. Elle était lasse de se cacher.

Elias était un type bien, pourquoi continuer à nier son existence ? Même si elle redoutait la rencontre entre son père et lui, elle allait cesser de prétendre qu'il n'existait pas.

Il était temps d'affronter les difficultés.

Après deux heures d'un sommeil réparateur, Elias, bien qu'éveillé, était toujours au lit : il réfléchissait à la venue du pasteur Foster dans l'après-midi.

Il n'était pas le moins du monde vexé que Beth préfère qu'il ne se montre pas. D'ailleurs, elle savait qu'il n'avait pas non plus prévenu ses propres parents… Mais il pensait le moment venu d'affronter la vérité, et tenait à rencontrer le père de Beth, sinon aujourd'hui, du moins un jour prochain.

Lorsque le bourdonnement de l'Intercom se fit entendre, il l'ignora. Il n'avait aucune idée de l'heure et se tourna sur le côté dans l'intention de se rendormir. Mais une idée soudaine le frappa : Beth avait pu oublier ou perdre sa clé, le gardien ne l'avait peut-être pas reconnue… Il tendit le bras pour décrocher le téléphone intérieur.

— Oui ?

— Docteur Santini ? J'ai ici deux personnes qui désirent monter chez vous.

— Qui est-ce ? demanda-t-il en étouffant un bâillement.

— Une certaine Alvera, et une autre qui refuse de donner son nom.

Il bondit hors du lit et passa son jean en un clin d'œil. Une minute plus tard, il ouvrait la porte à une Alvera à la bouche pincée, et à une femme qu'il voyait rarement, à moins qu'elle ne sache qu'il avait des ennuis : la reine Margarita, qui lui jeta un regard courroucé.

— Ah, Elias ! J'estime impératif que nous ayons une conversation. Pas toi ?

— Tu aurais pu prévenir que tu venais ! s'écria-t-il tandis qu'elles entraient au salon.

Il frémit. Si elles avaient trouvé Beth toute seule ! Elle aurait dû affronter sa mère, qui semblait, par-dessus le marché, d'une humeur massacrante.

Pas étonnant, dans le fond. Il était resté absent plus longtemps que d'habitude et avait refusé de passer le jour de son anniversaire à Medrindos…

— J'avais de bonnes raisons de ne pas rentrer, dit-il.

La reine s'assit sur le bord du canapé, Alvera à côté d'elle. Il préféra un fauteuil.

— Je viens d'avoir un enfant.

Comme sa mère ne bronchait pas, il continua.

— Une fille, née dix semaines avant terme, une épreuve terrible pour Beth. J'ai essayé de nous préserver un peu d'intimité avant que la nouvelle se répande.

La reine, qui ne manifestait toujours aucune surprise, lui jeta un regard glacial.

— Qu'est-ce qui t'a fait croire que tu pouvais t'en tirer tout seul ?

— Je m'en suis bien tiré, je trouve.

Et c'était vrai, il était fier d'avoir réussi à protéger Beth et Eloise pendant tout ce temps.

— Depuis quand sors-tu avec cette femme ?

— Ma vie sentimentale ne te regarde pas.

— La presse exigera de savoir.

Il y avait songé, bien entendu. Ils voudraient des détails, qui seraient assez délicats à fournir.

— Dis-moi, Elias, comment vous êtes-vous rencontrés, cette *dame* et toi ?

Il perçut le sarcasme dans sa voix, et imagina ce que Beth avait subi quand elle avait avoué sa grossesse à ses parents.

— Je n'ai pas l'intention de tout te raconter maintenant. Beth et moi — oui, elle s'appelle Beth —, nous essayons d'y voir plus clair, je te prie donc de nous laisser le faire tranquillement.

— Tu aurais dû me prévenir dès le début, dit Alvera. Selon la rumeur, c'est toi qui l'as accouchée !

Il tressaillit. Incroyable ! Ils savaient déjà ! Dans peu de temps, le monde entier serait au courant.

— Je n'écoute pas les rumeurs. Il nous reste deux semaines pour déclarer Eloise.

— Tu ne signeras rien avant d'avoir effectué un test de paternité, dit sa mère dans un sifflement. Et d'avoir eu les résultats.

— Inutile, je suis certain d'être le père.

— Tu peux te satisfaire de cette certitude pour donner ton nom à l'enfant d'une… fille avec qui tu as couché une fois en passant. Mais, à moi, elle ne me suffit pas. Je t'ai conseillé d'être prudent, les femmes sont prêtes à tout. Tu penses qu'elle était assise sur la plage par hasard, cette nuit-là ?

Il n'en crut pas ses oreilles. A aucun moment, il n'avait dit que Beth était la jeune femme photographiée avec lui huit mois plus tôt !

— Comment sais-tu que c'est la même femme ?

Sa mère resta muette.

— Bon sang, dis-moi comment tu le sais !

Il se tourna vers Alvera.

— Je refuse de poursuivre cette conversation tant qu'on ne m'a pas répondu.

Alvera regarda la reine, qui fit un signe de tête.

— Montrez-lui, Alvera.

Alvera ouvrit sa mallette et en sortit des photos qu'elle lui tendit.

Il les étudia une à une, stupéfait et furieux : on les avait surveillés récemment, Beth et lui !

Juste un jour ou deux, sans doute, mais assez longtemps pour avoir la preuve qu'il se rendait régulièrement aux soins intensifs néonataux de St. Patrick.

Il y avait quelques clichés de Beth dans des boutiques, faisant ses achats, et d'eux assis sur leur banc du parc, en train de bavarder. Sur l'une des photos, prise au zoom, ils se souriaient. Il se souvenait même du sujet de leur conversation à ce moment précis — elle lui parlait de son client paresseux, puis de son plat préféré, ce qui l'avait beaucoup amusé.

Il était atterré : on leur avait volé ces moments d'intimité.

— Tu peux t'estimer heureux que ce soit notre photographe attitré qui ait pris ces photos, et pas des paparazzis, dit sa mère avec mépris.

Il y en avait même qui dataient de la veille au matin, quand il avait ramené Beth à l'appartement ! Il la vit, à sa descente de voiture, levant la tête vers l'immeuble d'un air surpris et inquiet.

En passant les dernières photos en revue, il put constater, de plus en plus furieux, que celles de leur première nuit sur la plage existaient toujours.

— J'avais demandé qu'elles soient détruites ! hurla-t-il à Alvera en jetant la pile d'instantanés sur la table basse.

Une fois de plus, il était confronté au pouvoir de sa famille, aux désagréments inhérents à sa richesse et à son titre… Pour une jeune maman qui s'efforçait de s'en sortir avec son enfant, ce serait intolérable.

Il se leva, décidé à ne pas en supporter davantage.

— Bien. Je crois que nous n'avons plus rien à nous dire, je ne vous retiens pas.

Sa mère ne bougea pas.

— Elias, il faut que tu nous écoutes. Notre famille a une réputation à tenir ; que ça te plaise ou non, certaines vérifications doivent être effectuées sans tarder. Si ce bébé est vraiment le tien, ce sera un événement incroyable, mais il est plus probable que cette femme te…

— Je ne te permets pas d'insinuer une chose pareille !

répondit-il d'une voix blanche. Beth ne sait même pas que je suis prince !

A présent, il était carrément hors de lui.

— Et bien entendu, personne ne m'a demandé de nouvelles d'Eloise ! Depuis sa naissance, elle est en soins intensifs dans une couveuse, reliée à des tuyaux et à des machines qui la maintiennent en vie, nous avons failli la perdre deux ou trois fois. Mais la santé de ma fille, ça n'est pas intéressant, n'est-ce pas ?

Il ne pouvait plus retenir son angoisse, les craintes qu'il n'avait jamais exprimées devant Beth pour ne pas l'effrayer. Tout sortait maintenant sous l'effet de la colère.

— Nous avons vécu un enfer ces dernières semaines, mais tu ne te soucies que de notre sacro-sainte réputation ! Ça me dégoûte !

Il attrapa sur une étagère le cadre argenté que Beth lui avait offert pour son anniversaire : l'image du jour de la naissance de sa fille.

— Vous n'êtes pas les seules à avoir des photos ! Regarde !

Il vit sa mère tressaillir devant la main minuscule, trop petite pour faire le tour de son doigt.

Puis il alla chercher son téléphone et le lui tendit.

— Voici les photos que tu aurais dû demander à voir, quand tu as découvert ce qui se passait !

Il observa le visage de sa mère tandis qu'elle faisait défiler les images : rien ne s'adoucit dans son expression, il n'y lut aucune émotion, aucune reconnaissance qu'Eloise était sa petite-fille.

Et la vérité lui apparut : en fait, la reine ne vivait que pour le devoir. Son devoir à elle, c'était de produire des héritiers, et elle l'avait rempli. Il se revit, enfant, entouré de nourrices, attendant ses brèves apparitions du soir, privé d'affection maternelle.

C'est ainsi, on n'y peut rien.

Eh bien, c'était terminé.

— Je m'occuperai de ma famille. Je n'ai pas besoin de toi pour ça.

— Moi, je suis sûre du contraire : si tu essaies de te soustraire à ton devoir, les journalistes ne vous lâcheront plus...

— Pourrions-nous faire abstraction de l'émotion, majesté ? dit Alvera. Soyons pratiques.

Elle se tourna vers lui.

— Elias, ce test est tout à fait bénin. Un peu de salive suffit. Explique cela à Beth, elle peut en prélever elle-même sans difficulté sur le bébé, et nous aurons le résultat demain. S'il est positif, tu auras le soutien de l'Ambassade et du Palais pour museler la presse et protéger la mère et l'enfant quand la nouvelle sortira au grand jour. Sinon, les reporters vont camper à la porte de l'hôpital.

Il n'en doutait pas...

— Si tu tiens à ton intimité, tu n'as pas le choix. Je peux prélever un échantillon sur toi tout de suite, puis tu expliqueras la vérité à Beth : que ce n'est pas toi qui l'exiges, mais le Palais.

— D'accord. Je m'en chargerai moi-même, et j'accepte à la condition que tout soit fait pour les protéger, elle et le bébé. Moi non plus, je ne tiens pas à ce que sa réputation souffre. Et je ne plaisante pas.

A l'expression de sa mère, il comprit qu'elle avait failli répliquer, mais sans doute la détermination de son fils l'impressionna-t-elle, car elle se borna à acquiescer.

— Très bien.

— Alors allons-y, dit Alvera en enfilant des gants.

Elle tira de sa mallette deux kits de prélèvement.

Elias ouvrit la bouche pour lui permettre de prélever un échantillon.

Beth parcourut à pied le court trajet qui séparait l'hôpital de l'appartement. Elias dormait sûrement, elle devrait le réveiller pour lui faire part de sa décision de mettre son père au courant, et l'informer des mystérieux coups de téléphone mentionnés par Terri.

Qui donc appelait pour avoir des nouvelles d'Eloise ?

De plus, autre chose tracassait toujours Beth : la scène qu'elle avait revue ce matin, cet homme qui marchait sur la jetée, ce lien qu'elle ne parvenait pas à faire… Tout à coup, la lumière se fit : ce n'était pas sur la plage qu'elle avait vu Elias pour la première fois ! En réalité, il arrivait de ce yacht en fête… Tout cela tourbillonnait dans son esprit quand elle ouvrit la porte à l'aide de la clé qu'il lui avait donnée.

Lorsqu'elle entra au salon, la scène qui s'y déroulait la pétrifia : Elias était debout, de trois quarts, la bouche grande ouverte, tandis qu'une femme élégante, qui n'avait rien d'une infirmière, y enfonçait un coton-tige. Malgré son peu de connaissances médicales, Beth avait vu assez de films, lu assez de romans policiers, pour comprendre qu'il s'agissait d'un prélèvement de salive destiné à un test ADN.

Elle reçut un coup au plexus. Avec les difficultés qu'ils avaient déjà, elle se serait passée de cette nouvelle épreuve. Elle était pourtant certaine qu'il avait accepté Eloise comme sa fille…

Tout semblait se dérouler au ralenti devant elle : Elias referma la bouche et, tandis que la femme rangeait le tube protecteur dans une mallette, il jeta un regard à une femme plus âgée, assise les mains sur les genoux, qui n'avait pas bronché. Enfin, il tourna la tête vers elle.

— C'est toi, Beth ! Viens, allons parler dans mon bureau.

— Inutile, je ne veux pas t'entendre !

Elle avança de deux pas et avisa sur la table basse des photos qui les représentaient, Elias et elle, et un second kit. Elle s'en empara et le brandit.

— Tu t'apprêtes à prélever un échantillon sur ta fille derrière mon dos ? A t'acheter la paix de l'esprit en cachette ?

— Beth, les apparences sont trompeuses…

— Ce que je viens de voir était pourtant très clair.

Elle jeta le tube sur la table, ramassa un cliché et l'étudia :

c'était Elias et elle, devant l'étang de Kensington Gardens. Elle en prit un autre, et écarquilla les yeux : là, ils s'embrassaient sur la plage de l'île… Qu'est-ce que cela signifiait ? Qui étaient ces deux femmes ? Elle se tourna vers celle qui était restée assise.

— Que voulez-vous ?

— Je suis la mère d'Elias, et…

Elle ne la laissa pas poursuivre.

— Eh bien, enchantée de vous connaître !

Sous le sarcasme, son interlocutrice écarquilla les yeux. A l'évidence, cette dame n'avait pas l'habitude qu'on lui parle sur ce ton.

— Inutile que je prenne la peine de me présenter, vous semblez en savoir déjà long sur moi !

Elle tourna les talons pour sortir de la pièce, et Elias se précipita à sa suite.

— Je t'en prie, attends, Beth, je vais t'expliquer !

— N'essaie pas de me retenir. La seule certitude que j'avais concernant notre relation, c'était que tu ne doutais pas qu'Eloise était ta fille.

— C'est moi qui ai exigé ce test, intervint la mère.

Beth revint sur ses pas, saisit le tube resté sur la table et le fourra dans son sac.

— Ah ! tu as besoin de ça pour rassurer ta maman ? Eh bien, tu l'auras, ton échantillon !

— Attends, Beth, je t'accompagne, dit-il en passant son manteau.

— Je trouverai mon chemin toute seule, merci !

Il entendit la porte claquer et regarda sa mère.

— Tâche d'arranger ça, Elias.

— Oh ! ne t'en fais pas, j'en ai bien l'intention !

Mais il le ferait à sa manière.

15.

En sortant de l'immeuble, Beth aurait aimé se terrer comme une bête blessée dans un antre pour lécher ses plaies. Mais avec un enfant aux soins intensifs, c'était impossible.

Pour comble de malheur, son père ne tarderait pas… Elle regagna l'hôpital et s'assit près de la couveuse, s'efforçant de trouver un sens à ce qui venait de se passer.

Ce matin encore, elle avait l'intention de parler d'Elias à son père, parce qu'elle commençait à croire qu'une relation avec lui était possible.

Eh bien, plus maintenant.

Elle était tellement certaine qu'il savait qu'Eloise était sa fille ! Mais en y réfléchissant, il repoussait sans cesse le moment de déclarer la naissance…

Elle consulta sa messagerie : aucun appel de lui. Pas étonnant, il n'avait même pas vraiment tenté de la retenir.

Pourtant, pouvait-elle le blâmer d'avoir des doutes ? Après tout, ils n'avaient couché ensemble qu'une fois…

Et qu'il la croie ou non, il était resté à ses côtés pendant ces semaines difficiles. Il avait été présent nuit et jour pour Eloise, et pour elle.

Elle soupira. S'il leur fallait une preuve, à sa famille et à lui, elle la leur fournirait.

Elle sortit le tube de son sac et lut les instructions : la salive devait être prélevée avant toute absorption de nourriture ou de boisson.

— Tout va bien, Beth ? demanda Terri.

Elle hésita. L'infirmière avait été un soutien fantastique

depuis le début, elle l'avait vue au plus mal, lui avait redonné de la force… Beth lui accordait toute sa confiance.

Elle croisa son regard.

— Terri… Elias veut que je prélève de l'ADN buccal pour un test de paternité. A la vérité, c'est sa mère qui l'exige.

— Hum, il arrive que des gens aient besoin de cette assurance supplémentaire, répondit l'infirmière en souriant.

— Pourriez-vous le faire pour moi ?

— Désolée, non, sauf si c'est le médecin qui l'a prescrit. Mais je peux vous assister.

— Bien… Merci.

Durant le prélèvement, Beth se sentit très mal à l'aise, elle avait le sentiment de faire insulte à sa fille.

— Je te demande pardon, ma chérie.

Alors qu'elle rangeait le tube dans son sac, elle fondit en larmes.

— Beth ?

Elle sursauta en entendant la voix de Chloe.

— Votre père est là !

Bon sang, pourquoi fallait-il qu'il soit venu aujourd'hui ? Elle ne l'avait pas revu depuis leur terrible dispute, le jour de son départ pour Edimbourg… Elle se rendit dans la petite salle d'attente.

Il l'attendait debout, en long manteau gris, un gros cabas noir à la main.

— Bonjour, Beth.

Il ne l'appelait pas Elizabeth, c'était déjà cela, mais il ne la regardait toujours pas dans les yeux…

— Bonjour, papa.

Il lui tendit le sac.

— J'ai quelques affaires pour toi, et pour une certaine Amanda, de la part de ta mère.

Le cabas était lourd. Beth emmena son père dans le salon des parents et emplit le réfrigérateur de plats préparés et de vivres en provenance du presbytère.

— Amanda va être ravie. Il y a longtemps qu'elle est là, elle est lasse des repas de la cantine.

— Eh bien, ça doit largement suffire pour deux. C'est ici que tu es installée ? Pourquoi ne me fais-tu pas visiter ?

Décidément, il faisait tout pour retarder le moment de se trouver face à sa petite-fille...

— Plus tard, papa, viens voir Eloise d'abord.

Après s'être lavé dix fois les mains, il la suivit dans la salle. Remarquant sa démarche hésitante, elle lui prit le bras pour le soutenir.

— Eh bien, ça devait arriver, murmura-t-il, les yeux embués, devant la couveuse. Je savais que je craquerais. Elle est si petite !

— Elle a déjà beaucoup grandi !

— Elle te ressemble beaucoup. Tout le monde demande de ses nouvelles. Et des tiennes, aussi.

— Alors tu peux dire que nous allons bien toutes les deux.

— L'as-tu déclarée ?

— Pas encore.

— Mais, Beth !

Evidemment, il était choqué, cet homme toujours prêt à remplir des formulaires...

— Il faut absolument le faire ! Je peux t'accompagner, si tu veux.

— Inutile, papa, nous préférons attendre un peu.

— Pourquoi « nous » ?

Après tout, peu importait le comportement d'Elias. Elle en avait assez de mentir.

— Papa... Son père est resté à mes côtés tous les jours depuis sa naissance.

— Ah ? Alors, tu connaissais son nom de famille !

— Pas du tout, c'est lui qui a découvert le mien.

Elle lui aurait volontiers raconté qu'Elias était allé jusqu'à Dunroath, jusqu'au temple où il officiait, pour tenter de la retrouver, et aussi qu'il était le médecin qui l'avait accouchée en urgence... Mais par où commencer ?

— Il a été présent à chaque stade, il m'a soutenue d'un bout à l'autre.

— Si je n'avais pas été malade, je serais venu plus tôt.

Elle regarda son père, qui, les joues ruisselantes de larmes, dévorait sa petite-fille des yeux.

— Ce n'était pas un reproche, papa. Je sais que tu n'étais pas bien ; Elias, qui est médecin, a même estimé que c'était plus prudent de ta part de t'abstenir. D'ailleurs, je me demande même si on t'aurait permis d'entrer… Ce que je veux dire, c'est que depuis qu'Eloise est née Elias ne m'a pas quittée une minute, et que nous essayons ensemble de tirer les choses au clair, de comprendre où nous en sommes dans notre relation…

— C'est pour cette raison que tu n'as pas encore déclaré la naissance ?

— Tu es toujours aussi perspicace !

— Il ne veut pas donner son nom à sa faute ?

— Je t'en prie, papa, n'appelle pas ma fille une faute !

— Je te demande pardon. En effet, Eloise n'a rien à voir là-dedans. Mais je suis tellement furieux contre lui ! Douterait-il que ce soit sa fille, par hasard ?

Mieux valait ne pas jeter d'huile sur le feu… Elle resta muette, et sentit ses yeux s'embuer. Mais son silence était éloquent, et ce fut sans doute les larmes qu'elle ne put dissimuler qui dissuadèrent son père d'insister.

Il resta en admiration devant la couveuse jusqu'à plus de 17 heures. Bien qu'elle fût heureuse de sa visite et de sa fascination pour Eloise, elle était consciente que leurs rapports demeuraient tendus. Aussi fut-elle soulagée lorsqu'il se leva pour partir. Elle le suivit dans la salle d'attente.

— Tu sais que j'aime arriver en avance à la gare, dit-il en passant son manteau.

— C'est vrai. Je t'accompagne jusqu'à la sortie.

— Je reviendrai avec ta mère la semaine prochaine.

— Oh ! j'en serai enchantée !

— Ta fille est magnifique, Beth.

Elle le vit prendre une profonde inspiration.

— Rentre vivre au presbytère dès qu'elle pourra sortir de l'hôpital. Nous prendrons soin d'elle, et de toi.

A ces mots, elle eut le cœur serré. Elle avait espéré ce soutien pendant des mois, mais désormais, il n'avait plus lieu d'être. Elle se sentait capable d'assumer sa fille, avec ou sans l'aide d'Elias.

Pourtant, à choisir, elle préférait que ce soit *avec* lui. A présent, elle était convaincue qu'elle l'aimait ; et même, elle qui n'avait jamais cru au coup de foudre, qu'elle l'avait aimé dès cette nuit-là…

Si ce sentiment n'était pas réciproque, ou pas aussi fort chez lui, il n'y était pour rien. Peut-être l'amour et la confiance pourraient-ils s'accroître au fil des jours.

— Son père et moi, nous avons pas mal de choses à mettre au point. Ecoute-moi, papa, c'est un homme bien.

Elle le vit pincer les lèvres.

— Je n'appelle pas ça un homme.

Que répondre ? Le sujet était clos, et elle en fut désolée.

En entrant aux soins intensifs, Elias vit un homme en manteau gris, au visage sombre, venir dans sa direction : le père de Beth… Il s'arrêta devant lui.

— Révérend, je suis Elias Santini.

Il faillit lui tendre la main, mais le regard glacial que celui-ci lui lança le retint.

— J'aimerais vous présenter mes excuses pour le stress et la gêne que j'ai occasionnés à votre famille.

— Et que vous continuez à causer, jeune homme. Qu'êtes-vous venu faire au temple pendant mon sermon ? Je vous reconnais. Et pourquoi la naissance de ma petite-fille n'a-t-elle pas encore été déclarée ? Comment pouvez-vous mettre en doute le fait que vous en soyez le père ?

Sous cette avalanche d'accusations, Elias baissa la tête. Ce n'était pas gagné…

— Je suis absolument certain qu'Eloise est ma fille, c'est

ma famille qui exige un test ADN. Pourrions-nous parler dans un endroit tranquille ?

— D'accord. Quitte à manquer mon train, je préfère que vous vous expliquiez.

Ils s'installèrent à la cantine, à peu près déserte à cette heure.

— Un café, révérend ?

— Je suis ici pour parler, mais… je boirais bien une tasse de thé.

— Parfait. Je vais tout vous raconter, en commençant du début. Ainsi, vous en saurez plus que Beth, que je n'ai pas encore mise au courant.

Lorsqu'il eut terminé, le pasteur ne s'était pas départi de son air dubitatif.

— Votre titre ne m'impressionne pas, jeune homme.

— Je m'en doute, et j'espère qu'il en sera de même pour Beth. Elle sera très contrariée d'apprendre que je suis prince, et je la comprends sans peine.

— C'est ainsi, on n'y peut rien. C'est ce que je dis à mes paroissiens quand ils sont désorientés. Vous êtes venu écouter mon sermon une fois, n'est-ce pas ? Je vous ai vu assis sur un banc de mon église.

— C'est exact.

— Eh bien, vous vous souvenez de mes paroles ?

— Oui. Et maintenant que je suis le père d'une petite fille, je dois admettre que je suis d'accord.

Le pasteur Foster acquiesça de la tête. Il ne sourit pas, mais Elias sentit que cette réponse lui faisait plaisir.

Puis il toussota.

— En fait, jeune homme, j'ai un aveu à vous faire : ce jour-là, en repérant parmi mes paroissiens un inconnu, si peu à sa place en ce lieu, je me suis douté de qui vous pouviez être. J'ai modifié à la dernière minute mon sermon en conséquence.

— Quoi ?

Elias, ébahi d'avoir été percé à jour, se sentit également encouragé : ce jour-là, le père de Beth lui avait transmis un message…

Il poursuivit donc ses explications, parla des deux rôles qu'il avait dans la vie, celui de prince et de médecin, et des deux mondes différents qu'il fréquentait.

— Révérend, dit-il pour finir, je souhaite que vous m'accordiez la permission de vivre avec votre fille.

Le visage du pasteur s'éclaira. Oh ! Pas d'un vrai sourire, mais c'était mieux que rien.

— J'ai votre assurance que vous prendrez soin d'elle ?

— Je vous le promets.

Cependant, Elias n'était toujours pas très à l'aise, ce qui était probablement réciproque.

— J'aimerais que vous ne disiez rien à Beth pour l'instant.

Le pasteur hésita, puis hocha la tête.

— Je vous le promets. A présent, jeune homme, je dois vous quitter. J'ai déjà manqué un train, je ne veux pas manquer le suivant.

— Je pourrais vous raccompagner, si…

— Je me débrouillerai, merci.

Elias sourit. Beth était bien la fille de son père, inutile de faire un test ADN pour le prouver !

Il lui restait à affronter une seconde tête de mule…

Après être rentré se changer pour leur soirée, Elias reprit le chemin de l'hôpital. Quand il pénétra dans la salle, Beth lui tournait le dos, mais il vit ses épaules se crisper.

— Tu n'es pas prête ? Nous dînons au restaurant, ce soir, tu te souviens ?

— Je ne pense pas, non, dit-elle sans se retourner.

— Tu essaies d'éviter la confrontation ? Je comprends que tu te sois concentrée sur Eloise jusqu'à maintenant, mais il est temps que nous parlions de nous.

Il observa sa fille, bien éveillée, qui pédalait avec ses petites jambes en suçant sa main. En se penchant pour l'embrasser au front, il jeta un coup d'œil à Beth. Un biberon plein à la main, elle n'avait pas bougé.

Elle sortit le tube de son sac et le posa sur la couveuse.

— Tiens, c'est pour toi. Je n'ai pas faim, et de toute façon, il faut que je nourrisse Eloise.

— Donne, je le fais pendant que tu te changes.

Il s'empara du biberon et s'installa dans le grand fauteuil, où il attendit que Terri, apparue comme par magie, lui tende le bébé.

— Attention à ne pas tacher votre beau costume !

— Ne vous en faites pas !

Il fixa Beth, aussi têtue que son père, qui ne bougeait toujours pas.

Que faire ? Il ne lui restait plus qu'à lui avouer la vérité. Même s'il ne s'y était pas préparé, et même s'ils n'étaient pas seuls.

Il pencha la tête pour regarder Eloise.

— Il était une fois un prince, un prince très malheureux…

16.

Tandis qu'Elias racontait son histoire, Beth remettait de l'ordre dans le lit de sa fille.

— Un prince très triste, parce qu'on lui avait ordonné d'abandonner le métier qu'il adorait et de rentrer dans son pays. Une fois là-bas, il fit la fête et se mit dans toutes sortes d'ennuis. Ses parents lui demandèrent de s'assagir et de se marier avec une princesse qu'ils avaient choisie pour lui. Un soir, ils avaient prévu de le photographier en train de danser sur le yacht royal avec sa future fiancée, mais le prince en eut assez, et il partit danser avec une autre femme.

Il vit Beth, qui remettait en place la petite ourse rose, suspendre son geste et pâlir.

Le sang de Beth se glaça. Au fond d'elle-même, elle avait toujours su la vérité : Elias arrivait du yacht, cette nuit-là. Et d'après M. Costas, des membres d'une famille royale étaient à bord. Si, à ce moment-là, elle n'était pas prête à affronter la réalité, elle ne l'était pas davantage maintenant.

Réprimant son envie de s'enfuir en courant avec son bébé, elle regarda Elias serrer sa fille dans ses bras.

— Mais l'histoire finira bien, ma chérie.

Beth en doutait… Elle revit les photos prises sur la plage et à Londres. Comment son enfant pourrait-il avoir une vie normale ?

— Beth, dit-il d'une voix très posée. Va te préparer, nous sortons.

Cette fois, elle ne résista pas. Ils devaient discuter. Les jambes en coton, elle rejoignit Amanda, qui préparait une soupe maison et des scones.

— Tu viens chercher ta robe ?

Beth opina et tenta de donner le change en bavardant, mais c'était presque au-dessus de ses forces. Bientôt, elle se retrouva assise sur le lit de son amie, dans l'espoir de se ressaisir.

Elle voulait que sa fille soit comme les autres enfants, heureuse et insouciante, et il semblait que ce soit impossible.

Elle réussit à passer sa robe et à se maquiller, accrocha ses boucles d'oreilles en or rose, et s'examina dans le miroir.

La dernière fois qu'elle s'était habillée ainsi, elle était enceinte et n'avait aucune idée de ce qui l'attendait.

La nervosité la gagnait : elle se préparait pour son premier rendez-vous avec le père de son bébé. Elle était si impatiente, ce matin ! A présent, elle avait peur.

Pourtant, elle retourna dans la salle où Elias, si beau dans son costume et si impassible, remettait sa fille dans sa couveuse. Eloise était endormie, visiblement satisfaite d'être au monde.

Beth observa l'oursonne rose, la couronne sur sa tête, et comprit pourquoi Elias l'avait choisie.

Il portait ce secret depuis des semaines… Ce devait être un lourd fardeau.

— Passez une excellente soirée, leur dit Terri. Nous vous contacterons en cas de problème, mais cela m'étonnerait qu'il y en ait. Souvenez-vous qu'Eloise est entre de bonnes mains.

Dans le froid vif, Elias et Beth parcoururent la brève distance jusqu'au restaurant qu'il avait choisi.

— Quelles sont les conséquences pour Eloise ? demanda enfin Beth. Est-ce que cela fait d'elle une princesse ?

— C'est notre fille avant tout, mais… Oui.

— Je refuse qu'on la photographie.

Elle s'arrêta net, réalisant tout à coup l'ampleur de ce qui l'attendait.

— Ces photos de nous deux sur la plage…

— J'ai demandé qu'elles soient détruites.

— Et alors ? Ça ne les empêchera pas de refaire surface.

Elle avait lu que de telles choses pouvaient se produire, et l'idée que sa famille puisse avoir un jour ces images sous les yeux la rendait malade.

— Voyons, elles n'étaient pas si compromettantes…

— Peut-être pour toi, mais chez moi, c'est plutôt mal vu. Si jamais ils découvrent que ça n'a été qu'une aventure d'une nuit…

— C'est pour cette raison que j'ai accepté de faire ce test ADN. Pour vous protéger, Eloise et toi. Le Palais a le pouvoir de museler la presse.

Elle en doutait. C'était déjà affreux que ses parents soient au courant, mais imaginer cela étalé dans les journaux… Elle s'imagina sa famille, et les paroissiens de son père, en train de lire des articles scabreux illustrés par ces clichés.

— Nous trouverons la parade, Beth, ne t'inquiète pas. Pour l'instant, tâchons de passer une bonne soirée.

— Elle est gâchée d'avance…

Au restaurant, on l'aida à ôter son manteau. L'ambiance était chaleureuse, un piano jouait en sourdine dans un coin. On les conduisit dans un coin discret, au fond de la salle. Un seau à champagne était posé sur la table.

Quand ils furent installés, Elias remplit leurs deux coupes.

Beth secoua la tête.

— Pas pour moi, merci.

— Beth, c'est notre second rendez-vous, et tout a commencé entre nous par du champagne…

— Ce n'était pas un rendez-vous. Nous avons couché ensemble, c'est tout.

— Et c'était bon, n'est-ce pas ?

Son sourire la fit fondre et elle faillit le lui rendre, mais c'était hors de question. Malgré tout, elle prit une gorgée du breuvage pétillant qu'il lui avait servi. C'était glacé et délicieux. Il y avait si longtemps qu'elle n'en avait pas bu !

En fait, depuis la conception d'Eloise…

— Tu arrivais du yacht, cette nuit-là, n'est-ce pas ?

— Oui. J'étais censé me montrer avec Sophie, mais, bien qu'elle ne m'en ait jamais rien dit, son attitude indiquait clairement qu'elle ne tenait pas plus que moi à se marier.

Beth consulta la carte et poussa un petit cri de plaisir.

— Oh ! Elias, du poulet à la provençale ! J'adore ça !

Il sourit.

— Oui, tu me l'as déjà dit.

— C'est vrai !

En fin de compte, ils avaient pas mal bavardé, lors de leurs promenades…

Lorsqu'on posa leurs assiettes sur la table, elle prit une bouchée de son plat. Il y avait de l'ail, du thym, du romarin, de l'échalote… Un régal. Pendant qu'elle savourait son mets favori, il lui confia sa déception d'avoir dû abandonner la médecine à la fin de ses études.

— J'étais plus jeune, à ce moment-là, et mes parents, loin de me soutenir, ont profité du premier prétexte pour m'obliger à regagner Medrindos. Pendant deux ans, j'y ai vécu une vie de débauche, oisive, sans but…

Elle comprenait à présent la valeur qu'il attachait à son métier…

— Après notre rencontre, je leur ai annoncé que je repartais pour Londres. Je rentre quelquefois pour certaines occasions, j'adore mon pays, mais ils n'ont pas réellement besoin de moi. Mon père est un monarque avisé, il restera encore des années au pouvoir, et c'est mon frère aîné, Andros, qui héritera du trône. Je refuse de passer mon existence à ne rien faire. J'ai sollicité un poste à temps plein à Londres.

Elle le fixa soudain des yeux.

— Je peux demander Edimbourg, si tu préfères.

— Tu viendrais t'y installer ?

— Si tu le souhaites, pourquoi pas ? Beth, je suis prêt à faire le maximum pour qu'Eloise et toi soyez protégées, et je tiens autant que toi à ce que notre fille ait une vie normale et heureuse.

Elle repensa à l'éducation rigide, soi-disant privilégiée, qu'il avait reçue, et revit la reine, assise toute raide au bord du canapé.

— J'ai été grossière avec ta mère.

— Oh ! c'était plutôt amusant !

— Je me demande comment ma famille prendra la chose. Mon père est tellement…

— Il donnera son accord, Beth.

Elle eut un rire sans joie, auquel il répondit par un vrai sourire.

— Pour tout te dire, c'est déjà fait. Il a paru un peu dérouté au début, quand je lui ai appris que j'étais prince, mais ensuite, il m'a assuré que mon titre ne l'impressionnait pas.

Elle ouvrit de grands yeux.

— Tu lui as parlé ?

— Bien sûr, nous avons pris le thé ensemble cet après-midi. Et j'ai bien failli lui répondre qu'en revanche son titre à lui m'impressionnait !

Cette fois, elle éclata de rire.

Incroyable ! Elle aurait voulu être une petite souris pour écouter ce qu'ils s'étaient dit.

— Et alors ?

— Tu le connais… J'ai ordre de prendre soin de toi et de notre fille. Et c'est ce que je compte faire, Beth. Je voulais simplement profiter de quelques semaines de tranquillité avec Eloise et toi, préserver notre intimité.

C'était très généreux de sa part… Bien entendu, il aurait dû la mettre au courant, mais autant admettre qu'elle l'aurait sans doute très mal pris.

A présent, elle se jugeait prête.

— Il me semble que, d'une certaine manière, je le savais, de façon diffuse ; mais je refusais d'entendre la vérité avant d'être certaine de t'aimer.

Il sentit ses yeux s'embuer et lui prit la main. Il n'avait jamais rien entendu d'aussi gentil.

— Ce restaurant est merveilleux, dit-elle en jetant un regard autour d'elle. C'est l'endroit idéal pour un premier rendez-vous.

Sans répondre, il lâcha sa main, fouilla dans sa poche et en sortit une bague.

Pas le genre de joyau que sa mère aurait choisi, qui n'aurait pas été un véritable cadeau. Il avait tenu à ce qu'il soit personnel.

C'était un rubis à l'éclat sombre monté sur un anneau d'or rose, un bijou assorti aux boucles d'oreilles qu'elle aimait tant. Elle le considéra en faisant la moue.

— Je ne veux pas que tu m'épouses par devoir, ou pour éviter un scandale…

— Beth ! Tu ne tarderas pas à connaître ma réputation et, crois-moi, tu auras la preuve que je n'ai pas vraiment le sens du devoir. Je suis arrogant et obstiné, et si je ne souhaitais pas faire de toi ma femme, tu recevrais tous les mois un chèque du Palais, ni vu ni connu. Je descends d'une longue lignée de princes qui ont eu leur lot de maîtresses et de bâtards…

— Vraiment ?

— C'est le travail d'Alvera de résoudre les problèmes que crée ma famille. C'est elle qui exige ce test de paternité. J'ai commencé par refuser, mais je savais que, si tu acceptais de m'épouser, ce serait rendu public et que les journaux s'en donneraient à cœur joie.

Elle sentit son estomac se pincer. Plutôt agréable, en fin de compte, comme sentiment.

— Tu as demandé ma main à mon père ?

Quand Rory avait évoqué l'idée, elle avait paniqué. Mais qu'Elias l'ait fait, c'était merveilleux.

— Beth, je t'aime.

C'était la première fois qu'il faisait un tel aveu. Jusque-là, la perspective d'être lié à un seul être pour le restant de ses jours l'épouvantait. Maintenant, c'était différent.

— Et je te promets de vous protéger au maximum, Eloise et toi. J'adore mon pays, je tiens à être correct vis-à-vis de ma famille, mais sache que vous passerez toujours avant elle. Beth, je désire que tu sois ma femme, mais seulement si tu le veux vraiment.

— Oui, je le veux.

Plus que tout au monde…

— N'aie pas peur, Beth.

Elle croisa son regard et vit brûler dans ses yeux gris la même flamme inquiète que la nuit où il l'avait accouchée, qu'elle avait prise pour de l'angoisse. Elle s'était trompée, c'était de l'amour.

— Viens, dansons, dit-il en se levant.

Il lui saisit la main pour l'entraîner vers la piste, la fit tournoyer, et elle sentit soudain dans son dos le signal d'un renversé. Sans hésiter, elle se laissa aller en arrière, il la rattrapa et l'attira à lui.

Elle plongea les yeux dans les siens. A présent, ils se connaissaient. Et même s'ils avaient encore beaucoup de choses à apprendre l'un de l'autre, il allait l'embrasser, et elle n'attendait que cela. Elle sentait la chaleur de ses paumes sur sa taille. Ils étaient dans une bulle, seuls au monde…

— Viens, dit-il en l'entraînant vers la table.

Il demanda l'addition, la régla, et aida Beth à passer son manteau.

En sortant, il appela l'hôpital où on lui annonça qu'Eloise dormait à poings fermés.

Perplexe, elle le suivit jusqu'à l'entrée d'un luxueux hôtel, où ils prirent l'ascenseur. Il s'arrêta devant une porte et lui tendit la clé.

— Ne t'inquiète pas, toutes tes affaires sont là.

— Mais…

— J'ai promis à ton père d'être correct. Même si je ne rêve que de t'avoir dans mon lit ce soir, mieux vaut que tu ne dormes pas chez moi.

Elle aussi ne rêvait que de cela… Mais elle se sentait

également soulagée, car elle désirait que son père soit fier d'elle, et d'Elias.

En outre, le fait qu'il ne la presse pas était également une charmante attention. Elle était encore épuisée…

— Concentre-toi sur Eloise, et sur toi. Nous continuerons à nous promener ensemble le soir. Quant aux préparatifs du mariage, je me charge de tout. Tu as assez à faire comme cela.

Elle sentit son cœur se gonfler de joie.

— Merci, Elias. J'ai passé une merveilleuse soirée. Le poulet à la provençale était délicieux, et cette bague est… parfaite. J'ai un faible pour l'or rose.

Il eut un sourire malicieux.

— Je le sais. Tu ne regrettes pas que je ne t'aie pas emmenée aux sports d'hiver pour te demander en mariage ?

Elle fut déconcertée un instant. Les sports d'hiver ? Que racontait-il ? Pourtant, très vite, elle fit le rapprochement.

— Mais… Elias ? Tu ne peux tout de même pas être mon client paresseux, qui voulait que je lui trouve l'endroit idéal pour sa demande en mariage ?

Pour toute réponse, il éclata de rire.

— Impossible ! Il m'a contactée avant la naissance d'Eloise !

Il eut un sourire tendre.

— Beth, il y a longtemps que je te cherche. J'ai compris assez vite que j'avais eu le coup de foudre. Tu m'obsédais tellement que j'ai décidé d'aller à Dunroath te demander de m'épouser. Si je n'ai pas questionné ton père, c'est parce que je préférais me débrouiller seul. Quand j'ai découvert ton site Internet, j'en ai profité un peu…

Il l'embrassa sur le seuil. Elle entra, les joues ruisselantes de larmes, prenant peu à peu pleinement conscience de la vérité, bien différente de ce qu'elle imaginait. Le hasard et les circonstances n'avaient rien à voir dans cette histoire : durant tous ces mois où elle s'était crue seule, il avait tout fait pour la retrouver. Et il y était parvenu…

17.

Dans la salle où elle attendait sa consultation postnatale, Beth lut l'article sur son téléphone. C'était le premier…

Le prince Elias a mis au monde son propre enfant !

Le Palais a confirmé que le prince Elias de Medrindos, second héritier du trône, par ailleurs médecin urgentiste, a bien mis au monde son propre enfant il y a près de six semaines.

Sa fiancée, Elizabeth Foster, a accouché prématurément début janvier et donné le jour à une fille.

Selon le Palais, les fiançailles et la naissance n'ont pas été annoncées plus tôt pour accorder un peu d'intimité au jeune couple inquiet pour son enfant.

La princesse Eloise de Medrindos, bien qu'à présent en excellente santé, sera pour l'instant tenue à l'écart des manifestations publiques.

Elle sourit. Tous ses doutes, toutes ses souffrances, son sentiment de culpabilité s'étaient envolés. Mais Elias avait bien fait de ne rien lui dire : durant ces semaines difficiles, ils s'étaient concentrés sur leur enfant et avaient dans le même temps appris à se connaître.

— Elizabeth Foster !

Elle entra dans la salle de consultation, où le médecin compulsait son dossier.

— Vous avez dû passer quelques mauvais moments, n'est-ce pas ?

— C'est vrai, mais ma fille est tirée d'affaire. Elle sortira probablement de l'hôpital dans une quinzaine de jours.

— Et vous, comment allez-vous ?

— Très bien.

— Vérifions tout de suite.

Pendant l'examen, elle posa des questions, et apprit que ses grossesses suivantes devraient être étroitement suivies, car rien ne garantissait qu'elles seraient plus sereines que la première.

— Au fait, avez-vous déclaré la naissance ? Vous n'avez plus que quelques jours.

— Nous avons prévu de nous en occuper demain.

— Bien. Je suppose que vous retournez auprès de votre fille ?

Elle sourit.

— Pas tout de suite. En fait, je me marie dans une heure, ici même, à la chapelle de l'hôpital.

— Tous mes vœux de bonheur, dans ce cas !

Elle prit congé de l'obstétricien et quitta son cabinet pour terminer ses préparatifs.

Il y aurait bientôt un second communiqué du Palais…

Elle avait toujours rêvé d'un mariage simple, dans la petite église de son père, et lorsque Elias l'avait demandée en mariage, elle avait craint de devoir accepter une cérémonie en grande pompe.

Mais les circonstances étaient exceptionnelles, et Elias avait déplacé des montagnes.

Leur mariage serait le plus discret possible, l'essentiel étant qu'Eloise s'appelle officiellement Santini et que leurs deux familles soient satisfaites.

Elle sourit de nouveau. Pour une organisatrice d'événement… Elle ne s'était occupée de rien, hormis d'aller chez le coiffeur le matin. Elle porterait la robe de mariée de sa famille retouchée par sa mère, très simple, de couleur crème, à encolure dégagée, ceinturée d'un fin tartan noué sous le buste. Ses oreilles seraient ornées des mêmes boucles en or rose que la nuit de leur rencontre, et elle aurait à la main un bouquet de perce-neige cueillis par sa mère dans le jardin du presbytère.

Pour le côté romantique, Elias lui avait rappelé que c'était tout de même le jour de la Saint-Valentin…

« Nous pourrions aller dîner au restaurant pour fêter ça, avait-il proposé. Mais avec nos deux familles, bien entendu.

— Bonne idée ! »

Quand l'heure fut venue et que Beth prit le bras de son père à la porte de la chapelle, simplicité ou non, elle se sentit heureuse d'épouser l'homme de sa vie.

— Tu es ravissante, dit son père.

Son cœur se gonfla de joie. Enfin, il la regardait de nouveau dans les yeux !

— Tu es prête ? Pas trop nerveuse ?

— Oh ! c'est l'affaire d'un quart d'heure, tout au plus. Une simple formalité.

Alors qu'un mariage signifiait tant de choses ! Elle en prenait conscience maintenant.

Chaque banc était décoré d'un bouquet de gardénias liés d'un tartan assorti à celui de sa robe, et dont le délicieux arôme emplissait la petite chapelle.

La salle était pleine, les bancs occupés par des amis de l'hôpital et des membres de l'équipe des soins intensifs, mais aussi des amis d'enfance, et Voula et George Costas.

Les parents d'Elias et sa famille étaient là aussi, venus célébrer ce grand jour avec eux.

Elias était plus beau que jamais, en uniforme d'apparat de l'armée de son pays.

Elle rougit en le rejoignant, et il y eut un murmure général lorsque son père lui lâcha le bras pour s'installer à l'autel, avec un prêtre venu de Medrindos.

— Tu es merveilleuse, mon amour !

— Toi aussi, tu es impressionnant. Comment as-tu donc pu dénicher des gardénias en février ?

— Eh bien, il faut croire qu'il y a certains avantages à être prince.

— Tu savais que c'était la Saint-Valentin ?

— Je me suis arrangé pour cela. Ainsi, je ne risque pas d'oublier notre anniversaire de mariage !

Elle sourit : il s'était souvenu de chaque détail de leurs conversations lors des promenades à Kensington Gardens... Et la pensée qu'il l'avait fait marcher avec cette histoire de Roi des Paresseux l'attendrit. En fait, il s'était servi de ce personnage fictif pour tout organiser en fonction de ses désirs à elle !

La voix de son père la rappela au présent, et elle écouta le service religieux.

— Qui a donné cette femme à épouser à cet homme ? s'écria-t-il soudain d'une voix de stentor en scrutant l'assistance. Oh ! ce doit être moi !

Beth éclata de rire. Elle avait tant redouté de ne plus jamais entendre l'une des mauvaises blagues dont il était coutumier !

Mais grâce à la fée Eloise, tout s'était arrangé. Son père avait décidé de venir à Londres deux fois par semaine pour rendre visite à sa petite-fille. Elias avait bien fait de la loger à l'hôtel, cela rendait les choses plus faciles vis-à-vis de sa famille...

Quant à la reine Margarida, elle se révélait meilleure grand-mère qu'elle n'avait été mère... On l'avait même surprise en train de fredonner une chanson, penchée sur la couveuse.

Beth prit une profonde inspiration. Sa vie, déjà bouleversée par sa rencontre avec Elias, changerait à jamais à partir d'aujourd'hui.

Le moment étant venu de prononcer les paroles rituelles, elle le regarda droit dans les yeux.

— « Et toutes mes richesses avec toi je partage. »

Les seuls précieux trésors qu'elle avait à offrir, c'étaient Eloise et son amour pour lui.

— Je vous déclare unis par les liens du mariage, dit enfin son père. Vous pouvez embrasser la mariée.

Elias posa sur ses lèvres un léger baiser.

Puis ils sortirent sous les vivats pour se rendre à la modeste réception qui suivrait.

— J'ai invité Margarida et Bruno à passer quelque temps au presbytère, dit son père.

— Ils nous accompagnent ce soir, ajouta sa mère.

Amusée, Beth imagina ces deux couples si différents sous le même toit, s'efforçant d'apprendre à se connaître.

Après quelques minutes de bavardage, ils s'apprêtèrent à rejoindre Eloise, installée à présent dans une chambre privée.

— Elle dort, murmura Terri en souriant.

Beth observa sa jolie petite fille aux joues maintenant bien pleines, qui ressemblait de plus en plus à un bébé né à terme.

— Ta maman et ton papa t'aiment très fort, ma chérie, dit Elias, en reprenant les mots de cette première et terrifiante nuit. Tu seras bientôt à la maison.

Puis ils rentrèrent... chez eux.

Elias porta Beth pour franchir le seuil et ne la lâcha plus jusqu'à la chambre remplie de fleurs, où un seau à champagne trônait sur une table.

Elle se mit à trembler lorsqu'il la fit pivoter pour la dévêtir.

Une botte haute chut sur le sol, puis l'autre, et quand elle sut qu'il était nu, elle resta de dos pour lui permettre de déboutonner un à un les boutons de sa robe.

Lorsque le tissu tomba en tas à ses pieds, elle attendit, frissonnante, qu'il la débarrasse de ses sous-vêtements, et se tourna enfin pour croiser son regard empli de désir.

— Tu m'as manqué, Beth.

— Toi aussi.

— Mais nous sommes chez nous, à présent.

Et il l'embrassa. D'abord sur la bouche, puis sur les yeux, tout en ôtant les barrettes de ses cheveux, qui retombèrent librement sur ses épaules.

Puis il refit connaissance avec son corps, et elle sentit de nouveau son torse musclé et ses bras solides qui l'avaient entourée dans les moments difficiles.

Il embrassa ses mollets, l'intérieur de ses genoux, puis de ses cuisses, et elle se mit à gémir.

Il s'allongea alors, la sachant prête. Il lui fit face, lui souleva une jambe et la prit avec douceur, attentif à ne pas lui faire mal. Mais elle ne ressentait que du désir, un désir violent que lui seul pouvait satisfaire.

— Je t'aime, murmura-t-il.

— Je te veux, répondit-elle.

Il accentua son mouvement de va-et-vient jusqu'à ce qu'ils soient tous les deux emportés par une vague de jouissance qui les laissa hors d'haleine, frémissants de plaisir.

Ils étaient à présent mari et femme, et surtout, ils étaient certains de s'aimer.

Epilogue

Beth ne regrettait pas d'avoir accepté le test de paternité : les autorités du Palais avaient fait en sorte que personne ne les importune le jour où Eloise était sortie de l'hôpital.

Elias travaillait à plein temps au Royal, et après le mariage, très réussi, de Gemma en juin, ils étaient partis tous les trois pour Dunroath, passer une semaine au presbytère.

A présent, ils étaient pour la première fois au palais. Eloise avait un an, et la reine Margarida en aurait soixante aujourd'hui.

Le banquet officiel venait de se terminer, et il avait été décidé que Beth et leur fille se montreraient sur le balcon avec la famille royale.

En robe vert saule toute simple, Beth tenait Eloise dans ses bras.

— Elle est un peu grognon, ça m'étonnerait qu'elle sourie.

— Elle vient de faire sa première dent, dit Elias. Elle n'est pas actrice, peu importe qu'elle ait l'air ronchon ! Elle est magnifique. Et toi aussi.

Quand les portes-fenêtres s'ouvrirent, Margarita et Bruno sortirent sous les vivats. Les clameurs augmentèrent lorsque le reste de la famille les suivit.

— Tu t'en tires très bien, Beth, murmura Elias, le cœur gonflé de bonheur.

Lui qui n'aimait pas qu'on le dise privilégié, il se sentait vraiment privilégié, à présent…

Eloise, habituée aux bruits intenses depuis sa naissance, n'était pas le moins du monde impressionnée par les cris de la foule. Non, ce qui la fascinait, c'était la couronne étincelante de sa grand-mère. Elle lui tendait les bras avec insistance, la reine céda et la prit en riant, et l'assistance applaudit de plus belle.

Ils en riaient encore en installant le bébé pour sa sieste.

— Elle est vraiment étonnante, murmura Elias. Et ma mère est folle d'elle, qui l'aurait cru ?

— C'était amusant, répondit Beth en refermant la porte.

— Viens voir, j'ai une surprise pour toi.

La vie avec Elias était une délicieuse surprise sans fin, songea-t-elle en entrant avec lui dans leur suite.

Elle réprima un cri d'admiration. C'était fastueux. Ils disposaient d'une aile entière, et comme le palais se dressait au bord d'une falaise, par les immenses baies vitrées, on pouvait admirer la Méditerranée qui scintillait. Pourtant, ce ne fut pas ce panorama qui retint son regard…

Sur le mur dc côté était accroché un poster géant d'Elias et elle qui dansaient dans la mer, sa longue chevelure de flamme traînant dans l'eau et la main d'Elias lui soutenant le dos.

Ainsi, les fameuses photos n'avaient pas disparu… Mais à présent, elle était heureuse qu'on ait immortalisé ce moment, le premier de sa vie où elle avait lâché prise. Quand Elias l'attira à lui pour l'embrasser, elle se sentit fondre et son cœur se gonfla d'une immense allégresse. Chaque jour, chaque nuit, leur amour devenait plus grand…

AMY RUTTAN

Séduite par le Dr Ashwood

BLANCHE

HARLEQUIN

Titre original :
UNWRAPPED BY THE DUKE

Ce roman a déjà été publié en 2017.

1.

— Tu pourras utiliser ce vestiaire pour te changer avant de recevoir tes patients, indiqua Charles Collins en ouvrant une porte.

Geri hocha la tête, agréablement impressionnée par le caractère fonctionnel des lieux, avant de suivre son père dans la salle de repos réservée aux médecins de l'hôpital St. Thomas Aquinas.

La pièce, elle aussi plus que confortable, était équipée de canapés moelleux et d'un espace cuisine étincelant. C'était bien différent de ce qu'elle avait connu à l'hôpital de Glasgow où elle avait fait son internat. Là-bas, les salles de repos n'offraient que des distributeurs de boissons et de friandises, et de vieux sièges minables.

À vrai dire, elle avait assez peu fréquenté ces pièces, passant la plupart de son temps dans le service de chirurgie, jusqu'au mois précédent où elle avait renoncé à être un jour chirurgienne. Sa situation avait changé au cours de sa dernière année de formation, et quand son père lui avait proposé d'exercer comme cardiologue dans son cabinet, elle avait accepté avec empressement.

Cependant, l'opulence dans laquelle elle se trouvait soudain plongée la surprenait. Elle trouvait même un peu écrasant ce cadre luxueux dans lequel son père avait l'habitude de travailler.

Ce père qu'elle n'avait jamais vu avait pris contact avec elle l'année précédente, bouleversant sa vie. C'était non seulement un éminent cardiologue qui exerçait dans Harley

Street, une des plus élégantes rues de Londres, mais aussi un membre de la noblesse. Alors qu'elle avait grandi dans l'un des plus pauvres quartiers de Glasgow et travaillé pour payer ses études de médecine, elle était devenue soudain une riche héritière.

Elle avait jusque-là consacré toute son énergie à se construire une vie meilleure, à distance d'une mère froide et détachée qui vivait maintenant dans une communauté en Israël. Une mère qui ne manifestait pas le moindre désir de maintenir des liens avec elle, ce qui lui convenait en fin de compte parfaitement.

Elle avait donc eu le choc, en faisant enfin la connaissance de son père, de découvrir qu'il appartenait à l'aristocratie — il était lord — et qu'elle-même était une lady, héritière d'une lignée remontant au roi George III. Et ça ne s'arrêtait pas là, car son père voulait prendre sa retraite et lui laisser son cabinet médical !

Lorsqu'il lui avait fait cette proposition, elle avait d'abord refusé. Elle entretenait alors une liaison avec Frederick et était sur le point de devenir chirurgienne cardiothoracique. Par ailleurs, elle n'avait pas une envie folle de connaître cet homme qui ne s'était jusque-là jamais intéressé à elle. Mais la façon soudaine dont Frederick avait rompu lui avait brisé le cœur, et pour éviter de devenir la risée de l'hôpital elle avait quitté Glasgow et accepté l'offre de son père.

Elle éprouvait une certaine honte d'avoir fui ainsi, mais elle méritait bien d'être punie pour avoir cru à cette histoire d'amour entre elle et l'un des chirurgiens qui formaient les internes. Elle n'aurait jamais dû laisser parler son cœur.

Dire que sa mère n'avait cessé de lui répéter qu'il ne fallait pas écouter ses sentiments, qu'ils ne servaient à rien, qu'ils n'étaient qu'une forme de faiblesse !

Elle avait donc rejoint Londres pour travailler avec son père, renonçant à la chirurgie. C'était le prix à payer pour s'être montrée aussi imprudente.

Le Dr Charles Collins n'exerçait pas seul. Il avait un

associé, un chirurgien cardiothoracique de renom, et c'était ce binôme qui faisait du cabinet l'un des plus réputés de la ville. Les patients appréciaient de trouver dans un même lieu un cardiologue et un chirurgien excellents. Elle n'avait pas encore rencontré le Dr Ashwood, mais elle avait lu plusieurs de ses articles scientifiques lorsqu'elle était interne en chirurgie. À coup sûr, c'était un éminent spécialiste.

— Est-ce que ça va, Geraldine ? Tu n'as pas l'air très bien. Nous pouvons remettre cette visite à plus tard. Tu viens juste d'arriver de Glasgow. Peut-être voudrais-tu rentrer à la maison pour défaire tes valises et te reposer un peu ?

Son père veillait sur elle comme si elle était une fragile porcelaine risquant à tout moment de se briser.

— Non, je t'assure, tout va bien, répondit-elle en souriant. Je t'en prie, continuons.

Elle ne parvenait pas encore à l'appeler « père ». Pour elle, il était toujours lord Collins.

Pour l'instant, elle habitait chez lui, et cela durerait jusqu'à Noël, jusqu'à ce qu'elle s'installe dans son propre appartement. La situation était pour le moins embarrassante. Ils allaient vivre sous le même toit durant un mois, et elle avait l'impression de ne pas le connaître…

En fait, elle n'était pas certaine de vouloir en savoir plus. Il lui était pénible de se trouver en tête à tête avec lui. Ils se montraient trop guindés l'un envers l'autre. Elle se sentait mal à l'aise. Mais il arrivait aussi parfois qu'ils passent de bons moments ensemble.

— Ah ! changement de programme ! dit son père en consultant son bipeur. L'une de mes patientes vient d'arriver. Veux-tu la voir avec moi, ou préfères-tu rester ici ?

— Je crois que je vais rester ici. Je suis sûre de faire bientôt sa connaissance.

Il hocha la tête.

— À plus tard.

Restée seule, elle poussa un soupir de soulagement.

Elle avait encore du mal à croire ce qu'il lui arrivait. Elle avait toujours rêvé secrètement de rencontrer son père, mais les années avaient passé sans qu'il se manifeste. À dix-huit ans, elle avait appris son nom de famille et son prénom, mais elle ignorait alors qu'il faisait partie de l'aristocratie. Tout comme elle ignorait qu'il était médecin, que son cabinet était dans Harley Street et qu'il habitait dans le très chic quartier de Holland Park.

Tout cela était un peu trop impressionnant.

Elle s'assit au bord d'un canapé et inspira une grande bouffée d'air.

Que faisait-elle ici ? Était-elle vraiment à sa place ?

— Excusez-moi, vous vous êtes perdue ?

Il ne s'agissait pas vraiment d'une question. Il s'y mêlait un certain mécontentement.

Elle se retourna vers le grand et bel homme aux cheveux noirs qui se tenait dans l'embrasure de la porte.

Il la dévisageait d'un air peu amène, lui faisant clairement comprendre que, en effet, elle n'était pas à sa place ici.

— Je vous remercie de votre sollicitude, mais non, je ne suis pas perdue.

— Cette pièce est réservée aux chirurgiens. Je pense que vous vous êtes trompée d'endroit.

Il avait une voix grave, avec des accents rauques qui la troublèrent. Elle avait un faible pour les grands bruns ténébreux. Frederick faisait partie du lot, et il fallait voir où cela l'avait menée…

Surtout, ne pas y penser.

— Je vous assure que je ne suis pas perdue, répéta-t-elle. J'ai accompagné mon père, et il m'a demandé de l'attendre ici. Par ailleurs, cette pièce est destinée aux médecins, et non aux chirurgiens.

L'inconnu émit un petit grognement et entra dans la salle de repos en se parlant à lui-même.

— Il va falloir que je leur dise de ne laisser personne entrer ici.

Il se servit une tasse de café puis se tourna vers elle.

— Vous n'êtes pas d'ici, n'est-ce pas ?

Elle ne supportait pas les gens grossiers et arrogants.

— Qu'est-ce qui vous fait dire ça ?

— Votre accent délicieux, répondit-il en affichant un sourire hautain. Je parie que vous arrivez d'Écosse.

Il avait raison, mais elle n'allait pas laisser ce déplaisant personnage s'en tirer comme ça. Il était arrogant, suffisant... Beau, aussi, mais tant pis. Il avait besoin qu'on lui rabatte le caquet.

— Vous savez ce qu'on dit à propos des paris, marmonna-t-elle.

Il croisa les bras et s'appuya contre le comptoir, le regard pétillant.

— Non, que dit-on ? Éclairez-moi, mademoiselle.

Ah ! il l'avait donc entendue ! Eh bien, ils seraient deux à jouer à ce petit jeu.

— En fait, vous pouvez m'appeler docteur.

— Vraiment ? dit-il en écarquillant les yeux. Et vous allez venir travailler ici ?

— En quelque sorte.

Elle préférait rester évasive. La manière dont il la questionnait la mettait mal à l'aise. Elle avait soudain l'impression d'être une souris devant un chat prêt à fondre sur sa proie. Un chat souriant.

Elle connaissait bien ce genre de sourire chez les hommes avec qui elle sortait. Un sourire de tombeur. De prédateur.

Lorsqu'il posa sa tasse de café sur le comptoir et s'approcha, elle sut que les choses allaient se compliquer pour elle.

— Eh bien alors, toutes mes excuses. Je n'imaginais pas que vous étiez une nouvelle chirurgienne ici.

— En fait, je ne suis pas chirurgienne mais médecin.

— Ah ! J'ai cru que vous étiez chirurgienne parce qu'il émane de vous une certaine autorité.

— Et seuls les chirurgiens ont le droit d'être autoritaires ?

— Oui, évidemment ! Parce que nous tenons des vies entre nos mains.

Comment pouvait-on être aussi arrogant !

Elle leva les yeux au ciel.

— Vous êtes incroyable.

— Je vous remercie, dit-il en s'inclinant.

— Ne prenez pas cela pour un compliment ! Vous êtes l'homme le plus suffisant que j'aie rencontré.

— Allons, chérie, je ne suis sûrement pas le pire ! lança-t-il en lui adressant un clin d'œil. Vous me connaissez à peine. Passez un peu de temps avec moi, et vous changerez d'avis.

— Je ne suis pas votre chérie !

Il se pencha vers elle.

— Mais vous pourriez l'être, lui glissa-t-il à l'oreille.

Elle dut se retenir pour ne pas le gifler. Ou pour ne pas le laisser l'embrasser.

Cela faisait un bon moment qu'elle avait rompu avec Frederick. Un bon moment qu'elle n'avait éprouvé aucun désir pour un homme.

— Geraldine, dit Charles qui venait d'entrer dans la pièce, excuse-moi d'avoir été si long.

Il arrivait à point nommé, et elle l'en remercia silencieusement.

— Ah ! vous êtes là, Thomas ! Geraldine, je te présente le Dr Thomas Ashwood. Thomas, voici ma fille, Geraldine. C'est elle qui me succédera au cabinet médical lorsque je prendrai ma retraite.

— Pardon ? dit Thomas, l'air sidéré. Que dites-vous ?

— Voici ma fille, le Dr Geraldine Collins. Elle est cardiologue, et c'est elle qui va prendre ma succession. Elle sera votre associée.

Oh ! Seigneur !

Lorsque Charles avait annoncé qu'il souhaitait partir en retraite, Thomas s'était imaginé se retrouver seul à la tête du cabinet. Il avait prévu d'engager un cardiologue plein d'avenir et de développer le secteur chirurgical du cabinet. Mais voilà qu'il aurait à compter avec une nouvelle associée, la fille du grand Charles Collins !

Il connaissait ce genre de personnes. Une débutante. Une enfant gâtée qui ne le lâcherait plus lorsqu'elle apprendrait qu'il appartenait à l'aristocratie. Pour toutes les femmes qui évoluaient dans les cercles qu'il fréquentait, la fortune et le sang bleu étaient des critères essentiels, et la fille de Charles Collins ne faisait sans doute pas exception.

Pourtant, elle ne ressemblait pas à ce qu'il aurait imaginé. Elle lui avait tenu tête et s'était moquée de lui. Il aimait rivaliser d'esprit avec quelqu'un. Non seulement cette jeune femme était une vraie beauté, mais elle était aussi intelligente. C'était à la fois excitant et préoccupant…

Il fallait cependant mettre au crédit du Dr Geraldine Collins qu'elle ne semblait pas ravie à l'idée de l'avoir pour associé.

— C'est *le* Dr Ashwood qui est ton associé dans le cabinet ? demanda-t-elle.

Il crut percevoir une note de dégoût dans sa voix.

— C'est bien moi, le seul, l'unique, chère dame, confirma-t-il en s'inclinant devant elle.

Geraldine le foudroya du regard.

— Aurais-je manqué quelque chose ? demanda Charles, l'air un peu perdu.

— Non, rien du tout, Charles. Je ne me suis pas présenté à votre charmante fille lorsque je suis arrivé. Je crains de l'avoir quelque peu surprise.

— Ah ! je vois ! Cela explique tout.

— Ah ouais ? dit Geraldine.

Elle rougit et s'éclaircit la voix.

— Oui, enfin, j'imagine.

Thomas fut intrigué d'entendre ce « ouais ». Cette jeune femme semblait pleine d'esprit, mais de toute évidence elle n'avait pas grandi dans le même monde que lui. Le monde auquel Charles et lui appartenaient.

Elle l'attirait, ce qui représentait un danger certain. Il devait se retirer rapidement s'il ne voulait pas faire quelque chose qu'il risquait de regretter. Et il admirait trop Charles pour ternir le beau nom de Collins.

— Eh bien, si vous voulez bien m'excuser tous les deux…

Alors qu'il s'apprêtait à prendre congé, son bipeur et celui de Charles sonnèrent en même temps.

Lord Twinsbury, un de leurs patients communs, venait d'être admis aux urgences.

— Pas de chance, dit Charles, l'air soucieux. J'ai plein de rendez-vous qui m'attendent.

— Je peux m'en occuper, proposa Thomas.

— Et moi, dit Geraldine, je peux servir d'assistante. Retourne à tes consultations, j'aiderai M. Ashwood.

Non !

— Voilà une excellente idée, approuva Charles. Tu as fait la connaissance de lord Twinsbury la semaine dernière lorsqu'il est venu nous voir. Tu connais son dossier. Qu'en dites-vous, Thomas ? Vous serez amenés à travailler ensemble lorsque j'aurai pris officiellement ma retraite. Alors, pourquoi ne pas commencer dès maintenant ?

— Hum ! je ne crois pas avoir besoin de l'aide du Dr Collins dans ce cas précis.

Il avait vraiment besoin de s'éloigner de Geraldine. Elle éveillait chez lui un intérêt dont il se serait volontiers passé.

— Avec tout le respect que je vous dois, docteur Ashwood, nous ne savons même pas s'il s'agit là d'un cas relevant de la chirurgie, dit Geraldine d'un ton ferme. Je serai là pour examiner lord Twinsbury avec vous.

Elle avait du courage. Il aimait cela.

— Vous n'avez pas l'agrément de l'hôpital.

L'argument était minable.

— Mais si, affirma Geraldine avec un grand sourire. Je l'ai obtenu ce matin. Et maintenant, au lieu de rester là à discuter, allons retrouver lord Twinsbury aux urgences pour lui porter toute l'attention dont il a besoin.

Elle passa devant lui et sortit dans le couloir.

Il était stupéfait de la voir si déterminée. Même Charles

semblait un peu surpris, mais il n'avait pas le temps de s'attarder pour parler avec lui. Il courut pour rattraper Geraldine, qui avançait d'un pas décidé.

Tandis qu'elle marchait devant lui, il ne put s'empêcher d'admirer sa silhouette, ainsi que les frisons châtain doré qui s'échappaient du chignon sévère noué sur sa nuque.

Mais pas de ce genre de pensées avec elle. Elle était intouchable.

— Savez-vous seulement où se trouve le service des urgences ? demanda-t-il en se portant à sa hauteur.

Elle leva les yeux au ciel.

— Ne soyez pas stupide. Je le sais, bien sûr.

— Bien. Parce que, pour l'instant, vous vous dirigez vers le bloc opératoire. Les urgences sont de ce côté-là, précisa-t-il en montrant la direction opposée.

Il aurait pu la laisser se perdre dans l'hôpital, ce qui lui aurait permis de s'occuper seul de lord Twinsbury. Mais quelque chose au fond de lui, ce reste de conscience qu'il essayait souvent d'ignorer dans ses relations avec les femmes, lui criait de faire ce qui était juste.

Elle marqua un temps d'arrêt, avec dans ses yeux verts un mélange de détermination, de contrariété et d'embarras.

— Alors, allez-vous me montrer la bonne direction, ou dois-je la découvrir moi-même ?

— Si j'avais voulu vous laisser vous débrouiller toute seule, je ne vous aurais pas signalé que vous faisiez fausse route.

Geraldine parut se détendre. Elle esquissa même un petit sourire.

— Merci. Je ne pensais pas que vous… C'est-à-dire…

— Inutile de m'expliquer.

Il savait ce qu'elle essayait de lui dire. Qu'elle ne pensait pas qu'il l'aiderait. Et une partie de lui-même lui donnait raison. Il devrait la laisser se sortir d'affaire seule. Après tout, elle était une rivale. Seulement, il était malgré tout un gentleman. Même si, dans le cercle qu'il fréquentait, il était connu comme le « Duc noir », un dragueur qui séduisait les débutantes et les laissait tomber dès le lendemain, il ne pouvait pas agir ainsi.

Tout en discutant avec Geraldine, il tenta de chasser de son esprit tout ce qu'il aurait envie de lui faire. Des choses qui n'étaient pas dignes d'un gentleman.

— C'est par ici, dit-il en lui indiquant d'un mouvement du menton la direction à prendre.

Elle hocha la tête et se remit en marche.

Ils avançaient du même pas, côte à côte, sans dire un mot. C'était impressionnant de la voir aller aussi vite avec sa jupe étroite et ses hauts talons.

Cette femme était élégante, raffinée, mais cette apparence lisse cachait autre chose. Quelque chose qu'il ne trouvait pas chez les femmes qu'il côtoyait d'habitude. Elle l'intriguait. Elle avait l'air coriace, endurcie, mais il était convaincu que, sous cette façade, elle était douce et féminine.

Il aurait aimé en avoir la preuve, mais il s'interdisait de séduire la fille de Charles. Et comme il n'avait pas l'intention de s'engager dans une relation sérieuse, il garderait ses distances.

Dans le service des urgences, ils furent accueillis par le médecin de garde.

— Il a insisté pour que son cardiologue vienne le voir, expliqua le Dr Sears.

Il jeta un regard surpris à Geraldine puis se tourna vers Thomas.

— Où est le Dr Collins ?

— *Je suis* le Dr Collins, déclara Geraldine d'un ton assuré.

Thomas admira la ténacité dont elle faisait preuve.

Lord Twinsbury, très pâle, était allongé sur un chariot. Il sourit lorsqu'il vit Geraldine s'approcher de lui.

— Ah ! je pensais voir votre père, mais je ne perds pas au change !

Elle sourit en retour au vieil homme.

— Lord Twinsbury, vous me faites du charme.

— Combien de fois devrai-je vous répéter de m'appeler Lionel ?

Thomas tiqua.

Cela faisait trente ans qu'il connaissait personnellement lord Twinsbury et cinq ans qu'il était son chirurgien, mais jamais celui-ci ne l'avait autorisé à l'appeler Lionel. Et pourtant, il était l'un de ses parrains.

— Bon, Lionel, alors, rectifia Geraldine, le sourire aux lèvres. Que vous arrive-t-il ?

Lord Twinsbury tendit le cou et regarda Thomas.

— Ah ! jeune homme, ils vous ont appelé, vous aussi ! C'est bien.

— Évidemment qu'ils m'ont appelé, moi aussi, *my lord.* Mais peut-être me permettez-vous de vous appeler Lionel ?

Lord Twinsbury le regarda fixement, tout comme son propre père avait l'habitude de le faire.

— Non, car vous n'êtes pas une ravissante jeune femme, contrairement à Geraldine.

Son air sévère s'adoucit tandis que son regard se portait sur celle-ci, occupée à lui prendre sa tension artérielle.

— Venez voir, monsieur Ashwood, dit-elle en fronçant les sourcils.

Thomas se pencha pour lire ce qui s'affichait sur l'écran et fit la grimace.

— Eh bien, qu'y a-t-il ? demanda lord Twinsbury. Je vois à vos visages que ma tension n'est pas bonne.

— Non, en effet, *my lord*, confirma Thomas en prenant son stéthoscope. Puis-je vous ausculter ?

Geraldine aida le vieil homme à s'asseoir tandis que Thomas écoutait le bruit inquiétant émis par son cœur qui essayait de pomper le sang à travers des artères bouchées.

Depuis des années, il avertissait lord Twinsbury que l'état de ses artères ne pouvait qu'empirer. Ils avaient déjà fait des angioplasties à diverses reprises, mais Thomas savait qu'un jour il faudrait pratiquer une opération à cœur ouvert. Apparemment, ce jour était arrivé.

— En voyant la tête que vous faites, Thomas, je devine

que vous allez me dire quelque chose que je n'ai pas envie d'entendre, déclara lord Twinsbury.

— Vous m'appelez par mon prénom, mais moi, je ne peux pas vous appeler Lionel ?

— Votre père n'apprécierait pas de vous voir aussi familier avec moi.

Thomas leva les yeux au ciel.

— Vous savez ce qu'il va arriver, *my lord*. Je vous avais prévenu. Vous avez besoin d'un pontage de l'artère coronaire, et cela de toute urgence. Aujourd'hui même. Sinon, la prochaine fois que vous prendrez la parole à la Chambre des lords, vous risquez de tomber raide mort.

Geraldine en eut le souffle coupé.

— Vous avez une façon détestable de vous adresser aux patients, monsieur Ashwood.

Lord Twinsbury se mit à rire et lui tapota la main.

— Aucune importance, j'ai l'habitude. J'aime son franc-parler, ma chère. Cela m'oblige à rester vigilant.

Elle fronça les sourcils tandis que Thomas lui adressait un clin d'œil.

— Je vais vous faire hospitaliser, lord Twinsbury, et nous vous opérerons dès aujourd'hui.

Le vieil homme hocha la tête puis se tourna vers Geraldine.

— J'espère que vous serez là, ma chère. Votre père soigne mon cœur depuis tant d'années, je veux m'assurer d'avoir ici quelqu'un en qui je puisse avoir confiance.

Thomas émit un grognement et quitta la pièce, excédé.

Lord Twinsbury était un personnage excentrique, suffisant et arrogant. Jamais il ne lui demandait son avis. Probablement parce qu'il le voyait encore sous les traits du petit garçon qui avait mis à mal le labyrinthe végétal de son parc alors qu'il avait dix ans.

— Monsieur Ashwood, puis-je vous parler un instant ?

Seigneur !

Sa journée avait pourtant bien commencé. Il avait posé un dispositif d'assistance ventriculaire gauche à un patient afin de prolonger sa vie, et il projetait de retourner dans son bureau compléter quelques dossiers. Il n'avait pas prévu d'avoir à affronter aujourd'hui la fille de Charles Collins.

— Que puis-je pour vous, docteur Collins ?

— Avez-vous l'habitude de vous comporter de cette façon avec tous vos patients ?

— Oui, parce que je connais la plupart d'entre eux depuis très longtemps. Jusqu'à présent, aucun ne s'est plaint.

— Croyez-vous indispensable de lui faire un pontage de l'artère coronaire ? Une autre angioplastie ou peut-être une endartériectomie carotidienne ne pourraient-elles pas suffire en pareil cas ? Une opération lourde est-elle vraiment la solution chez un homme de soixante-treize ans de santé fragile ?

Là, elle dépassait les bornes.

— Quelque chose m'aurait-il échappé, docteur Collins ? Êtes-vous ou n'êtes-vous pas chirurgienne ?

La voyant rougir, il se dit qu'il avait touché un point sensible. La faille dans son armure.

— Je suis cardiologue et non chirurgienne, en effet.

— Alors, ne mettez pas en cause mon avis dès lors qu'il s'agit de chirurgie.

— Lord Twinsbury est autant mon patient que le vôtre.

— Votre père n'a jamais remis en question mes décisions chirurgicales, dit-il d'un ton sec.

— Peut-être devrait-il le faire.

Il s'avança vers elle.

— Depuis quand soignez-vous lord Twinsbury, docteur Collins ? Quelques heures. Moi, je m'occupe de lui depuis cinq ans, et durant ces cinq années je lui ai fait plusieurs angioplasties et même tenté une endartériectomie carotidienne, ce qui a failli le tuer. J'ai informé mon patient qu'il devrait subir un pontage de l'artère coronaire. Je me suis efforcé d'avoir recours le plus longtemps possible aux procédures les moins invasives, mais à présent je n'ai plus le choix. Aussi, je vous suggère de regagner le cabinet et de laisser à des gens qualifiés les problèmes relevant de la chirurgie.

Il tourna les talons et l'abandonna dans le couloir au vu et au su de tout le monde, devant tous les soignants avec qui elle allait travailler.

Il avait à peine tourné au coin du couloir qu'il s'en voulait de l'avoir blessée, qui plus est en public.

S'il s'était agi de quelqu'un d'autre, il ne se serait pas senti aussi mal. Il lui était déjà arrivé de sortir ainsi de ses gonds devant témoins sans que cela ait jamais tourmenté sa conscience. Là, c'était différent.

Il n'aurait su dire pourquoi. Mais il devait admettre que c'était différent. Et ça ne lui plaisait pas du tout.

2.

Geri se mordit la lèvre tandis qu'elle déambulait dans la galerie d'observation donnant sur la salle d'opération où Thomas Ashwood était en train de pratiquer le pontage de l'artère coronaire de lord Twinsbury.

Elle devrait s'en aller.

Comme elle aurait voulu participer à l'intervention en tant qu'assistante ! Elle avait lu tellement d'articles écrits par le Dr Ashwood ! Quelques heures auparavant, elle aurait donné n'importe quoi pour apprendre à son côté.

Maintenant, elle savait que ça aurait été une erreur. Tout comme Frederick avait été une colossale erreur. Elle était venue à Londres pour prendre un nouveau départ. Pour faire ses preuves. Il n'était pas question pour elle de se lancer dans une histoire sentimentale sur son lieu de travail. La dernière fois, cela lui avait coûté sa carrière de chirurgienne.

Cela n'aurait pas dû arriver…

Fermant les yeux, elle souhaita de nouveau se trouver dans cette salle d'opération. Mais Ashwood avait clairement dit qu'il ne voulait pas d'elle dans les parages.

Ses propos l'avaient mise mal à l'aise. Pourtant, une fois calmée, elle reconnaissait qu'il avait raison. Elle n'était pas chirurgienne. Même si elle avait vu et pratiqué des opérations au cours de son internat, elle n'était pas diplômée et ne le serait jamais. Par ailleurs, elle ne connaissait lord Twinsbury que depuis une semaine alors qu'Ashwood s'occupait de lui depuis des années. Elle lui devait des excuses.

« S'excuser est un signe de faiblesse », répétait sa mère.

Mais non. Dans ce cas précis, s'excuser serait une marque de respect.

Elle n'avait pas été ravie d'apprendre que ce chirurgien arrogant serait son associé. Elle avait été déstabilisée en constatant que ce chirurgien pour qui elle avait une grande admiration professionnelle était de plus incroyablement beau et imbu de sa personne. Ce qui voulait dire pour elle infréquentable.

Son père avait pris pour associé un homme qui était son exact opposé. Alors que Charles Collins était réservé, guindé et très pointilleux sur les bonnes manières, Thomas Ashwood affichait une attitude désinvolte. Un vrai sale gosse.

Elle cessa de faire les cent pas pour l'observer.

Même dans le bloc opératoire, il en imposait, et elle ne pouvait s'empêcher d'admirer sa technique. Certes, elle n'était pas chirurgienne, mais elle avait assisté à beaucoup d'opérations. Le Dr Ashwood savait parfaitement ce qu'il faisait, et il montrait une grande habileté.

— Ah ! tu es là, Geraldine !

Elle se tourna vers son père qui venait de pénétrer dans la galerie d'observation.

— Je te croyais au bureau, dit-elle.

— J'allais m'y rendre, lorsque j'ai appris que tu avais eu une algarade avec Thomas dans le couloir.

Elle se sentit devenir toute rouge.

Génial. Elle faisait déjà l'objet de commérages dans cet hôpital.

— Il a eu raison. J'avais dépassé les bornes.

— Je vois, dit son père en souriant.

À soixante-neuf ans, c'était encore un fort bel homme. Pas étonnant que sa mère en soit tombée amoureuse, songea-t-elle. En revanche, elle ne voyait pas ce qui, chez sa mère, avait pu plaire à son père.

— J'espère qu'il voudra bien accepter mes excuses.

— Mieux vaut ne pas t'excuser. Ne lui laisse pas voir que tu es vulnérable. Tu lui as donné ton avis. Même si tu t'es trompée, c'était néanmoins un avis. Thomas est sans pitié. C'est pour cette raison que je l'ai pris pour associé. Il a du talent, mais il est impitoyable. Si tu veux pouvoir travailler avec lui dans un cabinet médical très en vue, tu dois faire preuve de fermeté et soutenir tout ce que tu dis. Tu dois mordre, toi aussi.

— Vraiment ?

Son père hocha la tête.

— Cela va s'arranger, vous trouverez tous les deux la bonne façon de travailler ensemble. Et maintenant, si nous rentrions à la maison ? Jensen doit amener la voiture.

Elle ne pouvait s'en aller en laissant les choses en état. Elle avait eu tort de mettre en cause l'avis du Dr Ashwood.

— Je crois que je vais rester, si ça ne t'ennuie pas.

— Tu es sûre, Geraldine ?

— Oui, absolument.

— Tu n'as qu'à appeler la voiture lorsque tu en auras besoin. Jensen viendra te chercher.

— Bien sûr.

Mais elle ne le ferait pas. Elle prendrait le métro jusqu'à Holland Park. Seulement, elle ne pouvait pas le dire à son père. Il piquerait une crise s'il savait qu'elle utilisait les transports en commun comme n'importe quelle roturière.

Pourtant, c'était ce qu'elle était : une roturière. Certes, elle s'exprimait avec élégance, mais elle avait dû travailler dur pour perdre l'accent rugueux qu'elle avait depuis l'enfance, et elle n'appartenait pas à ce monde dans lequel elle venait d'être projetée.

La première fois qu'elle avait participé à un dîner officiel dans la demeure de son père, à Holland Park, elle avait éprouvé un tel embarras devant le nombre de fourchettes posées à côté de son assiette qu'elle avait quitté la table, prétextant qu'elle n'avait pas faim. Son père n'avait pas apprécié d'apprendre qu'elle était allée dans un pub du quartier pour manger quelque chose.

Que faisait-elle ici ?

Oui, bien sûr, elle était là pour mieux connaître son père et saisir l'occasion qui lui était donnée d'hériter d'un cabinet médical lucratif situé dans Harley Street, mais elle n'était pas vraiment convaincue.

L'interphone sonna, l'arrachant à ses pensées.

Elle se leva et appuya sur le bouton.

— Docteur Collins, je suis surpris de vous voir ici, dit Thomas à travers la vitre, sans la regarder.

— Lord Twinsbury a précisé qu'il souhaitait ma présence.

Cette fois, Thomas leva les yeux vers elle, le regard pétillant.

— C'est vrai. Alors, pourquoi ne pas vous mettre en tenue et venir me rejoindre ici ? Vous nous tiendriez compagnie.

— Je croyais que, n'étant pas chirurgienne, je n'avais pas ma place au bloc opératoire.

Il se mit à rire.

— Je pense pouvoir faire une exception en faveur de ma nouvelle associée. Vous venez ?

— J'arrive.

Elle se dirigea vers le vestiaire où on lui donna une tenue chirurgicale. Une infirmière la conduisit ensuite vers les lavabos où elle se frotta soigneusement les mains et les bras, puis elle entra dans la salle d'opération, restant à bonne distance afin de ne pas contaminer la zone stérile.

Il y avait longtemps qu'elle n'avait pas mis les pieds dans un bloc opératoire. Cela lui avait manqué.

— Je voulais m'excuser, docteur Ashwood.

— À propos de quoi ? demanda celui-ci d'un air absent, avec cette attitude hautaine qui la rendait folle.

— Je crois que vous le savez.

— Vous n'avez pas à vous excuser. J'ai sans doute été trop dur avec vous. Vous avez le droit d'avoir votre opinion.

Elle n'en revenait pas. Jamais Frederick n'aurait dit cela à l'un de ses collègues, qu'il s'agisse d'un médecin ou d'un chirurgien. Et devant d'autres collègues, en plus !

— Je crois vraiment…

— N'en parlons plus. Davantage d'aspiration, s'il vous plaît.

Thomas poursuivit l'opération sans quitter des yeux son patient.

— Lord Twinsbury est un ami de mon père, reprit-il. Je le connais depuis très longtemps. Peut-être ai-je tendance à le surprotéger.

— Je vois. Votre père est-il ami avec le mien ?

Thomas sourit derrière son masque. Elle le vit à la façon dont il plissait les yeux.

— Non. À vrai dire, ils se faisaient plutôt la guerre.

— Ils étaient rivaux ? demanda-t-elle avec un petit rire.

— D'une certaine façon, bien que mon père n'exerce pas une profession médicale. Je crois que dans leur jeunesse c'étaient tous deux des vauriens qui couraient après les mêmes femmes.

Elle avait du mal à s'imaginer son père en vaurien.

— Vraiment ?

— Oui. J'ai été étonné lorsque votre père m'a pris avec lui après que j'ai achevé mon internat en chirurgie. Il avait le cabinet de cardiologie le plus prestigieux de la ville, et j'aurais donné n'importe quoi pour travailler avec lui. J'ai dû le convaincre que s'adjoindre un chirurgien était une bonne décision dont le cabinet tirerait un grand avantage.

Elle voulait bien le croire. Même si elle connaissait à peine son père, elle avait compris qu'il n'était pas homme à prendre des risques.

— Eh bien, il semble que vous ayez réussi à l'en persuader.

— Il ne m'avait jamais parlé de vous jusqu'au jour où, il y a deux heures de cela, il m'a appris que vous alliez vous joindre à nous.

Cette fois, il leva la tête et la regarda avec des yeux noirs qui semblaient lire au fond d'elle-même.

— Mon père et moi, dit-elle, nous n'étions pas en très bons termes. J'espère que cela va changer, maintenant.

La manière dont il la fixait la mit mal à l'aise. Pourvu qu'il ne se rende pas compte qu'elle mentait !

— Vous ne figurez même pas dans le Debrett's, fit-il observer.

Elle savait qu'il s'agissait d'un annuaire nobiliaire recensant les membres de l'aristocratie du pays.

— Devrais-je y être ?

— Vos parents étaient mariés.

— Oh ! pas longtemps ! Je crois que le divorce a eu lieu juste après ma naissance. Ma mère est partie avant de savoir qu'elle était enceinte de moi.

— Vous devriez être dans le Debrett's, étant donné que votre père siège à la Chambre des lords.

— Vous semblez savoir beaucoup de choses sur moi.

— Je ne sais rien de vous, et c'est bien là le problème.

Il leva la main pour saisir l'instrument qu'une infirmière lui tendait.

— Vous êtes un mystère total pour moi, conclut-il.

Elle croisa les bras sur sa poitrine, comme pour cacher le fait qu'elle était un cas d'enfant « oublié ».

Elle avait lu ce genre d'histoire un million de fois dans les romans à l'eau de rose qu'elle affectionnait. Mais ces romans relevaient de la fiction et de la pure imagination. Son histoire à elle était bien réelle. Et elle était médecin. Un excellent médecin spécialisé en cardiologie. Tout ce qui l'intéressait pour le moment, c'était l'aide qu'elle apportait à ses patients.

— Pourquoi avez-vous cherché mon nom dans le Debrett's ? Quelle importance si j'y figure ou non ? C'est une publication sans aucun intérêt, si vous voulez mon avis.

— Vous avez raison, dit Thomas. Qui a besoin de savoir qui est en trente-septième position pour la succession au trône ?

— Exactement. Je l'ignore, et ça ne m'intéresse pas du tout.

— Qu'est-ce qui vous intéresse, alors ?

— La médecine.

Thomas Ashwood eut un petit rire et secoua la tête.

— Vous auriez dû être chirurgienne.

— Et pourquoi donc ?

— Vous êtes froide, détachée, et d'une franchise brutale.

— Je prends ça pour un compliment.

— C'en est un. Mais vous avez sûrement d'autres centres d'intérêt que la médecine. La lecture, les voyages, le crochet...

— Le crochet ?

L'idée lui semblait absurde

— C'est excellent pour les mains, expliqua-t-il. Cela garde les doigts solides et l'esprit aiguisé.

— Vous faites du crochet ?

— Seigneur, non !

— Alors, qui vous a vanté les mérites du crochet ?

— Ma grand-mère. À vrai dire, elle n'avait pas toute sa tête.

Geri ne put s'empêcher de sourire.

— Et vous, que faites-vous ? demanda-t-elle.

— Je peins.

— Que peignez-vous ?

— Principalement des nus.

Cette fois, elle éclata de rire, ainsi que toutes les autres personnes présentes dans la pièce.

Jamais Frederick n'aurait plaisanté ainsi. Elle appréciait cette ambiance détendue dans le cadre austère d'une salle d'opération.

— Un jour, dit-elle, j'ai lu un article expliquant que les patients sous anesthésie générale perçoivent ce qu'il se passe autour d'eux. Inconsciemment. Et les résultats sont meilleurs lorsque le chirurgien est heureux.

Thomas la regarda. Allait-il de nouveau la rembarrer ?

— Je l'ai entendu dire. Et j'y crois.

Il retourna à sa tâche tandis qu'elle l'observait, impressionnée par sa dextérité.

Il posa enfin ses instruments.

— Docteur Fellows, voulez-vous refermer pour moi ?

— Oui, monsieur Ashwood.

Thomas entraîna Geri dans le vestiaire. Il se débarrassa de ses gants, de son masque et de sa tenue de chirurgien, puis il se lava les mains.

Elle fit de même.

— Cette opération a été exemplaire, remarqua-t-elle.

Thomas afficha un sourire satisfait.

— Je suis content que tout se soit aussi bien passé. Les prochaines vingt-quatre heures seront décisives. Rien n'est encore gagné.

— Vous verrai-je demain au bureau ? demanda-t-elle.

— Non. Je vais rester auprès de lord Twinsbury cette nuit. Je resterai dans le service des soins intensifs.

— Est-ce parce qu'il est un ami de votre famille, ou faites-vous cela pour tous vos patients ?

En posant cette question, elle plaisantait. Elle n'imaginait pas qu'un chirurgien de renom puisse rester au chevet de tous les patients qu'il opérait.

— Oui, bien sûr, je le fais pour tous.

Stupéfaite, elle resta la bouche ouverte, ce qui le fit sourire.

— Je vous souhaite une bonne soirée, docteur Collins.

Elle le regarda s'en aller, interloquée.

Chaque fois qu'elle essayait de se faire une opinion sur Thomas Ashwood, elle constatait qu'il ne rentrait pas dans la case où elle voulait le confiner. Il se montrait sous un tout autre jour.

Comme elle l'avait déjà soupçonné, il représentait un vrai danger. Un danger très sexy et très tentant auquel elle ne devait pas trop s'exposer.

— Tu as encore pris le métro, n'est-ce pas ?

Geri se débarrassa de son manteau dans le bureau de son père.

— Tu ne m'as pas réveillée, ce matin, lorsque Jensen t'a emmené au travail.

— Tu étais rentrée tard. J'ai pensé que tu apprécierais de rester au lit.

— Oui, mais aujourd'hui il y avait des consultations. Comment pourrais-je connaître mes nouveaux patients si je passe la moitié de la matinée au lit ?

— Pourquoi n'as-tu pas appelé Jensen pour qu'il t'amène ?

Son père avait l'air tendu, comme s'il s'était fait du souci pour elle. C'était gentil mais incongru. Elle était une adulte.

— Tu ne sais donc pas qu'il est impossible de circuler dans la Westway ? dit-elle.

— Jensen aurait pu passer par la Bayswater Road.

— J'ai l'habitude de prendre les transports en commun.

— Je sais, Geraldine, mais ta situation est différente, à présent, dit-il avant de se replonger dans le travail.

Elle prit une chaise et s'assit en face de lui.

— En quoi est-ce différent ? Je suis toujours la même.

— Tu es une lady. Et une héritière.

— Je suis un médecin, déclara-t-elle en fronçant le nez.

Son père se passa la main dans les cheveux et soupira.

— Tu es aussi têtue que ta mère.

— Je prends cela comme un compliment.

En fait, elle n'appréciait guère d'être comparée à sa mère.

Son père lui tendit une enveloppe couleur crème.

— Tu es invitée à ta première réception mondaine.

— De quoi s'agit-il ? s'enquit-elle en saisissant l'enveloppe.

— D'une fête organisée à l'occasion du London International Horse Show. Nous sommes invités tous les deux. Le duc de Weatherstone sera présent. Tu sais qu'il figure dans la liste des prétendants à la succession royale ?

Elle haussa les sourcils en regardant l'invitation.

— Et si je n'y vais pas ?

— Tu ne peux pas.

— Père, c'est ce week-end !

— Et quels étaient tes plans pour ce week-end ?

— Faire mes achats de Noël.

— Tu iras à cette réception. J'ai déjà dit à notre hôtesse que nous viendrions. Par ailleurs, ce sera une bonne occasion pour toi de faire la connaissance de certains de nos patients. Beaucoup seront présents.

Avant qu'elle ait eu le temps de répondre, on frappa à la porte, et Thomas passa la tête dans l'embrasure. Il avait les yeux cernés comme s'il n'avait pas dormi de la nuit, mais cela ne le rendait pas moins séduisant.

Seigneur, comme il était beau, en plus d'être un brillant chirurgien ! Pourquoi fallait-il qu'il soit aussi attirant ?

Il n'était pas pour elle. Il était *inaccessible.*

— Est-ce que je vous dérange ? demanda-t-il.

Oui.

— Non, Thomas, entrez, répondit Charles.

Thomas obéit.

— Je voulais vous dire que lord Twinsbury a passé une bonne nuit. Il devrait sortir rapidement du service des soins intensifs.

Le père de Geri hocha la tête et sourit.

— Voilà une excellente nouvelle.

— Merveilleux ! ajouta-t-elle.

Thomas lui jeta un coup d'œil rapide, et son regard s'attarda sur l'enveloppe couleur crème.

— Ah ! je vois que les invitations pour la réception des Gilese sont arrivées !

— Oui. Apparemment, le duc de Weatherstone sera là, lança Geri d'un ton taquin.

Le visage de Thomas changea d'expression.

— Moi, je peux vous dire qui ne sera pas là : lord Twinsbury devra rester encore deux semaines alité. Et il réclame son cardiologue.

— Je vais dire à Jensen d'amener la voiture, dit le père de Geri en poussant un soupir.

— Non, Charles. Il veut sa belle cardiologue. Il vous réclame, docteur Collins, ajouta-t-il en se tournant vers Geri.

Charles émit un petit rire.

— Tu ferais mieux d'y aller, Geraldine. Et, je t'en prie, fais-toi conduire par Jensen.

— La Westway est complètement bouchée, dit Thomas. Votre fille peut toujours prendre le métro.

Geri ne put s'empêcher de rire en voyant son père fusiller Thomas du regard.

— Uniquement si vous l'accompagnez.

— Bien sûr. Après tout, je suis un gentleman.

— Cela reste à prouver, murmura Charles.

Elle prit son manteau et quitta la pièce avec Thomas.

— Je vais avoir du mal à faire connaissance avec mes patients aujourd'hui, dit-elle en suivant Thomas.

— En allant voir lord Twinsbury à l'hôpital, vous avez l'occasion de mieux connaître l'un de vos patients, dit-il en se nouant une écharpe autour du cou. Et vous montrez ainsi à vos autres patients que vous prenez soin de tous ceux dont vous avez la charge.

— Il vient juste d'être opéré, c'est vous qui devriez être auprès de lui, pas moi. Je ne suis pas chirurgienne.

— Mais je serai là aussi. Je vous accompagne, non ? Allons-y, chère dame, je vous escorte jusqu'au métro.

Ils marchèrent côte à côte vers la station de Regent's Park.

— Vous savez, il y a longtemps que je n'ai pas pris les transports en commun, lança Thomas d'un ton désinvolte.

— Ne me dites pas que, vous aussi, vous avez un chauffeur ?

— Mon Dieu, non ! Je prends comme un vrai défi d'avoir à affronter tous les jours les encombrements de la circulation.

— Vous êtes un personnage intéressant, monsieur Ashwood. Affronter les bouchons et peindre des nus.

— Mais oui, et c'est pour cela que vous devriez apprendre à mieux me connaître, murmura-t-il d'une voix enrouée.

— Oh ! Cela reste à voir.

— Vous ne m'avez toujours pas dit ce qui vous intéressait en dehors de la médecine, docteur Collins.

— J'adore lire.

— J'espère qu'il s'agit de romans coquins.

— Naturellement, plaisanta-t-elle. La vérité, c'est que j'adore Jane Austen.

— Comme la plupart des femmes. Pour ma part, je préfère Chaucer et les poèmes islandais.

— Vous êtes un homme bien mystérieux.

— Je pourrais en dire autant à votre sujet, docteur Collins. Vous êtes une femme pleine de mystère.

— Puisque nous allons être des associés, vous pouvez m'appeler Geri.

Il haussa un sourcil.

— Geri ? Non. Je crois que je vais vous appeler Geraldine.

— Pourquoi ? Il n'y a que mon père pour m'appeler ainsi. Personne d'autre ne le fait.

— Sauf moi, à partir de maintenant. Geraldine, ça me plaît bien. Je trouve ce prénom élégant.

— Moi, je l'ai toujours détesté.

— Vous ne devriez pas. Il vous va bien.

— Et moi, comment dois-je vous appeler ?

— Thomas.

— Pas Tom ? demanda-t-elle pour le taquiner.

— Non, si vous voulez que je vous réponde.

— Vous êtes vraiment irritant, dit-elle en accélérant le pas. Je n'ai pas besoin d'escorte. Retournez à Harley Street, monsieur Ashwood.

— Je me sens blessé. Qu'est-il arrivé pour que vous vous adressiez à moi en vous servant de mon nom de famille ?

— Vous êtes devenu pédant, et vous m'ennuyez.

Mais elle souriait. Elle s'amusait énormément.

— On m'a déjà attribué beaucoup de qualificatifs, mais jamais encore on ne m'avait traité de pédant. C'est nouveau.

Elle ne put s'empêcher de rire.

Ils étaient arrivés à la station de Regent's Park. Ils montèrent dans une rame où se pressait une foule de voyageurs. Serrés l'un contre l'autre, ils restaient silencieux jusqu'au moment où Thomas reprit la parole.

— Pourquoi n'aimez-vous pas votre prénom ? Il est charmant.

Elle rougit.

Jusqu'alors, personne n'avait trouvé son prénom charmant. Elle l'avait toujours détesté et se faisait appeler Geri.

— Je le trouve démodé, avança-t-elle en guise d'explication.

En fait, c'était lorsqu'elle avait appris que ce prénom la rattachait à un père absent et qui n'était jamais venu la voir qu'elle avait voulu couper ce lien et décidé de se faire appeler Geri.

« Je t'ai appelée Geraldine parce que c'était le prénom de ta grand-mère paternelle. C'est la seule chose que te léguera ton père », lui avait dit sa mère.

Bien sûr, elle n'avait jamais rencontré cette fameuse grand-mère. Elle avait appris de la façon la plus dure qu'elle était capable de s'aider toute seule.

— Thomas aussi, c'est démodé, dit-il, mais ça me plaît. Geri… On dirait le nom d'une chanteuse de groupe pop.

Elle éclata de rire.

— Eh bien, j'aime qu'on m'appelle ainsi !

— Et moi, j'aime Geraldine. Je vous ferai bientôt changer d'avis, et vous me supplierez de vous répéter votre prénom.

Sa voix était profonde, évoquant une coulée de miel épais. Du miel qu'elle s'imagina lécher sur le corps de Thomas.

Stop !

— Êtes-vous en train de me faire des propositions ?

Il afficha un sourire irrésistible qui lui rendit les jambes toutes molles.

— Et si c'était le cas ?

— Je vous dirais d'y réfléchir à deux fois.

Elle lui tourna le dos, souriant malgré elle.

Cela faisait longtemps qu'elle n'avait pas flirté avec un homme.

Lorsque Frederick l'avait quittée, plus personne ne s'était intéressé à elle. Elle avait eu le sentiment d'être devenue une paria et que la rumeur courait qu'elle n'était pas une affaire au lit. C'était peut-être vrai. Elle n'avait jamais particulièrement aimé faire l'amour. Cependant, quand Thomas flirtait avec elle, son pouls s'accélérait, et le sentir si proche la troublait physiquement. C'était comme s'il l'avait ensorcelée. Il était si grand, debout à côté d'elle dans la rame, et si sûr de lui, si séduisant avec ses cheveux noirs, son regard pétillant et son sourire coquin.

Comme elle aurait voulu avoir confiance en elle comme lui, et posséder autant de charme !

Mais elle ne devait pas avoir ce genre de pensée.

Elle n'allait pas se laisser piéger. Elle ne laisserait pas un homme lui gâcher de nouveau la vie. Une chance inespérée s'offrait à elle. Elle allait prouver qu'elle la méritait, et rien ne viendrait lui barrer la route.

3.

Debout dans le couloir, Thomas regardait Geraldine s'occuper de lord Twinsbury.

Les constantes vitales du patient ayant chuté, celui-ci avait été maintenu dans le service des soins intensifs. Mais le vieil homme avait repris des couleurs depuis que Geraldine s'entretenait avec lui.

Il ne put s'empêcher d'en sourire.

Si la jeune femme se montrait froide avec lui, elle était charmante avec les patients. Même avec lord Twinsbury qui, pourtant, était un tyran comme l'avait été son père. Elle ne se laissait pas démonter par les tyrans. Il avait de l'admiration pour elle. Elle était forte, plus forte que toutes les femmes qu'il avait connues.

La plupart voulaient qu'on vole à leur secours et jouaient les victimes. Elles n'auraient jamais supporté de subir une réprimande en public, alors que Geraldine ne s'en était pas scandalisée. Elle avait même reconnu son erreur et présenté ses excuses ! Il fallait de la jugeote pour se comporter ainsi.

Et maintenant, elle était là avec lord Twinsbury et le traitait comme s'il n'était qu'un gentil chaton. Ce qui était très loin de la vérité ! Le vieil aristocrate avait été un chenapan dans sa jeunesse. Tout autant que son père et lord Collins.

Thomas savait qui était la femme que son père et lord Collins s'étaient disputée, et il était en train d'observer sa fille.

Il n'avait que sept ans à l'époque des faits et n'en connaissait pas tous les détails. Son père était alors veuf depuis trois ans et aspirait à retrouver l'amour. Il n'avait jamais dit grand-chose sur la femme qu'il avait espéré épouser, précisant seulement que lord Collins s'était posé en rival et l'avait emporté. Lors Ashwood ne s'était jamais remis du fait que la mère de Geraldine lui ait préféré lord Collins.

Thomas en avait voulu à la mère de Geraldine d'avoir rendu son père malheureux. La veille, souhaitant en savoir plus sur cette histoire, il avait interrogé lord Twinbsbury, qui lui avait raconté dans les grandes lignes ce qu'il s'était passé.

Ils s'étaient connus à l'occasion d'une réception où cette jeune femme se trouvait en tant qu'amie d'une amie de la maîtresse de maison. Son père et Charles assistaient tous deux à cette soirée et étaient l'un et l'autre tombés sous le charme. Lord Collins était tombé amoureux fou et avait épousé cette femme, mais le couple s'était rapidement séparé. Ils appartenaient tous deux à des milieux différents et n'étaient pas parvenus à s'entendre. Apparemment, la mère de Geraldine était froide, insensible. Elle avait rendu Charles malheureux. Elle l'avait quitté sans savoir qu'elle était enceinte, et par la suite elle n'avait pas jugé bon de l'informer qu'elle attendait un enfant de lui. Même si Charles s'était comporté en vaurien dans sa jeunesse, il en avait eu le cœur brisé. Il n'avait découvert que tout récemment l'existence de sa fille. À présent, il faisait de son mieux pour essayer de combler le fossé entre Geraldine et lui.

De son côté, Geraldine ne semblait guère faire d'efforts en ce sens. Pourquoi cela ?

Thomas lui-même aimait son père, qui s'était pourtant toujours montré distant et dur avec lui. Il avait eu une enfance solitaire, privée d'amour, dont il avait passé la plus grande partie en pension.

Que faisait-il là, à guetter la fille de cette femme ? Il devrait bouger, cesser de la regarder.

Mais il ne pouvait s'empêcher de continuer à l'observer.

Contrairement à son père, il n'avait pas vraiment connu de chagrin d'amour, même s'il avait eu une expérience désastreuse avec Cassandra, qui ne l'avait pas aimé pour celui qu'il était mais s'était révélée surtout intéressée par son statut social et le titre dont il hériterait un jour.

— Pourquoi veux-tu pratiquer la chirurgie ? lui avait-elle demandé un jour. Ta famille possède assez d'argent et de terres. Pourquoi ne pas gérer tes domaines ?

— Ce n'est pas ce que je veux faire, avait-il répondu. J'adore la médecine. J'adore la chirurgie. Sauver des vies, c'est ma passion.

Elle ne l'avait jamais compris.

Lui-même s'était laissé aveugler par son désir pour elle. Et puis, son père était mort d'une cardiomyopathie hypertrophique non diagnostiquée, et il avait découvert qu'il avait lui aussi une prédisposition génétique à cette maladie. Il avait alors décidé de ne pas fonder de famille. D'autant plus que Cassandra se révélerait être d'un piètre réconfort si le pire arrivait. Soudain, il était devenu à ses propres yeux quelqu'un de faible, de fragile. Un être amoindri. Mieux valait rester seul…

Vraiment ?

Il secoua la tête.

Il venait juste de faire la connaissance de Geraldine Collins et, déjà, elle l'obsédait. Il ne pouvait pas la laisser lui faire cela. Peut-être que s'il couchait avec elle, ne serait-ce qu'une seule fois, il s'en libérerait. Il pouvait la séduire. Après tout, il était le Duc noir.

Il se passa la main dans les cheveux.

Qu'est-ce qu'il lui arrivait ? Il était là, devant la chambre d'un patient, et il envisageait de séduire la fille d'un collègue, un médecin qu'il admirait profondément. Depuis quand avait-il ce genre d'idées ?

Il connaissait la réponse.

— L'état de lord Twinsbury semble s'être stabilisé, dit Geraldine, qui venait de sortir des soins intensifs et se débarrassait de sa blouse et de ses gants. Qu'en pensez-vous, monsieur Ashwood ?

— Je pense qu'il devrait rester dans ce service pour l'instant. C'est préférable.

Geraldine approuva d'un signe de tête.

— Bon, j'ai fait tout ce que je pouvais ici. Je crois que je vais retourner au cabinet médical aider mon père.

— Oui, c'est sans doute le mieux à faire. Voulez-vous que je vous accompagne à Harley Street ?

Elle lui sourit.

— Je crois pouvoir retrouver mon chemin puisque j'ai réussi à venir de Holland Park.

— Holland Park ?

— Je vis chez mon père en ce moment jusqu'à ce que je me trouve un logement. Mais je dois dire que je me plais beaucoup dans sa maison de Holland Park. C'est si calme. Bien différent de Glasgow.

— Oui, Holland Park est l'un de mes endroits préférés à Londres. Moi, j'ai un appartement à Notting Hill.

— Vous n'êtes pas très loin, alors.

— En effet, Harley Street est à vingt minutes à peine par la Westway… S'il n'y a pas de bouchons !

Cette remarque les fit rire tous les deux.

Geraldine était magnifique. Il remarqua qu'elle avait les joues toutes roses. Comme elle ramenait une mèche de cheveux derrière son oreille, il nota aussi la finesse de son long cou, et il comprit qu'il était sérieusement troublé.

Il fallait qu'il se tienne à distance. Ils travaillaient comme associés, les choses devaient en rester là. Le fait qu'il doive se remettre cela en mémoire n'était pas bon signe.

— Moi aussi, j'ai d'autres patients à voir, dit-il. Je vous laisse retourner au travail.

Mensonge, il n'avait personne à voir. Mais plus il s'attarderait, plus il aurait du mal à s'en aller. Il se plaisait trop en sa compagnie.

— À plus tard, ajouta-t-il. Nous nous reverrons au cabinet médical.

Elle hocha la tête et s'éloigna.

Il ne put s'empêcher de la suivre des yeux tandis qu'elle se dirigeait vers les ascenseurs.

À présent, il ne rêvait que d'une chose : la prendre dans ses bras et l'embrasser.

Pourquoi était-il attiré par sa rivale, celle qui l'empêcherait d'avoir le cabinet de Charles pour lui tout seul ?

Elle l'intriguait. Il voulait savoir pourquoi elle était là, qui elle était vraiment. Et il était conscient qu'il s'exposerait à de gros ennuis s'il n'agissait pas avec prudence.

Le problème, c'était qu'il n'était pas certain de pouvoir se maîtriser.

Geri essayait de prêter l'oreille à ce que lui disait la styliste tandis qu'elles déambulaient dans Harvey Nichols, cherchant une robe qui lui conviendrait parmi celles qui étaient exposées dans le magasin.

Pourquoi avait-elle laissé son père prendre ce rendez-vous pour elle ?

Lorsqu'elle était retournée à Harley Street, elle avait vu quelques patients, puis son père lui avait annoncé que Jensen allait la conduire à Knightsbridge s'acheter une toilette pour la fameuse réception où elle n'avait pas envie d'aller.

— Etant mon héritière, avait dit son père, tu dois y assister.

— Je ne suis pas une héritière, avait-elle répondu. Je suis seulement un médecin de Glasgow.

— Je regrette, Geraldine, mais étant mon unique enfant légitime, tu es une héritière. Même si ça te déplaît, tu dois remplir son devoir et fréquenter l'élite sociale de Londres.

— Oh ! Pourquoi ne suis-je pas une enfant illégitime ?

— Crois-moi, ta mère n'est pas la seule à regretter notre mariage… Euh, non, ce n'est pas ce que je voulais dire. Je suis heureux de t'avoir ici, Geraldine.

Elle avait laissé échapper un petit rire.

— Je sais, père. Ne t'inquiète pas.

Sa mère lui avait répété à maintes reprises qu'elle avait commis une erreur en épousant son père.

— C'est mon autre prétendant que j'aurais dû choisir, disait-elle. Mais il avait déjà un fils, très peu pour moi !

Geri était bien placée pour savoir que sa mère n'aimait guère les enfants.

À peine avait-elle pénétré dans le magasin que la styliste engagée par son père lui avait bondi dessus. Elle avait bien essayé d'expliquer à celle-ci qu'elle pouvait regarder les robes seule, ça avait été peine perdue.

Enfin, ce serait bientôt fini. Tout ce qu'elle avait à faire, c'était se choisir une robe.

— Auriez-vous quelque chose couleur argent ? demanda-t-elle. C'est une teinte que j'aime beaucoup.

La styliste eut un hoquet de surprise.

— Il vous faut quelque chose de coloré ! C'est bientôt Noël, et vous allez à une grande réception. Votre père a insisté pour que vous preniez une robe absolument stupéfiante.

— Vraiment ? Je n'aime guère attirer l'attention sur moi.

Pour éviter d'irriter sa mère, elle avait pris l'habitude de rester discrètement dans son coin. Elle n'aimait pas attirer les regards, sachant qu'il n'en sortait rien de bon : quand Frederick l'avait distinguée parmi les autres internes, elle en avait été flattée, jusqu'au jour où il l'avait laissée tomber. Elle n'avait plus reçu alors que du dédain et des critiques. Non, elle n'avait absolument pas envie d'attirer les regards à la réception des Gilese !

Elle suivait en maugréant intérieurement la styliste qui continuait de chercher la robe idéale pour l'occasion, lorsqu'elle aperçut à l'autre bout du magasin la haute silhouette de Thomas Ashwood accompagné d'une jolie blonde très très jeune. Celle-ci s'agrippait à son bras, et ils étaient en train de rire.

Une bouffée de jalousie la saisit en le voyant se pencher et embrasser la jeune fille sur le front.

Elle n'aurait pas dû s'étonner de voir cet homme avec une

aussi belle créature. Il était magnifique, incroyablement sexy. Un mauvais garçon sous une enveloppe respectable.

Elle détourna le regard, peu désireuse qu'il la repère.

— Je crois que j'ai la robe qu'il vous faut, annonça la styliste en l'entraînant vers les cabines d'essayage. Vous allez l'adorer !

— J'en suis sûre, répondit poliment Geri.

Avec un peu de chance, le temps qu'elle essaye la robe et l'achète, Thomas et sa petite amie auraient quitté le magasin.

Son père avait payé la tenue et les services de la styliste, aussi Geri n'eut rien d'autre à faire que de repartir avec.

La robe lui plaisait, même si c'était le vêtement le plus cher qu'elle avait jamais possédé. D'habitude, elle s'habillait dans des boutiques à la mode pour un prix plus raisonnable.

Lorsqu'elle sortit du magasin, il commençait tout juste à neiger, et les illuminations de Noël brillaient dans Knightsbridge.

C'était le moment de l'année qu'elle préférait étant enfant. Elle aimait se lover sur le canapé et regarder à la télévision les programmes spéciaux de Noël et des histoires de familles débordantes d'amour qui la faisaient rêver.

Elle respira avec jubilation l'air glacé de décembre.

Elle n'avait pas envie de rentrer tout de suite à Holland Park. Elle voulait avoir un moment à elle, oublier sa nouvelle vie et marcher dans la première neige de décembre. Elle allait s'offrir une longue promenade et profiter de l'atmosphère de Noël.

Alors que Jensen avait avancé la limousine et en était sorti pour lui ouvrir la portière, elle lui tendit le sac contenant la robe et ses divers accessoires.

— Pouvez-vous porter cela à la maison, Jensen ? Vous direz à mon père que j'ai acheté tout ce qu'il faut pour la réception. Maintenant, j'ai envie de marcher un peu.

— Vous êtes sûre, *my lady* ?

— Vous n'êtes pas obligé de m'appeler ainsi, Jensen.

— Je crains de devoir le faire, répondit le chauffeur en la débarrassant de ses paquets.

— Bon, je rentrerai plus tard. À trente ans, je pense être capable de me promener toute seule en ville.

— Bien sûr, *my lady*, dit Jensen en s'inclinant.

Il posa les paquets dans le coffre et démarra.

Elle s'engagea dans une rue latérale et se mit à errer sans but tandis que les gens s'activaient autour d'elle, occupés à leur shopping pour Noël.

Son père serait certainement contrarié en découvrant qu'elle renonçait une fois de plus à utiliser les services de Jensen. Peu importe. Elle avait besoin d'être seule un moment, de mettre de l'ordre dans ses idées. À vrai dire, elle en avait rarement eu l'opportunité depuis que son père avait déboulé dans sa vie…

Perdue dans ses pensées, elle faillit entrer en collision avec un passant.

— Eh, mais qu'est-ce que… ? Geraldine ?

Oh non ! Thomas Ashwood se tenait devant elle, toujours accompagné de la jolie blonde qu'elle avait aperçue dans le magasin. Tous deux sortaient d'un café lorsqu'elle avait percuté Thomas, la personne qu'elle voulait éviter à tout prix.

— Monsieur Ashwood, je suis étonnée de vous voir ici.

— Vous ne devriez pas, puisque nous étions l'un et l'autre au même moment chez Harvey Nichols, observa-t-il, taquin.

Il avait donc repéré sa présence dans la boutique !

— Vraiment ? dit-elle en rougissant.

— Mais oui, assura-t-il, souriant.

Elle lança un coup d'œil à la jolie blonde qui regardait l'écran de son téléphone avec un air de profond ennui.

— Désolée de gâcher votre rendez-vous.

La jeune femme éclata de rire.

— Thomas n'est pas mon petit ami mais mon demi-frère. Et il est beaucoup trop vieux pour moi.

Thomas la fusilla du regard.

— Oh ! c'est bon, Zoe, n'insiste pas !

Zoe gloussa.

— Je suis ravie de faire votre connaissance, dit-elle en adressant un petit signe de tête à Geri.

— Je constate que, finalement, ma demi-sœur connaît les bonnes manières. Docteur Geraldine Collins, permettez-moi de vous présenter ma demi-sœur, Zoe Western.

— Je suis une enfant illégitime, déclara Zoe avec un grand sourire.

Geri se mit à rire tandis que Thomas faisait les gros yeux.

— Pourquoi éprouves-tu le besoin d'en informer toutes mes relations ? grommela-t-il.

Zoe haussa les épaules.

— D'habitude, les gens prennent un air choqué. Elle, non. Ça montre qu'elle connaît la vie. J'aime ça.

— Petite fripouille, que sais-tu de la vie, toi ?

Zoe lui tira la langue, tandis que Geri essayait de ne pas s'esclaffer.

— Quelle est la différence d'âge entre vous deux ? s'enquit-elle.

— Oh ! énorme ! plaisanta Zoe. J'ai dix-sept ans.

— En tout cas, elle n'a pas assez de maturité pour prendre soin d'elle seule. Comme notre père est décédé et que sa mère travaille en Afrique avec Médecins Sans Frontières, je suis le tuteur légal de Zoe.

Thomas adressa à celle-ci un sourire plein de tendresse.

— Nous étions en train de faire des achats pour Noël. Elle cherchait un cadeau qui incite sa mère à revenir à Londres.

— Oui, ça me permettrait d'échapper aux griffes de ce tyran, précisa Zoe en plaisantant. Thomas, j'ai des amis à retrouver à Brompton Road. Tu m'autorises à les rejoindre pour aller au cinéma ? Jennifer me raccompagnera.

— Bon, c'est d'accord. Mais je veux que tu sois à la maison à 23 heures.

— Oui, espèce de tyran !

— Petite fripouille, répondit Thomas en lui ébouriffant les cheveux.

— Ravie de vous avoir rencontrée, docteur Collins.

Sur ces mots, Zoe les quitta.

— J'avoue que je suis soulagée d'apprendre qu'elle est votre sœur.

Thomas haussa un sourcil.

— Seriez-vous jalouse, docteur Collins ?

— Mais non ! En réalité, cela m'ennuyait de voir une fille aussi jeune avec un homme beaucoup plus âgé qu'elle. Si vous voulez le savoir, ça me semblait un peu… immoral.

Menteuse.

Thomas éclata de rire.

— Je n'avais encore jamais entendu une chose pareille ! Vous savez, dans le milieu que fréquente votre père, beaucoup d'hommes épousent en deuxièmes ou troisièmes noces des femmes nettement plus jeunes qu'eux. J'ai vu comment lord Twinsbury vous regardait, aujourd'hui. Peut-être êtes-vous la prochaine lady Twinsbury.

— Non, je vous remercie. Eh bien, je ne vais pas vous retarder plus longtemps.

Comme elle faisait mine de s'en aller, il la prit par le bras. Sa main était si ferme, si rassurante. C'était troublant.

— Vous ne me retardez pas. Où comptez-vous aller ?

— Je veux juste me promener.

— En décembre, alors qu'il fait nuit ?

— Existe-t-il une loi qui l'interdit ?

Thomas s'arrangea pour qu'ils reprennent leur marche bras dessus, bras dessous.

— Non, mais je pense à votre père et à la crise qu'il piquera lorsqu'il sera au courant.

— J'ai trente ans. Il ne devrait pas se faire autant de souci pour moi.

— Peut-être essaye-t-il de rattraper le temps perdu.

— Ce n'est pas vraiment à vous de dire une chose pareille, monsieur Ashwood, lança-t-elle d'un ton sec, bien que cette pensée lui ait traversé l'esprit.

— Vous avez raison, reconnut-il. Ce n'était qu'une suggestion émise par un gentleman à propos d'un autre.

Elle sourit.

— Oui, vous êtes un gentleman, n'est-ce pas ? Sinon, vous ne prendriez pas la peine de vous promener la nuit avec une nouvelle associée dans des rues enneigées.

— Vous semblez être obsédée par l'hiver.

— Non, seulement par Noël.

— Je n'aime guère Noël.

— Pourquoi ?

Il haussa les épaules.

— Ce n'était pas très festif quand j'étais enfant. Ma famille n'était pas très chaleureuse. Plutôt distante. Noël était un jour comme les autres.

— J'ai vécu la même chose, mais j'adorais m'imaginer que ça pouvait être différent, et cette fête a pris de plus en plus d'importance pour moi à mesure que je grandissais.

Thomas lui sourit.

— Je dois dire que l'arrivée de Zoe a considérablement amélioré les choses. J'ai aimé lui acheter des jouets et des poupées, et fêter Noël avec elle et sa mère.

— Votre père et elle sont restés longtemps ensemble ?

— Assez longtemps. Mais cette femme a eu l'intelligence de ne pas épouser mon père.

— Pourquoi ?

— Il était plein d'amertume. Il ne s'est jamais remis de la mort de ma mère.

— Je suis désolée.

Thomas haussa les épaules.

— J'ai perdu ma mère très jeune. Je n'ai gardé que très peu de souvenirs d'elle. On m'a dit que mon père était très heureux avec elle, mais moi, je ne l'ai jamais connu ainsi.

— Je comprends. Quelle tristesse que vous ayez perdu votre mère si jeune.

Il hocha la tête.

— Oui. Elle est morte d'un infarctus du myocarde alors

qu'elle était enceinte de quelques mois. Le bébé n'a pas survécu. Mon père a été anéanti.

Elle lui pressa le bras.

— C'est beau qu'ils se soient aimés ainsi tous les deux. Mes parents, eux, ne s'aimaient pas.

— Vous en êtes certaine ? Ils se sont pourtant mariés.

— L'amour et le mariage ne vont pas forcément de pair.

— Ils avaient pourtant des sentiments l'un pour l'autre.

— Pourquoi en êtes-vous si persuadé ?

— Je l'ai entendu dire.

Elle s'arrêta net et entraîna Thomas dans un coin tranquille pour éviter qu'ils se fassent bousculer par les passants.

— Que savez-vous ?

— Pas grand-chose, des rumeurs.

— Racontez !

C'est alors que leurs deux bipeurs sonnèrent en même temps.

Thomas, plus rapide, fronça les sourcils en lisant le message écrit sur l'écran.

— Il s'agit de lord Twinsbury. Nous devons retourner à l'hôpital.

— Zut ! j'ai renvoyé Jensen…

— Ne vous inquiétez pas, j'ai ma voiture au bout de la rue. Et heureusement, l'hôpital n'est pas loin.

Elle hocha la tête et laissa Thomas la prendre par la main et la conduire à travers la foule jusqu'à sa voiture.

Elle avait envie d'en savoir plus sur ses parents, mais, en cet instant précis, lord Twinsbury était la priorité absolue.

De toute façon, quelle importance que ses parents se soient aimés ou pas trente ans auparavant ? Ça ne changerait pas le passé ni ne modifierait l'avenir.

4.

— Aspiration, s'il vous plaît.

Thomas était en train d'opérer lord Twinsbury car la greffe avait fait un caillot et perdu de son étanchéité.

Depuis qu'il effectuait des pontages des artères coronaires, c'était la première fois que la procédure échouait. Mais bien des facteurs pouvaient provoquer une fuite du greffon, et ce genre de chose se produisait parfois.

Le tissu était friable, il avait du mal à le suturer, mais il ne pouvait pas prélever d'autre segment de la veine saphène du patient.

Il lança un coup d'œil à Geraldine qui se mordait la lèvre et faisait les cent pas derrière la cloison vitrée de la galerie d'observation.

Elle s'inquiétait, et il la comprenait. C'était son premier patient depuis qu'elle travaillait avec son père. Il soupçonnait qu'elle aimait bien le vieux lord, et à vrai dire lui aussi l'aimait bien.

L'interphone résonna.

— Monsieur Ashwood, puis-je faire une suggestion ?

— Je vous écoute, docteur Collins.

— L'hôpital dispose sans doute de veines ombilicales qu'on pourrait utiliser au lieu de faire un nouveau prélèvement sur le patient.

— Brillante idée, docteur Collins.

Il fit signe à l'un de ses assistants de se mettre en quête du précieux greffon tandis qu'il poursuivait ses efforts pour maintenir en vie lord Twinsbury.

L'assistant revint bientôt avec une veine ombilicale prête à l'emploi.

Thomas la plaça juste au-dessous du greffon défectueux, espérant que ce serait cette fois plus solide.

Il était impressionné que Geraldine ait eu cette idée. Seul un chirurgien très qualifié pouvait connaître cette astuce.

— Arrêtez la machine, ordonna-t-il.

Il attendit, le souffle court.

Le bruit émis par le cœur-poumon artificiel qui assurait le fonctionnement du cœur durant l'intervention s'arrêta.

Le sang circula de nouveau librement dans le cœur de lord Twinsbury, et il recommença à battre tout seul : la nouvelle greffe avait réussi !

De l'autre côté de la vitre, Geri applaudissait, souriante.

Il termina l'opération, se réjouissant de son succès.

Sauver des vies, c'était la plus belle partie de son métier. En guérissant des cœurs malades, il épargnait à d'autres familles la souffrance que son père et lui avaient connue lorsque sa mère était morte.

Lorsqu'il eut terminé, il confia son patient à son collègue, un chirurgien cardiothoracique, qui se chargea d'emmener lord Twinsbury dans le service des soins intensifs. Ce serait lui aussi qui surveillerait cette nuit les constantes vitales du vieux lord. Thomas se sentait fatigué après la nuit de garde précédente. Par ailleurs, Zoe venait juste d'arriver de sa pension pour les vacances de Noël, et il voulait être là pour elle, même si elle était la plupart du temps avec ses amis.

Penché au-dessus du lavabo, il se lavait les mains lorsqu'il aperçut Geri qui se tenait à la porte du vestiaire.

— Vous avez été formidable, dit-elle.

— Vous êtes restée pour me dire que je suis formidable ? Je suis impressionné.

Elle eut un haussement d'épaules.

— Je dois voir des patients que mon père a fait hospitaliser pour des problèmes mineurs, mais j'ai tout de même le temps de vous féliciter pour cette magnifique opération.

— J'aurais dû penser aux veines ombilicales. Merci de m'avoir rafraîchi la mémoire.

Elle rougit.

— Cela fait partie de mon travail… Mais merci de m'en remercier.

— En fait, cela fait partie du travail du chirurgien. Pourquoi avez-vous renoncé à devenir chirurgienne ?

— Je préfère un cabinet médical à une salle d'opération. Je n'étais pas faite pour être chirurgienne.

Elle lui avait déjà fait ce genre de réponse, et sur le moment il l'avait crue, mais maintenant il avait l'impression qu'elle ne disait pas toute la vérité.

— Restez-vous ici cette nuit ? demanda-t-elle.

— Non, je vais rentrer chez moi et vérifier que Zoe a respecté l'horaire que je lui ai fixé. J'avalerai quelque chose en vitesse à la cafétéria avant de regagner mon appartement.

— Alors, bon appétit. Moi, je vais passer voir mes patients et rentrer à Holland Park. Mon père doit se demander pourquoi une robe et des chaussures sont arrivées à la maison alors que moi, je n'y suis pas.

— Une robe ?

— Oui, pour cette fameuse réception à laquelle je suis obligée d'aller.

— Ah ! je l'avais complètement oubliée !

— Je vous comprends ! dit-elle en riant.

— Bon, si je suis encore ici lorsque vous aurez terminé vos visites, je vous ramènerai chez vous.

— Mais non, Thomas ! Inutile de m'attendre. Vous venez de terminer une opération éprouvante, partez chez vous pour veiller sur votre sœur. Assurez-vous qu'elle est bien rentrée. Je vous verrai demain au bureau.

Il ne quitta pas Geri des yeux tandis qu'elle sortait du vestiaire, les mains enfoncées dans les poches de sa blouse. Ses magnifiques cheveux étaient cachés sous l'affreuse coiffe d'uniforme, mais cela ne la rendait pas moins désirable.

Pourquoi se sentait-il aussi faible dès qu'il s'agissait de Geraldine Collins ?

Minuit était passé depuis longtemps quand le taxi déposa Geri devant la maison de Holland Park.

Les fenêtres étaient encore éclairées. Sans doute son père l'attendait-il en faisant les cent pas. C'était gentil de sa part, mais il aurait mieux fait de se reposer.

S'il voulait prendre sa retraite, c'était en partie parce qu'il était atteint d'un cancer. Il se battait contre la maladie et avait besoin pour cela de toutes ses forces. Elle était la seule qu'il ait mise dans la confidence. Personne d'autre n'était au courant. Il était même allé jusqu'à choisir de se faire soigner dans un autre hôpital, à l'autre bout de la ville, afin de garder le secret sur son état de santé. Il était têtu. Tout comme elle.

Elle paya le chauffeur et sortit sa clé.

Une épaisse couche de neige tapissait les jardins de St James en face de la maison, mais les marches du perron avaient été soigneusement déneigées. Sans doute par Jensen. Lui et Molly, qui faisait office de femme de chambre et de cuisinière, étaient les seuls employés de maison, alors que lord Twinsbury, elle le savait, disposait d'un grand nombre de domestiques dans le Hampshire où il vivait. Lorsqu'il venait à Londres, il séjournait dans son club.

Elle n'eut pas le temps de mettre la clé dans la serrure que son père ouvrit toute grande la porte.

— Où étais-tu ? demanda-t-il, les sourcils froncés.

— À l'hôpital. Je suis passée voir deux de tes patients. Je me suis attardée aussi pour m'assurer que la deuxième intervention faite sur lord Twinsbury se déroulait bien.

Passant devant son père, elle ôta son manteau et l'accrocha à un cintre.

— Une deuxième intervention ? demanda son père, l'air inquiet. Que s'est-il passé ? Est-ce que Lionel va bien ?

— La greffe avait perdu de son étanchéité. Ses veines étaient trop friables.

Elle se réjouissait d'avoir été là pour suggérer d'utiliser une veine ombilicale. Cela avait été son premier exploit chirurgical lorsque, interne, elle avait pratiqué toute seule son premier pontage coronarien. Elle avait eu recours à une veine ombilicale pour sauver la vie d'une jeune femme qui avait elle aussi des veines très friables. Frederick s'était alors senti menacé. Elle était convaincue maintenant que c'était cette opération qui avait mis fin à leur relation, il y avait à présent un an.

Ce soir, c'était un peu grâce à elle si la vie de lord Twinsbury était sauve. Elle s'en réjouissait, même si elle n'avait pas pratiqué elle-même l'intervention. En regardant Thomas travailler, elle avait mesuré à quel point la chirurgie lui manquait. Elle souffrait de ne plus pouvoir tenir un cœur dans ses mains, cet organe si beau et complexe.

Le juron que son père lança à mi-voix la fit sursauter.

— Veux-tu boire quelque chose ? demanda-t-il en passant la main dans ses cheveux blancs.

— Il est plus de minuit.

— Oui, je sais, mais je n'arrive pas à dormir à cause de cette damnée douleur.

Il se dirigea vers le salon où un grand feu brûlait dans la cheminée et se servit un verre.

Elle se laissa tomber sur le canapé avec un soupir.

— Je prendrais bien un gin tonic, dit-elle.

— Je pensais que tu préférais le whisky, plaisanta son père en lui servant un verre.

— En fait, je dois me lever tôt pour aller voir nos patients à l'hôpital avant de me rendre au cabinet médical. Tu commences la chimiothérapie demain, n'est-ce pas ?

— Oui.

Il s'assit dans le gros fauteuil en cuir qu'il affectionnait.

— Je préférerais que tu te fasses soigner à St. Thomas

Aquinas, notre hôpital. Quelle importance si les gens apprennent que tu as un cancer ?

— Pour moi, c'est important. Il s'agit de ma vie privée, je veux que cela reste secret.

— Dans notre hôpital, je pourrais m'occuper de toi.

Son père haussa les sourcils.

— Vraiment ?

— Bien sûr.

Elle était sincère. Même si elle en avait longtemps voulu à son père de ne pas s'être occupé d'elle, elle savait maintenant qu'il n'était pas réellement fautif. Il avait ignoré son existence jusqu'au jour où il avait reçu une lettre de sa mère l'informant qu'il avait une fille. Aussitôt, il avait pris contact avec elle, mais elle n'avait pas voulu le voir avant d'avoir les résultats des tests ADN prouvant qu'il était bien son père. Leur première rencontre avait été des plus étranges.

— Elle t'a appelée Geraldine, avait-il dit.

— Oui. C'était le nom de ma grand-mère paternelle, n'est-ce pas ?

— Oui, en effet. C'est un prénom que j'aime beaucoup.

En faisant sa connaissance, elle avait mesuré tous les dégâts et les blessures que sa mère leur avait infligés à tous les deux. C'était l'une des raisons pour lesquelles elle habitait chez son père : pour apprendre à mieux le connaître. Mais la tâche n'était pas facile. Ils restaient l'un pour l'autre des étrangers qui, ayant été l'un et l'autre profondément blessés, avaient du mal à faire confiance.

— Geraldine, je n'ai pas envie que tu perdes ton temps avec moi. Mon oncologue travaille au Meadowgate Hospital. C'est un excellent établissement, et Jensen peut m'accompagner. Il me l'a déjà proposé sans demander de rémunération pour cela. Mais, bien entendu, je le payerai.

Elle sourit.

— Rappelle-moi de le remercier.

— Il a apporté ta robe. Tu vas faire sensation à la réception, ce week-end, ajouta son père avec un large sourire.

— Tu l'as regardée ?

— Bien sûr. Tu vas vraiment avoir des débuts très remarqués pour ta première sortie mondaine !

Elle esquissa une grimace.

— Ne me dis pas cela, je suis capable de faire un scandale.

Son père rit et lui adressa un clin d'œil.

— Je reconnais là ton côté écossais, et j'adore cela.

— J'aimerais mieux ne pas y aller, dit-elle en espérant qu'il aurait pitié d'elle.

— C'est une bonne chose pour toi d'y assister. Tu auras l'occasion d'y rencontrer des hommes respectables qui pourraient faire d'excellents maris.

— Tu veux déjà te débarrasser de moi en me mariant ?

Il haussa les épaules.

— Tu es une lady, tu attireras l'attention. Mais veille à bien choisir.

— Je n'ai pas envie de me marier, père. Je crois que je ne le ferai jamais.

Parce que je craque toujours pour des hommes qui n'en valent pas la peine.

Elle ne voulait plus avoir le cœur brisé. Frederick avait détruit en elle toute confiance. L'amour faisait souffrir. La médecine, c'était cela son seul, son vrai amour.

— Il ne faut jamais dire jamais, déclara son père en lui faisant un nouveau clin d'œil.

Elle poussa un petit grognement.

— Je vais me coucher. Je te suggère d'en faire autant.

Elle posa son verre sur le bar, mettant ainsi fin à la conversation.

Si jamais elle décidait un jour de se marier, ce serait par amour, et non pour contracter une alliance présentant des avantages d'ordre financier ou social.

— Votre prochaine patiente est là, docteur Collins.

Assise à son bureau, Geri leva les yeux vers la réceptionniste.

— Faites-la entrer, madame Smythe.

La réceptionniste s'éclipsa. Quelques instants plus tard, la porte s'ouvrit, laissant apparaître Zoe, la jeune sœur de Thomas, visiblement très nerveuse.

— Merci, madame Smythe, dit Geri.

La réceptionniste disparut aussitôt.

Zoe prit une chaise et s'assit en face du bureau.

— Merci de me recevoir, dit-elle.

— Vous vouliez me voir ? demanda Geri, inquiète.

Qu'est-ce qui pouvait amener la jeune fille à consulter ?

Zoe hocha la tête.

— J'ai choisi un jour où je savais que mon frère ne serait pas là. Votre père me recevait chaque fois que je revenais à la maison.

Geri pianota sur le clavier de son ordinateur.

— Je ne vois pas de dossier à votre nom…

Zoe fouilla dans son sac et en sortit une enveloppe qu'elle lui tendit.

— Votre père avait l'habitude de me le confier afin d'en préserver la confidentialité. Je ne veux pas que mon frère soit au courant.

Geri prit le document et le parcourut rapidement.

— Vous souffrez d'une malformation cardiaque, une communication interauriculaire ? dit-elle enfin.

— Oui. Je suis née avec ce problème. Les choses se sont arrangées par la suite, mais quand j'avais dix ans le trou s'est rouvert. Ma mère m'a alors emmenée chez votre père. Il m'a confiée à un chirurgien qui a effectué la cathétérisation. Thomas était alors lycéen.

— Mais l'intervention n'a pas suffi ? On vous a posé un stimulateur cardiaque ?

— Je souffre d'arythmie. Votre père s'occupe de moi depuis mes dix ans, et j'espère que vous pourrez prendre sa suite sans que mon frère le sache.

Geri referma le dossier.

— Pourquoi ne voulez-vous pas le mettre au courant ?

— Vous a-t-il dit que sa mère était morte d'une crise cardiaque ?

— Oui, il m'en a parlé.

— Lorsque je suis née avec cette malformation, j'ai été reliée à une machine qui m'aidait à respirer. Les médecins ne savaient pas si j'allais survivre. Thomas était si inquiet qu'il s'est sauvé de son école pour venir me voir. Et il y a alors eu cette énorme dispute avec notre père…

Geri l'arrêta d'un geste.

Elle préférait ne pas en entendre davantage. Si Thomas souhaitait qu'elle soit informée de ces événements, ce dont elle doutait, il lui en parlerait lui-même.

— Thomas est votre tuteur légal, Zoe, dit-elle gentiment. Il devrait être mis au courant.

— Ma mère est au courant. Thomas est l'un de mes tuteurs, mais si vous avez besoin de parler à quelqu'un, vous pourrez contacter ma mère au Malawi.

Elle poussa un soupir.

— D'accord, je m'occuperai de vous.

Zoe afficha un grand sourire.

— Merci. Je me sens soulagée. Votre père a toujours été si bon avec moi, je savais que vous feriez la même chose.

— À cause de mon père ?

— Non, à cause de la façon dont Thomas ne cesse de parler de vous et de votre idée brillante lors de l'opération de lord Twinsbury.

Geri rougit à l'idée que Thomas chantait ses louanges.

— Alors, il s'agit d'une simple visite de routine ? demanda-t-elle.

— Oui, je l'espère.

Geri se leva.

— Je dois vérifier votre stimulateur cardiaque, si j'en crois votre dossier.

— Oui, en effet.

Zoe la suivit dans la salle d'examen qui communiquait avec son bureau et, s'installant sur la couchette, elle ôta son chemisier. Geri lui donna une blouse et la laissa se préparer tandis qu'elle mettait tout en place pour effectuer le contrôle. Comme elle approchait l'appareil qui lui permettrait de tester le fonctionnement du stimulateur cardiaque, Zoe s'allongea sur la couchette.

— Vous êtes une vraie pro, observa Geri en souriant. On voit que vous avez l'habitude de ce genre d'examen.

Zoe pouffa.

— En effet. Allez-y, je suis prête.

Geri lui fixa les électrodes sur la poitrine et les jambes, puis elle prit l'aimant et le plaça au-dessus du stimulateur, de sorte que l'ordinateur puisse en faire la lecture.

Tout allait bien. Le stimulateur cardiaque de Zoe fonctionnait parfaitement.

— Votre père ne parlait jamais de vous avant, dit Zoe. Enfin, jusqu'à l'an dernier.

— C'est parce que, jusqu'à l'an dernier, il ignorait mon existence.

Zoe sourit.

— Génial ! nous allons pouvoir fonder un club.

— Un club ?

— Le club des débutantes illégitimes.

Geri émit un petit rire.

— Désolée de vous décevoir, mais mes parents étaient mariés. Ils ont divorcé juste après ma naissance. Je ne suis pas une enfant illégitime.

— Oh ! dommage ! J'espérais que nous serions deux à choquer les gens.

— Vous avez vraiment beaucoup d'esprit pour une fille de dix-sept ans.

Zoe haussa les épaules.

— Vous avez rencontré mon frère, non ?

— Exact.

Le contrôle étant achevé, Geri enleva les électrodes.

— Voilà, c'est fini, Zoe.

— Merci, docteur Collins. J'apprécie vraiment que vous m'aidiez et que vous ne disiez rien à mon frère.

— C'est avec plaisir. Mais je crois que vous devriez le lui dire. Cette information doit venir de vous.

— Je sais. Votre père me l'a souvent répété.

Elle se réjouissait de voir à quel point son père prenait soin de tous ses patients, en particulier quand il s'agissait d'enfants ou d'adolescents. Ils avaient cela en commun tous les deux.

— Eh bien, votre stimulateur cardiaque va pouvoir travailler une année de plus. Vous connaissez la consigne : si vous souffrez d'arythmie ou de n'importe quel autre symptôme bizarre, allez aussitôt à l'hôpital le plus proche.

— Je sais, dit Zoe en remettant son chemisier. Pourquoi votre père prend-il sa retraite ?

— Il a envie de voyager davantage.

Zoe parut surprise.

— Vraiment ? Je pensais que c'était peut-être parce que son cancer s'était aggravé.

— Vous savez donc qu'il a un cancer ?

— Oui, il me l'a dit. Nous avons parlé tous les deux.

— En fait, vous avez raison, ce n'est pas pour voyager qu'il prend sa retraite. Son état a empiré. Son cancer de l'estomac en est au stade 4.

Le visage de Zoe se décomposa.

— Je m'en doutais. Je suis tellement désolée !

— Il commence la chimiothérapie aujourd'hui à l'autre bout de la ville : comme vous qui voulez garder le secret sur votre état de santé, il tient à ce que personne ne sache qu'il a un cancer à St. Thomas Aquinas où il exerce. La seule aide qu'il accepte, c'est celle de son chauffeur.

Zoe prit son dossier et attrapa son manteau.

— Je vous remercie, docteur Collins. Nous allons sûrement nous revoir bientôt, et, de toute façon, je vous donne rendez-vous l'année prochaine pour mon prochain contrôle.

— Bien sûr.

La jeune fille s'en alla, laissant Geri songeuse.

Son père ne voulait pas de son aide, mais ne devrait-elle pas le forcer à l'accepter ? Après tout, elle était sa fille, même si elle avait encore du mal à se voir comme telle. Et elle avait le sens du devoir.

La porte de la salle d'examen s'entrouvrit, laissant apparaître Thomas.

— Excusez-moi, est-ce que ce n'est pas ma sœur, Zoe, que j'ai vue sortir de cette pièce ?

Pas de chance.

— Oui, c'était bien elle... Elle vous cherchait, mais vous n'étiez pas là. Vous l'avez manquée de peu. Elle va faire du shopping avec des amies.

Elle espérait lui faire gober ce mensonge, mais elle n'avait jamais très bien su mentir. Un bref instant, elle perçut une lueur d'incrédulité dans le regard de Thomas.

— Ah ? Dommage que je l'aie manquée. J'ai été retenu par une cautérisation et suis allé voir Lionel.

— Je croyais que vous n'aviez pas le droit de l'appeler par son prénom, dit-elle pour le taquiner.

— Certes, mais il n'en saura rien, pas vrai ? Bon, qu'allez-vous faire, maintenant ? Vous n'avez plus de patients à voir.

— Comment le savez-vous ?

— Je l'ai vérifié auprès de Mme Smythe.

— Mais pourquoi ?

— Je me demandais si vous ne voudriez pas que je vous conduise à l'hôpital où votre père suit sa chimiothérapie.

— Comment... Comment êtes-vous au courant ?

— J'ai un ami qui travaille dans le service d'oncologie au Meadowgate Hospital. Un jour, il a cité le nom du Dr Collins, disant qu'il était venu faire des examens. Il croyait que Charles m'avait mis dans la confidence.

— Mon père sera contrarié d'apprendre que vous le savez malade. Il voulait que cela reste un secret.

— Je ne dirai rien à personne. Alors, vous voulez y aller ?

Oui... Non...

— Il ne souhaitait pas ma présence. Je vais respecter

sa volonté. Et je pense aussi que ça ne lui plairait pas s'il découvrait que c'est vous qui m'avez conduite là-bas.

— Je vois.

Elle regagna son bureau, suivie de Thomas.

— N'avez-vous pas des patients à voir ?

Thomas jeta un coup d'œil à sa montre.

— Pas avant deux heures. Voulez-vous manger quelque chose ?

— Non, répondit-elle en riant.

— Qu'y a-t-il de si drôle ?

— Je connais peu de chirurgiens qui disposent de moments de liberté aussi nombreux. À Glasgow, ils n'ont jamais le temps de prendre un café.

— Ma clientèle d'ici est différente de celle des chirurgiens de Glasgow, je suppose.

— Certainement, lord Gratin.

Thomas éclata de rire.

— Je ne soigne pas exclusivement le gratin, comme vous dites. Je m'occupe de tout le monde. Et tout le gratin ne s'adresse pas à moi.

— Vraiment ? demanda-t-elle d'un ton taquin.

— Bon, c'est vrai, la plupart de ces gens viennent chez moi. Je suis le meilleur.

Elle leva les yeux au ciel.

— Et moi, j'ai du travail qui m'attend.

À cet instant, son téléphone portable émit un signal indiquant qu'elle venait de recevoir un texto.

Il venait de Jensen.

Votre père s'est évanoui. Il ne va pas bien. S'il vous plaît, venez.

— Que se passe-t-il ? s'enquit Thomas comme elle étouffait un cri.

— C'est mon père. Il s'est évanoui. Je dois me rendre au Meadowgate Hospital.

— Venez, je vous y conduis.

— Et les patients que vous devez voir cet après-midi ?

— Je vous déposerai à l'hôpital, et je m'en irai. Je ne veux pas contrarier votre père.

Elle hocha la tête et attrapa son manteau.

Pourquoi Thomas se montrait-il si attentionné envers elle ? Il la connaissait à peine. Elle ne méritait pas tant de gentillesse de sa part, car de son côté elle était plutôt froide avec lui. Mais, pour l'instant, son aide était bienvenue.

À la fin de la journée, après avoir reçu son dernier patient, Thomas s'attarda au bureau dans l'espoir que Geraldine y reviendrait : comme lui, elle ne songeait qu'au travail.

Il sourit en entendant la porte d'entrée du cabinet s'ouvrir.

— Ne devriez-vous pas être chez vous en train de vous occuper de votre père ? lança-t-il.

Geraldine poussa un petit cri.

— Mon Dieu, vous m'avez fait peur !

— Désolé, je ne voulais pas vous effrayer.

— Et vous, que faites-vous ici ? Vous feriez mieux d'être chez vous, non ?

Elle parlait d'un ton accusateur, la voix encore tremblante, le regard furibond.

— C'est à vous de répondre d'abord à mes questions.

Elle soupira et ôta son manteau.

— Je dois compléter quelques dossiers. Mon père est encore au Meadowgate. Il a mal réagi à la chimiothérapie. Son état est stable à présent, mais il doit rester deux jours à l'hôpital.

— Je suis désolé d'apprendre cela.

Elle haussa les épaules.

— La chimiothérapie est difficile à supporter. Maintenant que j'ai répondu à votre question, à votre tour de répondre à la mienne. Pourquoi êtes-vous encore ici ?

— J'avais des dossiers à voir et des rapports chirurgicaux à envoyer aux médecins généralistes qui m'ont adressé leurs patients. Je vous ai envoyé le rapport concernant lord Twinsbury.

— Vraiment ?

— Bien sûr. N'est-il pas votre patient ? Je m'occupe des interventions chirurgicales, mais vous êtes sa cardiologue. J'ai envoyé aussi un rapport à son médecin généraliste.

— Vous êtes très efficace.

— Je tiens à être à jour dans mon travail avant les vacances de Noël.

— Je croyais que vous n'aimiez pas beaucoup Noël ?

— C'est vrai. Mais Zoe, elle, aime beaucoup cette période de l'année. Je ne veux pas la laisser seule.

— Très délicat de votre part, dit Geraldine.

Elle lui adressa un sourire qui lui réchauffa le cœur. Elle en était plutôt avare, d'habitude.

— Je vais commander à dîner afin de pouvoir grignoter tout en continuant de travailler. Voulez-vous que je demande quelque chose pour vous ?

Elle parut hésiter puis se détendit.

— À qui allez-vous passer votre commande ?

— À ce café français qui fait des livraisons à domicile.

— Oh ! J'adorerais manger français. Je vous laisse choisir. Faites-moi la surprise.

Il sourit.

— Vous êtes sûre ?

— Ne demandez pas des choses bizarres comme de la cervelle. Je n'ai rien contre les escargots, mais manger de la cervelle, c'est au-dessus de mes forces.

— Je comprends.

Elle se dirigea vers son bureau tandis qu'il regagnait le sien pour passer la commande. Il choisit une série de plats raffinés qui tous pouvaient être servis avec du cabernet sauvignon. Il en gardait toujours une bouteille en réserve dans un placard de son bureau.

Lorsque la commande arriva, il prit la bouteille de vin et deux verres puis alla frapper à la porte de Geraldine.

— Le dîner est servi, *my lady.*

Elle leva les yeux.

— Cela sent délicieusement bon.

— Et c'est bon, je vous le certifie.

Elle fit de la place sur son bureau, et il y posa les barquettes de nourriture, la bouteille et les deux verres.

— Je ne connais pas beaucoup de chirurgiens qui gardent du vin et des verres dans leur bureau, fit-elle remarquer.

— Vraiment ? J'ai toujours une bouteille sous la main pour séduire les femmes une fois ma journée de travail terminée.

Geraldine éclata de rire.

— Ah ! Et qui séduisez-vous ?

— Doris, la femme de ménage, répondit-il en débouchant la bouteille.

Elle rit encore tandis qu'il ouvrait les barquettes et les étuis des couverts en plastique.

— Désolé, mon degré de raffinement s'arrête aux verres de vin.

— C'est très bien. Tout cela sent si bon que je serais prête à manger avec les doigts.

— Vous devriez rire plus souvent, au lieu d'afficher cet air austère qui vous est habituel. Le rire vous va bien.

Les joues de Geraldine s'enflammèrent.

— Je ris quand il y a quelque chose de drôle. Je ne suis pas tout à fait la reine des glaces.

— Ce n'est pas ce qu'on dit à l'hôpital.

Elle émit un petit grognement adorable.

— Il me semble préférable de rester sur un mode strictement professionnel.

— Ah ! Dans ce cas, je vais faire disparaître toute cette nourriture, dit-il en plaisantant.

— Vous n'oseriez pas !

— Avez-vous une idée de ce que j'ai commandé ?

— Je pense qu'il doit y avoir de l'ail…

— Oui. Au menu de ce soir, nous avons des coquilles Saint-Jacques, de l'aligot, du pain croustillant et des madeleines.

— « Aligot » ? Je ne connais pas ce mot. Mais ça sent bon, ajouta-t-elle en se penchant au-dessus des barquettes.

— Ce plat se compose essentiellement de pommes de

terre écrasées avec de l'ail et du fromage. Le mot « aligot » fait plus exotique.

Geraldine prit une assiette en carton dans laquelle il mit un assortiment de tout ce qu'il avait commandé. Après avoir rempli une assiette pour lui, il s'assit en face d'elle et leva son verre.

— À une nouvelle association, dit-il.

— À votre santé, répondit-elle en trinquant avec lui. Je dois dire que c'est le dîner de travail le plus agréable et le plus délicieux que j'ai jamais eu. Je pensais qu'on pouvait se contenter d'avaler en vitesse une boîte de nouilles chinoises.

— À vrai dire, c'est généralement le cas. Ceci est une rareté.

Elle sourit, et il sentit une vague de chaleur l'envahir.

Il aimait qu'elle lui sourie. Alors, il ne pensait qu'à l'embrasser, la serrer dans ses bras, la caresser et l'emmener jusqu'à l'extase. Elle le fascinait vraiment.

D'habitude, quand une femme lui plaisait, il lui faisait la cour et entamait une liaison avec elle, jusqu'au moment où elle comprenait qu'il se consacrait entièrement à son travail et n'avait aucune intention de s'engager. Dès lors, l'aventure prenait fin, et il passait à autre chose. C'était tout ce que lui autorisait la cardiomyopathie dont il était porteur. Il ne souhaitait à personne de connaître le désespoir dans lequel son père avait sombré lorsqu'il avait perdu sa femme.

Il avait cru connaître autre chose avec Cassandra, mais lorsqu'elle avait rompu il avait interprété cela comme un signe : il était destiné à rester seul. C'était mieux ainsi.

Seulement, il ne pouvait pas se comporter avec Geraldine comme avec les autres femmes. Elle était la fille de son associé, un homme qu'il admirait. En aucun cas il ne pouvait la séduire juste pour se libérer de cette obsession. La seule solution, c'était de maintenir une certaine distance entre eux. Mais il s'en révélait incapable. Elle l'attirait comme un aimant, lui faisait sentir à quel point il était seul.

— C'est divin, dit-elle entre deux bouchées. Excellent choix.

— Merci. J'ai vécu quelque temps en France lorsque j'étais jeune, alors je connais un peu leur gastronomie.

— Je n'y suis jamais allée. J'adorerais découvrir Paris un jour.

— Je suis sûr que vous ferez un jour ce voyage. Maintenant, vous êtes assez riche pour vous l'offrir, ajouta-t-il en plaisantant.

— Mais non. C'est mon père qui est riche.

— Vous êtes son héritière, non ?

Elle fronça les sourcils, le visage impénétrable.

— Oui. Et alors ?

— Ne soyez pas sur la défensive, Geraldine. Je ne suis pas un coureur de dot. Je voulais juste dire que, en tant qu'héritière, vous aurez un jour les moyens d'aller à Paris.

— C'est vrai. Mais Paris est une ville romantique, non ? Je ne veux pas y aller toute seule.

— Pourquoi pas ? Je pense que c'est un endroit génial où aller seul. Pour se retrouver avec soi-même.

Elle pencha la tête sur le côté.

— Est-ce ce que vous avez fait ?

— Une ou deux fois, oui. J'adore la France.

Elle porta sur lui un regard rêveur qu'il ne connaissait que trop bien pour l'avoir vu chez ses précédentes conquêtes. La conversation prenait un tour dangereux.

— Parlez-moi de votre mère, dit-il.

— Elle était compliquée. Parfois, elle avait des élans de tendresse, mais je crois qu'elle ne s'intéressait pas vraiment à moi.

— Vous vous demandez sans doute pourquoi elle vous a gardée avec elle au lieu de vous confier à Charles.

Geraldine hocha la tête.

— Oui, j'y ai réfléchi. Je pense qu'elle n'a pas envie de faire le bonheur des gens. Elle ne s'entend pas avec ses parents, elle a peu d'amies femmes. Mais des amis hommes, oui.

— Vous savez, l'autre homme, c'était mon père.

Elle parut sous le choc.

— Quoi ?

Il afficha un grand sourire.

— C'était moi, le garçon qui a jeté votre mère dans les bras de votre père. Cela a rendu mon père fou de rage. Voilà pourquoi nos pères se haïssaient. Tous deux convoitaient la même femme.

— C'est une chance que votre père n'ait pas épousé ma mère ! Ça aurait été terrible pour vous.

— D'après ce que vous dites, je le pense aussi, mais, honnêtement, comment aurait-elle pu rendre les choses pires qu'elles n'étaient déjà ? J'ai eu une enfance malheureuse.

— J'en suis désolée pour vous, Thomas, dit-elle en lui adressant un sourire chaleureux.

Lui aussi était désolé. Ils venaient de milieux différents, mais ils avaient vécu la même chose. Et il devait mettre de la distance entre eux deux.

Prenant cet avertissement au sérieux, il se leva et ramassa les barquettes vides.

— Demain, j'opère toute la journée, dit-il. Je vais vous débarrasser de tout cela pour que vous puissiez vous remettre au travail et rentrer chez moi.

Les joues de Geraldine rosirent tandis qu'elle ramenait machinalement une mèche de cheveux derrière son oreille.

— Oui, bien sûr, j'ai tous ces dossiers à compléter. Je ne veux pas y passer toute la nuit.

Il hocha la tête.

— Bonne nuit, Geraldine.

— Bonne nuit, Thomas.

Il quitta la pièce, refermant la porte derrière lui, s'attarda un instant dans le couloir puis regagna son bureau.

En aucun cas il ne pouvait se permettre de séduire Geraldine Collins, ni même être son ami. Tout devait rester strictement professionnel entre eux, ou il se mettrait en danger.

5.

Geri faisait les cent pas dans le hall, cherchant encore le moyen d'échapper à cette réception.

Les soirées mondaines n'avaient jamais été son fort. Elle avait l'habitude de faire tapisserie, et les rares fois où elle avait accompagné Frederick dans ce genre d'événement elle ne s'était sentie ni à sa place ni la bienvenue. Ce serait sûrement encore le cas ce soir. Elle était la fille de lord Collins, mais personne ne la connaissait.

— Tu t'inquiètes pour rien, Geraldine.

Elle leva les yeux vers l'escalier.

Sur le palier, debout devant le miroir, son père était en train d'ajuster son nœud papillon.

— Et comment sais-tu que je m'inquiète ? demanda-t-elle.

— C'est facile. Tu fais les cent pas, tout comme moi.

Elle sourit et monta rejoindre son père pour l'aider à fixer son nœud papillon.

— Tu t'y prends très mal, lâcha-t-elle pour le taquiner. J'aurais cru qu'un lord saurait mieux s'en tirer.

— D'habitude, j'ai quelqu'un qui m'aide à m'habiller.

Il lui répondait, lui aussi, sur le ton de la plaisanterie, et elle appréciait. Il se montrait toujours si réservé, si poli.

— Voilà, c'est parfait, déclara-t-elle en lissant les revers de la veste du smoking paternel. Que ferais-tu sans moi ?

Se rendant compte de ce qu'elle venait de dire, elle rougit.

Le regard de son père exprimait à présent de la tristesse et du regret, et elle ressentait la même chose en songeant à toutes ces années que sa mère leur avait volées.

Elle s'éclaircit la voix.
— Tu ne devrais pas aller à cette réception, père. Tu n'es sorti de l'hôpital que depuis trois jours.
Il commença à descendre lentement l'escalier.
— Tu dis des bêtises. Tu essayes simplement d'échapper à cette fête.
— Mais non…
Menteuse. Elle donnerait tout pour ne pas s'y rendre.
Au moins n'était-elle pas obligée d'assister aux concours équestres. Elle aimait les chevaux, mais les voir entassés dans des stades couverts ne lui disait rien du tout.
— Tu es magnifique, dit son père avec fierté. Absolument magnifique.
Le compliment lui fit plaisir.
Elle portait une robe bustier en taffetas couleur bronze dont la jupe froncée dansait gracieusement à chacun de ses mouvements.
Elle ne se sentait pas très à l'aise dans cette tenue, mais elle avait toujours rêvé en secret de ce genre de toilette tout en se disant que ça n'arriverait jamais…
C'était bien le seul aspect positif de cette soirée, parce que tout le reste l'effrayait. Elle ne connaîtrait personne là-bas et ne saurait pas quoi dire aux gens. Elle ignorait tout du London International Horse Show. Dès qu'elle le pourrait, elle se réfugierait dans un coin en essayant de ne pas se faire remarquer jusqu'au moment où son père voudrait rentrer, vaincu par la fatigue — ce qui devrait arriver assez vite.
Elle le vit descendre péniblement l'escalier. Arrivé au bas des marches, il lui offrit son bras en souriant.
— On y va ?
— Mais oui, dit-elle en s'enveloppant dans le châle qui devait la protéger du froid de décembre. Finissons-en avec cette obligation.
— Ne sois pas si défaitiste, Geraldine ! Tu vas t'amuser. Qui sait, peut-être feras-tu la connaissance d'un homme charmant.

— Tu ne cesses de me parler de cela, mais je ne suis en quête de personne, père. Pour l'instant, seule compte ma carrière, je te l'ai déjà dit.

— Je peux toujours espérer.

— Tu es un romantique ? Toi ?

Il hocha la tête.

— Oui. Même si l'amour ne s'est guère montré généreux avec moi, je garde toujours espoir.

Elle lui pressa le bras.

Elle aurait aimé se montrer aussi confiante, mais elle avait appris à ne pas se bercer d'illusions : le mariage n'était pas pour elle.

Jensen les attendait au bas du perron.

Elle monta la première dans la voiture. Lorsque son père prit place à côté d'elle, elle nota son expression douloureuse.

— Es-tu sûr que tu doives aller à cette soirée ?

— Mais oui ! Je vais bien, Geraldine. Je n'ai jamais manqué cet événement, et il n'est pas question que je commence maintenant.

— Tu risques de le regretter demain.

— Ne t'inquiète donc pas pour moi.

Ils cessèrent de discuter lorsque Jensen s'installa derrière le volant et roulèrent en silence jusqu'à Mayfair où les Gilese donnaient leur bal. La rue était encombrée de luxueuses limousines.

— Leurs voisins doivent les adorer, murmura-t-elle.

— La plupart sont leurs invités ce soir, répondit son père en souriant. Détends-toi. Tout va bien se passer.

Elle aurait voulu le croire.

Lorsqu'elle pénétra dans la maison au bras de son père, elle fut frappée par la beauté des lieux et l'élégance des invités. Un immense sapin de Noël couvert de guirlandes et de décorations traditionnelles se dressait dans le hall.

Elle n'avait jamais rien vu de pareil.

— Tu ne trembles plus, observa son père d'un ton amusé.

— C'est beau, murmura-t-elle.

— Reconnais-le, tu es ravie d'être là.

— En fait, avoua-t-elle en lui souriant, j'adore les sapins de Noël !

Elle suivit son père qui s'avançait dans le hall.

— Est-ce que tout va bien pour toi ? lui demanda-t-il en lui tendant une flûte de champagne.

— Oui, je pense.

Elle prit la flûte et se mit à rire.

— Je me sens encore un peu nerveuse, mais tout cela est simplement merveilleux.

— Je vais saluer nos hôtes. Est-ce que je peux te laisser un moment ?

— Oui, vas-y.

Elle avait déjà fait la connaissance des Gilese, et son père la savait assez perturbée par cette soirée pour ne pas lui imposer de mondanités supplémentaires.

Elle tourna lentement autour du sapin, admirant sa décoration, heureuse d'être là, dans cette demeure londonienne magnifique décorée pour célébrer Noël.

Un groupe de jeunes femmes discutaient d'un ton animé. Elles semblaient avoir à peine remarqué sa présence.

— Je ne peux croire qu'ils aient invité le duc de Weatherstone et qu'il vienne réellement, dit l'une des jeunes femmes. D'habitude, le Duc noir n'apparaît pas dans ce genre de réception.

— J'ai entendu dire qu'il a séduit Harriet Ponsonby, mais comme il ne voulait pas l'épouser, elle a rompu avec lui.

— Il faut reconnaître qu'il est d'une beauté diabolique.

En entendant ces commérages, Geri sourit intérieurement.

Qui était ce duc de Weatherstone dont elle entendait tellement parler ?

— C'est vrai, renchérit une autre jeune femme. Le voilà qui arrive. Il est si beau dans son smoking ! Dommage qu'il soit venu avec sa demi-sœur.

Geri se retourna pour voir de qui elles parlaient, et elle

eut un hoquet de surprise en découvrant qu'il s'agissait de Thomas et de Zoe.

Thomas Ashwood ? C'était lui, le duc de Weatherstone ?

Elle sentit ses jambes devenir toutes molles et son pouls s'accélérer.

Jamais il ne lui était apparu aussi séduisant que ce soir, avec ses cheveux noirs et ce sourire désinvolte qui flottait sur ses lèvres. Ces femmes avaient raison, il était d'une beauté diabolique.

Zoe était magnifique aussi dans sa robe de velours vert foncé qui accentuait sa blondeur. Elle ne semblait pas très à l'aise mais, lorsqu'elle l'aperçut, elle lui fit un signe de la main auquel Geri répondit de la même manière. À cet instant, Thomas se tourna vers elle. Lorsqu'il la vit, son sourire s'effaça, remplacé par une expression qu'elle ne put déchiffrer.

Elle sentit ses joues devenir écarlates.

Il était trop tard pour fuir, car Thomas, laissant Zoe rejoindre un groupe d'amis, se dirigeait vers elle. Elle était sûre que tous les regards étaient braqués sur eux !

— Vous êtes très belle, dit-il en lui baisant la main. Absolument ravissante.

— Merci, murmura-t-elle.

Il sourit.

— J'ai l'impression que vous êtes sans voix. Parfait.

— Parfait ?

— Bon, ce n'est peut-être pas le mot qui convient, mais j'adore l'idée de vous couper le souffle.

— Thomas... Ou peut-être devrais-je dire : « Votre Grâce » ? Vous êtes duc ? Et quand comptiez-vous m'en informer ? Après tout, je suis votre associée. Ne devrais-je pas être au courant ?

— Voilà beaucoup de questions à la fois.

— Cela me fait un choc de découvrir que vous êtes duc.

— Oui, je vois.

Il lui adressa un clin d'œil.

— Le Duc noir, c'est bien ainsi qu'on vous appelle ? Le séducteur des débutantes ?

— Où avez-vous entendu cela ?

— Ici, ce soir.

D'un discret signe de tête, elle lui montra le groupe de femmes qui le dévoraient des yeux à quelque distance.

Thomas fit la grimace.

— Bon, je plaide coupable.

— Je crois que je ne devrais pas être vue en votre compagnie, Votre Grâce. Cela pourrait nuire à ma réputation.

Elle avait envie de plaisanter, car elle prenait plaisir à cette conversation. Mais attention, danger ! Cet homme était réellement un séducteur, ceci n'était pas qu'un jeu.

Soudain, elle eut l'impression d'être une proie, et le pire c'était que cela lui était égal.

Une lueur amusée brilla dans le regard de Thomas.

— Depuis quand vous souciez-vous de votre réputation ?

Elle frissonna, se demandant s'il était au courant de ce qu'il s'était passé à Glasgow avec Frederick.

— Je… Je ne me soucie pas de ma réputation.

— Voyons, je plaisante !

Elle rit, soulagée.

— Vous êtes magnifique, dit-elle pour changer de sujet de conversation.

— Eh bien, merci. Après tout, j'ai un rang à tenir, observa Thomas en lissant les revers de sa veste de smoking. Je me dois d'avoir fière allure si je veux garder ma réputation de sombre séducteur d'innocentes créatures.

— Vous êtes vraiment une crapule !

— Je prends cela comme un compliment.

Les mots lui sortirent alors de la bouche avant qu'elle ait pu les retenir :

— Vous pouvez, Thomas, j'ai un faible pour les crapules.

Thomas sentit son pouls s'accélérer.

Geraldine venait de dire, l'air malicieux, qu'elle avait un faible pour les crapules !

Venant d'une autre, il aurait pu prendre cela au pied de la lettre et en profiter. Sauf qu'elle était complètement inaccessible. Il ne séduirait pas la fille de Charles.

Dommage.

Il avait réussi à l'éviter ces derniers jours. Sachant qu'elle serait présente ce soir, il ne souhaitait pas assister à la réception, mais Zoe avait insisté pour venir chez les Gilese, car elle voulait y rejoindre son groupe d'amis. Il s'était donc résolu à répondre à l'invitation, avec l'intention de se faire discret. Et puis, il avait vu Geri à côté de l'arbre de Noël. Elle était d'une beauté à couper le souffle dans sa robe longue, les cheveux relevés, ce qui mettait en valeur la finesse et la grâce de son long cou. Elle l'avait regardé, et, profondément troublé, il s'était demandé pourquoi il avait cherché à la fuir.

— Votre père est-il ici ? demanda-t-il pour donner un autre tour à la conversation.

— Oui, il est allé saluer les maîtres de maison.

Elle indiqua du menton le coin de la salle où Charles bavardait avec leurs hôtes, souriant malgré sa mine épouvantable.

— La chimiothérapie est une terrible épreuve pour lui, dit-il en secouant la tête. Quelle tristesse !

Geraldine soupira.

— Oui, je lui ai dit que nous devrions rester à la maison, mais il a insisté pour venir. Il tenait à ce que je sois présente.

— Bien sûr. C'est votre première sortie officielle en tant que sa fille.

— Pourquoi ne pas m'avoir dit que vous étiez duc ?

Il haussa les épaules.

— Ce n'est pas quelque chose dont j'ai envie de me vanter. C'est seulement un titre de noblesse. Je suis chirurgien. C'est de cela que je suis fier.

— Et je ne vous le reprocherai certainement pas.

Elle se mit à rire.

— Un duc qui vit dans un appartement à Notting Hill !

— J'ai un peu travesti la vérité. En fait, j'habite bien à Notting Hill, mais dans un hôtel particulier qui comporte des logements pour le personnel et tout ce qui s'ensuit.

— Vous avez parlé d'un appartement.

— Eh bien… Ma suite ressemble à un appartement.

Geraldine leva les yeux au ciel.

À cet instant, de la musique se fit entendre, venant de la salle de bal.

Même s'il savait que c'était une erreur, il avait envie de danser avec Geraldine, afin de la tenir dans ses bras ne serait-ce que le temps d'une soirée.

Il la débarrassa de sa flûte de champagne qu'il posa sur une console et la prit par la main.

— Que faites-vous ? demanda-t-elle.

— Nous allons danser.

— Je… Je pense que ce n'est pas raisonnable.

— C'est tout à fait raisonnable, au contraire. Quel mal y a-t-il à cela ? Nous sommes amis, non ?

— Nous nous connaissons à peine.

— Eh bien, nous sommes des collègues. Venez.

— Je danse très mal.

— Ce n'est pas un problème, je vous guiderai.

Il l'entraîna vers la salle de bal où des danseurs se balançaient au rythme du slow joué par l'orchestre.

Il prit Geraldine par la taille et l'attira contre lui avant de la conduire sur la piste.

— Vous savez danser ? demanda-t-elle.

— Bien sûr. Je suis un duc, ajouta-t-il avec un clin d'œil.

Elle rit, tout en baissant les yeux pour éviter son regard.

C'était si bon de la tenir dans ses bras !

Il se fit silencieusement des reproches.

Ce comportement ne lui ressemblait pas. Geraldine Collins méritait un homme qui lui donne tout ce que lui-même était incapable de lui offrir. Jamais il ne pourrait lui donner une famille, même si c'était son désir le plus cher. Elle n'avait déjà que trop souffert, tout comme lui. Elle méritait de connaître autre chose. Il s'intéressait à une femme qui lui était interdite. Il ne pouvait pas la séduire…

Mais en dansant avec elle, il sentait sa résolution faiblir. Il la désirait vraiment. Elle représentait le fruit défendu, et la tentation était trop forte.

— Allons, dit-il, cette danse ne doit pas être pour vous une corvée, Geraldine.

Elle rougit.

— Ce n'est pas le cas. En fait, je n'ai pas l'habitude de danser parce que je fais le plus souvent tapisserie.

— Ils doivent être fous à Glasgow ! Vous êtes une cavalière fantastique… La plupart du temps, car à l'instant c'est sur mon pied que vous avez marché.

Elle éclata de rire.

— Désolée, mais vous le méritez pour m'avoir forcée à venir sur la piste !

— Vous avez raison.

— Votre sœur est très belle, ce soir.

— Oui, c'est un beau brin de fille. C'est elle qui m'a forcé à venir ici.

— Et que dit-elle d'avoir pour frère le Duc noir ?

Il sourit.

— Elle trouve ça drôle. De toute façon, elle m'adore, alors elle se moque bien de ce que je peux faire dans la mesure où je suis honnête avec elle. Nous nous disons tout.

Le visage de Geraldine prit une étrange expression.

— Qu'y a-t-il ?

— Rien. J'envie simplement la relation que vous avez avec votre sœur. Moi, je suis fille unique.

Elle sourit.

— Zoe est une fille merveilleuse. Vous devez en être fier.

— Je le suis, dit-il en jetant un regard vers sa sœur qui se tenait au bord de la piste. Elle est ma fierté.

Et la seule à pouvoir lui donner l'impression d'avoir une fille.

L'orchestre se tut. Tandis que les danseurs applaudissaient, il quitta la piste en entraînant Geraldine.

— Venez, lui murmura-t-il à l'oreille.

— Où allons-nous ?

— Je vais vous faire une réputation digne d'une lady, dit-il en lui adressant un clin d'œil.

Elle rougit, mais elle le suivit jusqu'à l'embrasure d'une fenêtre qui, avec le rideau tiré, formait une alcôve.

— Thomas, ce n'est pas raisonnable, murmura-t-elle, toute tremblante dans ses bras.

— Je ne vais rien vous faire, promit-il, même s'il en mourait d'envie. Vous avez dû remarquer que tout le monde n'a d'yeux que pour nous. Je dois soigner ma réputation d'infâme séducteur si je veux me débarrasser de toutes ces mères qui cherchent à me faire épouser leur fille. Je suis un célibataire très convoité.

— J'imagine.

Elle soupira.

— Mon père veut absolument que je me cherche un mari. Comme si j'avais besoin d'en avoir un !

— Vous n'avez pas envie de vous marier ? demanda-t-il, intrigué.

— Non, pas particulièrement. Pourquoi le devrais-je ?

— Ainsi, vous ne seriez pas opposée à vivre une histoire sentimentale qui ne se terminerait pas par un mariage ?

Stop. Il ne pouvait pas l'avoir. C'était la fille de Charles.

— Non, ça ne me gênerait pas, murmura-t-elle. Je n'ai pas besoin qu'on me promette quoi que ce soit.

Il sentit son pouls s'accélérer alors qu'il tendait la main pour caresser la joue de Geraldine, qui semblait d'albâtre à la lumière du clair de lune filtrant à travers la fenêtre.

Elle ne voulait pas se marier. Pas plus que lui. Peut-être pouvait-il s'autoriser à l'embrasser. Juste une fois.

Il se penchait pour lui donner un baiser lorsqu'un cri retentit dans la salle de bal.

Ils sortirent de l'alcôve et regardèrent vers la piste de danse, essayant de comprendre ce qui se passait.

Geraldine fut la première à réagir.

— Zoe ! cria-t-elle avant de se précipiter.

Il se retourna à temps pour voir sa sœur tomber sur le parquet, secouée de tremblements, avant de se raidir.

Lorsqu'il arriva auprès d'elle, elle ne respirait plus.

— Appelez les urgences et trouvez-moi un défibrillateur, cria-t-il de toutes ses forces pour se faire entendre au milieu du vacarme.

On lui apporta l'appareil. Il le chargea et s'apprêtait à poser les deux palettes sur la poitrine de Zoe lorsque Geraldine l'en empêcha en se jetant sur le corps de la jeune fille.

— Non, vous ne pouvez pas faire cela !

— Qu'est-ce que vous faites ? protesta-t-il.

— Zoe a un stimulateur cardiaque. Si vous ne placez pas correctement les palettes, elle mourra.

— Un stimulateur cardiaque ? répéta-t-il, sidéré.

— Oui, répondit Geraldine qui avait commencé un massage cardiaque. Si vous utilisez le défibrillateur, vous devez poser les palettes à 2,5 centimètres au moins du stimulateur.

— Je sais, lança-t-il d'un ton sec tandis que Geraldine lui indiquait où le stimulateur était implanté.

Il plaça les deux palettes à la distance voulue.

— Dégagez !

Geraldine ôta ses mains, et il envoya une première décharge électrique pour tenter de faire repartir le cœur de sa sœur.

L'épreuve était trop dure pour lui. Elle était sa seule vraie famille. La seule personne à l'aimer de façon inconditionnelle depuis qu'il avait perdu sa mère.

— Laissez-moi faire, dit Charles en lui prenant les palettes. Vous, vous ne pouvez pas, c'est votre sœur.

Thomas murmura un merci et s'écarta.

Tout ce qu'il pouvait faire, c'était regarder. Il avait le sentiment d'être impuissant et en souffrait.

— Je crois que le stimulateur cardiaque a cessé de fonctionner, dit Geraldine, qui continuait le massage.

— Quand a-t-il été vérifié pour la dernière fois ? demanda Thomas.

— Il y a trois jours. Zoe est venue me voir, et tout fonctionnait parfaitement.

Pourquoi personne ne lui avait-il dit que Zoe avait un stimulateur cardiaque ? Il se sentait trahi et blessé. Il ne pouvait avoir confiance en personne.

— Dégagez ! cria Charles.

Geraldine arrêta son massage, et Thomas détourna les yeux, ne voulant pas voir sa sœur recevoir à nouveau un choc électrique. Pourtant, cette fois, Zoe retrouva son souffle. De toute évidence, le stimulateur cardiaque recommençait à fonctionner.

Merci, mon Dieu.

— Zoe, murmura Geraldine, tout va bien. Votre stimulateur cardiaque s'était arrêté, et vous avez fait une crise.

Zoe ne dit rien, se contentant de hocher la tête.

Lorsque les ambulanciers arrivèrent, Thomas se tint à l'écart pendant qu'ils allongeaient Zoe sur une civière et que Geraldine et Charles les mettaient au courant de ce qu'il s'était passé.

Voyant Geraldine emboîter le pas aux ambulanciers qui emmenaient Zoe, il courut derrière eux et saisit la main de sa sœur.

— Je suis son frère et son tuteur. Je l'accompagne.

Les ambulanciers acquiescèrent d'un signe de tête.

Zoe se cramponna à sa main. Elle tremblait, prenant de grandes bouffées d'air à travers son masque à oxygène.

Voyant Geraldine grimper dans l'ambulance, il intervint.

— Vous n'êtes pas obligée de venir, Geraldine. À partir de maintenant, je m'occupe de tout.

— Je vous accompagne. Je suis son médecin.

— C'est moi, son médecin.

— Non. Vous êtes son frère. Vous ne pouvez pas l'aider, et vous le savez. Je vais avec vous.

Il hocha la tête. Geraldine avait raison. Etant le frère de Zoe, il ne pouvait s'occuper d'elle. Les médecins ne sont pas censés soigner les membres de leur famille. Il devait accepter l'aide de Geraldine.

— Et s'il faut l'opérer ? dit-il. Vous ne pourrez rien faire. C'est moi le chirurgien cardiothoracique.

— Je trouverai quelqu'un qui pourra faire l'intervention. Ne vous inquiétez pas, nous prendrons bien soin d'elle.

Elle lui pressa la main, ce qui le rassura un peu.

C'était bon de sentir cette chaleur humaine. Jamais personne ne lui avait montré autant de compassion.

Durant le trajet jusqu'à l'hôpital, l'atmosphère resta tendue dans l'ambulance. Il ressentait un mélange de colère, de regret et de peur. Il avait l'impression d'être près d'exploser.

Aux urgences, en attendant l'arrivée d'un chirurgien cardiothoracique, il continua de tenir la main de sa sœur. C'était tout ce qu'il pouvait faire. En ces circonstances, ses compétences chirurgicales ne servaient à rien. Il comprenait à présent ce que vivent les familles des patients, obligées de s'en remettre entièrement à des tiers pour sauver leurs proches. Ce sentiment d'impuissance lui était insupportable.

Lorsque le chirurgien cardiothoracique entra dans la chambre et commença à examiner le stimulateur cardiaque, Geraldine s'écarta. À travers la cloison vitrée, elle lança à Thomas un regard compatissant.

Il s'avança jusqu'à la porte.

— Voulez-vous que je m'en aille ? demanda-t-elle.

— Non, je vous en prie, restez avec elle. Je me sens mieux si je vous sais auprès d'elle. Zoe a confiance en vous. C'est vous qu'elle est allée voir. Pas moi.

Cela le tuait de devoir le reconnaître.

— Elle ne voulait pas vous inquiéter.

— J'aurais préféré être au courant. C'est bien pire de ne pas savoir.

— Je suis désolée, mais je ne pouvais rien vous dire. Je devais respecter le contrat de confidentialité qui lie le médecin et son patient.

Elle avait raison, bien sûr. Elle n'aurait rien pu lui dire, même si elle en avait eu envie.

— Je vous en prie, dit-il, restez. Pour moi. J'ai besoin que vous restiez.

— Oui, je vais rester. Bien sûr, je vais rester.

Geri éprouvait un profond sentiment d'impuissance en regardant l'équipe chirurgicale procéder à une cathétérisation du cœur de Zoe. Elle se sentait ridicule dans sa robe de bal.

Mais elle était là pour son collègue, peut-être son ami… Et surtout pour sa patiente, si jeune pour connaître une telle épreuve. Elle ressentait la même chose pour chacun de ses patients en cardiologie pédiatrique. Ils étaient bien trop jeunes pour avoir un cœur défaillant. C'était ce qui l'avait poussée à devenir cardiologue. Le désir de sauver des vies. Mais sa stupide histoire avec Frederick avait ruiné tous ses espoirs. Elle avait laissé ses émotions l'emporter sur la raison.

Lorsqu'elle s'était retrouvée dans l'alcôve avec Thomas, elle avait eu envie qu'il l'embrasse. Une fois encore, elle s'était laissé dominer par ses émotions. Elle s'en voulait d'être si faible.

Elle ne permettrait pas qu'une fois encore un homme compromette sa carrière. Elle était venue à Londres pour être cardiologue. Il était hors de question qu'elle prenne de nouveau la fuite. Elle ne commettrait pas deux fois la même erreur.

Elle regarda Thomas faire les cent pas dans le couloir.

L'angoisse lui déformait le visage. Jamais elle ne l'avait vu dans un tel état. Il avait perdu toute désinvolture, toute ironie. Elle eut de la peine pour lui. Son ami. Car il était bien son seul vrai ami à Londres.

Elle sortit dans le couloir.

Thomas se précipita vers elle.

— Eh bien ?

— Ils sont en train de procéder à une cathétérisation du cœur. Le stimulateur cardiaque était en bon état lorsque je l'ai vérifié, il y a trois jours. Elle l'a depuis ses dix ans, il ne présentait rien d'anormal.

Thomas jura entre ses dents et se passa la main dans les cheveux.

— Oui, mais comme tous les appareils, il peut être défectueux.

— La cathétérisation cardiaque va remédier à cela. Ils sont en train de réparer le stimulateur. Zoe n'aura pas besoin qu'on lui en implante un autre. Tout ira bien.

— Comment le savez-vous ?

— Vous devriez le savoir, vous qui êtes chirurgien et, qui plus est, spécialisé en cardiologie. Elle est en bonnes mains.

— Qui effectue la cathétérisation ?

— Le Dr Sandler… Cela vous ennuie-t-il que ce soit lui ?

— Non, pas du tout. C'est un bon médecin.

— Alors, vous ne devriez pas vous inquiéter.

— Eh bien, si, je m'inquiète, lança Thomas d'un ton sec. Je n'ai plus que Zoe. Mon père est mort, ma mère est morte… Zoe est tout ce qui me reste.

— Je suis là, dit-elle. Je vous ai promis que je ne la quitterai pas.

— Pourquoi faites-vous cela ? Nous sommes de simples collègues. Vous-même l'avez répété à maintes reprises.

— Oui, nous sommes collègues, et c'est le genre de choses que les bons collègues font les uns pour les autres. Nous sommes associés dans le même cabinet médical. J'espère bien que s'il arrivait quelque chose à mon père, vous m'apporteriez votre aide.

L'expression du visage de Thomas s'adoucit.

— Je voudrais bien me rendre utile, mais le cancer n'est pas mon fort, à moins qu'il ne s'agisse d'un cancer du cœur. Mais, même dans ce cas, Charles ne me laisserait pas l'opérer.

— Et pourquoi donc ?

Thomas eut un petit rire.

— Parce que nous sommes trop proches. Il a été mon mentor, et aussi le pire ennemi de mon père.

— Oui, dit-elle en riant. Des rivaux qui se sont battus pour ma mère, apparemment.

— Exact. Désolé d'avoir eu à vous le dire.

Elle haussa les épaules.

— Si c'est vrai, vous n'avez pas à être désolé. C'est ma mère qui a provoqué cette bagarre entre votre père et le mien. Elle est très douée pour semer la ruine autour d'elle.

— Vous ne la tenez pas en haute estime.

— Elle ne m'estimait pas beaucoup non plus. J'ai eu une enfance très solitaire. Et, contrairement à vous, je n'avais pas de pension où m'échapper ni une demi-sœur à qui donner mon affection.

— Nous nous ressemblons beaucoup, dit Thomas.

— Comment cela ? Nous avons grandi dans des milieux très différents.

— Nous avons eu l'un et l'autre une enfance pourrie.

Elle eut un rire léger.

— Oui, on peut le dire !

Thomas poussa un soupir.

— Je dois préciser que votre mère n'est pas la seule cause de l'animosité qui existait entre nos pères respectifs. Le mien a fait ses études à Oxford, le vôtre à Cambridge. Tous deux participaient aux compétitions d'aviron, et l'équipe de votre père l'emportait souvent sur celle de mon père, ce qui mettait celui-ci en rage.

— Il avait beaucoup de motifs de rancune.

— Oui, c'était un pauvre type.

Tous deux se sourirent.

— Je m'étonne que votre père m'ait pris avec lui, continua Thomas, mais il l'a fait. C'est un homme bien, vous savez.

— Je sais, répondit-elle d'une voix un peu tremblante.

— C'est un battant, il va s'en sortir.

Elle lui prit la main et la serra.

— Zoe aussi va s'en sortir.

Leurs regards se croisèrent.

Comme elle aurait voulu le serrer dans ses bras, le réconforter !

Mais il ne lui appartenait pas.

Thomas retira sa main et s'éclaircit la voix.

— Merci d'être là à son côté.

— Je le fais bien volontiers. Elle est ma patiente.

— Désolé que cela ait gâché votre soirée. C'était votre première sortie officielle, et je sais à quel point votre père tenait à ce que vous y soyez. Il avait envie de vous présenter à tout le monde.

— Ne soyez pas désolé. C'est pour ce genre de situation que je suis devenue médecin. C'est cela, ma passion, et non pas me pavaner en robe du soir sur une piste de danse. Toutefois, j'avoue que j'aurais bien aimé goûter les desserts. Il y avait là toutes les pâtisseries traditionnelles de Noël !

Il leva les yeux au ciel.

— Vous et Noël !

— Vous savez que vous êtes un vrai rabat-joie, comme Grincheux dans *Blanche-Neige*.

— Je ne vois pas du tout de quoi vous parlez.

— Comment ? Vous n'avez pas vu ce film étant enfant ?

— Non, je ne regardais pas de dessins animés.

— Mais plus tard ? Avec Zoe ?

— Non. Zoe ne me réclame jamais aucun dessin animé !

— Eh bien, vous allez peut-être devoir remédier à cela. Elle aura besoin de garder le lit quelques jours.

— J'ignore tout des programmes spéciaux de Noël.

— Je pourrais peut-être vous aider. Je possède une assez grande collection en ce domaine, qui va des dessins animés aux films comiques, en passant par les mélodrames qui vous mettent la larme à l'œil.

— Ouah ! Cela fait vraiment envie.

— Comment pouvez-vous ne pas apprécier ce genre de films ? Tous ces vieux classiques truffés de chants de Noël ?

Il sourit, et aussitôt elle se sentit fondre.

Qu'était-elle en train de faire ? Pourquoi essayait-elle

encore de se rapprocher de lui ? Ils étaient des collègues, des associés. Rien de plus. Et il en serait toujours ainsi. Thomas Ashwood n'était pas l'homme qu'il lui fallait. Il était duc. Elle avait déjà du mal à accepter l'idée d'être une lady, une héritière. Elle ne voulait pas de cette vie-là…

Pourtant, Thomas était bien autre chose que son titre. Tout comme elle.

— Bien, je vais retourner auprès de Zoe pour voir ce qu'il se passe. Vous devriez aller dans la salle de repos des médecins. L'intervention peut durer un bon moment encore.

— Non, je préfère attendre ici. Je ne veux pas la quitter. Il ne me reste qu'elle…

Elle hocha la tête et regagna la pièce où s'effectuait la cathétérisation cardiaque.

Elle, elle n'avait que son père. Sa mère était Dieu sait où en train de faire Dieu sait quoi, et de toute façon elles n'avaient jamais été proches.

À vrai dire, elle n'était pas très proche non plus de son père, mais elle appréciait sa compagnie, elle l'admirait en tant que médecin, et elle détestait le voir malade.

Si c'était lui qui était allongé sur cette table, se ferait-elle du souci ? Serait-elle malheureuse ?

Peut-être. Cela faisait si longtemps qu'elle ne s'inquiétait pour personne. Pourrait-elle de nouveau ouvrir son cœur ?

6.

Geri leva les yeux avec appréhension vers l'imposante façade de la maison de Notting Hill.

Alors que toutes les maisons et boutiques du quartier étaient décorées dans l'esprit de Noël, la grande demeure des Ashwood était la seule à ignorer l'approche de ces festivités. Elle se dressait là, froide, sombre et triste.

Trois jours auparavant, Thomas avait pris un congé d'une semaine pour s'occuper de Zoe, qui venait de sortir de l'hôpital. Elle se faisait du souci pour tous les deux et voulait s'assurer que l'un et l'autre allaient bien... À vrai dire, Thomas lui manquait. Elle le connaissait depuis peu, mais elle souffrait déjà de son absence. Et ce constat lui faisait si peur qu'elle avait envie de tourner les talons et de s'enfuir.

Allons, elle venait s'assurer que ses amis allaient bien, Rien de plus !

Elle s'était décidée à venir ce samedi, jour de fermeture du cabinet médical, et avait apporté quelques-uns de ses films de Noël préférés à l'intention de Zoe.

Elle respira à fond et appuya sur le bouton de l'interphone fixé près de la grille d'entrée.

— Oui ? dit la voix de Thomas.

— C'est moi, Geraldine Collins, du cabinet médical.

Stupide. Il savait qui elle était.

— Ah ! Geraldine Collins du cabinet médical, comment allez-vous ?

Visiblement, il prenait plaisir à la taquiner.

— Puis-je entrer, ou devons-nous continuer cette conversation devant la grille, sous le regard de vos voisins ?

— Je suis certain, en effet, qu'ils vous regardent.

— Thomas, allez-vous me laisser dehors ?

— Je pourrais. C'est amusant.

Quel homme exaspérant !

— Très bien. Je m'en vais, espèce de monstre.

Elle l'entendit rire.

— J'adore ce petit accent que vous prenez lorsque vous êtes contrariée.

— Alors, vous risquez de l'entendre souvent !

— Bon, je vous ouvre.

Elle entendit le petit bruit que fit la grille en se déverrouillant. Elle la poussa et la referma soigneusement derrière elle avant d'emprunter l'allée dallée sur le côté de la maison.

Thomas attendait devant la porte. Il était vêtu d'un jean et d'une chemise en coton bleu foncé au col ouvert. Il avait les mains dans les poches. Sa tenue très simple restait élégante.

Elle eut soudain le sentiment d'être mal fagotée avec ses leggings, son chandail extra-large, son blouson de ski, ses bottines et ses bonnet et écharpe de laine passablement usés. Elle se sentit très mal.

Ce n'était pas pour ça qu'elle était venue, se gourmanda-t-elle. Elle était ici pour vérifier qu'ils allaient bien tous les deux. Elle leur laisserait les films, et basta !

— Quel plaisir de vous voir ici, dit Thomas d'un ton cordial.

Il la regardait de haut en bas et, à la vue de ses lourdes bottines, un petit sourire se dessina sur son visage.

— Vous avez l'intention de faire une randonnée dans la neige, aujourd'hui ?

— Ah ah ! très drôle ! Elles sont chaudes, voilà tout. J'ai apporté à Zoe quelques films puisque vous ne fêtez pas Noël. J'ai pensé qu'ils lui plairaient.

Il prit la pile qu'elle lui tendait.

— Eh bien, si vous alliez lui dire bonjour ? Elle sera ravie d'avoir de la visite.

— En fait, j'aimerais m'assurer qu'elle va bien. Mon père se fait du souci pour elle, et il n'a pas la force de venir la voir.

Elle entra dans la maison et commença à dénouer son écharpe tandis que Thomas refermait la porte.

— Comment se sent-il une semaine après la chimiothérapie ? demanda-t-il.

— Fatigué. Il a une autre séance lundi.

— Pas drôle, dit Thomas en faisant la grimace.

— Non, pas drôle.

— Eh bien, montez là-haut. La salle de séjour est à l'étage. C'est là que lady Zoe tient salon en ce moment, allongée sur le canapé.

Elle se débarrassa de ses bottines, oubliant qu'elle avait mis ce matin des chaussettes particulièrement affreuses, à rayures multicolores et gainant séparément les doigts de pied.

Thomas haussa les sourcils.

— Vous avez un choix intéressant en matière de chaussettes, lady Geraldine.

— Ne venez pas me parler d'excentricité, Votre Grâce ! Vous, un duc qui vit à Notting Hill au lieu de régner sur son domaine, à surveiller les serfs et les vassaux.

— J'ai un domaine dans le Buckinghamshire, mais je préfère vivre ici.

Elle le suivit dans l'escalier et découvrit au premier étage une vaste salle de séjour à la fois luxueuse et douillette. Un énorme écran de télévision occupait une partie du mur du fond, faisant face à un canapé où Zoe était enfouie au milieu des coussins, une couverture sur les genoux. Elle était en train de regarder un film.

— Tu as de la visite, Zoe, dit Thomas.

Elle se retourna et sourit.

— Docteur Collins !

— Je suis contente de voir que vous ne m'en voulez pas. Je suis désolée que votre frère soit maintenant au courant. Je vous jure que je n'ai pas violé la règle de confidentialité entre médecin et patient.

Zoe haussa les épaules.
— Tout cela était ma faute.
— Mais non, dit Thomas.
Il lui donna la pile de films prêtés par Geri.
— Geraldine a apporté cela pour toi. Des films sur Noël. Elle a peur que tu sois en manque par ma faute, parce que je suis un… Comment avez-vous dit, l'autre jour ?
— Un rabat-joie, lui rappela Geri.
Zoe éclata de rire.
— C'est merveilleux ! Pouvons-nous en regarder un maintenant ?
— Oui, sans doute, grommela Thomas sans enthousiasme.
Zoe passa en revue la pile de DVD.
— Ah ! Noël blanc ! Cela fait longtemps que je ne l'ai pas revu.
— Excellent choix, dit Geri. Eh bien, je ferais mieux de rentrer chez moi. Je suis heureuse de constater que vous allez bien, Zoe.
— Restez, Geraldine. Si vous n'avez pas d'autres projets en tête, nous pourrions regarder Noël blanc ensemble.
Devant le regard suppliant de Zoe, Geri pouvait difficilement dire non.
— Si votre frère est d'accord…
— Bien sûr ! affirma Thomas avec un sourire chaleureux. Je vais commander à manger pendant que vous vous installez confortablement toutes les deux. Puis-je vous offrir quelque chose à boire, Geraldine ?
— Je prendrais volontiers une tasse de thé.
Il hocha la tête et quitta la pièce.
— Je suis si contente que vous soyez venue ! dit Zoe. Thomas me couve comme une mère poule. Il va jusqu'à me porter dans mon lit le soir. Il en fait un peu trop !
— N'oubliez pas que, à l'hôpital, ils vous ont placé un cathéter qui passe par votre artère fémorale. C'est une artère majeure, qui peut perdre rapidement beaucoup de sang.
Zoe soupira.

— Je sais. Mon frère adore me donner les détails de ce genre. Je crois que ma mère et lui souhaitent que je devienne médecin. Si mon père vivait encore, il ne me mettrait sans doute pas autant de pression.

— Comment était-il ?

— Un peu distant, mais gentil avec moi. Il en voulait beaucoup à ma mère en raison de son refus de l'épouser.

— Pourquoi ne voulait-elle pas se marier avec lui ?

— Elle savait à quel point il avait aimé la mère de Thomas, et elle ne voulait pas vivre dans l'ombre d'une autre femme. Par ailleurs, elle tenait à continuer de travailler avec Médecins Sans Frontières, ce qu'elle n'aurait pas pu faire si elle était devenue la duchesse de Weatherstone. Mais ils s'entendaient bien, et ma mère me poussait à passer du temps avec mon père et Thomas.

— C'est déjà quelque chose. Ma mère, elle, ne m'a jamais incitée à entretenir la moindre relation avec qui que ce soit.

— Votre père a toujours été très gentil avec ma mère et moi. Je suis désolée que vous ne l'ayez pas connu plus tôt.

Les mots atteignirent Geri en plein cœur. Elle sentit les larmes venir.

Oh non ! Elle n'allait pas pleurer ici, maintenant.

Elle s'éclaircit la voix.

— Acceptez-vous que je vous examine ? Je voudrais voir si cela cicatrise bien.

— Mais oui, bien sûr.

Zoe écarta la couverture.

Elle portait une longue chemise de nuit en flanelle et des chaussettes aussi affreuses que celles de Geri.

La cicatrisation n'était pas aussi avancée que Geri l'aurait souhaité, mais ça se présentait bien.

— Je crois que votre frère va devoir continuer à vous porter jusqu'à votre lit, Zoe. Ce n'est pas encore complètement cicatrisé.

Zoe poussa un grognement.

— Content de voir que vous êtes de mon avis, dit Thomas, qui revenait en apportant un plateau de thé.

Zoe lui tira la langue.

— Ce ne sont pas là des manières de lady, petite fripouille, plaisanta Thomas.

Il servit le thé et prit place sur le canapé à côté d'elles pour regarder le film.

Noël blanc était l'un des films de Noël préférés de Geri. Quel plaisir de le voir en compagnie de Thomas et de Zoe ! C'était tellement mieux que de le regarder toute seule. En partageant ce moment avec des amis, elle était véritablement dans l'esprit de Noël.

Elle lança un coup d'œil en biais à Thomas, qui semblait apprécier le film.

Comme s'il sentait son regard posé sur lui, il tourna la tête et lui sourit.

Que faisait-elle ici ?

Aucune idée, mais elle n'avait pas envie de s'en aller. C'était si agréable d'être en compagnie de gens qu'elle aimait bien, elle qui était restée seule si longtemps !

Lorsque le film prit fin, Zoe soupira.

— J'aimerais avoir ici un arbre de Noël comme celui-là.

— Il est gigantesque, objecta Thomas. Il risquerait de provoquer un incendie.

— Il n'est pas plus grand que celui que nous avons vu à la réception l'autre soir, intervint Geri.

Thomas la foudroya du regard.

— Vous ne m'aidez guère !

— Bon, dit Zoe, peut-être pas un aussi grand, mais j'aimerais vraiment avoir un arbre de Noël. Allons en acheter un, je t'en prie, Thomas !

— Tu n'iras nulle part. Pas question que tu sortes.

— Mais toi, tu peux. Vous pourriez y aller tous les deux, et acheter aussi des décorations pour qu'on les accroche ce soir.

— Tu en demandes beaucoup à Geraldine.

— Je suis sûre qu'elle serait d'accord.

Geri savait qu'elle aurait dû s'en aller, mais elle aimait passer du temps avec Thomas et Zoe. Elle avait l'impression de faire partie d'une famille.

— J'aimerais beaucoup, mais…

— Il n'y a pas de mais, la coupa Thomas en lui prenant la main. Nous adorons vous avoir avec nous.

Thomas avait deviné que Geraldine chercherait un prétexte pour s'en aller, mais il n'avait pas envie de la voir partir. Il goûtait ce moment passé avec elle et Zoe, et il ne voulait pas que cela prenne fin. Il était prêt à aller acheter un arbre de Noël pour Zoe à condition que Geraldine vienne avec lui et qu'elle reste pour l'aider à le décorer.

— Vous êtes sûr ? demanda Geraldine.

— Mais oui, insista Zoe. Je vous en prie, allez me chercher un bel arbre de Noël et ce qu'il faut pour le décorer. Nous ferons cela ensemble. Ce sera merveilleux !

— J'accepte à une condition : que vous vous reposiez, dit Geraldine en enveloppant Zoe dans sa couverture.

— Bon, d'accord.

Geraldine se tourna vers Thomas.

— Cependant, je crois que nous ne devrions pas la laisser seule.

Il sourit.

— Notre gouvernante, Mme Brown, sera ravie de lui tenir compagnie. Vous n'avez aucun moyen d'y échapper, Geraldine. De nous trois, vous êtes la plus fan de Noël et la personne la plus indiquée pour choisir un sapin de Noël et des décorations.

— J'ai l'impression que je n'ai pas le choix… Nous devrions trouver ce dont nous avons besoin dans Portobello Road, pas loin d'ici. Nous pouvons y aller à pied.

— Eh bien alors, allons-y avant que vous changiez d'avis.

Thomas alla demander à Mme Brown de garder un œil sur Zoe pendant leur absence puis rejoignit Geraldine, qui avait chaussé de nouveau ses bottines et l'attendait dans le hall d'entrée, chaudement emmitouflée.

Il enfila un gros blouson et se coiffa d'un bonnet en laine. Lorsqu'il se retourna, elle éclata de rire.

— Votre tenue manque de dignité, Votre Grâce.

— Tout comme la vôtre, *my lady*. Cela vous empêchera-t-il de m'accompagner pour faire ces achats ?

— Non, en aucune façon, Votre Grâce.

Quand ils sortirent de la maison, le jour déclinait déjà, et les illuminations de Noël brillaient dans les rues.

Pour la première fois depuis longtemps, il se sentait excité à l'approche de Noël.

Ils débouchèrent bientôt dans Portobello Road, envahie par une foule de marchands ambulants et de Londoniens venus faire des achats de Noël.

— Où allons-nous trouver un sapin ? demanda-t-il tandis qu'ils marchaient au milieu des passants.

— Ce vendeur, là-bas, a l'air d'en avoir de jolis. Mais, j'y pense, comment transporterons-nous cet arbre chez vous ?

— Nous le porterons. Nous sommes deux médecins solides et en bonne forme. Je suis sûr que nous pouvons transporter un sapin sur quelques centaines de mètres.

— D'accord. Mais alors, mieux vaut acheter les décorations avant.

— Bien vu.

Ils entrèrent dans une petite boutique qui croulait sous les cadeaux et les accessoires traditionnels de Noël.

Thomas se sentit un peu perdu, mais Geraldine était dans son élément. Il ne l'avait jamais vue ainsi : ses yeux verts brillants d'excitation, un large sourire qu'elle affichait en remplissant un panier de décorations aux couleurs vives. Elle ne ressemblait en rien au médecin distant et réservé qu'il avait l'habitude de voir. Il avait devant lui une personne tout à fait différente, et ce nouvel aspect d'elle qu'il découvrait lui plaisait infiniment. Cela correspondait à ce qu'il avait pressenti : sa froide apparence dissimulait la vraie Geraldine, celle qui cherchait désespérément à rester cachée.

Pour quelle raison ? Cela restait un mystère.

— Et si nous choisissions la simplicité ? proposa-t-il. Nous pourrions mettre juste quelques rubans dans le sapin.

Elle fronça les sourcils.

— Vous êtes un rabat-joie, monsieur Ashwood !

— Bon, d'accord. Mais pas de guirlande clignotante qui risque de me déclencher une crise d'épilepsie chaque fois que j'entrerai dans la salle de séjour.

— Marché conclu, dit Geraldine en riant.

— Et aucun de ces gadgets qui meuglent des chants de Noël.

— Pourquoi pas un poisson qui chante ? proposa-t-elle en montrant l'objet en question, une chose affreuse coiffée d'un bonnet de Père Noël.

— Sûrement pas !

Une fois les guirlandes et les décorations achetées, ils choisirent le sapin. Prenant l'arbre chacun par une extrémité, ils le hissèrent sur leurs épaules comme un canoë et redescendirent ainsi Portobello Road, Geraldine en tête tandis que lui fermait la marche.

Il avait envie de rire en songeant à la tête que ferait son père s'il était encore vivant et qu'il voyait son héritier marcher dans les rues en portant un sapin de Noël dans l'intention de décorer la salle de séjour. Son père n'avait jamais apprécié ce qu'il considérait comme des niaiseries.

Arrivés chez lui, ils grimpèrent l'escalier, toujours chargés du sapin qui laissait derrière lui un sillage d'aiguilles, ce qui parut contrarier la pauvre Mme Brown.

— Il est magnifique ! s'exclama Zoe quand Thomas redressa l'arbre débarrassé de son filet d'emballage.

— Oui, il est beau, confirma Geraldine. Avez-vous un socle pour le faire tenir debout ?

— Nous en avons un au grenier, dit Mme Brown. Voulez-vous que j'aille le chercher, Votre Grâce ?

— Oui, s'il vous plaît, madame Brown. Merci.

Pendant que la gouvernante allait récupérer le socle, Thomas maintint le sapin contre le mur, en espérant que la sève ne coule pas partout.

— Vous allez devoir humidifier cet arbre, dit Geraldine.

— Vraiment ? demanda Thomas. À mon avis, cela commence à créer un peu trop de problèmes.

— Tu ne voudrais pas qu'il sèche sur pied, Thomas, intervint Zoe. Il pourrait prendre feu.

— Prendre feu ?

Geraldine et Zoe éclatèrent de rire.

Comprenant qu'elles s'amusaient à ses dépens, il se mit à rire lui aussi.

— L'année prochaine, dit-il, je veux un de ces arbres de Noël déjà tout décoré qu'on ouvre comme un parapluie. Un arbre qui ne demande aucun entretien.

— Ce n'est pas drôle, alors ! protesta Geraldine, qui déballait les décorations pour les montrer à Zoe.

— Ce que j'aime le plus au monde, c'est que les choses soient simples dans la vie.

Lorsque Mme Brown réapparut en apportant le socle, il s'attaqua à la mise en place du sapin, ce qui ne se fit pas sans quelques jurons de sa part ni quelques moqueries de Zoe et Geraldine. Il acceptait volontiers leurs taquineries, heureux de voir sa sœur si joyeuse.

Lorsqu'il avait failli la perdre, le soir où son stimulateur cardiaque s'était arrêté, il avait été terrifié. Zoe était son seul bonheur dans la vie. Cassandra l'avait rendu heureux, elle aussi, mais pour un court moment. Cela n'avait pas duré. Il n'aurait jamais la famille aimante dont il avait rêvé étant enfant. Il en avait pris son parti et ne se perdait pas en regrets inutiles, mais aujourd'hui, en compagnie de Zoe et de Geraldine, il se prenait à rêver de nouveau et se disait qu'il avait peut-être décidé un peu vite de ne laisser personne s'emparer de son cœur.

Non. Il avait pris la bonne décision. Zoe retournerait

dans sa pension, et peut-être sa mère reviendrait-elle du Malawi pour se fixer à Londres. Dans peu de temps, Zoe serait majeure et déciderait seule de son avenir. Quant à Geraldine, il ignorait tout de ses projets. Il savait seulement qu'elle se consacrait entièrement à sa carrière et ne semblait pas du tout intéressée par une éventuelle histoire avec lui. Ce moment qu'il appréciait tant prendrait fin parce que ce n'était que cela : juste un moment.

Geraldine avait entrepris de décorer le sapin en suivant les instructions de Zoe, qui lui tendait les différents ornements et lui indiquait où les placer.

Il était conscient du plaisir qu'il éprouvait en compagnie de la jeune femme, et cela l'effrayait. Pourquoi le rendait-elle si vulnérable ? Il devait s'éloigner d'elle.

— J'ai des appels téléphoniques à passer, déclara-t-il. Continuez sans moi.

— Maintenant ? dit Zoe en fronçant les sourcils.

— Oui, je le crains.

Geraldine attrapa son blouson.

— Eh bien, la décoration du sapin est terminée et il faut vraiment que je rentre chez moi. Je vous verrai lundi au travail, Thomas. Zoe, profitez bien des films que je vous ai apportés.

— Oui, bien sûr. Merci, Geraldine.

Celle-ci hocha la tête et s'arrêta devant Thomas.

— Merci pour cet agréable moment.

— Ce fut un plaisir. Je vous raccompagne.

Tu es stupide, Thomas Ashwood.

Il y avait bien longtemps qu'il n'avait pas passé un après-midi aussi amusant. Il mourait d'envie de la prendre dans ses bras et de l'embrasser.

— Voulez-vous que je vous reconduise chez vous en voiture ? proposa-t-il en lui ouvrant la porte.

Elle secoua la tête.

— Non, je vais prendre le métro pour retourner à Holland Park. On se verra lundi.

Il la suivit des yeux pendant qu'elle descendait l'allée et

franchissait la grille, Puis il sortit pour l'observer tandis qu'elle se dirigeait vers la station de métro.

Il était vraiment stupide.

— Serai-je encore là à Noël ? demanda lord Twinsbury.

— J'en ai peur, plaisanta Thomas, qui achevait d'examiner son patient. Vous avez eu deux opérations à cœur ouvert, et vous ne cicatrisez pas aussi rapidement que je le voudrais. Vous n'êtes pas encore prêt à rentrer chez vous. Aussi je crains que vous ne passiez Noël ici.

— C'est très ennuyeux. Je ne voulais pas manquer le concert de Noël du King's College, à Cambridge. Il est très important que j'y assiste.

— Je comprends, mais vous devez rester à l'hôpital.

Lord Twinsbury poussa un grognement.

— Vous, bien sûr, vous ne comprenez pas. Vous êtes d'Oxford.

— Oxford ou Cambridge, peu importe. Vous vous remettez d'une lourde opération. Cependant, vous devez le savoir, Oxford est de loin la meilleure université.

— Jeune insolent ! Si je n'étais pas cloué sur ce lit…

Thomas haussa les sourcils, goguenard.

— Que feriez-vous ? Vous me donneriez une bonne correction ? Il faudrait déjà que vous puissiez me rattraper.

Lord Twinsbury souffla, l'air furibond.

Quelqu'un frappa à la porte.

En voyant apparaître Geraldine dans sa blouse blanche, Thomas sentit les battements de son cœur s'accélérer.

— Je vous dérange ? dit-elle.

— Ah ! enfin une vision enchanteresse ! s'exclama lord Twinsbury, soudain tout ragaillardi.

— Lionel, vous êtes un flatteur.

— Mais non, vous êtes beaucoup plus agréable à regarder que le duc ici présent, grommela le vieil homme.

— Ici, je suis M. Ashwood, *my lord*, rectifia Thomas.

— Puis-je vous dire un mot au sujet d'une patiente, monsieur Ashwood ? demanda Geraldine.

— Bien sûr, dit-il, ravi de se soustraire aux récriminations de lord Twinsbury.

— Je vous en prie, *my lady*, dit celui-ci, revenez me voir. Votre visite illuminera ma journée.

— J'essayerai, Lionel, promit Geraldine.

Thomas leva les yeux au ciel et la suivit dans le couloir.

— Désolée de vous déranger au milieu de vos visites, dit-elle, mais j'attends l'arrivée d'une patiente qui m'est envoyée par un médecin d'Aylesbury. Il s'agit d'une femme enceinte qui a subi un infarctus du myocarde.

Il sentit un frisson le traverser.

« Ta mère est morte, Thomas. Et le bébé aussi. Ils sont partis, et pleurer ne les fera pas revenir. »

Les mots cruels de son père le poursuivaient encore.

Il s'était senti rejeté lorsque celui-ci, qui lui reprochait de trop ressembler à sa mère, l'avait envoyé en pension. Le jour où sa mère était morte, il avait perdu ses deux parents. Jamais son père et lui n'avaient eu l'occasion d'améliorer les choses entre eux. Lorsque Zoe, qui était née avec une malformation cardiaque, avait failli mourir, il avait accouru, mais son père l'avait chassé de la pièce : « Ne t'ai-je pas déjà assez vu ? » avait-il dit, comme s'il le rendait responsable de la situation. La mère de Zoe avait fait en sorte de remplacer la mère que Thomas n'avait plus, et son père lui en avait voulu pour cela aussi. Ils ne s'étaient jamais réconciliés. Son père l'avait détesté jusqu'au jour de sa mort, survenue quand Zoe avait dix ans…

Au moins avait-il aimé sa fille. Heureusement, Zoe n'avait pas souffert du même manque d'amour.

— Excusez-moi, dit-il, conscient de s'être perdu dans ses pensées. Comment va-t-elle ?

— Je crois que son état est stable. On nous l'amène en ambulance. Elle en est à sa trente et unième semaine de grossesse et présente un risque de prééclampsie. Ils essayent de lui faire garder le bébé, mais j'ai alerté aussi le service d'obstétrique.

— Quel est leur plan ?

— Sauver le bébé et évaluer l'état de la mère.

Il hocha la tête.

— Je vais demander à un collègue de terminer à ma place la tournée de mes patients et j'irai aux urgences attendre l'arrivée de cette patiente.

— Je vous remercie. J'espère qu'elle n'aura pas besoin d'une lourde intervention chirurgicale.

— Il faudra probablement procéder à une cathétérisation cardiaque. Je dois voir l'étendue des dégâts, mais je veux être dans la salle d'opération afin de vérifier ses constantes vitales.

— Oui, c'est ce qu'espère l'équipe d'obstétrique. Comme elle est maintenant ma patiente, j'ai insisté pour que vous la preniez en charge. J'espère que ça ne vous ennuie pas.

— M'ennuyer ? Mais non. Nous sommes associés, non ?

— Oui. Ils vont arriver bientôt. On y va ?

— Allons-y.

Aux urgences, l'équipe d'obstétrique attendait déjà. Lorsque le bébé serait né, il pourrait s'occuper de la mère.

Allons, la situation n'était pas aussi dramatique qu'elle l'avait été pour sa mère à lui. Sa crise cardiaque lui avait été fatale, et à vingt et une semaines, le bébé n'avait pu survivre. La patiente qu'ils attendaient était enceinte de trente et une semaines. L'enfant serait un prématuré, mais ses chances de survie étaient bien supérieures à ce qu'elles étaient une trentaine d'années auparavant.

L'ambulance arriva, et le médecin généraliste qui avait accompagné sa patiente expliqua la situation.

— Durant le trajet, elle a eu une autre crise cardiaque, moins grave que la première. Sa tension artérielle est très élevée.

— Nous devons faire naître le bébé pour que je puisse ensuite soigner le cœur de la mère, dit Thomas.

— Emmenons-la immédiatement en salle d'opération,

ordonna le Dr Jones, l'obstétricien, en s'adressant à un interne. Nous devons pratiquer une césarienne en urgence.

Thomas prit la tension artérielle de la patiente.

Elle était dangereusement élevée. Le cœur était en train de lâcher. Il y avait certainement une hypertrophie cardiomyopathique.

Tous se ruèrent vers le bloc opératoire, et il ne fallut pas longtemps pour mettre le bébé au monde. Un petit garçon prématuré qui avait de grandes chances de survivre.

Thomas sourit derrière son masque et s'adressa à sa patiente, toujours sous anesthésie.

— C'est un garçon, murmura-t-il. Vous avez un fils. Vous devez tenir bon.

— Comment va son cœur, monsieur Ashwood ? demanda l'obstétricien.

— Pour l'instant, il est stable, monsieur Jones.

Maintenant que le bébé était né, la mission de Thomas consistait à s'assurer que la mère ait elle aussi des chances de s'en sortir. Il allait sauver la mère de ce petit garçon, puisqu'il avait été incapable de sauver la sienne.

Geri vit que Thomas était encore au chevet de Mme Rimes, la patiente enceinte qui avait eu deux crises cardiaques.

— Comment va-t-elle ? s'enquit-elle depuis le seuil de la chambre.

Thomas leva les yeux.

— Son état est stable. Elle a le cœur très endommagé et souffre d'une cardiomyopathie sévère. Au moins, maintenant que le bébé est né, le risque d'éclampsie est écarté.

— Selon vous, quel est son problème ?

— Dysplasie ventriculaire droite arythmogène.

— Vous en êtes certain ?

Il se leva et la rejoignit dans le couloir, refermant la porte derrière lui.

— Oui. Elle sera exposée à ce risque toute sa vie. Lorsqu'elle sera remise de son opération, je lui présenterai les options qui s'offrent à elle. On peut notamment lui implanter un appareil qui délivre un choc au cœur s'il s'arrête. Car cela arrivera de nouveau.

— Pauvre femme !

— Comment va le bébé ?

— Bien.

— Parfait, dit-il en se passant la main sur le visage.

— Est-ce que ça va, Thomas ?

— Non, je l'avoue. Tout cela me touche de trop près. Ma mère est morte d'une crise cardiaque alors qu'elle était enceinte.

— Je savais que vous aviez perdu votre mère ainsi, mais…

— Lorsque vous m'avez parlé de cette patiente, je me suis rappelé la voix de mon père m'annonçant que ma mère était morte. J'avais dix ans…

Voyant sa détresse, elle lui posa la main sur le bras.

— J'allais prendre un café. Vous voulez m'accompagner ?

— Bien sûr.

Ils se dirigèrent vers le petit café installé au cœur de l'hôpital. Il y avait peu de monde, ce qui leur convenait parfaitement. Thomas commanda deux cafés, et ils allèrent s'asseoir à une table.

— Je regrette tellement que cette situation vous ait rappelé le décès de votre mère, dit-elle.

— C'est sa mort qui m'a poussé à choisir la chirurgie en cardiologie. Et vous ? Pourquoi êtes-vous devenue cardiologue ? Est-ce à cause de votre père ?

— Non, pas du tout.

Cette conversation la mettait mal à l'aise. Elle regrettait de ne plus travailler dans un bloc opératoire. Cela lui manquait tellement ! Elle se sentait inutile, impuissante. Elle ne valait presque plus rien.

Thomas la regarda, la tête penchée sur le côté.

— Vous avez dit cela d'un air très convaincu, observa-t-il.

— Vous savez, jusqu'à l'année dernière, lui et moi ne nous

connaissions pas. Si j'ai voulu devenir cardiologue, c'était pour sauver des vies. Mais je ne suis pas faite pour la chirurgie.

— Je ne suis pas d'accord. Vous êtes beaucoup plus forte que vous ne voulez l'admettre.

Elle aurait aimé le croire.

— Eh bien, disons que ce n'était pas mon destin, rétorqua-t-elle, espérant mettre ainsi un terme à cette conversation.

— Je m'étonne que vous ne soyez pas devenue chirurgienne.

— Je… Je ne suis pas faite pour ça, je vous l'ai dit.

Mensonge. Elle en rêvait.

— Qu'est-ce qui vous fait penser cela ? Vous avez été très efficace lors de l'opération de lord Twinsbury. Moi, je suis sûr que vous êtes faite pour être chirurgienne.

Elle soupira

— C'est trop tard pour moi. Je suis cardiologue, et je vais reprendre le cabinet médical de mon père.

— Il n'est jamais trop tard.

— Je suis contente d'être cardiologue.

Elle but une gorgée de café puis changea de sujet.

— Comment va Zoe ? Est-elle toujours heureuse de son arbre de Noël ?

— Elle va bien et, oui, elle est très satisfaite de son arbre. Contrairement à moi, si vous voulez savoir.

Geri se permit un petit rire.

— Tiens, pourquoi ne suis-je pas plus étonnée que cela ? Comment peut-on ne pas apprécier un arbre de Noël ?

— Il perd ses aiguilles. C'est pire que le loulou de Poméranie de ma grand-mère qui semait ses poils partout.

— Comment un arbre peut-il être pire qu'un chien ?

— C'est possible, affirma Thomas en sortant son bipeur. Ah ! Notre patiente est réveillée, et son mari est dans la salle d'attente. Je vais aller les voir.

— J'ai hâte de lire votre rapport. Je pourrai ainsi continuer à m'occuper d'elle en toute connaissance de cause.

Thomas hocha la tête et prit congé.

Elle n'avait plus qu'à retourner au bureau.

Elle ne pouvait rien faire de plus ici. Elle n'était pas chirurgienne et ne le serait jamais. Contrairement à ce que prétendait Thomas, c'était trop tard. D'ailleurs, pourquoi la poussait-il à choisir cette voie ? Il n'y avait pas la place pour deux chirurgiens au cabinet médical.

Elle secoua la tête.

Elle allait rentrer à Harley Street et attendre le rapport de Thomas concernant leur nouvelle patiente. C'était l'occasion d'aider à sauver une vie.

7.

À la demande de Charles Collins, Thomas sonna à 14 heures tapantes à sa porte à Holland Park. Charles lui avait dit souhaiter que cette visite ait lieu à un moment où Geraldine serait au travail.

— Entrez, Thomas, dit Charles en lui ouvrant.

Il pénétra dans le hall, et Charles le débarrassa de son manteau, qu'il accrocha à une patère.

— Allons au salon, voulez-vous ? Voulez-vous boire quelque chose ?

— De l'eau minérale avec un zeste de citron, ce sera parfait. Je dois bientôt reprendre mes visites à l'hôpital.

Lorsque Charles lui tendit son verre, Thomas remarqua que sa main tremblait.

— Merci, dit-il. Êtes-vous sûr de vous sentir bien ?

— Absolument sûr.

Visiblement, le sujet était clos.

Charles s'assit dans un fauteuil.

— Que puis-je pour vous, Charles ?

— Geraldine m'a dit que vous saviez que j'ai un cancer.

— Oui, Charles. Je l'ai conduite en voiture à l'hôpital lorsque vous avez perdu connaissance lors de la première séance de chimiothérapie.

— Vous n'en avez parlé à personne ?

— Non, bien sûr. Mais pourquoi tenez-vous tant à garder le secret ?

— Il s'agit de ma vie privée. Je n'ai pas besoin qu'une foule de bonnes âmes viennent me dire qu'elles prient pour moi, pas plus que je ne veux de leurs regards apitoyés. Je n'ai pas besoin de ça. Je ne le mérite pas, après tous les péchés que j'ai commis dans ma jeunesse.

Thomas se mit à rire.

— Mon père en a commis tout autant !

— Ne venez pas me parler de votre père, grogna Charles. En tout cas, il n'approuverait pas votre choix de vivre à Notting Hill.

— C'est bien pour cela que j'y habite, dit Thomas en lui adressant un clin d'œil.

— Vous lui ressemblez sous bien des aspects. Insolent et arrogant, mais vous êtes malgré tout un brillant chirurgien.

— Encore une fois, je vous remercie ! Qu'est-ce qui me vaut de recevoir autant de compliments cet après-midi ?

— Mon cancer à l'estomac a diffusé. Et ne me dites pas que vous êtes désolé.

— Où s'est-il propagé ?

— Au cœur. L'angiosarcome est petit, mais il est bien là.

Thomas frémit.

Il s'agissait d'un cancer vasculaire très agressif.

— Je veux que vous me débarrassiez autant que possible de cette tumeur. Je sais qu'on ne peut pas l'enlever complètement et qu'elle reviendra probablement, mais je veux avoir une chance de me battre contre la maladie, et vous êtes le chirurgien le plus doué pour vous en charger.

Il était sous le choc.

Charles allait mourir. Il s'était battu vaillamment jusqu'ici contre la maladie, mais les angiosarcomes connaissent presque toujours une issue fatale.

Il ne se sentait pas l'envie d'opérer Charles, qui était pour lui une sorte de figure paternelle, mais il devait le faire. Le taux de survie qu'il obtenait dans ce genre d'opération était le plus élevé de Londres. Il ne laisserait pas tomber Charles.

— Geraldine est-elle au courant ? demanda-t-il.

— Que le cancer s'est étendu ? Non. Et vous ne devez

pas le lui dire. Il faut qu'elle se concentre sur son travail, je ne veux pas l'ennuyer avec cela.

— L'ennuyer ? Mais vous êtes son père !

Une lassitude certaine se peignit sur le visage de Charles.

— Oui, officiellement. Mais… Nous avons perdu tant de temps, elle et moi. Je veux juste en avoir un peu plus. Vous devez m'opérer. Vous êtes le seul à pouvoir le faire. Votre taux de succès est bien supérieur à celui de vos confrères.

— Peut-être, Charles, mais un angiosarcome se termine toujours de la même façon.

— Par la mort, je sais. Tout ce que je réclame, c'est d'avoir un peu plus de temps pour apprendre à connaître ma fille.

Thomas sentit son cœur se serrer.

— Je le ferai, mais je ne le cacherai pas à Geraldine. Elle doit être mise au courant de la situation.

— Vous m'irritez, Thomas. Vous le savez ?

— Oui, je le sais, mais maintenant que je suis votre chirurgien, vous devez m'écouter. Ah ! quel pouvoir je vais avoir !

— Ah ah ! très drôle ! grommela Charles. Je mettrai ma fille au courant, mais seulement après la *garden-party* qui a lieu ce week-end chez les Ponsonby. Si je le lui disais avant, elle ne voudrait pas aller à cette réception.

— Mais vous n'avez pas l'intention de vous y rendre ? C'est dans le Buckinghamshire, vous n'êtes pas en état de faire un tel voyage.

— Je sais, c'est pourquoi j'espérais que vous iriez à ma place.

Thomas secoua la tête.

— Non, je n'irai pas là-bas. Vous savez que je risque d'y rencontrer Cassandra.

— Alors, je ne parlerai pas à Geraldine de mon angiosarcome. Emmenez-la à la *garden-party* des Ponsonby, ou je ne lui dis rien de mon état de santé.

— Mais c'est du chantage !

Charles afficha un sourire las.

— Je sais. Zoe n'a-t-elle pas envie d'aller à cette réception ?

— Bon, grogna Thomas, c'est entendu. Zoe ne pourra pas venir, elle est encore trop fragile après son opération. Mais j'accompagnerai Geraldine à cette *garden-party*.

— Merci, Thomas. Geraldine a encore tellement de choses à apprendre sur notre milieu.

— Je ne veux pas vous ôter vos illusions, mais je ne crois pas qu'elle y attache la moindre importance.

— Je sais. Mais lorsque je m'en irai, elle héritera de tout, y compris de mon siège à la Chambre des lords. Je veux que quelqu'un de confiance la mette au courant de nos traditions.

— J'essayerai, Charles.

— Parfait, c'est tout ce que je demande. Par ailleurs, sachez que vous avez ma bénédiction.

— Pour vous opérer ?

— Non. Pour sortir avec Geraldine.

— Elle et moi, nous sommes amis, Charles.

Le vieil homme lui lança un regard incrédule et se passa la main sur le visage. Apparemment, il lui en coûtait de parler de cela.

— Je pense qu'il y a plus que cela entre vous. Vous vous inquiétez pour elle, vous êtes attiré par elle, et je veux que vous sachiez, au cas où il m'arriverait quelque chose, que vous avez ma bénédiction.

Thomas soupira.

— J'apprécie beaucoup, Charles, mais… Je souffre d'une cardiomyopathie hypertrophique.

Charles accusa le coup.

— Est-ce que cela s'est développé ?

— Non, je suis porteur de cette anomalie.

— Alors, où est le problème ? Vous êtes porteur, mais cela peut n'avoir aucune conséquence.

— Il y a des pathologies cardiaques dans ma famille. Ma mère, mon père, Zoe. Je ne peux pas faire cela à Geraldine.

— Vous vous souciez vraiment d'elle, on dirait.

Thomas se leva.

— Je dois retourner à l'hôpital. Merci pour le verre.

— Je vous laisse à vos visites, dit Charles en souriant.

— Je vais fixer une date pour votre examen préopératoire et pour l'opération. Plus vite j'interviendrai, plus il y aura de chances de réussite. Les angiosarcomes se développent très rapidement.

— Je sais. Je vous remercie.

Il quitta Charles, atterré.

Comment Geraldine réagirait-elle en découvrant que l'état de santé de son père s'était sérieusement dégradé ?

Il en voulait à Charles de l'obliger à aller à cette *garden-party* dans le Buckinghamshire. Il n'avait aucune envie de revoir Cassandra.

Celle-ci rêvait d'entrer dans une famille aristocratique, mais ne voulait pas d'un duc qui se consacre totalement à son métier de chirurgien, et leur relation avait définitivement pris fin le jour où il lui avait parlé de ses problèmes cardiaques. Et lorsqu'il avait recommencé à sortir avec des femmes, il avait constaté que la plupart étaient comme elle : aucune ne comprenait sa passion pour la médecine.

Sauf Geraldine.

Oui, Geraldine le comprenait. Mais il se demandait dans quelle mesure elle-même s'impliquait dans sa vie professionnelle. Elle ne semblait pas complètement satisfaite d'être cardiologue…

En quoi cela le regardait-il ? C'était sa vie. Geraldine n'était pour lui qu'une relation de travail.

— C'est un vilain angiosarcome, dit Geri.

Thomas était si absorbé dans sa contemplation du cliché qu'il ne l'avait pas entendue entrer dans son bureau.

Il ferma l'image affichée sur son écran d'ordinateur et se retourna.

— Je ne vous ai pas entendue frapper, Geraldine.

— J'ai frappé, mais vous n'avez pas répondu. Sachant grâce à Mme Smythe que vous n'aviez pas de patient en consultation, je me suis permis d'entrer. Je comprends maintenant pourquoi vous ne m'avez pas entendue : cet angiosarcome était très impressionnant.

— Oui, répondit-il d'un ton évasif. Il est assez vilain.

— En avez-vous parlé avec le patient ? dit-elle en s'asseyant.

— Oui, et il souhaite que je l'opère.

Thomas évitait son regard. Elle avait la nette impression qu'il lui cachait quelque chose.

Ce n'était pas ses affaires.

— Vous avez des chances de réussir, mais avec ce genre de tumeur…

— Je sais, la coupa Thomas. Y a-t-il quelque chose que je puisse faire pour vous, Geraldine ?

— Oui. J'espère que cela ne vous ennuie pas, mais je renonce à vous accompagner à cette *garden-party* dans le Buckinghamshire. Je n'ai pas envie d'y aller. Je passerai la journée au bureau, et père n'en saura rien.

— Vous n'allez renoncer à rien du tout. Si je dois y aller, vous irez aussi, dit-il d'un ton sévère.

— Si je n'y vais pas, pourquoi devriez-vous y aller ? Père m'a dit que cela vous ennuyait autant que moi. Je pensais que vous seriez sensible à ma triste situation.

Thomas éclata de rire.

— Je le suis, enfin je le suis habituellement. Mais votre père a ses espions. Je crois que nous ferions mieux d'y aller. Cela lui fera plaisir.

— Vous avez raison, grogna-t-elle, il a sûrement ses espions. Mais qui peut avoir l'idée saugrenue d'organiser une *garden-party* au mois de décembre ?

Il sourit.

— Des mondains qui cherchent l'occasion d'attirer l'attention sur eux.

— Je m'étonne que vous ne donniez aucune réception.

— Mon père le faisait, mais pour ma part j'ai horreur de cela. Bien sûr, il avait des obligations puisqu'il vivait sur le domaine familial. Moi, j'habite à Notting Hill.

— Qu'est-il arrivé à ce domaine ?

— Il est toujours à moi. Je le loue parfois, et une partie est ouverte au public. Les gens visitent la maison et les jardins.

— J'aimerais beaucoup voir un jour l'endroit où vous avez grandi.

— Eh bien, nous pouvons y aller demain après nous être montrés à la *garden-party.*

— Dans ce cas, cela vaut presque la peine de se rendre à cette réception…

— Alors qu'être en ma compagnie ne vous motive pas plus que cela.

— C'est toujours divertissant, dit-elle d'un ton moqueur.

— C'est tout ?

Elle haussa les épaules.

— Qu'attendez-vous de plus ?

— Touché.

— À quelle heure viendrez-vous me chercher ?

— C'est moi qui devrai conduire ?

— Je n'ai pas de voiture. Rappelez-vous, je prends régulièrement le métro.

— Bon, je passerai vous prendre demain matin à 10 heures. Si nous arrivons de bonne heure à la *garden-party*, nous pourrons peut-être faire la dernière visite de la journée dans la maison de mon enfance.

— Je n'aurai donc pas droit à une visite privée ?

— Oh ! C'est ce que vous souhaitez ? Une visite privée ?

La voix de Thomas s'était enrouée, et elle comprit qu'ils abordaient un terrain glissant. Elle n'avait pas oublié les propos de ces femmes qui, à la soirée des Gilese, parlaient du duc de Weatherstone comme d'un coureur de jupons.

— Oh non ! Je suivrai la visite proposée au public, je vous remercie.

Elle se leva.

— Je vous laisse à votre angiosarcome. Si vous avez besoin… Mais qu'est-ce que je dis ? Je ne peux vous être d'aucune utilité dans ce domaine.

— Vous le pourriez si vous étiez chirurgienne.

Cela devenait une obsession chez lui !

— Pourquoi voulez-vous tellement que je devienne chirurgienne ?

— Parce que je pense que vous seriez très brillante dans un bloc opératoire.

Elle rougit.

— Mais non, sûrement pas ! On se voit demain.

Elle sortit du bureau le plus rapidement possible.

Elle ne voulait plus parler de cela avec Thomas. Ça ne le regardait pas. Ce qui était fait était fait. Elle était satisfaite de la vie qu'elle menait aujourd'hui.

Vraiment ?

Bon, d'accord, la réponse était non. Mais elle avait bien trop peur pour tenter de changer le cours de sa vie.

— Vous êtes venue avec le duc de Weatherstone ?

— Oui, en effet, répondit Geri.

Le fait qu'elle soit venue à la *garden-party* en compagnie de Thomas sembla semer le trouble parmi les invitées.

— Thomas Ashwood ? demanda une autre femme, l'air sidérée.

Geri s'amusait secrètement de cet effet de surprise.

— Bien sûr. Y aurait-il un autre duc de Weatherstone ?

Elle jeta un regard vers Thomas qui, à l'autre bout de la pièce, parlait avec un groupe de gens.

Au même instant, il se tourna vers elle et lui fit un clin d'œil.

— C'est un coureur de jupons, délara Rhoda Ponsonby, la maîtresse de maison. Ma sœur Harriet a été sa dernière victime en date l'hiver dernier. Comme il refusait de l'épouser, elle l'a quitté pour quelqu'un de plus fiable.

— Nous n'avons pas ce genre de relation, précisa Geri. Nous travaillons ensemble, c'est tout.

Il y eut un échange de regards incrédules entre ces dames.

— C'est ce qu'il veut vous faire croire, dit l'une d'elles.

Vous verrez qu'il va vous proposer de visiter son domaine et qu'il vous mettra dans son lit.

— Oh oui ! sûrement, insista une autre en soupirant. Et c'est une place de choix !

Geri sentit un nœud se former dans son estomac en songeant à la visite que Thomas lui avait promise.

Oui, elle irait voir la maison où il avait grandi, mais elle ne finirait pas dans son lit. Elle ne referait pas l'erreur qu'elle avait commise à Glasgow avec Frederick.

— Il n'a plus été le même après son histoire avec Cassandra, dit Mme Ponsonby.

— Je vous demande pardon ? demanda-t-elle, voyant que les autres femmes s'étaient éloignées, la laissant en tête à tête avec leur hôtesse.

— Thomas Ashwood et Cassandra Greensby ont eu une liaison il y a au moins sept ans de cela. Après que Cassandra a rompu avec lui, Thomas s'est mis à séduire toutes les femmes qu'il croisait. Son père en était très contrarié. Je pense que c'est ce qui a provoqué sa crise cardiaque.

— À mon avis, dit Geri, c'est une cardiomyopathie hypertrophique qui a entraîné sa mort. Il s'agit d'un épaississement du tissu cardiaque.

La maîtresse de maison eut l'air un peu perdue.

— Comment appelez-vous cela ?

— Peu importe, dit Geri en secouant la tête. Pourquoi Cassandra a-t-elle rompu ?

— Je l'ignore. Mais Thomas en a été très affecté.

Geri se sentait vaguement coupable d'avoir essayé d'en savoir plus. Si Thomas ne lui avait rien dit à ce sujet, c'était son choix. Tout comme elle ne lui avait pas parlé de sa liaison avec Frederick ni des raisons pour lesquelles elle avait renoncé à la chirurgie.

— Excusez-moi, madame Ponsonby, je crois que je vais aller faire un tour dans votre ravissant jardin d'hiver.

— Allez-y, je vous en prie. Je regrette que votre père

n'ait pas pu venir. C'est ici qu'il a fait la connaissance de votre chère mère.

Elle n'avait aucune envie d'en apprendre davantage sur la rencontre entre ses parents. Elle ne désirait qu'une chose : retourner au plus vite à Londres.

Le jardin d'hiver, de taille respectable, était envahi par une végétation tropicale luxuriante et sillonné d'allées dans lesquelles les invités se promenaient, un verre à la main.

Elle trouva refuge sur un banc situé à l'écart.

— Ah ! vous êtes là ! Je désespérais de vous retrouver au milieu de cette jungle.

Thomas se tenait devant elle, affichant un grand sourire.

— J'avais cru m'être mieux cachée, dit-elle en plaisantant.

Thomas se mit à rire.

— Je vous ai vue en grande conversation avec notre hôtesse. Elle a la langue bien pendue.

— Elle m'a dit que vous tenteriez de me séduire lorsque vous me feriez visiter votre domaine.

— Est-ce que cela vous plairait ?

Oui.

— Pas particulièrement.

— Ah ! vous êtes dure !

— Je suis désolée.

— Non, vous ne l'êtes pas du tout, parce que vous êtes en train de vous moquer de moi.

— Je vous jure que non. Quand pouvons-nous quitter cette *garden-party* ?

— Oh ! nous ne partirons pas de sitôt ! affirma-t-il, le regard moqueur. Je vais m'attarder ici pour vous punir d'être aussi cruelle avec moi.

Elle lui donna un léger coup avec l'épaule.

— J'ai aussi appris par Mme Ponsonby que c'est ici que mes parents se sont rencontrés.

— Vous dites cela sans enthousiasme.

— J'imagine que c'est une bonne chose qu'ils se soient connus, sinon je ne serais pas ici.

— Et de cela, je leur suis reconnaissant.

Elle se sentit rougir.

— Ils n'ont pas vécu une grande histoire d'amour, dit-elle. Leur mariage a été de brève durée. Ils s'étaient déjà quittés lorsque je suis née. J'ai cru comprendre que ma mère ne l'a jamais aimé. Elle a eu pour lui une attirance purement physique.

— Avez-vous demandé à votre père de vous raconter sa version de l'histoire ?

— Non. Pour quoi faire ? Tout cela est du passé. On ne peut rien y changer.

— Vous avez raison, mais…

Thomas se tut brusquement, le regard fixé sur une femme qui venait d'entrer dans le jardin d'hiver.

C'était une créature magnifique, grande, blonde, une allure de top model.

— Allons-nous-en, dit-il en l'entraînant dans l'allée, tournant le dos à l'inconnue.

— Avec plaisir !

— Thomas ?

Il s'arrêta net, au point que Geri faillit le percuter. Ils se retournèrent pour voir la grande femme blonde venir vers eux.

— Cassandra, dit Thomas, les dents serrées. Quel plaisir de te voir ici.

— J'en doute, mais je te retourne le compliment.

Thomas désigna Geri.

— J'aimerais te présenter Geraldine Collins.

Cassandra parut déconcertée et la toisa.

— Vous êtes l'épouse de lord Collins ?

— Je ne suis pas sa femme mais sa fille, dit Geri.

Elle avait déjà pris Cassandra en grippe. Qu'avait-il bien pu trouver à cette affreuse snob, à part sa grande beauté ?

— Ah oui ! J'ai vaguement entendu parler de cela, dit Cassandra d'un ton désinvolte. Je suis vraiment surprise de te voir ici, Thomas. Ce n'est pas ton genre d'assister à des réunions mondaines.

— J'avoue que je m'en étonne moi-même.

— Pourquoi es-tu là ?

Geri eut l'impression qu'il y avait une note d'espoir dans la voix de Cassandra.

— J'ai promis à lord Collins d'accompagner sa fille à cette *garden-party*. Il est retenu par son travail.

— Ah ! ces médecins ! lâcha Cassandra en faisant la moue.

— Auriez-vous un problème avec les médecins ? demanda Geri.

— Non, pas spécialement. Mais c'est le week-end.

— La vie et la mort ne s'arrêtent pas le week-end.

Cassandra braqua sur elle ses yeux bleu glacier.

— La médecine semble vous passionner, vous aussi ?

— Je suis médecin.

— Comme c'est drôle ! Jamais je n'ai entendu parler d'une héritière qui serait devenue chirurgienne.

Geri se sentait près de la frapper.

— Auriez-vous vécu jusque-là au fond d'une grotte ?

— Cassandra, intervint Thomas, tu nous excuseras, mais je dois ramener lady Geraldine à Londres.

Et, sans plus attendre, il entraîna Geri vers la sortie.

Après avoir récupéré leurs manteaux dans le hall, ils attendirent dehors que le voiturier amène la limousine de Thomas devant le perron.

— « Auriez-vous vécu jusque-là au fond d'une grotte ? », répéta Thomas en riant. Ah ! c'était génial de voir la tête qu'elle a faite !

Geri ne put s'empêcher de rire, elle aussi.

Quand la voiture de Thomas apparut, il se mit au volant, et ils quittèrent la propriété des Ponsonby. Ils traversèrent un village puis s'engagèrent sur une petite route.

— Êtes-vous en train de me ramener à Londres ?

— Oh ! mais non ! Nous allons visiter mon domaine, et je vous promets de n'avoir aucun geste déplacé, ajouta-t-il avec un sourire.

— Très bien, je suis ravie de découvrir le lieu où vous avez grandi.

— Vous serez sans doute surprise de voir que la maison est décorée pour Noël.

— Vraiment ? Cela m'étonne, en effet. Je croyais que vous n'étiez pas très friand de ce genre de choses.

— C'est vrai, mais la société qui s'occupe des visites pense que les touristes aiment cela. Ils essayent même de me convaincre de participer à un événement spécial au moment des fêtes de Noël. Quelque chose comme un « repas de Noël avec le duc » ! Cela fait des années qu'ils me harcèlent pour que j'accepte, mais ça ne me tente vraiment pas.

— Ce pourrait être amusant ! Pourquoi ne pas le faire cette année ?

— Peut-être…

Le trajet s'avérait très agréable.

Après avoir emprunté plusieurs petites routes de campagne, elle vit un panneau indiquant « Weatherstone House ». Ils remontèrent une longue allée bordée d'arbres et débouchèrent sur une vaste esplanade pour découvrir dans toute sa splendeur une immense bâtisse.

— Mais c'est gigantesque ! s'exclama-t-elle. Il me semble avoir déjà vu cet endroit dans des téléfilms.

— C'est possible, acquiesça Thomas. Dans les années 1960 et 1970, le domaine a servi de décor à plusieurs films et séries télévisées.

Il s'engagea dans l'allée privée réservée à la famille et se gara derrière la maison.

Le bâtiment était en effet abondamment décoré pour Noël. Comme la nuit tombait, des milliers de petites lumières brillaient dans la pénombre. Le spectacle était magique.

— Nous arrivons juste à temps pour la dernière visite de la journée, dit Thomas en l'aidant à sortir de la voiture.

— N'ai-je pas droit à une visite privée ?

Il sourit et la prit par la main.

— Alors, venez. Je promets d'être sage.

Elle rougit et le suivit jusqu'à une porte donnant accès aux appartements privés.

— C'est ici que je séjourne quand je viens m'occuper du domaine. Mon père avait modernisé cette partie de la maison pour y vivre à l'année. Lui avait l'habitude de participer à des événements du genre « repas de Noël avec le duc ».

— Est-ce que votre mère prenait plaisir à ce genre de festivités ?

Thomas se mit à rire.

— Oui. En fait, c'est elle qui a la première eu l'idée d'ouvrir la maison au public. Allons voir la partie plus ancienne, la plus intéressante.

Ils franchirent plusieurs portes et débouchèrent soudain dans un grand hall où dominaient le marbre et les dorures. Le haut plafond s'ornait d'un lustre en cristal comme dans la maison des Gilese. Et là aussi avait été dressé un immense arbre de Noël couvert de décorations rouge, vert et or.

Les tableaux accrochés aux murs étaient de toute évidence l'œuvre de maîtres. En fermant les yeux, Geri pouvait imaginer une dame de l'époque victorienne en train de descendre les marches du magnifique escalier en spirale dans sa robe de bal.

— Comme c'est beau ! murmura-t-elle.

— Oui. La société qui gère cette maison en prend bien soin. Venez, continuons la visite.

Dans la salle à manger, la table longue d'au moins quinze mètres était dressée comme pour accueillir un souverain. Décorée avec du gui, du houx, des pommes de pin et des poinsettias qui venaient des serres, comme le lui précisa Thomas, elle semblait préparée pour un repas de Noël. Il y avait même dans la cheminée une énorme bûche qui attendait qu'on y mette le feu.

Elle admira le plafond peint et parcourut des yeux les murs tapissés d'un brocart rouge foncé sur lequel se détachait une série de portraits dans des cadres dorés, puis elle se dirigea vers une des fenêtres.

Un vaste jardin agrémenté de bassins et de fontaines s'étendait derrière la maison.

Elle avait le sentiment d'être transportée dans un autre monde.

— Cet endroit est vraiment magique !

Thomas se mit à rire.

— Oui, si vous le dites. Il y a aussi un arboretum, des bois, un jardin de sculptures et des écuries. On continue ?

— Bien sûr.

Elle le suivit dans la bibliothèque, une grande pièce remplie d'ouvrages anciens dont certains, particulièrement fragiles, étaient à l'abri dans des vitrines.

Ils montèrent ensuite à l'étage.

— Voici à quoi ressemblait la chambre de la duchesse au siècle dernier, dit Thomas en ouvrant une porte.

Elle pénétra dans la pièce où dominait le style extrême-oriental.

— Mon arrière-grand-mère a occupé cette chambre, expliqua Thomas. Elle communique avec la chambre du duc, ajouta-t-il en ouvrant une porte.

— Ils pouvaient ainsi se rendre visite la nuit, commenta Geri étourdiment.

Réalisant ce qu'elle venait de dire, elle rougit.

Thomas sourit et s'approcha d'elle.

— Eh bien oui, s'ils voulaient que la lignée continue.

— Je… J'imagine, dit-elle, le cœur battant à tout rompre.

Le fait de le sentir si proche la troublait, et elle n'offrit aucune résistance lorsqu'il la prit dans ses bras et l'embrassa.

Seigneur ! Elle devait mettre fin à ce baiser avant qu'il arrive quelque chose qu'ils regretteraient par la suite !

Mais ce fut Thomas qui s'écarta le premier.

— Je suis vraiment désolé, Geraldine. Je ne sais pas ce qu'il m'a pris.

— Tout va bien, murmura-t-elle. Tout va bien.

— Non, tout ne va pas bien. J'avais promis de bien me tenir.

— Oublions ce qu'il s'est passé.

Elle le voulait sincèrement. Elle voulait oublier ce baiser

pour ne pas retomber dans le piège qu'elle redoutait. Elle refusait d'avoir une seconde fois le cœur brisé.

Soudain, ils entendirent un bruit de voix s'approcher.

Thomas la prit par la main et l'entraîna hors de la chambre.

— Où allons-nous ?

— Dans une autre pièce. Les visiteurs arrivent, et je n'ai pas envie qu'ils me voient.

— Comment sauraient-ils qui vous êtes ?

— Ils le savent parce que je figure sur un des tableaux de la galerie des portraits.

— Vous avez une galerie des portraits ? Oh ! j'aimerais la voir !

— Eh bien, allons-y.

Thomas l'amena dans une longue galerie garnie des portraits de tous les ducs et duchesses de Weatherstone. Son portrait le représentait en uniforme d'officier de marine. Sur ce tableau, il avait l'air très jeune. Et il était aussi très beau. L'uniforme lui allait bien.

— Je ne savais pas que vous aviez servi dans la marine, fit-elle observer.

— Il se fait tard, dit-il. Nous devrions rentrer à Londres, maintenant.

— Vous avez raison. Merci de m'avoir fait visiter votre maison.

— Ce fut un plaisir.

— N'oubliez pas notre arrangement.

— Quel arrangement ?

— Votre promesse de participer à un repas de Noël avec vos visiteurs.

— Je pensais que vous l'aviez oublié, grogna-t-il.

— Non, je n'ai pas oublié. Et je vous le rappellerai.

— Eh bien, pour que ce soit le repas de Noël traditionnel des Weatherstone, il faudra que vous y assistiez, car celui-ci implique que le duc y vienne avec la duchesse.

— Mais je ne suis pas la duchesse !

À peine avait-elle prononcé ces mots qu'elle les regretta. Une étrange expression se peignit sur le visage de Thomas.

— Non, dit-il. J'imagine que non.

Non, elle ne l'était pas. Et cela n'arriverait jamais.

8.

Thomas patientait dans la salle d'IRM du Meadowgate Hospital, attendant de voir les images du cancer de Charles. À côté de lui, le Dr Hunyadi, le radiologue en chef, ne cachait pas son agacement.

— Réellement, monsieur Ashwood, je pourrais étudier ces clichés plus tard et les analyser. Vous n'êtes pas obligé de rester.

— Nous savons tous les deux ce dont souffre le patient. Je veux simplement voir si l'angiosarcome a grossi. J'ai besoin de le savoir *maintenant*.

Le Dr Hunyadi secoua la tête, mais Thomas l'ignora. Tout ce qu'il espérait, c'était que l'examen montre que le cancer ne s'était pas étendu aux poumons.

Il poussa un soupir de soulagement en voyant que l'angiosarcome du cœur ne s'était pas propagé. Toutefois, il fallait ôter au plus vite cette tumeur. Sinon, elle grossirait, et le cœur de Charles n'y résisterait pas.

— Voilà un vilain angiosarcome, dit le Dr Hunyadi.

— J'ai déjà vu pire, commenta Thomas. Bien pire, même.

— Certes, mais il sera difficile d'obtenir des marges saines.

— Je sais.

Il voulait opérer Charles dans son propre hôpital, avec son équipe à lui. Cela augmenterait les chances de succès de cette opération qui restait délicate. Mais il devait convaincre Charles de se faire hospitaliser à St. Thomas Aquinas.

Il tendit sa carte au Dr Hunyadi.

— Envoyez les résultats à mon bureau, je vous prie.

Le médecin empocha la carte et hocha la tête.

— Je le ferai. Allez-vous opérer le patient ici ?

— Si le Dr Collins est d'accord.

— Le Dr Collins ? Le patient ?

— Non. Sa fille qui a pris sa succession.

Il mit fin à la conversation. Il n'avait aucune envie de parler maintenant de Geraldine, à laquelle il ne pouvait pas penser sans se rappeler le baiser qu'ils avaient échangé. Pour le moment, il devait la chasser de son esprit et se concentrer uniquement sur le cancer de Charles.

— Eh bien ? demanda celui-ci lorsque Thomas entra dans sa chambre.

— Ce n'est pas bon.

Charles soupira.

— La tumeur a beaucoup grossi ?

— Pas tellement, environ un millimètre. Mais elle risque de grossir rapidement. Je dois vous opérer au plus vite.

— Je suis prêt. Je suis sûr d'avoir à disposition une salle d'opération dans cet hôpital et…

— Non, le coupa Thomas. Je ne vous opérerai pas ici. Je veux avoir mon équipe avec moi.

Charles commença à discuter, mais Thomas l'interrompit.

— Vous êtes un excellent cardiologue, Charles, mais vous n'êtes pas chirurgien. Cette opération est délicate. Il est presque impossible d'extraire un angiosarcome dans sa totalité et de laisser des marges saines dans un cœur.

— Je sais. Je ne me soucie plus que, dans notre hôpital, les gens apprennent que j'ai un cancer, mais c'est pour Geraldine que je m'inquiète.

— Pourquoi ne pas lui parler ? Vous m'aviez promis que si je l'emmenais à la *garden-party*, vous lui diriez tout.

— Lui dire quoi ? Que je vais mourir ? Elle le sait.

— Parlez-lui de l'angiosarcome. On peut guérir d'un cancer à l'estomac. Le vôtre répond bien à la chimiothérapie. Vous pouvez vaincre ce cancer-là. Mais l'angiosarcome… Votre organisme va être mis à dure épreuve. Vous voulez que je vous ouvre la poitrine et que j'enlève une partie de votre cœur dans un hôpital où je n'ai pas mes habitudes ? Je ne me sentirais pas à l'aise, Charles. J'ai besoin de me sentir à l'aise pour réussir.

Charles prit un air renfrogné, mais Thomas savait qu'il l'avait convaincu.

— Bon, je vais peut-être demander à quelqu'un d'autre de m'opérer…

Thomas comprit qu'il le taquinait.

— Et qui d'autre pourrait le faire ? Personne n'est meilleur que moi. Il n'y a pas à Londres un chirurgien cardiothoracique qui m'arrive à la cheville. Savez-vous combien de gens j'ai opérés ?

— Je sais, je sais.

— Et qui peut mieux opérer qu'un duc ?

Charles leva les yeux au ciel.

— Vous êtes aussi arrogant que votre père.

— Et vous adorez cela.

— Bon, très bien, je me ferai opérer dans notre hôpital. Aujourd'hui ?

— Oui, si je peux.

— Je souhaite que ce soit fait aujourd'hui. Le plus tôt sera le mieux. Je ne veux pas que Geraldine le sache.

— Vous devez la mettre au courant, Charles. Parlez-lui.

— Comment pourrais-je lui parler, alors qu'elle ne se confie jamais à moi ? Nous ne sommes pas des amis. Nous vivons sous le même toit, c'est tout.

— Il faut la comprendre, Charles. Elle a passé la plus grande partie de sa vie en ignorant qui était son père.

— J'ignorais son existence jusqu'à l'année dernière. Si j'avais su que j'étais père, je me serais manifesté beaucoup plus tôt. J'ai toujours désiré avoir un enfant.

— Ce n'est pas à moi qu'il faut dire cela, mais à Geraldine. Dites-le-lui avant qu'il soit trop tard.

— Promettez-moi quelque chose, Thomas.

Il sentit son estomac se nouer, car il devinait ce que Charles allait lui demander et n'était pas certain de pouvoir le faire.

— De quoi s'agit-il, Charles ?

— Prenez soin de Geraldine pour moi. Si je meurs, je vous en prie, prenez soin d'elle. Elle n'a personne d'autre.

— Je vous le promets.

Mais il n'était pas sûr d'être la personne la plus indiquée pour remplir cette mission. Comment promettre de prendre soin de quelqu'un quand son propre avenir était des plus incertains ?

— Vous savez, ma chère, que Noël est dans quelques jours.

— Je le sais, lord Twinsbury, dit Geri.

— Je vous ai dit de m'appeler Lionel. Vous entendre dire « lord Twinsbury » me fait me sentir vieux.

— Vous n'êtes pas vieux. Vous êtes très alerte pour un homme de soixante-treize ans.

— Oh ! grogna-t-il, quand vous dites cela, je me sens encore plus vieux !

— Excusez-moi. Maintenant, restez tranquille pour que je puisse prendre votre tension artérielle.

— L'infirmière vient juste de le faire.

— Peu importe.

Le tensiomètre indiquait que la tension était stable, mais pas encore satisfaisante.

— Alors ? s'enquit lord Twinsbury.

— Votre tension est stable, mais vous serez encore ici à Noël.

— Jamais je n'ai manqué le concert du King's College.

— Je regrette, mais cette année ce sera le cas. Votre santé passe avant tout.

— Sottise !

— Allongez-vous et essayez de vous reposer. Soyez sage !

Elle quitta la chambre. En sortant, elle aperçut Thomas qui attendait au bout du couloir. Il ne sourit pas quand il la vit.

Elle savait bien que ce baiser allait compliquer les choses entre eux.

Comme elle s'approchait, elle comprit à son air grave qu'il s'agissait d'autre chose.

— Il s'agit de Zoe ? demanda-t-elle.

— Non, Zoe va bien. Il s'agit de tout autre chose.

— Thomas, murmura-t-elle, je croyais que nous étions d'accord pour ne plus parler de ce baiser.

Il eut l'air surpris.

— Quoi ?

— Je ne veux pas que cela perturbe notre relation de travail.

— Il ne s'agit pas de cela, dit-il en passant la main sur son visage.

— De quoi, alors ?

— De votre père.

Elle pâlit mais garda son calme.

— Que lui est-il arrivé ?

— Il a été hospitalisé ici pour être opéré demain. Il n'y avait pas de salle d'opération disponible aujourd'hui.

— Oh ! J'imagine qu'il s'agit de son cancer de l'estomac. Qui va l'opérer ?

— Ce n'est pas son cancer de l'estomac, dit Thomas en la prenant par les épaules. Il est à cet étage, au bout du couloir. Allez le voir. Il vous expliquera.

Et il s'éloigna avant qu'elle ait pu l'interroger davantage.

Elle trouva son père en pyjama, déjà sous perfusion. Une infirmière contrôlait ses constantes vitales.

— Est-ce que tout va bien ici ? demanda Geri.

— Je viens de terminer l'examen préopératoire demandé par M. Ashwood, dit l'infirmière avant de quitter la pièce.

— De quelle opération s'agit-il exactement ? s'enquit Geri. Pourquoi a-t-elle mentionné le nom de M. Ashwood ?

— Je vais être opéré demain, Geraldine.

— Mais demain, tu es censé avoir ta séance de chimiothérapie.

— Elle a été reportée. Thomas et mon cancérologue estiment que c'est le moment de m'opérer.

— Pour t'enlever ton cancer de l'estomac ?

— Non, mon angiosarcome.

Elle accusa le coup. Elle savait ce que cela signifiait.

— Geraldine, je sais que ce n'est pas idéal…

— Non, bien sûr, dit-elle avec nervosité. C'est sérieux. Mais tu peux faire face…

Contrairement à elle. Elle venait juste de trouver un père, et voilà qu'il risquait de mourir le lendemain !

La colère l'envahit. Elle ne pouvait pas rester plus longtemps dans cette pièce. En proie à trop d'émotions qu'elle ne pouvait gérer, elle ressentait le besoin de mettre une certaine distance entre elle et son père. Ce père qui l'abandonnait une seconde fois.

— Je te laisse te reposer. Tu dois être en forme, demain.

— Geraldine…

L'ignorant, elle quitta la chambre.

Elle sortit de l'hôpital et commença à marcher dans les rues avec l'idée de rentrer à Harley Street et de se plonger dans le travail pour chasser de son esprit ses idées noires.

Il tombait quelques flocons de neige, mais aujourd'hui elle n'en éprouvait aucun plaisir.

Finalement, elle ne retourna pas à Harley Street, préférant errer du côté de Knightsbridge. Comme le jour baissait, elle songea à regagner la maison de Holland Park, mais elle se retrouva à Notting Hill devant chez Thomas.

Elle ignorait s'il était là.

Elle appuya sur le bouton de l'interphone.

— Oui ? dit la voix de Thomas.

— C'est moi, Geri. Puis-je entrer ?

— Oui.

Il commanda l'ouverture de la grille et vint au-devant d'elle dans l'allée.

— Je vous ai cherchée partout !

— Pourquoi ?

— Votre père m'a dit que vous étiez sous le choc de la nouvelle de son opération. Cela m'a inquiété. Je suis allé au bureau, puis à Holland Park. J'allais retourner à l'hôpital pour essayer de vous retrouver.

— Je me suis promenée, voilà tout. Je vais bien.

Non, elle n'allait pas bien. D'ailleurs, elle tremblait comme une feuille.

— Je ne crois pas, dit Thomas. Venez vous mettre au chaud dans la maison.

Une fois à l'intérieur, Thomas l'aida à ôter son manteau.

— Vous devez être gelée, si vous êtes venue à pied de l'hôpital. Cela fait une bonne distance.

— Je ne m'en suis pas rendu compte.

Elle enleva ses chaussures. Ses pieds étaient glacés, car elle avait mis ce jour-là une jupe et des bas au lieu d'un pantalon et de chaussettes.

Thomas lui passa un bras autour des épaules. Appréciant la chaleur de son corps, elle se blottit contre lui, toute tremblante, tandis qu'il lui frottait le dos. Soudain, avant qu'elle ait le temps de protester, il la souleva et gravit l'escalier en la portant dans ses bras.

— Où allons-nous ?

— Ma chambre est la pièce la mieux chauffée de la maison. Zoe y a passé la journée, mais elle est allée voir une amie chez qui elle doit rester cette nuit.

— Pourquoi n'allons-nous pas au salon ? demanda-t-elle, les joues en feu.

— Parce qu'on y fait le ménage. À présent, cessez de gigoter si vous voulez que je vous porte convenablement.

La chambre de Thomas était une grande pièce dont une partie était aménagée en salon. Un chauffage à gaz installé dans la cheminée diffusait une douce chaleur.

Thomas la déposa sur le canapé et l'enveloppa dans une couverture.

En voyant les clichés radiographiques et les revues de

médecine ouvertes sur la table basse, elle comprit qu'il était en train de travailler lorsqu'elle avait sonné.

— Je faisais quelques recherches dans l'espoir de trouver quelque chose qui me soit utile pour l'opération de votre père, demain.

S'emparant des IRM, elle regarda fixement l'angiosarcome cardiaque de son père. Elle le voyait comme un monstre avide, dévorant les chairs.

Elle reposa rapidement les clichés.

— Je suis désolée de vous déranger en plein travail. Je n'avais pas envie de rester seule.

— Je ne vous le reproche pas, dit-il en s'asseyant près d'elle. Je comprends que vous soyez effrayée.

— Vous ne pourrez pas obtenir des marges nettes. Lorsque j'étais interne en chirurgie…

Se rendant compte de ce qu'elle venait de dire, elle se couvrit la bouche de la main. Trop tard.

— Vous vous destiniez à être chirurgienne ! Je le savais !

La formation qu'elle avait reçue lui permettait de comprendre ce qui arrivait à son père, et elle en était terrifiée. Le moment était venu de se lâcher. Elle était chirurgienne dans l'âme, le bloc opératoire lui manquait. Elle était lasse de cacher la vérité.

— Oui.

— Pourquoi avez-vous renoncé ?

Elle sentit venir les larmes.

— Je suis tombé amoureuse de mon professeur. Je croyais qu'il m'aimait aussi, mais… J'étais une idiote. Au même moment, j'ai découvert que j'avais un père. Il m'offrait un poste de cardiologue loin de Glasgow, loin de Frederick. Alors j'ai abandonné la chirurgie. J'ai fui mes problèmes.

— Vous n'êtes pas la seule.

— Vraiment ?

— Je souffre d'une cardiomyopathie hypertrophique. En tout cas, je suis porteur de cette pathologie. J'ai fui toute chance d'être heureux parce que je risque de mourir prématurément.

Elle se passa la main dans les cheveux et s'appuya contre les coussins du canapé.

— Nous formons une belle paire d'imbéciles, pas vrai ?

Thomas rit et lui pressa le genou.

— Il va s'en tirer.

Ce simple contact lui fit du bien. Elle se sentit rassurée. Se rappelant le baiser qu'ils avaient échangé, elle eut envie de retrouver le même bien-être. Il ne s'agissait pas d'amour, mais simplement du désir d'être avec Thomas. Elle voulait que le Duc noir la séduise.

Prenant Thomas par surprise, elle posa les lèvres sur les siennes, et presque aussitôt il lui rendit son baiser.

C'était ce qu'elle voulait. Partager ce moment avec lui.

— Geraldine, je ne veux rien gâcher…

— Vous ne gâchez rien du tout, dit-elle en s'accrochant à son cou. Il ne faut donner aucune signification à cela. Je vous en prie, restez seulement avec moi ! Soyez avec moi.

Thomas poussa un grognement. La prenant dans ses bras, il la porta jusqu'à son grand lit, où ils se laissèrent tomber tous les deux. Etroitement enlacés, ils roulèrent sur le matelas, s'embrassant toujours, puis ils commencèrent à se dévêtir mutuellement, prenant leur temps et échangeant des baisers.

— J'ai voulu t'embrasser dès que j'ai fait ta connaissance, murmura Thomas. Je te désirais.

— Moi aussi, j'avais envie que tu m'embrasses.

Une partie d'elle était terrifiée. La dernière fois qu'elle s'était livrée à un homme, se montrant à lui dans toute sa vulnérabilité, il lui avait brisé le cœur… Mais cette fois, elle ne donnait pas son cœur à Thomas, aussi n'avait-elle rien à craindre !

Était-ce si certain ?

Elle chassa cette pensée de son esprit et s'abandonna. Pourquoi se poser des questions ? Elle savait ce qu'elle faisait, et elle le voulait. Ils étaient allongés l'un contre l'autre, nus tous les deux. Elle ne pouvait se rassasier de le toucher, de passer les mains sur son corps musclé tout en frémissant sous ses caresses.

Sous le regard brûlant de Thomas, elle éprouvait pourtant une certaine gêne.

— Tu n'as pas à te cacher de moi, dit-il en souriant, comme s'il devinait son appréhension.

— Je n'ai été avec personne depuis Frederick, avoua-t-elle, embarrassée.

Il lui releva le menton pour qu'elle le regarde.

— Ne sois pas gênée, dit-il en l'embrassant.

Et lorsqu'elle sentit le poids de son corps athlétique sur le sien, elle éprouva un sentiment de sécurité.

Il lui donna un baiser qui l'embrasa tout entière. Jamais encore elle n'avait connu une telle sensation. Avec personne.

— Je te désire tellement, chuchota-t-elle.

Elle fut la première surprise d'oser exprimer tout haut son envie qu'il la possède. Elle se sentait libre. Toute sa vie, elle avait cherché à se contrôler. C'était le seul moyen qu'elle avait trouvé pour faire face aux épreuves. La vie s'était montrée plutôt dure avec elle.

— Où vas-tu ? demanda-t-elle en voyant Thomas se lever.

— Chercher un préservatif. Je n'y ai pas pensé plus tôt parce que tes baisers m'ont fait perdre la tête.

Lorsqu'il revint, elle se blottit dans ses bras, toute tremblante.

— Ne sois pas nerveuse.

— Je ne le suis pas.

C'était vrai. Elle n'était pas nerveuse, mais en proie à un flot d'émotions qui déferlaient en elle.

Thomas lui caressa la joue puis se mit à jouer avec ses seins tandis qu'une de ses mains se glissait dans son entrejambe. Elle sentit le désir la submerger. Aucun homme ne lui avait fait un tel effet.

— Je sais que tu me désires, murmura-t-il, la voix rauque.

— Oui, c'est vrai.

Lorsqu'il la pénétra, elle cria de plaisir et noua ses jambes autour de lui pour qu'il vienne au plus profond d'elle-même.

Elle voulait qu'il la possède complètement. Elle se sentait vivante, libre. Plus rien n'existait qu'eux deux, étroitement imbriqués dans une étreinte passionnée.

Ils atteignirent ensemble le point culminant du plaisir, un orgasme qu'ils partagèrent dans la même extase.

Plus elle se laissait aller à ses émotions, plus elle se sentait vivante ! Jamais elle n'aurait imaginé vivre une telle expérience. Et cela l'effrayait un peu, parce qu'elle n'avait rien connu d'autre avant cela que les peines de cœur et la souffrance.

Thomas n'arrivait pas à croire que cela venait vraiment de se passer.

Dès la première fois où il avait vu Geraldine, il s'était senti attiré par elle mais, en apprenant qu'elle était la fille de Charles, il s'était interdit de la séduire. Même après avoir reçu la bénédiction de Charles. Et pourtant, c'était arrivé.

Il mesurait aussi qu'il venait de vivre quelque chose qu'il n'avait connu avec aucune autre femme.

C'était la première fois qu'il amenait quelqu'un chez lui, dans sa chambre, dans son lit. D'habitude, il faisait l'amour à ses conquêtes chez elles ou dans une chambre d'hôtel.

Mais il y avait bien longtemps qu'il n'avait pas fait l'amour. Il était las de jouer les séducteurs, d'endosser le rôle du Duc noir. Ce soir, il avait découvert quelque chose de différent, et cela l'effrayait. Il avait l'impression de ressentir ce que son père avait éprouvé pour sa mère.

L'idée de perdre Geraldine le terrorisait parce qu'il savait qu'il ne s'en remettrait pas.

Non. Il ne s'agissait pas d'amour. Ce n'était pas possible !

Geraldine ne l'aimait pas. Elle avait seulement besoin de lui en ce moment, parce que trop d'émotions la submergeaient.

Il la regarda tandis qu'elle sommeillait près de lui, détendue. Il eut encore envie d'elle, et cela lui fit peur.

À cet instant, elle ouvrit les yeux et lui sourit.

— Désolée, je me suis assoupie.

— Tu dois être épuisée.

— Pas tout à fait, dit-elle avec un petit sourire.

Elle se leva et, attrapant ses vêtements, commença à s'habiller.

— Que fais-tu ?

— Je vais rentrer à la maison.

— Ne veux-tu pas passer à l'hôpital pour voir ton père ?

— Je l'ai vu, répondit-elle avec un haussement d'épaules.

— N'es-tu pas inquiète pour lui, alors qu'il va subir une grosse opération demain ?

— Tu es son chirurgien. Tu feras du bon travail.

— Oui, mais, en général, lorsqu'un proche doit subir une opération de ce genre…

Elle l'interrompit.

— Là, c'est différent. Même s'il est mon père biologique, je ne le connais pas assez pour ressentir l'émotion que tu sembles attendre de ma part.

Sa froideur le choqua.

— Il se soucie de toi.

— Il a une curieuse façon de le montrer. Il ne m'a même pas parlé de cet angiosarcome ! Il est toujours si secret, au point d'avoir choisi de faire sa chimiothérapie dans un hôpital situé à l'autre bout de Londres. N'aurait-il pas dû m'informer de cette opération ?

— Il ne voulait pas que tu te fasses du souci.

Elle lui jeta un regard dubitatif.

— Il est tellement conventionnel ! Lorsqu'il s'est présenté à moi l'an dernier, il m'a dit : « Bonjour, je m'appelle Charles Collins, et je suis votre père. » Je ne sais pas ce qu'il attend de moi. Il n'a jamais été là quand j'ai eu besoin de lui.

— Il ignorait ton existence.

— Ce serait à lui de me donner des informations, pas à toi !

— Tu as absolument raison. Va le voir.

— Pourquoi essayes-tu de m'influencer ? Je n'ai pas besoin de lui. Comme tous les hommes que j'ai eus dans ma vie, il n'a pas été là quand j'en aurais eu besoin. Il m'a abandonnée. Tu sais de quoi je parle, puisque ton père a fait la même chose avec toi !

Il eut l'impression de recevoir une gifle en plein visage, mais Geraldine disait vrai.

— Tu as raison…

— Je ferais mieux de m'en aller, murmura-t-elle.

— Oui, c'est ça, fuis loin de tes problèmes, une fois de plus, lança-t-il d'un ton cassant.

Les paroles de Thomas atteignirent Geri en plein cœur. Elles montraient qu'il la savait vulnérable. Elle n'aimait pas se sentir vulnérable. C'était ce qui l'avait poussée à fuir Frederick et à abandonner son rêve de devenir chirurgienne. Et voilà que Thomas la blessait à son tour !

— Tu ne sais pas ce que tu dis. Tu n'as pas eu à subir tout ce que j'ai traversé.

— Comment peux-tu dire cela ? protesta-t-il. Je t'ai parlé de mon enfance. Mon père ne voulait plus de moi parce que je lui rappelais trop la femme qu'il adorait. Toi, tu as eu au moins une mère qui t'aimait.

— Tu te trompes. Elle ne m'aimait pas. Je l'encombrais, je l'empêchais de vivre comme elle aurait voulu. Elle prenait plaisir à me rappeler que j'étais un boulet pour elle. J'ai été seule durant presque toute mon enfance.

— Ce n'est pas une raison pour fuir ton père maintenant. Arrange les choses avec lui.

— Tu ne comprends rien ! Il s'agit de ma vie. Je ne t'ai pas demandé de t'en mêler.

Thomas se raidit, et la colère se peignit sur son visage.

— Ah ! c'est comme cela que tu vois les choses ?

— Oui.

— Très bien.

Il lui tourna le dos, et elle comprit qu'elle avait ruiné toutes ses chances avec lui.

— Je ne suis pas la seule à avoir choisi de fuir, tu sais.

Tu te sers du décès de ton père et de ton problème cardiaque pour excuser ta façon de fuir tout engagement. De repousser les gens. Tu n'es pas meilleur que moi !

Thomas ne réagit pas.

Quel entêté ! Elle n'aurait jamais dû coucher avec Thomas Ashwood et le laisser abattre ses défenses. C'était une erreur colossale.

Elle quitta la maison et rentra en taxi à Holland Park.

La maison de son père lui parut étrangement vide.

Cela ne faisait que deux mois qu'elle habitait ici, mais elle se rendait compte aujourd'hui que son père lui manquait. Elle qui avait vécu si longtemps seule s'était habituée à sentir une présence auprès d'elle.

Errant sans but dans le salon, elle regardait machinalement les photos représentant des membres de la famille dont elle ne savait rien et qui étaient sans doute morts depuis longtemps, lorsqu'elle remarqua un cliché qui n'avait jusqu'à présent pas attiré son attention.

Sur la photo, il y avait son père et sa mère à l'époque où ils étaient heureux.

Elle s'empara du cadre et sentit que quelque chose était fixé au dos. C'était une lettre. Sur l'enveloppe, il était écrit : « retour à l'envoyeur ».

Cette lettre avait été envoyée à sa mère par son père. Elle portait l'adresse de la maison où elle avait grandi à Glasgow, mais sur l'enveloppe une inscription à l'encre rouge indiquait « inconnu à cette adresse », ce qui était faux.

Elle se mit à pleurer lorsqu'elle comprit que ce courrier avait été expédié avant sa naissance.

Elle ne put s'empêcher de le lire.

Son père suppliait sa mère de revenir. Il lui disait à quel point il l'aimait. Que c'était sans importance s'ils n'étaient pas du même milieu social. Il voulait être avec elle, vivre avec elle. Il n'aimait qu'elle, et il n'y aurait jamais personne d'autre dans sa vie.

C'était vrai. Son père ne s'était jamais remarié. Si seulement sa mère avait lu cette lettre…

Mais non, celle-ci n'avait jamais aimé son père !

Levant les yeux vers le miroir accroché au-dessus du manteau de la cheminée, elle ne reconnut chez elle aucun des traits de sa mère. En revanche, elle avait les yeux de son père, la même couleur de cheveux que lui lorsqu'il était jeune. Ils étaient vraiment père et fille, et elle comprit qu'il avait comme elle muselé ses émotions.

Mon Dieu, et elle allait perdre l'occasion d'apprendre à le connaître ! Si elle lui laissait une chance, peut-être saurait-elle ce que c'était que d'avoir un parent à aimer.

Elle avait encore le temps de se rendre à l'hôpital et de tout arranger avec son père.

Thomas était encore furieux de s'être querellé avec Geraldine. Mais, franchement, à quoi s'était-il attendu ?

Peut-être souffrait-elle, elle aussi.

Il chassa cette pensée de son esprit tandis qu'il entrait dans l'hôpital. Il ne devait pas laisser ses sentiments perturber son travail.

Une heure plus tôt, Charles lui avait téléphoné depuis sa chambre d'hôpital.

— Il y a une salle d'opération disponible, lui avait-il annoncé. Je veux que vous m'opériez maintenant. Je suis à jeun. Je suis prêt.

— Vous êtes sûr ?

— Oui. L'angiosarcome grossit trop vite, il faut me l'enlever. Du moins la plus grande partie.

— En avez-vous parlé avec Geraldine ?

— J'ai essayé de lui téléphoner dans la soirée, mais personne n'a répondu.

Ce qui n'avait rien de surprenant.

— Vous ne voulez pas qu'on attende que vous l'ayez vue avant de vous emmener au bloc ?

— Non, ce n'est pas la peine. Elle est certainement d'accord.

— Dans ce cas…

Thomas avait besoin de deux heures pour réunir son équipe et faire appel à l'infirmière en chirurgie qui avait l'habitude de l'assister.

Il regrettait d'opérer Charles alors que rien n'était arrangé entre sa fille et lui, mais quel choix avait-il ? Charles était son patient et insistait pour être opéré sans délai.

Après s'être changé dans le vestiaire du bloc opératoire, il prit le dossier de Charles et étudia encore les IRM.

— Monsieur Ashwood ?

Il se retourna et vit Margaret, son infirmière en chirurgie.

— Oui, Madge ?

— Le Dr Collins est dans la salle d'opération et prêt pour l'intervention.

— Merci, Madge. J'arrive. Prenez ces clichés et affichez-les de façon que je puisse les voir.

— Bien sûr, monsieur Ashwood.

Margaret une fois sortie, il acheva de se préparer.

— Où est mon père ?

Il se retourna.

Geraldine venait d'entrer. Elle se tordait les mains, l'air anxieuse. Jamais il ne l'avait vue dans cet état.

— Il est au bloc opératoire. Une salle était disponible, et il a insisté pour être opéré maintenant.

— Il ne m'a pas téléphoné pour me le dire.

— Il t'a appelée, mais tu n'étais pas chez toi.

Elle rougit.

— Je dois lui parler.

— Tu sais que ce n'est pas possible. Il est déjà sous anesthésie générale, et je ne peux pas te laisser contaminer le champ stérile.

— Mais…

— Mais quoi ? la coupa-t-il sèchement.

Des larmes apparurent dans les yeux de Geraldine. Elle les balaya d'un revers de main.

— Cela peut attendre, dit-elle.

Il espérait qu'elle montrerait une certaine émotion, mais elle se tint là, le visage impassible, hormis ces quelques larmes.

— Je dois y aller, maintenant, dit-il en lui tournant le dos.

— Thomas ?

Il se retourna.

— Je t'en prie, sauve-le.

Elle était sincère.

Il se sentit fondre et lui sourit.

— Je te le promets.

Jamais, de toute sa carrière de chirurgien, il n'avait fait une telle promesse. Il espérait pouvoir la tenir.

Lorsqu'il entra dans la salle d'opération, tout était en place. Son équipe l'attendait, Charles était anesthésié, les instruments prêts à l'emploi.

Il respira calmement et ferma les yeux pour visualiser le cœur, cet organe qu'il connaissait si bien. Il savait où était l'angiosarcome. Il savait où l'attaquer en premier.

— Scalpel.

Margaret le lui tendit, et il se mit au travail.

Se sentant observé, il jeta un coup d'œil vers la galerie vitrée donnant sur la salle d'opération.

Geraldine était là, debout, le regard braqué sur lui.

Il lui fit un petit signe de la tête, auquel elle répondit.

Sans doute n'aurait-elle pas dû assister à l'opération de son père, mais il savait qu'elle ne bougerait pas. Elle était là pour un long moment. Comme lui.

Il allait tout faire pour sauver Charles, son ami, son mentor. L'homme qui représentait pour lui la figure paternelle.

S'il échouait dans sa mission, il perdrait aussi Geraldine.

Elle l'avait blessé, mais elle avait dit vrai en l'accusant d'avoir fui lui aussi. Il avait fui toute chance d'être heureux.

Ils se ressemblaient tous les deux. Il aimait Geraldine Collins parce qu'elle le voyait tel qu'il était réellement, alors même qu'il en était incapable.

9.

— Docteur Collins ?

Geraldine se réveilla en sursaut, pleine de courbatures après s'être endormie sur une chaise dans la galerie d'observation.

Durant de longues heures, elle avait regardé Thomas opérer son père, priant pour que celui-ci survive. En voyant Thomas mettre en œuvre tout son savoir-faire, elle avait regretté de l'avoir traité si mal.

Lorsqu'elle était revenue à la maison de Holland Park la nuit dernière et avait lu la lettre que son père avait adressée à sa mère, elle s'était soudain rendu compte qu'elle se comportait avec lui exactement comme sa mère l'avait fait : elle l'avait repoussé. Elle n'avait jamais imaginé qu'elle pouvait ressembler à sa mère. Pourtant, elle se découvrait aussi froide et insensible qu'elle.

Elle avait couru à l'hôpital dans l'espoir de pouvoir réparer ses erreurs, mais son père n'était plus dans sa chambre. Elle avait eu peur alors d'avoir perdu toute chance de lui parler. Apprenant qu'il était en salle d'opération, elle avait supplié Thomas de lui promettre de le sauver. Une promesse qu'aucun chirurgien ne fait jamais. Mais Thomas lui avait fait cette promesse.

— Docteur Collins, l'opération est terminée depuis une heure, dit l'infirmière qui venait de la réveiller.

— Quelle heure est-il ?

— Il est 7 heures du matin. Des étudiants en médecine

viennent d'arriver. Ils ont besoin de la galerie pour observer une cholécystectomie.

Elle se leva d'un bond.

— Je suis désolée. Je ne voulais pas retarder l'opération.

L'infirmière sourit.

— Tout va bien, vous n'avez rien retardé du tout.

— Où est mon père ?

— Dans le service des soins intensifs.

Geri éprouva un immense soulagement.

— Il a donc survécu à l'intervention ?

— Mais oui, affirma l'infirmière avec un sourire.

Geri quitta la galerie avec la ferme intention de tout arranger avec son père.

Une fois arrivée aux soins intensifs, elle s'arrêta sur le seuil de la chambre.

Thomas était là, assis au chevet de son patient très pâle et inconscient. Il remplissait une fiche médicale. Comme s'il avait senti sa présence, il leva les yeux vers elle et quitta aussitôt sa chaise.

— Geraldine, es-tu… Comment vas-tu ? Je me demandais où tu étais.

— Je vais bien. Je me suis endormie dans la galerie. Comment va mon père ?

— Il a très bien supporté l'opération. J'ai pu ôter 95 % de la tumeur. Les 5 % qui restent représentent peu de chose. Nous allons commencer une chimiothérapie et une radiothérapie pour éviter que l'angiosarcome grossisse.

— C'est… C'est merveilleux, dit-elle, les larmes aux yeux.

— Oui. Je te laisse avec lui.

Comme il passait devant elle, elle lui prit la main.

— Merci, murmura-t-elle.

Il hocha la tête sans rien dire et s'en alla.

Elle s'assit sur la chaise qu'il venait de quitter.

On n'entendait dans la pièce que le bruit des moniteurs, des sons réconfortants qui indiquaient que son père était en vie.

Elle lui prit la main et la serra dans la sienne.

— J'ai lu la lettre, murmura-t-elle. Celle qui était collée derrière la photo qui vous représente, maman et toi. Je suis désolée, je crois que je t'ai mal jugé.

Son père ouvrit les yeux. Lorsqu'il la reconnut, son regard s'éclaira. Il essaya d'ouvrir la bouche pour dire quelque chose mais fit la grimace.

— N'essaye pas de parler, dit-elle.

— Comment… ? articula-t-il d'une voix rauque.

— Tu veux savoir comment s'est passée l'opération ? Vraiment bien. Thomas a ôté 95 % de l'angiosarcome. Tu devras avoir une chimiothérapie et une radiothérapie, mais tout s'est bien passé.

Il sourit et lui pressa la main.

— Je suis désolée, père, murmura-t-elle.

Il ouvrit de nouveau les yeux, le regard interrogateur.

— J'ai été froide avec toi. J'étais en colère contre toi à cause de ton absence durant toutes ces années.

Il ouvrit la bouche, mais elle secoua la tête.

— Ne dis rien. Je t'en prie, laisse-moi parler. Je sais que tu ignorais mon existence, mais ça ne m'a pas empêchée de t'en vouloir. Seulement, je sais maintenant que ma mère t'a fait du mal. Lorsque tu lui as envoyé cette lettre à Glasgow, elle habitait bien à cette adresse. C'est là que j'ai grandi. Elle t'a menti. Je m'étais juré de ne jamais lui ressembler, mais pourtant j'ai agi comme elle. Je t'ai repoussé alors que tu essayais de mieux me connaître. Je suis tellement désolée, père. Je ne te connais pas, mais j'en ai envie.

Elle appuya la tête sur le bras du vieil homme et laissa ses larmes couler. Il lui caressa les cheveux et, lorsqu'elle le regarda, elle vit qu'il avait les yeux humides, lui aussi.

— J'en serais très heureux, Geraldine.

Elle s'accrocha à lui.

Elle allait arranger les choses, mettre de l'ordre dans sa vie, même si ça devait prendre du temps.

Geraldine prit place dans le compartiment de première classe réservé à lord Twinsbury.

Ancien élève de Cambridge, le vieux lord disposait d'une invitation permanente au concert de Noël donné chaque année dans la chapelle du King's College. Il avait tenu à en faire profiter Geraldine. Quoique n'y tenant pas tellement, elle avait fini par accepter devant l'insistance de son père et de lord Twinsbury.

— Tu ne dois pas laisser passer une telle occasion, avait dit son père. Tu verras, c'est spectaculaire.

Lui-même passerait Noël à l'hôpital. Elle irait lui tenir compagnie le matin du 25 décembre. Se retrouvant seule la veille de Noël, elle avait décidé d'aller en train à Cambridge et de rester dormir dans une petite auberge proche de l'université. Jensen avait promis de venir la chercher le lendemain matin, car lui aussi voulait rendre visite à son patron à l'hôpital.

— Ce siège est-il libre ?

Elle sursauta, surprise de voir Thomas debout devant la porte du compartiment.

Sans attendre sa réponse, il entra, referma la porte derrière lui et s'assit en face d'elle.

— Je croyais que tu n'aimais pas assister à ce genre d'événement ? dit-elle, le cœur battant. Celui-ci va être diffusé à la télévision.

Thomas sourit.

— Eh bien, je me suis dit que j'allais faire une exception, cette fois-ci.

— Vraiment ?

— Oui. Il est temps que je célèbre Noël, je pense.

— J'en suis ravie. J'adore cette période de l'année.

— Oui, je sais.

Il la regarda avec intensité.

— Je vois que tu as arrangé les choses avec ton père.

— Oui. Et aussi avec moi-même. Il va falloir trouver un autre cardiologue pour le remplacer au cabinet.

— Pourquoi ? demanda Thomas en fronçant les sourcils.

— Je vais reprendre la chirurgie. Il ne me reste plus qu'une année à faire. Je me suis laissé trop longtemps guider par la peur. Quand les choses devenaient trop difficiles, je repoussais les gens et prenais la fuite. Tout comme ma mère. J'en ai souffert. Mais je veux être chirurgienne, et je vais l'être.

Thomas afficha un grand sourire.

— J'en suis enchanté. Je savais que c'était ce que tu voulais.

— Tu avais raison, et je… je suis désolée pour tout ce que je t'ai dit. Je me trompais complètement à ton sujet.

— Mais non. J'ai fait comme toi : je t'ai repoussée parce que j'avais peur de cette pathologie génétique et de la souffrance qu'elle pouvait engendrer. Je crois que je ne me sentais pas digne d'être aimé.

— Tu as Zoe, murmura-t-elle. Tu as eu beaucoup d'amour.

— Oui, mais c'est ton amour que je veux, Geraldine. C'est toi que j'aime. Tu n'as pas vu en moi que mon titre de noblesse, contrairement à Cassandra et aux autres femmes que j'ai fréquentées. Mon père me voyait comme celui qui lui rappelait la femme qu'il aimait. Seule Zoe voyait qui j'étais vraiment. Et puis, tu es venue, et tu as vu en moi le chirurgien. La chose qui compte le plus pour moi, avec ma sœur. Tu as brisé la muraille que j'avais dressée autour de moi pour me protéger…

Il lui prit la main et la posa sur sa poitrine.

— Tu es mon cœur et mon âme. Grâce à toi, j'ai compris que je voulais prendre tous les risques. Je t'aime.

Elle sentit une larme rouler sur sa joue.

— Je t'aime, moi aussi. J'avais si peur de l'amour. Jamais personne ne m'avait aimée. Je croyais que Frederick m'aimait, mais j'avais tort. J'ignorais ce qu'était l'amour avant de te rencontrer.

Thomas s'assit à côté d'elle. Après avoir doucement balayé d'un doigt les larmes qui ruisselaient sur les joues de Geri, il l'embrassa.

— Je vous aime, lady Geraldine. Je suis un peu contrarié

que tu quittes le cabinet, et Zoe regrettera sans doute de ne plus t'avoir comme cardiologue, mais elle comprendra.

— J'en suis désolée. Mais je t'aiderai à trouver quelqu'un pour me remplacer.

— J'espère que tu ne retourneras pas à Glasgow pour terminer ton internat en chirurgie.

— Oh non ! Trop de choses me retiennent à Londres. J'achèverai mon internat à St. Thomas Aquinas.

— Eh bien, ne compte pas obtenir la moindre faveur de la part de ton futur professeur, même si tu couches avec lui, dit-il en lui adressant un clin d'œil.

— Je n'ose en rêver ! Joyeux Noël, votre Grâce, ajouta-t-elle en se pelotonnant contre l'homme de sa vie.

— Joyeux Noël, lady Geraldine.

Épilogue

La veille de Noël, un an plus tard

— Tu trembles, remarqua le père de Geri.

Elle se tourna vers lui et lui prit la main.

Installés sur la banquette arrière de la voiture, ils se rendaient dans le Buckinghamshire où serait célébré son mariage avec Thomas. Elle avait voulu passer sa dernière nuit de célibataire à Holland Park, chez son père dont la santé s'améliorait de jour en jour. La chimiothérapie lui avait fait perdre ses cheveux, mais elle trouvait que ça lui allait bien.

— As-tu froid ? demanda-t-il, l'air inquiet. Tu aurais dû choisir une robe qui te couvre davantage.

— Je la trouve magnifique, commenta Zoe, assise à côté de lui.

Étant demoiselle d'honneur, elle aussi avait voulu dormir dans la maison de Holland Park pour être avec Geri.

Charles lui sourit.

— Bien sûr, c'est toi qui as choisi cette robe ! Devait-elle vraiment être aussi transparente ?

Geri éclata de rire.

— Moi aussi, j'aime cette robe.

Elle la trouvait à la fois simple et élégante, et malgré ce qu'en disait son père pas si transparente que cela, puisqu'elle était couverte de dentelle.

— Je suis un peu nerveuse, c'est tout. J'aurais voulu un mariage tout simple.

Son père lui tapota la main.

— Tu épouses le duc de Weatherstone. Il ne pouvait être question d'un mariage à la sauvette !

Geri avait vécu dans un tourbillon l'année qui venait de s'écouler. Elle avait terminé son internat et travaillait maintenant comme chirurgienne à St. Thomas Aquinas. Son père et Thomas avaient trouvé un cardiologue pour la remplacer au cabinet.

La voiture s'engagea dans la longue allée menant à Weatherstone House. Geri était terrifiée mais aussi folle de joie à l'idée de passer toute sa vie avec Thomas.

— La presse est là ! s'écria Zoe.

— Mais pourquoi ? s'étonna Geri.

— Tu épouses le duc de Weatherstone, lui rappela son père.

— Dans quel pétrin me suis-je mise ?

Elle éclata de rire, imitée par son père.

— Ta mère a-t-elle répondu à ton invitation ? demanda-t-il.

— Non. Elle ne viendra pas, car elle est en ce moment en croisière.

Il était clair que sa mère ne souhaitait pas avoir de lien avec elle. C'était douloureux, mais elle avait dépassé cela depuis bien longtemps.

Jensen gara la voiture devant la petite chapelle qui s'élevait dans le parc de Weatherstone House. Zoe sortit la première de la limousine.

Charles se pencha vers Geri.

— Es-tu prête ?

— Oui, répondit-elle d'une voix tremblante. Plus que prête. Et toi, père, comment te sens-tu ?

— Je viens juste de te retrouver, et voilà que tu t'en vas. La maison va me paraître bien vide, maintenant.

Les larmes aux yeux, elle l'embrassa.

— Avec le métro, je peux venir te voir facilement. Notting Hill n'est pas si loin de Holland Park.

— Le métro ? Tu es sérieuse ? Une duchesse prenant le métro ?

— Je ne suis pas encore duchesse, dit-elle pour le taquiner.

— Tu le seras dans quelques instants. Allez, viens.

Les vœux avaient été prononcés, les alliances échangées, les congratulations, les embrassades et les toasts s'étaient succédé. À présent, les invités profitaient du buffet, dominé par les deux gigantesques arbres de Noël ornés de guirlandes lumineuses, de boules et de babioles aux couleurs vives qui s'élevaient dans le hall, encadrant le grand escalier.

Il était prévu que les jeunes mariés partiraient après le lunch en Grèce où ils passeraient leur lune de miel.

Geri et Thomas échangèrent un long baiser en se retrouvant enfin seuls dans leur chambre pour se changer.

— J'ai une surprise pour toi, chuchota Thomas. Un cadeau pour la nouvelle duchesse.

— Oh non ! soupira Geri. Je viens à peine de m'habituer à être lady Geraldine, et me voilà maintenant duchesse ! Quand je pense que les enfants que nous aurons seront placés plus haut que moi sur la liste de succession au trône…

— Les enfants ?

Elle rit.

— Oui. J'imagine que tu dois perpétuer la lignée.

— Mais nous pouvons attendre un peu, non ?

— Peut-être…

Elle s'accrocha à son cou.

— Je suppose que je dois m'habituer à m'entendre dire : « Votre Grâce ». Je ne peux plus faire marche arrière.

— Non, en effet, dit Thomas en sortant de sa poche un écrin en velours. Et en voici la preuve.

— Qu'est-ce que c'est ? demanda-t-elle en le prenant.

— Comme tu es la duchesse de Weatherstone, ceci t'appartient désormais.

Elle ouvrit l'écrin et poussa un cri d'admiration en découvrant une magnifique parure composée d'un collier et de boucles d'oreilles en diamant.

— C'est très beau, murmura-t-elle.

— Ces bijoux étaient à ma mère. Ils sont très anciens. Te plaisent-ils ?

— Je les adore.

— C'est tout ?

— Je vous adore aussi, Votre Grâce.

— Et moi, je t'aime plus que tout. Merci de m'avoir fait revivre et d'avoir réparé mon cœur.

— Comme toi tu as réparé le mien.

— Et maintenant, je suis impatient de t'emmener loin de tout cela.

— Je te croyais converti aux fêtes de Noël ?

— Je le suis, crois-moi. Mais j'ai hâte d'être au soleil avec toi et de passer des nuits torrides en te serrant dans mes bras, jusqu'à ce que la réalité nous rattrape.

— Ce programme me semble divin, Votre Grâce. Absolument divin !

Elle lui parlerait du bébé plus tard.

ANNIE CLAYDON

Coup de foudre à Palerme

Traduction française de
C. DUTEIL

BLANCHE

HARLEQUIN

Titre original :
ENGLISH ROSE FOR THE SICILIAN DOC

Ce roman a déjà été publié en 2017.

1.

Flanqué de hauts palmiers qui témoignaient de l'importance du lieu, l'immeuble éclatait de blancheur sous le soleil de l'après-midi. Rose Palmer saisit la main de son fils pour franchir les grandes portes vitrées et pénétrer dans un hall de réception spacieux, délicieusement frais après la chaleur torride de l'extérieur.

Pour l'archéologue qu'elle était, toute construction reflétait les valeurs d'une communauté. Les plafonds hauts et les lignes pures de l'architecture montraient clairement que le travail réalisé ici était fondamental.

Elle resserra ses doigts sur la petite main de William pour ne pas le perdre dans la foule. Comme il n'y avait pas de réceptionniste, elle décida de demander son chemin, mais c'était plus facile à dire qu'à faire, chacun filant vers son but sans prêter attention aux autres.

— *Scusi...* , dit une employée de l'hôpital, s'arrêtant devant elle en souriant.

— *Inglese,* répondit Rose.

Elle lui tendit le papier rédigé en italien par son amie Elena, avec les coordonnées du rendez-vous de William.

— *Ah. Si...*

La femme parcourut le document puis elle sourit à l'enfant qui tendit sa petite main pour lui dire bonjour.

— *Terzo piano...*

Elle montra l'ascenseur puis se ravisa. Sortant un stylo, elle s'adossa à un distributeur d'eau pour griffonner un plan dans un coin de la feuille qu'elle rendit à Rose en levant trois doigts et désignant l'ascenseur.

Troisième étage, à droite, puis seconde porte à gauche. Rose avait compris. Elle la remercia dans un italien hésitant puis se dirigea vers l'ascenseur avec William qui agita la main à l'adresse de l'aimable inconnue.

À l'étage, les couloirs étaient moins impressionnants, plus fonctionnels. Suivant le plan, Rose déboucha dans une confortable petite salle d'attente. Une réceptionniste examina les indications écrites et lui montra la rangée de chaises avant de décrocher son téléphone.

Rose alla s'asseoir au fond de la pièce. Elle aurait préféré rentrer en Angleterre pour faire cet examen, mais Elena et son mari n'avaient rien voulu savoir. Tous les archéologues étrangers qui travaillaient sur les fouilles étaient couverts par une assurance santé privée, et cet hôpital était un des meilleurs du monde. Ils lui avaient pris le rendez-vous en demandant l'assistance d'un traducteur, convaincus que William ne pouvait pas être en de meilleures mains. De toute façon, elle était leur invitée sur l'île, c'était le moins qu'ils pouvaient faire.

Rose avait vite appris qu'on ne méprisait pas l'hospitalité sicilienne. Elle avait donc cédé et pris sa voiture pour venir ici, mais, si la barrière de la langue se révélait insurmontable, elle trouverait un prétexte pour prendre le premier avion en partance pour l'Angleterre.

Entendant rire, elle leva les yeux et vit la réceptionniste bavarder avec un homme, son visage animé indiquant qu'elle était apparemment sous le charme.

De fait, l'homme était *vraiment* beau. Les cheveux bruns un peu longs, il avait le teint mat, les pommettes saillantes, et des lèvres sensuelles faites pour sourire. Ne pouvant voir ses yeux, Rose les imaginait de la couleur du chocolat noir.

Seul un homme aussi soigné pouvait se permettre de porter une veste en lin ficelle, aisément froissée et manquant de tenue. Sur lui, chaque pli semblait stylé, soigneusement étudié pour mettre en valeur la largeur de ses épaules et l'étroitesse de ses hanches.

À cet instant, il tourna la tête pour la regarder. Ses prunelles étaient bien marron foncé, soixante-dix pour cent cacao. Rose baissa les yeux avec embarras.

— Madame Palmer ?

Il vint s'asseoir en face d'elle. Sa voix suave et douce aussi faisait penser au chocolat.

— Oui, hum... *Parla Inglese ?*

Il sourit, et elle se sentit rougir.

— Oui, je parle anglais. Je m'appelle Matteo Di Salvo, et je suis là pour servir d'interprète au Dr Garfagnini, le pédiatre qui doit voir William aujourd'hui.

Il parlait bien l'anglais, presque sans accent, avec un je-ne-sais-quoi de séduisant dans l'élocution. Séduisant, oui, le qualificatif le résumait plutôt bien.

Rose s'efforça de se concentrer sur les détails pratiques.

— Merci. Vous êtes interprète ici ?

— Non, je suis médecin. Notre interprète est occupé avec des touristes anglais aux urgences... Le Dr Garfagnini a pris un peu de retard, et j'ai pensé que je pourrais en profiter pour faire la connaissance de William.

Beau *et* gentil. Et il parlait l'anglais. Cet homme était trop parfait pour être vrai.

— Merci infiniment, docteur Di Salvo, dit Rose. Je vous en suis très reconnaissante.

Se rappelant qu'il était d'usage de se serrer la main dans ces circonstances, elle lui tendit la sienne.

— Appelez-moi Matteo, je vous en prie..., répliqua-t-il, la caresse de ses doigts aussi plaisante que le reste de sa personne.

— Rose.

Elle retira sa main, les joues brûlantes, et la posa sur l'épaule de son fils pour se donner une contenance.

— *Ciao,* dit William, fier de ses quelques mots d'italien appris en trois semaines, toujours très appréciés.

— *Ciao, William,* répondit Matteo en serrant sa petite main. Ton italien est très bon. *Molto bene.*

— *Molto bene...* , répéta l'enfant. Votre anglais aussi.

Matteo inclina la tête en souriant.

— Merci. J'ai vécu à Londres.

— J'habite à Londres ! s'écria William, ravi.

— C'est vrai ? Quelle équipe de football soutiens-tu ?

— Les Tufnell Park Cheetahs. Ils sont les meilleurs !

Nul n'avait entendu parler des Tufnell Park Cheetahs en dehors de la poignée de supporters qui venaient les regarder jouer le dimanche matin au stade local, mais Matteo approuva avec conviction.

— Et quel âge as-tu ? demanda-t-il.

Rose n'aurait su dire s'il interrogeait son fils pour passer le temps ou s'il le testait. Sans doute un peu des deux.

William compta sur ses doigts.

— *Uno, due, tre... quatre.* Et quatre jours.

Matteo hocha la tête.

— *Quattro. E quattro giorni.*

Il écouta William répéter la phrase et sourit.

— *Molto bene.* Qu'est-ce que ça veut dire, William ?

— Ça veut dire « très bien ».

Il n'y avait pas de problème avec la mémoire de William, ni avec son langage. C'était un enfant intelligent qui n'avait pas les inhibitions de sa mère pour parler italien quand l'occasion se présentait. Ce qui inquiétait Rose, c'était son comportement depuis leur arrivée en Sicile, trois semaines auparavant.

Les derniers patients étaient partis, et la réceptionniste entreprit de ramasser les jouets épars dans la salle d'attente pour les ranger dans un coffre.

— Prends un jouet si tu veux, William, proposa Matteo.

S'il s'agissait d'un nouveau test, il était présenté assez habilement pour ressembler à un jeu. William courut vers le coffre et s'arrêta. Souriante, la secrétaire lui tendit une petite voiture.

— Pourquoi l'avez-vous amené aujourd'hui, Rose ? reprit Matteo.

Elle glissa sa main dans son sac.

— Mon amie a tout écrit en italien. Ce n'est pas facile à expliquer…

— Merci. Mais je préférerais l'entendre avec vos mots, déclara-t-il, prenant le papier sans le regarder. L'instinct de mère est une chose que nous prenons très au sérieux ici.

— Eh bien, William voit correctement, mais, parfois, il ne semble pas comprendre ce qu'il voit, ce qui est étrange car c'est un enfant très vif.

— Ça a commencé récemment ?

— Je l'ai remarqué ces dernières semaines, depuis que nous sommes en Sicile. Je crains qu'il se soit cogné la tête à mon insu, ou même que ça ait un rapport avec le vol en avion.

Matteo parcourut la feuille.

— Et qu'en est-il de son comportement ?

— Il se met dans tous ses états quand il fait des erreurs idiotes, mais, en général, il a l'air heureux.

— Et c'est nouveau ? Ou se pourrait-il que l'environnement inhabituel ait fait resurgir un vieux problème ?

— Je ne saurais dire. Je viens juste de le constater, répondit Rose en s'efforçant d'ignorer la culpabilité familière, consciente que Matteo explorait toutes les possibilités.

— Où logez-vous ? Vous travaillez, ou vous êtes en vacances ? demanda Matteo, observant du coin de l'œil William qui jouait aux petites voitures sur le bureau de la secrétaire.

— Je suis archéologue et je suis venue travailler sur un chantier de fouilles. Un collègue italien a loué une grande maison ici, à Palerme, que je partage avec lui et sa famille. Sa femme Elena garde William avec ses enfants quand je travaille.

— Vous êtes mère célibataire ?

— Oui.

Rose se tordit les mains. Elle faisait de son mieux, mais elle ne pouvait pas donner à William toute l'attention dont il avait besoin, et être prise en défaut par cet homme lui déplaisait.

— Et que se passe-t-il avec la nourriture ? J'imagine qu'il a découvert de nouveaux plats ici.

— Oui. Il a toujours chipoté à table, mais, maintenant, il refuse de manger une chose s'il ne l'a pas sentie d'abord et n'a pas trempé les doigts dedans. Je lui fais découvrir des aliments qui lui plaisent, mais, ensuite, il ne semble pas les reconnaître et refait le même cirque, encore et encore.

Matteo hochait lentement la tête, comme si tout cela avait un sens. Mais il ne semblait pas encore prêt à partager ses pensées avec elle. S'excusant, il alla jouer aux petites voitures avec William, les alignant soigneusement sur le bureau pour organiser une séance de stock-car.

Une petite voiture s'envola, et Matteo la rattrapa de justesse avant qu'elle ne s'écrase dans la tasse de café de la secrétaire. Celle-ci jeta à Rose un regard courroucé, et Matteo eut l'air penaud. À en juger par la réplique amusée qui fusa en italien, le beau Dr Di Salvo pouvait tout se permettre ici…

— Puis-je connaître vos conclusions ? lui demanda Rose, persuadée qu'il s'était fait une idée du problème de son fils.

Il haussa les épaules.

— J'attends que le Dr Garfagnini soit prêt à voir William.

Très bien. Elle supposait que, comme partout dans le monde, diagnostiquer le patient d'un confrère dans une salle d'attente était mal vu ici.

— Bon. Je patienterai. D'ici là, pourriez-vous prononcer le nom du médecin plus lentement, s'il vous plaît ? Je ne voudrais pas l'écorcher…

Son prénom de fleur lui allait à merveille. Son teint avait l'aspect lisse et parfait d'un pétale de rose, et elle avait des yeux bleu pervenche, encadrés de cheveux blonds coupés au carré qu'elle n'arrêtait pas de rabattre derrière ses jolies petites oreilles. Matteo avait envie de la toucher, de sentir la texture de sa peau, de ses cheveux soyeux.

Elle était manifestement inquiète pour son fils. Elle se donnait beaucoup de mal pour donner l'impression qu'elle lui disait tout, mais derrière le sourire poli il devinait qu'elle cachait quelque chose qui pouvait être important. Ou pas.

Mais peut-être était-il injuste. Elle ne parlait que quelques mots d'italien, et n'importe quelle mère aurait été stressée d'amener son fils à l'hôpital dans de telles circonstances. La psychologie infantile, comme la psychologie parentale d'ailleurs, n'était pas la spécialité de Matteo, et il préférait s'en remettre au Dr Garfagnini.

— Où travaillez-vous ? demanda-t-il en revenant s'asseoir, laissant un siège vacant entre elle et lui.

— Sur un projet commun aux universités de Londres, Rome et Palerme. Nous effectuons des fouilles sur un site dans les collines.

Elle semblait trop délicate pour crapahuter dans la nature à la recherche d'artefacts. Sa peau pâle n'avait pas connu la caresse du soleil, et ses mains étaient petites et douces.

Mais peut-être avait-elle l'habitude de porter un chapeau et des gants.

— Quelle est votre spécialité ?

— L'ostéologie.

— Alors nos intérêts coïncident, commenta-t-il, content de se trouver un point commun avec elle.

— Je m'intéresse à des os plus anciens que ceux que vous rencontrez généralement, même si j'ai fait un peu d'ostéologie médico-légale.

— C'est un travail difficile, répliqua-t-il, conscient qu'en médecine légale les ostéologues opéraient sur des sites de guerre et des scènes de crime.

Elle parut vouloir ajouter quelque chose, mais garda le silence, et Matteo n'insista pas.

— Vous devez être très douée dans votre partie, ajouta-t-il.

La Sicile avait une histoire très riche et les sites archéologiques pullulaient dans l'île, mais il était rare qu'on fasse appel à des compétences étrangères.

Elle sourit. Un vrai sourire, teinté de chaleur.

— Je le suis, en effet.

— Et vous enseignez surtout ?

— Qu'est-ce qui vous fait dire ça ?

— Vos mains.

Elle sourit de nouveau. Avec une sensualité qui le troubla.

— Vous êtes très observateur. Je porte des gants sur les fouilles. Mais c'est exact, j'enseigne aussi.

Elle commença à rassembler les petites voitures que William avait entassées sur ses genoux pendant qu'ils bavardaient. Matteo la regarda les ranger dans le coffre à jouets.

Il n'était peut-être pas chargé d'établir un diagnostic concernant le garçonnet, mais il avait déjà fait quelques observations qui pourraient être utiles au Dr Garfagnini.

En dehors d'un constat plus personnel : regarder la jupe de Rose danser autour de ses jambes et son chemisier mouler son buste charmant témoignait juste de son appréciation de cette jolie femme car il n'était pas disposé à aller plus loin.

Le patient de l'hôpital où il exerçait était le fils de Rose, mais cela ne faisait aucune différence. Matteo avait déjà aimé une mère de famille et, après les dommages qu'il avait causés, aucune femme, si ravissante soit-elle, ne le ferait réviser sa position à l'égard du beau sexe. S'il voulait pouvoir dormir la nuit, jamais il ne poserait ne fût-ce qu'un doigt sur la peau de porcelaine de Rose Palmer.

Le Dr Garfagnini était un petit homme d'âge mûr au visage avenant. À l'entrée de la réception, il fit signe à Matteo et Rose prit la main de William, le cœur battant plus fort. Peut-être son fils avait-il un problème qui avait échappé à son attention. Un jugement sur ses défaillances de mère serait plus facile à accepter venant de cet homme, et elle regrettait presque d'avoir besoin de Matteo pour traduire la conversation.

On fit les présentations, et tout le monde s'assit autour d'une grande table basse dans le clair et spacieux cabinet de consultation du Dr Garfagnini. On donna des crayons de couleur et du papier à William, et le Dr Garfagnini lui approcha un tabouret. La secrétaire apporta du café que Matteo dédaigna, s'attirant une plaisanterie du Dr Garfagnini.

— Il me traite de snob en matière de café, traduisit Matteo comme pour la mettre à l'aise. Maintenant, je vais répéter au Dr Garfagnini ce que vous m'avez déjà dit, et il aura sûrement des questions à vous poser…

Il y eut beaucoup de questions et, par moments la traduction que Matteo faisait de ses réponses semblait plus longue que celles-ci. Luttant contre une anxiété grandissante, Rose finit par intervenir d'un ton sec.

— S'il vous plaît, pouvez-vous me répéter ce que vous venez de lui dire ? J'ai besoin de savoir.

— Bien sûr. Pardonnez-moi. Je lui racontais ce qui s'était passé en salle d'attente.

— Et que s'est-il passé en salle d'attente ?

Rose pinça les lèvres, consciente que l'attention de William s'était détournée des taches bleues et brunes qu'il dessinait. Ne serait-il pas plus utile que Matteo attire l'attention de son collègue là-dessus ?

— On a joué aux petites voitures, répondit le petit garçon.

Matteo acquiesça en souriant, et son attitude détendue parut rassurer l'enfant qui retourna à ses dessins.

— Le Dr Garfagnini aimerait lui faire subir le test du daltonisme, Rose, reprit Matteo.

— Le daltonisme ? bredouilla-t-elle.

Comment avait-elle pu ne pas remarquer une telle chose ? Elle prit sa tasse de café et s'aperçut qu'elle était déjà vide. La porcelaine cliqueta quand elle la reposa nerveusement dans la soucoupe. Le jeu avait bien été un test, finalement.

— Cela ne le perturbera en rien, répliqua Matteo, ses yeux bruns empreints de sollicitude.

— Désolée, continuez, je vous en prie.

Elle avait besoin de serrer William dans ses bras. De lui dire qu'elle regrettait de ne pas avoir pensé à cette explication. D'avoir laissé son petit monde l'embrouiller, sans songer qu'il ne le voyait peut-être pas de la même façon qu'elle.

Hébétée, elle regarda le Dr Garfagnini sortir un jeu de plaques Ishihara faites pour les enfants, représentant une mosaïque composée de points de couleurs différentes au sein de laquelle apparaissait une forme sur un fond, forme d'un carré, triangle ou cercle reconnaissable par l'unité de la teinte. Matteo expliqua à William ce qu'il devait faire en présentant la chose comme un jeu. Horrifiée, Rose vit son fils se tromper pour presque un tiers des images.

Il y eut ensuite des jeux centrés sur la couleur. Matteo faisait semblant de commettre des erreurs, et William en corrigeait quelques-unes avec jubilation, sans remarquer les autres. Puis le Dr Garfagnini examina les yeux de William puis, hochant la tête, il s'entretint avec Matteo en italien.

— Qu'est-ce qu'il a dit ? demanda Rose, s'efforçant de maîtriser le tremblement de sa voix.

— Selon lui, votre fils est daltonien. C'est héréditaire, et il n'y a aucun traitement. C'est juste sa façon de percevoir le monde…

Matteo s'interrompit en voyant une larme couler sur la joue de Rose.

— Votre fils est en parfaite santé, ajouta-t-il, ses yeux noirs la scrutant sans comprendre.

— Oui. Merci… *Grazie,* dit-elle au Dr Garfagnini.

Elle devait se ressaisir. Elle était impardonnable de réagir ainsi devant William et ces deux médecins. Elle ferait son examen de conscience plus tard, en privé.

Ravalant ses larmes, elle redressa les épaules.

Les deux hommes échangèrent quelques mots en italien puis Matteo s'adressa à Rose.

— Le Dr Garfagnini a un rendez-vous et doit partir, mais il me suggère de vous donner quelques explications pratiques si vous avez encore un peu de temps à me consacrer…

— Mais… Quel genre de médecin êtes-vous donc ?

Matteo lui adressa son charmant sourire.

— Je suis radiologue interventionnel. Et daltonien, comme votre fils.

2.

Tout parent se posait des questions en découvrant que son enfant n'était pas tout à fait comme les autres. Mais, en apprenant le daltonisme de Matteo, la plupart des gens se contentaient de lui demander comment il arrivait à assortir ses vêtements. C'était bien plus compliqué, mais Rose n'aurait pas paru plus horrifiée s'il lui avait annoncé l'imminence de la fin du monde.

Elle s'était rapidement ressaisie et les avait remerciés avec un sourire poli. Mais sa première réaction avait piqué leur curiosité, poussant le Dr Garfagnini à demander à Matteo de la rassurer.

— Pardonnez-moi, mais je ne sais pas en quoi consiste exactement le travail d'un radiologue interventionnel, dit-elle comme ils regagnaient le bureau de Matteo.

— Il permet d'accéder sous contrôle radiologique à l'intérieur de l'organisme pour effectuer un diagnostic ou un acte thérapeutique. Ce n'est pas aussi invasif que la chirurgie conventionnelle, et nous utilisons des techniques radiologiques pour cibler très précisément les traitements.

— Ça paraît fascinant, commenta-t-elle d'un air pensif. Pardonnez-moi cette question, mais en quoi votre daltonisme affecte-t-il votre travail ? Il n'y a pas que des images en noir et blanc, je suppose ?

— Non. L'imagerie Doppler exige la couleur pour indiquer la vélocité des tissus. Mais il s'agit d'encodage couleur, et j'ai toujours la possibilité de transférer les couleurs vers les parties du spectre que je peux distinguer.

— Je vois. Je présume que la plupart des problèmes ont une solution.

C'était exactement ce qu'il voulait lui faire comprendre. Le daltonisme de William représentait un ensemble de solutions, et non un tas de problèmes.

— Saviez-vous que le pionnier de la radiologie diagnostique était daltonien ?

— Non, je l'ignorais. Tu as entendu, William ?

Elle regarda son fils qui écarquillait les yeux et traînait des pieds, tout à l'admiration de ce nouvel environnement.

— Je ne crois pas qu'il soit très intéressé par l'histoire de la radiologie diagnostique, ajouta-t-elle. Mais il pourra s'y intéresser plus tard, s'il veut.

Arrivé à son cabinet, Matteo s'effaça devant elle, s'arrêta pour reprocher gentiment à sa secrétaire d'être encore là, et introduisit Rose dans son bureau. Posant son sac par terre, elle s'assit dans le fauteuil qu'il lui avançait tandis que William fondait sur le sac pour en sortir une petite voiture.

— William ! Ça ne nous appartient pas !

Charmé malgré lui par son air choqué, Matteo alla s'asseoir à son bureau. Ici, il était médecin avant d'être homme, et ses réactions personnelles étaient déplacées.

— Ce n'est pas grave. Je la rapporterai quand il aura fini de jouer, assura-t-il.

— Merci, répondit Rose. Tu peux jouer pendant que je parle avec le Dr Di Salvo, William, mais nous lui rendrons la voiture quand nous partirons.

L'enfant acquiesça puis se dirigea vers un coin de la pièce avec la petite voiture et s'assit par terre pour la faire rouler sur la moquette.

— Excusez-le, dit Rose avec gêne. C'est un enfant unique et... Il a tendance à s'approprier les affaires des autres ces temps-ci.

— Il a l'air d'avoir le contact facile avec les gens.

— Je fais de mon mieux pour qu'il passe le plus de temps possible à jouer avec d'autres enfants. Ce n'est pas toujours facile… Pardon pour ma réaction disproportionnée quand j'ai appris qu'il était daltonien. Je ne voulais pas dire… Enfin, ce n'est pas si terrible. J'espère ne pas vous avoir offensé.

Il prit subitement conscience qu'elle l'*avait* offensé. Sa réaction lui avait fait sentir qu'il n'était pas à la hauteur, et c'était difficile à accepter d'une femme aussi belle.

— Pas du tout. Ce n'est pas facile à appréhender au début.

— C'est gentil de me trouver des excuses. Je suis une scientifique et je devrais pouvoir comprendre ces choses, déclara-t-elle, les mains crispées sur ses genoux. Est-ce… Quelque chose qu'il a hérité de moi ?

— Le daltonisme est porté par le chromosome X, alors… Oui, ça vient presque certainement de vous. Il y a des daltoniens dans votre famille ?

— Pas à ma connaissance. Mais ma mère a été adoptée à la naissance et elle n'a jamais voulu rechercher ses parents biologiques. Je suppose qu'elle a pu me le transmettre et que… J'espère que mes questions ne vous dérangent pas.

— Je suis là pour y répondre. Je ne peux pas vous donner un avis clinique approprié, c'est la spécialité du Dr Garfagnini, mais je peux vous parler de ma propre expérience.

Même si cela lui rendait les choses plus difficiles. La frontière entre le médecin et le patient — ou en l'occurrence la mère du patient — était soudain devenue plus floue, touchant le cœur de Matteo. Mais Rose avait une chose dont il devait se méfier par-dessus tout, une chose qui lui imposait de garder ses distances malgré le plaisir qu'il prenait à sa compagnie. Elle avait un enfant.

Alec, l'ex-mari de Rose, n'aurait eu aucun doute sur le sujet. S'il y avait un problème, il aurait considéré comme acquis que c'était la faute de Rose. Même après plus de quatre ans de séparation, elle souffrait encore de s'apercevoir qu'il aurait eu raison et qu'une fois de plus elle avait manqué à ses engagements envers William.

Mais elle devait se calmer, dans l'intérêt de son fils. Elle ne pouvait pas changer ses gènes, et il n'était pas question de lui faire sentir qu'il était déficient en quoi que ce soit.

Cependant elle devait une explication à Matteo. Il avait été plus que gentil, et elle *voulait* la lui donner, même si elle détestait parler de ça.

— Mon mariage s'est brisé avant la naissance de William, et je crains que… En fait, je ne peux m'empêcher de penser que tout ce stress a pu l'affecter, dit-elle avec un haussement d'épaules. Et j'aurais dû remarquer ce problème avant.

Il hocha la tête d'un air compréhensif.

— En tant que scientifique, vous savez que le stress ne change rien à la génétique. Mais le bon sens n'empêche pas une mère de s'inquiéter pour son enfant.

Elle sourit malgré elle.

— Non, c'est vrai.

— Mon daltonisme a été confirmé quand j'avais l'âge de William. Mes parents savaient que c'était une possibilité car deux des frères de ma mère en étaient atteints.

— Merci. J'entends bien ce que vous dites.

— Mais vous ne l'acceptez pas ?

— Laissez-moi le temps. Je ne suis pas sûre de pouvoir me pardonner si facilement à l'heure actuelle.

Matteo s'adossa à sa chaise en souriant.

— Tout ça est encore très nouveau. Il vous faudra peut-être un peu de temps pour saisir exactement quelles couleurs William peut voir et ne pas voir. Il a probablement déjà développé pas mal de stratégies d'adaptation qui peuvent masquer son incapacité à distinguer une couleur d'une autre.

— Quel genre de stratégie ?

— Eh bien, par exemple, quand je parle de feux de signalisation vert et rouge, je veux dire celui du haut et celui du bas. Je sais qu'ils sont vert et rouge parce qu'on me l'a dit, alors j'y fais référence de façon à être compris.

— Voyez-vous les choses comme des textures ? J'ai eu un étudiant daltonien il y a quelques années. Il était très doué avec le radar à pénétration de sol, et je l'ai fait participer à une étude par ultrasons initiée par l'université de certaines grottes de la région. Il a excellé dans ce travail parce que, prétendait-il, il voyait les choses en termes de texture.

— Nous le faisons tous. Mais j'utilise plus la forme que la texture pour définir les objets, car ça m'est accessible. Je ne fais pas la différence entre le rose et le violet sur des lamelles d'histologie, alors à l'école de médecine j'ai passé ce module en apprenant les différentes formes de cellules. La tache colorée est destinée à mettre en évidence ce qui est là, mais se contenter de le regarder peut parfois masquer d'autres choses.

— C'est pour ça que vous êtes radiologue ? demanda Rose qui l'imaginait très doué dans sa discipline.

— Peut-être en partie. C'est un domaine qui me fascine.

— Au temps pour moi, dit-elle en riant. Les options de William ne seront pas définies par son daltonisme.

Quand elle plongeait les yeux dans son chaud regard brun, presque tout semblait possible. Mais, si l'avenir de William était fait de choix, ce n'était pas son cas. Pour elle, il s'agissait de rester dans la course, de veiller sur son fils, et d'apporter sa modeste contribution par un travail qu'elle adorait. Matteo était un homme bon, superbe, mais il n'était pas une option pour elle.

Ils avaient parlé pendant une demi-heure et quand, las de jouer, William était venu se blottir contre sa mère, Rose lui avait expliqué ce qu'était le daltonisme en répondant à ses questions. Malgré sa propre réaction initiale, elle s'était montrée positive, insistant sur le fait qu'il était spécial.

— Alors on a des super pouvoirs ? lança le garçonnet.

— Pas encore, répondit-elle en souriant, avant de lui souffler à l'oreille : quand tu seras grand, peut-être…

William regarda Matteo avant de revenir à sa mère.

— Et *lui*, il a des super pouvoirs ? chuchota-t-il.

— Il vaut mieux ne pas en parler, c'est peut-être un secret.

William acquiesça gravement, et Rose consulta sa montre.

— Nous allons vous laisser à présent. Nous avons suffisamment abusé de votre temps, et je vous en remercie.

Il devait la laisser partir. Maintenant. Matteo se leva, et William lui apporta la petite voiture bleue en lui promettant de ne parler des super pouvoirs à personne.

Ramassant son sac, Rose vérifia qu'il n'y avait pas glissé autre chose. Matteo regrettait presque que ce ne soit pas le cas, car elle aurait mis un point d'honneur à le lui rendre, même s'il lui avait fallu revenir à l'hôpital.

— Aimeriez-vous voir notre laboratoire en sortant ?

Elle lui avait avoué que la plupart des départements archéologiques universitaires rêvaient de bénéficier des techniques d'imagerie dont s'enorgueillissait l'hôpital et, soudain, il avait envie de briller à ses yeux.

— Avec grand plaisir. Mais je vous conseille de fouiller mon sac quand je m'en irai, fit-elle avec malice.

— Vous ne pourrez jamais mettre un scanner là-dedans…

— De toute façon, vous en avez plus besoin que moi.

Il l'entraîna dans le couloir silencieux maintenant que la plupart du personnel était parti. L'équipe de nuit utiliserait un des laboratoires, mais l'autre serait vide.

Quand il ouvrit la porte, elle se pencha pour prendre la main de William puis pénétra dans la salle et regarda autour d'elle, les yeux brillants.

— Très impressionnant, dit-elle, arrêtant son regard sur les deux grands écrans au-dessus de la table d'opération. Ces écrans montrent tout ce qui se passe ?

Matteo acquiesça.

— Oui. Nous effectuons une grande variété de procédures ici. Nous pouvons traiter des fibromes, déboucher des artères, réaliser des angioplasties, et le nombre de cancers que nous pouvons soigner est en augmentation. Nous travaillons souvent avec des cliniciens et des chirurgiens d'autres spécialités.

Elle le regarda.

— Alors peut-être qu'un jour on n'aura plus besoin d'être charcuté par un chirurgien.

— Pour l'instant, ça relève encore de la science-fiction. Même si nous bénéficions de l'aide de la technologie robotique…, expliqua-t-il en souriant, désignant le bras robotisé qui reproduisait précisément ses propres mouvements à plus petite échelle.

— Mais vous prenez les décisions. Si j'étais sur cette table, je me sentirais beaucoup plus confiante si un robot n'était pas aux commandes.

Elle semblait tout rendre humain, personnel. Mais peut-être était-ce lui qui rendait les choses personnelles, auquel cas il devait cesser immédiatement.

— C'est moi qui suis aux commandes, rassurez-vous.

Elle se détourna vers la porte en souriant.

— Eh bien, merci de m'avoir fait visiter. C'est vraiment fascinant.

Matteo referma le laboratoire et décida de la raccompagner à l'ascenseur par politesse. Ensuite, il lui parut normal de monter avec elle dans la cabine pour regagner le hall d'entrée. Mais il faudrait lui dire au revoir tôt ou tard.

— Où se situent vos fouilles ?

Si elle ne répondait pas dans les trente prochaines secondes, il ne le saurait jamais car ils étaient déjà dehors, à mi-chemin du parking.

— Dans les collines, à environ huit kilomètres au sud de Palerme. Il y a deux ans, des fouilles ont révélé l'existence d'une petite colonie à cet endroit.

— Je la connais. Vous avez trouvé autre chose ?

— Oui. Nous sommes en train de mettre au jour une villa romaine. C'est une découverte importante, dit-elle, toute dorée par la lumière du soleil qui ruisselait sur elle.

— Intéressant… Quand j'étais petit, mon grand-père me racontait des histoires de campements dans ces collines. Mais moins anciens que ça.

— Nous avons trouvé pas mal d'éléments indiquant que

le site a été habité durant une longue période. Nous sommes toujours très intéressés par les histoires locales sur les sites que nous fouillons.

Elle s'interrompit un moment comme pour réfléchir.

— Peut-être aimeriez-vous voir le site ? Je serais contente de vous le faire visiter pour vous montrer ce que nous faisons.

Matteo chercha une raison de refuser, et il s'aperçut que le mot *non* avait mystérieusement disparu de son vocabulaire.

— J'en serai vraiment ravi. Si vous avez le temps.

Elle ouvrit son sac à main pour en sortir une carte de visite.

— Mon numéro de portable est dessus. Appelez-moi pour qu'on convienne d'un moment.

— D'accord. Merci.

Matteo lui tendit la main, ne sachant trop comment la saluer. Ils hésitaient entre Dr Di Salvo et Mme Palmer, Matteo et Rose, et rien ne paraissait vraiment adapté.

— Eh bien, au revoir…

Elle lui serra rapidement la main.

— Au revoir…

Il la regarda installer William dans son siège-auto, prendre le volant et sortir du parking en marche arrière. La carte de visite qu'il tenait lui brûlait les doigts.

En ce début de soirée, la circulation à Palerme était nettement moins excitante que la chaleur des yeux de Matteo la regardant partir. Rose se détendit légèrement en le voyant disparaître à sa vue.

— Maman…

— Oui ?

— Tu vas lui demander d'être ton petit ami ?

William explorait occasionnellement cette idée depuis quelques mois. Son radar semblait aussi sensible que le délicat matériel de diagnostic du laboratoire de Matteo.

— Non, mon trésor, répondit-elle avec toute la conviction possible.

William ne perdait généralement pas de temps pour enchaîner les questions embarrassantes. Cette fois, au moins, il avait attendu qu'ils soient seuls.

— Est-ce qu'il serait un bon petit ami ? demanda-t-il.

— J'en suis sûre…

Un petit ami génial, même. Mais pour William l'adjectif était plutôt réservé aux voitures et aux super héros.

— Seulement je n'en veux pas.

— Pourquoi ?

Pourquoi, en effet ? Dire au petit garçon que son père avait été la seule relation sérieuse qu'elle ait connue et qu'elle l'avait complètement gâchée n'était probablement pas une bonne idée. Ni lui avouer qu'elle s'était juré de ne plus commettre les mêmes erreurs.

— Parce que je t'ai, toi. Et grand-mère, et grand-père, et mon travail. Je n'ai pas besoin d'autre chose.

— Bon. Parce qu'il est *mon* ami.

— Oui. Je pense que les super héros doivent se serrer les coudes.

3.

Matteo roulait sur la route poussiéreuse qui serpentait à flanc de coteau. Malgré son envie de voir le site, il s'était dit qu'il n'irait pas, mais il avait rendu visite à son grand-père ce week-end et lui avait demandé de lui raconter les vieilles histoires sur la région. Après les avoir traduites en anglais, il avait trouvé normal de les offrir à Rose.

Elle avait répondu immédiatement à son texto. S'il voulait venir vendredi soir, elle lui montrerait les fouilles.

Il apercevait déjà des signes d'activité. Les gens profitaient de la fraîcheur du soir pour travailler. Quittant la route, il gara sa voiture à côté des véhicules stationnés en bordure du site.

Comme il descendait de voiture, elle vint vers lui, bras nus, ses cheveux blonds s'échappant de sa queue-de-cheval défaite, un petit top blanc brodé de bleu sur son short en jean délavé. À l'instar de ses collègues, elle portait de solides brodequins pour protéger ses pieds du terrain rocailleux.

— Bonjour. Alors, vous êtes venu.

La question ne s'était jamais vraiment posée et, maintenant qu'elle se tenait devant lui, il se rendait compte qu'il aurait roulé jusqu'à l'autre bout de l'île pour la revoir. Il se demanda fugitivement si elle avait choisi de porter du bleu pour lui avant de se traiter de présomptueux.

— Oui, je suis venu.

Ils se sourirent, puis elle se détourna brusquement.

— Venez voir ce qu'on fait.

Elle se dirigea vers un groupe de bâtiments préfabriqués.

À l'intérieur, de longs tréteaux soutenaient des caisses de matériel attendant d'être trié et nettoyé.

— J'ai apporté des notes de mon grand-père, annonça-t-il, brusquement saisi par le doute. Je ne sais pas si elles vous seront utiles. Ce sont juste de vieilles histoires dont certaines sont tirées par les cheveux…

— C'est justement le genre de chose qui nous intéresse. Les vieux récits sont souvent embellis lors de la transmission, mais ils contiennent généralement une trace de vérité.

— Je n'en suis pas si sûr…, dit-il en sortant de sa poche les feuilles manuscrites qu'il lui tendit.

Rose les parcourut.

— On a déjà entendu parler de ces bandits… En revanche… Une sorcière ?

— Je doute que cette histoire soit basée sur la réalité, répliqua-t-il, embarrassé, aimant croire qu'il était plus ancré dans le monde moderne que son aïeul.

— On ne sait jamais. Il est bon de garder l'esprit ouvert. Puis-je les mettre dans les archives de notre site ?

— Bien sûr, si ça présente un intérêt pour vous.

Posant les feuilles sur le plan de travail, elle s'approcha d'un meuble de rangement et consulta les étiquettes des boîtes en plastique empilées à l'intérieur.

— Chaque trouvaille a un intérêt, affirma-t-elle en souriant. Nous devons juste découvrir comment tout s'assemble. À quelle période ont sévi ces bandits à peu près ?

Matteo rit doucement.

— Il y a longtemps, et ils ont disparu depuis belle lurette. Mon grand-père a quatre-vingts ans, et cette histoire remonte à l'époque où son père était enfant.

— Alors disons… Quelque part autour de 1910, 1920… ?

— À quelque chose près.

— Voulez-vous le noter sur la feuille, s'il vous plaît ?

Revenant aux boîtes, elle parcourut les rangées et trouva celle qu'elle cherchait. Elle l'ouvrit.

— On pense que ceci date probablement de cette époque.

Les yeux ronds, Matteo fixa la balle dans le sachet de plastique qu'elle tenait.

— Vous plaisantez…

— Non, dit-elle en souriant. Nous l'avons trouvée dans une des fosses test. Nous découvrons souvent des objets plus récents quand nous creusons pour arriver aux strates les plus anciennes. Vous seriez surpris du nombre de vieux sacs en plastique qu'on remonte.

Matteo examina la balle, le cœur battant d'une émotion inattendue.

— Elle pourrait venir d'un fusil de chasse…

— Possible. Nous avons envoyé des photos à un expert en balistique et nous devrions bientôt en savoir un peu plus. Mais pour chasser il aurait été plus vraisemblable d'utiliser de la chevrotine. Il n'y avait pas de restes humains ou animaux à cet endroit et il s'agissait peut-être de tir sur cible.

— C'est ce que vous *espérez*, remarqua Matteo avec un frisson en pensant à l'autre option.

— Oui, acquiesça-t-elle avec un sourire. Attention. Vous allez devenir accro si vous n'y prenez pas garde.

— Vous auriez dû me prévenir avant. Je suis *déjà* accro. Pas seulement à l'archéologie, d'ailleurs.

— Ah… Eh bien, puisque le mal est fait, ça ne peut pas nuire de vous en montrer un peu plus.

Elle lui adressa un sourire éblouissant, débordant d'enthousiasme pour son travail. Rangeant la balle, elle ramassa les feuilles de papier et entraîna Matteo vers un grand écran d'ordinateur dans un coin de la salle.

— J'ai pensé que ça pourrait vous intéresser. C'est là que votre savoir-faire et le mien se rejoignent.

La pensée des talents privés de Rose s'alliant aux siens lui arracha un frisson. Il devait absolument se ressaisir. Il était évident qu'elle ne parlait pas de ces capacités-là.

Elle ouvrit un répertoire, trouva le dossier qu'elle cherchait, et une image apparut sur l'écran.

— Voici l'étude géophysique.

Matteo s'assit près d'elle et se pencha pour regarder.

— C'est un radar à pénétration de sol ?

— Oui. Nous combinons l'utilisation du radar géologique et les techniques d'inspection électromagnétique… Cette image est relativement simple. Qu'en pensez-vous ?

— Eh bien, je dirais… Que cette ligne ressemble à un mur extérieur, et que celles-là sont des murs intérieurs ?

— Exact. La plupart des gens ne le voient pas tout de suite.

— Et ça… Ce sont deux portes ? suggéra-t-il, indiquant des ruptures dans le schéma.

— Peut-être. Je penche plutôt pour une porte et une fenêtre. Nous verrons en creusant, ajouta-t-elle en ouvrant un nouveau dossier. Nous interprétons les données d'étude et reconstituons le site en utilisant un logiciel de conception assisté par ordinateur. Ces lignes vertes ici…

Elle s'interrompit brusquement, consternée.

— C'est bon…, dit Matteo en souriant. Vous pouvez parler de vert en ma présence. Je peux encaisser.

Éclatant de rire, elle modifia les réglages sur l'image qui se reforma sur l'écran, différentes hachures remplaçant le code couleur initial.

— C'est mieux. Alors ces lignes isolées sont… ?

— Ce que nous avons glané des études jusqu'ici. Les hachures sont ce que nous avons extrapolé à partir de là.

— Ce que vous avez deviné, vous voulez dire ? corrigea-t-il avec malice.

Elle lui lança un regard moqueur.

— On se fonde sur ce qu'on sait de ce type de construction. Appelez ça une supposition éclairée, si vous voulez.

— D'accord. Et voici l'atrium ?

En se penchant, il capta l'odeur de son parfum. Elle exhalait une senteur exquise, évoquant la fragrance de la soie sur la peau.

— En effet. Il a un sol en mosaïque, et généralement un bassin intérieur en son centre, sous la partie ouverte du toit.

— Une autre déduction ?

— Non ! Nous avons fait des fouilles tests à cet endroit, et il y a des traces de mosaïque au sol. Nous espérons qu'elle est en bon état, et que les parties que nous avons vues ne sont pas que des fragments. Aimeriez-vous les voir ?

Ils sortirent dans le soleil de la fin de journée, et elle leva la tête pour accueillir la caresse fraîche de la brise sur son visage.

— C'est si beau ici. J'ai beaucoup de chance…

— Vous aimez la Sicile ? demanda-t-il, prenant conscience que cela comptait pour lui.

— Je n'en connais pas encore grand-chose. Je suis très prise ici et je consacre le reste de mon temps à William. Mais ce que j'ai pu en voir est absolument magnifique.

Rose avait un esprit vif, brillant, enfermé dans un cadre strict que Matteo avait envie de briser, et il se demandait si elle s'y sentait parfois à l'étroit.

— Vous faites la même chose en Angleterre ?

— J'enseigne généralement pendant l'année et participe à des fouilles les vacances d'été. William a grandi en pataugeant dans la boue, ajouta-t-elle en souriant. Mais cette opportunité était impossible à refuser, et j'ai pris six mois sabbatiques.

— Vous ne travaillez plus dans le médico-légal ?

— Non, répondit-elle avec une gravité nouvelle J'ai commencé à l'université car un des professeurs travaillait pour la police. Trouver des restes, modeler des visages, ce genre de chose… Ça me paraissait bien à l'époque, et j'ai travaillé sur un certain nombre de cas avec lui puis seule.

— Ça me semble important, remarqua-t-il, frappé de voir que toute étincelle avait déserté son regard.

— J'avais le sentiment qu'il fallait rendre justice à ces personnes. Je le pense encore, mais c'était très dur sur le plan émotionnel. Je ne pouvais pas m'empêcher de m'impliquer…

— Je peux comprendre…

Matteo se tut. Il partageait cette implication dans le travail et ce désir de justice. Mais il n'avait pas connu les mêmes pressions que Rose.

Comprenait-il *vraiment* ? Sur le visage de Matteo, Rose ne voyait qu'humanité, bienveillance de guérisseur. Mais, pour comprendre certaines choses qu'elle avait vues, il fallait avoir côtoyé le mal.

— Non, vous ne comprenez pas. Et croyez-moi c'est mieux ainsi, il y a des choses que les gens bien ne devraient pas pouvoir saisir.

— Pourriez-vous me l'expliquer, alors ?

— Non. Je ne crois vraiment pas pouvoir.

Soudain, elle eut froid et frissonna malgré elle.

Pourquoi Matteo aurait-il été différent de son ex-mari ?

Elle lui sourit, et il comprit le message.

— Qu'est-ce que vous vouliez me faire voir ? demanda-t-il.

Pendant qu'elle lui montrait les fosses tests récemment creusées et les mosaïques mises au jour, il parut oublier tout le reste, concentré sur ce qu'il avait sous les yeux.

Mais Rose ne cessait d'y penser. Comme Matteo, Alec l'avait séduite par son caractère charmant, facile à vivre. Il refusait d'affronter les difficultés de la vie, ou simplement ses aspects pratiques, et Rose s'en était volontiers chargée, ne voulant pas gâcher cet état de grâce qui le tenait à l'écart des trivialités de l'existence.

Ils s'étaient installés ensemble et avaient commencé à restaurer la cuisine et la salle de bains délabrées de leur maison de Tufnell Park. Et ils avaient été heureux.

Mais Rose ne s'en sortait pas. Quand son travail devenait stressant, Alec refusait qu'elle gâche leurs soirées en en parlant. Alors elle se taisait, se repliait sur elle-même, et ils avaient fini par ne plus communiquer. Sa grossesse, inattendue mais tant désirée, l'avait laissée encore plus épuisée, et pour Alec cela avait été l'épreuve de trop. Il voulait retrouver la vie insouciante qu'ils avaient partagée, et comme c'était impossible il était parti sans se retourner.

Accroupi près d'une fosse, Matteo discutait en italien avec un étudiant en archéologie qui participait aux fouilles. Il devait l'interroger sur les différentes couches de terre car l'étudiant glissa un doigt sur une strate plus sombre révélant la présence d'un feu environ trois cents ans plus tôt.

Matteo semblait vouloir être son ami, mais elle avait une vie bien rangée maintenant et ce serait folie de la perturber. Elle avait tout gâché une fois et, maintenant qu'elle avait William à considérer, elle ne pouvait pas se permettre de refaire la même erreur.

Matteo se releva et s'approcha d'elle.

— Vous faites un travail passionnant ici.

— J'ai gardé le plus intéressant pour la fin.

— Je suis déjà captivé. Que peut-il y avoir de plus ?

Tournant les talons, Rose l'entraîna à l'écart des fouilles le long d'un sentier poussiéreux.

— Une autre trouvaille que nous avons faite par hasard. Personne ne savait que c'était là…

Elle tremblait, le visage empourpré, jouant les guides zélés pour mieux bannir toute pensée indésirable. Avisant une silhouette devant eux, elle pressa le pas.

— David ! Je voudrais vous présenter le Dr Matteo Di Salvo…

Le quinquagénaire se retourna et les deux hommes se serrèrent la main.

— Docteur… Quelle est votre spécialité archéologique ?

— La médecine, répondit Matteo avec un sourire malicieux. Rose a eu la gentillesse de me faire visiter le site.

David éclata de rire, et ils bavardèrent de tout et de rien avant de discuter du site qui semblait fasciner Matteo.

Ils gravirent un petit terrain pierreux et arrivèrent à l'entrée d'une grotte. David se pencha pour ramasser un casque qu'il tendit à Matteo, puis il nota à la craie le chiffre trois et l'heure sur un tableau accroché à la paroi.

— Une petite précaution dictée par la sécurité, expliqua-t-il en souriant. Au cas où il y aurait un accident.

Matteo se rembrunit, mais ne dit rien.

— Nous devons aussi prévenir le bureau quand nous descendons dans la grotte, renchérit Rose.

— Bien sûr, commenta David en souriant. Je dois me souvenir de le faire la prochaine fois… Quelqu'un descendrait vous secourir si vous ne remontiez pas en un seul morceau, et je le suivrais.

Rose lui lança un regard exaspéré.

— David…

— Elle a raison, dit David en riant.

— Bien sûr. Et je m'en voudrais d'ignorer ses conseils.

Malgré la fraîcheur qui régnait dans la grotte, Rose avait la peau brûlante, troublée par la présence de Matteo. Allumant sa lampe-torche, elle orienta le faisceau lumineux vers la zone marquée de bandes réfléchissantes qui délimitait l'endroit où on pouvait marcher sans danger, puis elle éclaira le plafond de la grotte.

— Comme vous pouvez voir, Matteo, il y a des dépôts laissés par des feux allumés à l'intérieur, dit-elle. Ils sont probablement relativement récents, datant peut-être à peu près de la même époque que la balle. Mais si nous allons plus loin…

Elle marcha vers le fond de la cavité et s'engagea dans un petit passage. Matteo lui emboîta le pas et étouffa un cri de surprise en débouchant dans une immense caverne en pierre.

— Vous croyez qu'elle a été utilisée dans des temps anciens ? demanda-t-il.

Le pinceau de sa torche repoussant l'obscurité, il s'enfonça dans la caverne, découvrant des dépôts de quartz sur la droite et, plus loin, un petit ruisseau souterrain qui se jetait en gargouillant dans une mare profonde.

— Nous avons trouvé des poteries grecques et romaines ici, répondit David. Et certains éléments prouvent que son utilisation pourrait remonter à l'âge de fer. Ça devait être un refuge parfait en période de trouble, et nous pensons que des gens ont pu s'y abriter pendant des siècles.

— Ces marques…, dit Matteo en effleurant du doigt les murs de l'entrée. Qu'est-ce que c'est ?

— C'est très intéressant. Nous pensons qu'elles ont été

faites avec des outils en pierre, et non en métal. Il semblerait qu'on ait élargi l'ouverture de la grotte il y a très longtemps, probablement pour l'utiliser. Et il y a encore d'autres cavernes plus loin.

— Fascinant…, murmura Matteo. Je peux aller les voir ?

— Bien sûr. Restez dans la zone délimitée par les bandes réfléchissantes qui a déjà été explorée, dit Rose en lui éclairant le chemin avec sa lampe-torche. Et, si jamais vous tombez sur des bijoux romains, appelez-moi !

Avec un ricanement, David alluma un des projecteurs installés sur des trépieds dans les zones actuellement étudiées par les archéologues.

— On peut toujours rêver… Je vais continuer à m'occuper de ces ennuyeuses vieilles poteries pendant que vous recherchez des trésors enfouis.

Rose entraîna Matteo dans une succession de grottes plus petites, lui montrant les endroits où ils avaient fait des découvertes. Dans la pénombre, ses traits semblaient plus accusés, plus saisissants, et elle ne pouvait s'empêcher de le contempler à la dérobée. Sa haute silhouette, sa démarche souple. Il était une œuvre d'art à lui tout seul, et sa façon de se mouvoir lui donnait le vertige.

Elle avait *vraiment* le tournis et ses jambes se dérobaient sous elle… Y avait-il un problème avec l'air ambiant ? Elle entendit sa lampe s'écraser sur le sol avant de se rendre compte qu'elle lui avait échappé des mains. La lumière s'éteignit. Avant d'être aveuglée par la torche de Matteo, elle aperçut une faible lueur au fond de la cavité.

— Qu'est-ce que c'est ? s'exclama-t-elle. Éteignez, j'ai vu la lumière du jour…

Personne n'avait encore travaillé dans la dernière caverne. Mais il y avait manifestement quelque chose plus loin.

Matteo s'approcha et lui saisit le bras.

— N'ayez pas peur, dit-il d'une voix calme. C'est un petit tremblement de terre.

4.

Ces séismes de faible intensité étaient courants dans la région et n'impressionnaient guère les autochtones. Mais sous la terre les effets n'étaient pas les mêmes qu'en surface, et Matteo n'avait aucun moyen de savoir s'il s'agissait de la secousse principale ou d'un signe avant-coureur.

— C'est fini ? demanda Rose, se décidant à le lâcher.

— Je ne sais pas. Il faut retrouver David et sortir d'ici.

Les grottes avaient peut-être résisté des milliers d'années et survécu à de nombreux tremblements de terre, mais pour Matteo il était préférable d'avoir le ciel au-dessus de la tête dans ce genre de situation. Par ailleurs, il y avait toujours le risque qu'un glissement de terrain bloque l'entrée de la caverne.

Rose jeta un dernier regard vers le fond du boyau qui avait attiré son attention un peu plus tôt et poussa un soupir agacé. Mais elle ne semblait pas vouloir bouger.

— *Pronto, bella...* , dit-il.

— Oui... Il faut trouver David...

Recouvrant son sang-froid, elle se pencha pour ramasser sa lampe et, lui prenant la main, elle l'entraîna à travers l'enfilade de cavités menant à la caverne principale où ils avaient laissé David. Elle poussa un cri en le voyant couché sur le sol, parmi les débris du trépied près duquel il avait commencé à travailler.

Elle tomba à genoux et, à la lumière de la torche, Matteo vit une tache sombre près de la tête de David. Quand il se pencha, il sentit l'odeur métallique du sang.

— Il a dû se cogner la tête en tombant, dit-elle, écartant les débris pour lui permettre d'accéder au blessé.

Mais ce n'était pas sa coupure à la tête qui inquiétait Matteo. David semblait avoir du mal à respirer et paraissait souffrir.

— Il fait de l'angine de poitrine, poursuivit la voix de Rose derrière lui.

— Avez-vous des douleurs thoraciques ? demanda-t-il au blessé qui ouvrait les yeux.

— Oui…

— D'accord, nous allons vous redresser.

Comme dans la plupart des urgences imprévues où les priorités n'étaient pas définies, il fallait prendre une décision. La blessure de David pouvait attendre, mais il fallait peser le pour et le contre, entre la nécessité de sortir à l'air libre et le risque encore plus grand de déplacer David.

Rose attrapa David d'un côté et, ensemble, ils l'assirent doucement. Sa respiration parut immédiatement plus facile.

— Vous avez un médicament ?

— Il est dans le tiroir de son bureau, répondit Rose. Je l'ai vu.

Matteo n'avait aucune envie de lui faire traverser seule la caverne, mais il n'avait pas le choix.

— D'accord. Allez le chercher. Soyez prudente, et regardez au-dessus de votre tête, surtout à l'entrée de la grotte. Veillez à ce qu'il n'y ait pas d'éboulis en cours avant de mettre le pied dehors. Quand vous aurez le médicament, restez à l'air libre et demandez à quelqu'un de me l'apporter.

Il parlait calmement et distinctement dans l'espoir qu'elle suivrait ses instructions à la lettre.

— Compris. Je serai aussi rapide que possible.

— Ne soyez pas rapide, mais prudente. Nous attendrons.

Matteo s'assit à côté de David pour le maintenir en position assise. Les doigts sur le pouls du blessé, il commença à compter les secondes.

Le sol trembla de nouveau, imperceptiblement.

— Ce n'est qu'une réplique, pas de quoi s'inquiéter, expliqua Matteo avec un soupir de soulagement.

— C'est la mosaïque qui me tracasse…

— Votre angine de poitrine est stable ?

Matteo préférait se concentrer sur l'essentiel. La mosaïque était secondaire pour le moment.

— Oui. Quand j'ai senti le sol trembler, je me suis précipité dehors pour voir ce qui se passait, et j'ai trébuché sur les câbles du projecteur.

— Vous avez ressenti les douleurs thoraciques avant ou après ?

— Après. Je n'en ai pas au repos. La chute m'a causé un choc.

David connaissait manifestement bien son état. C'était bon signe, et Matteo espérait qu'il se sentirait rapidement mieux, mais il voulait avoir le médicament avant de tenter de le déplacer.

— J'ai mal à la tête…

— Vous vous êtes blessé en tombant. Ce n'est pas très grave. Nous nous en occuperons une fois dehors.

— D'accord. Merci.

Les secondes s'écoulèrent. Matteo continuait à lui parler, conscient qu'une crise d'angine de poitrine engendrait une sensation de panique et qu'il devait tout faire pour calmer le blessé.

Il leva les yeux en entendant un bruit à l'entrée du boyau. Même s'il aurait dû s'en douter, il fut contrarié de voir que Rose avait décidé d'apporter elle-même le médicament. Elle courut vers eux et sortit un flacon de cachets qu'elle leur tendit en évitant de regarder Matteo.

— Comment ça va ? demanda-t-elle, s'agenouillant à côté de David.

— Bien. La mosaïque n'a pas souffert ?

Rose lui prit la main. Essoufflée, elle n'avait pas dû arrêter de courir et n'avait sûrement pas perdu de temps à examiner les mosaïques.

— Ne vous inquiétez pas. Elle a survécu à assez de tremblements de terre, et un de plus n'y changera rien. Laissez-moi vous nettoyer.

Elle sortit de sa poche une poignée de serviettes en papier hâtivement arrachées au distributeur et, débouchant une bouteille d'eau, elle en humecta une pour essuyer délicatement la bouche souillée de David. Matteo lut les indications sur le flacon de médicaments et glissa deux cachets dans sa paume qu'il lui tendit.

— Sous la langue, dit-il.

Prenant ensuite une serviette qu'il mouilla, il s'occupa de la blessure à la tête. Elle saignait et aurait besoin de points de suture, mais semblait superficielle. Assise en silence, Rose fixait la main du blessé.

— J'ai envoyé chercher un kit de premiers secours. Va-t-on essayer de sortir bientôt ?

— Nous allons rester ici encore une dizaine de minutes, répondit Matteo.

S'interrompant, il lui prit le menton pour scruter son visage et s'aperçut qu'elle était terrifiée. Il se rappela qu'elle était dehors au moment de la deuxième secousse.

— Ne vous inquiétez pas. La seconde secousse n'était qu'une réplique bien moins forte que la première. On les ressent toujours plus faiblement en sous-sol.

David voulut la rassurer à son tour, mais Matteo lui imposa silence pour qu'il garde les comprimés sous la langue afin qu'ils soient plus rapidement absorbés par son organisme.

Rose poussa un soupir de soulagement. Il lui avait fallu beaucoup de courage pour retourner dans la grotte alors qu'elle imaginait des répliques de plus en plus fortes.

— Alors on n'a rien à craindre ?

— Non.

Ce n'était pas tout à fait vrai, mais il aurait dit n'importe quoi pour la rassurer.

Elle hocha la tête, et il eut un serrement de cœur devant son sourire lumineux.

— Très bien. Je reviens dans une minute.

Elle se releva, et il remarqua qu'elle avait un genou écorché. Il reporta son attention sur David qui paraissait beaucoup mieux.

— Vous devriez sortir Rose d'ici, lui chuchota le blessé. Je suis prêt à vous suivre.

— Reposez-vous encore une minute. Nous partirons bien assez tôt, et Rose fera ce qu'elle aura décidé.

— Ça, je n'en doute pas.

Rose s'était approchée de l'entrée pour capter un signal sur son portable. Elle appela Elena qui lui apprit qu'ils n'avaient pas ressenti le séisme dont l'épicentre devait se situer en dehors de Palerme. William allait bien. Après avoir promis de ne pas rentrer tard, Rose retourna auprès de David et Matteo.

Propulsée par la seconde secousse dans l'escalier du baraquement abritant le bureau de David, elle s'était empressée de se relever pour reprendre sa course, ne s'arrêtant que pour préciser à un collègue où ils se trouvaient et l'envoyer chercher une trousse de premiers secours. La perspective de retourner dans la grotte la terrifiait, mais David avait besoin de son médicament.

Ils patientèrent encore pendant dix minutes. Matteo les faisait parler pour détendre l'atmosphère, mais sans quitter David des yeux. Quand il décida qu'il était temps de partir, Rose l'aida à relever David, et ils marchèrent lentement vers l'entrée de la caverne. Matteo soutint le blessé quand ils sortirent dans le soleil de fin de journée, attendus avec impatience par leurs collègues inquiets.

Il installa David sur une chaise préparée à son intention avec la trousse de secours, et demanda un parasol pour se protéger du soleil. Puis il se mit au travail, lui nettoyant soigneusement sa plaie à la tête et vérifiant qu'il n'avait pas d'autres blessures.

Confiant ses clés de voiture à un étudiant, il le pria d'approcher le véhicule le plus près possible.

— Vous l'emmenez à l'hôpital ?

— Non. Il est parfaitement remis de sa crise d'angine de poitrine, et il est inutile de l'hospitaliser. Mais il a besoin de repos, et je vais le ramener chez lui où je suturerai sa plaie.

— Merci. Je vais prévenir Nina, sa femme. Je lui dis que vous serez là dans une demi-heure ?

— Vous venez, Rose ? demanda Matteo en souriant.

— Bien sûr que je viens.

Il n'est pas pour moi. Je ne veux pas de lui.

Rose se le répétait encore et encore tandis qu'au volant de sa voiture elle suivait Matteo qui roulait vers Palerme. Puis elle décida de ne plus se mentir. Elle le voulait bel et bien.

C'est juste une réaction post-traumatique.

Le beau et charmant Matteo était une tentation à laquelle elle pouvait résister… Tout juste. Mais le Matteo qui avait été là quand elle avait besoin de lui et avait apaisé ses craintes l'attirait encore plus, et c'était plus dur à ignorer.

Cependant, le mariage lui avait enseigné une chose. Elle avait tout d'un éléphant dans un magasin de porcelaine en amour, et il n'était pas question de réitérer l'expérience. Elle eut une grimace ironique. Plus Matteo lui plairait, plus elle devrait prendre ses distances avec lui.

Pas maintenant, toutefois.

Il fallait d'abord mettre David en sécurité. De toute façon, rester à l'écart de Matteo ne l'empêcherait pas de le voir de temps en temps. William l'aimait bien, et si Matteo appréciait sa compagnie ce serait bon pour son fils d'avoir un point de vue d'homme sur la vie. À condition qu'elle sache bien dissocier amitié et romance.

Chaque fois qu'il regardait dans le rétroviseur, Matteo s'attendait presque à ce que Rose ait disparu. Mais elle resta dans son sillage durant tout le trajet jusqu'à la belle villa que David et son épouse Nina louaient dans la banlieue de Palerme.

Sitôt arrivé, il prit la trousse de secours et entreprit de suturer la blessure de David, réussissant le tour de force de boire l'infâme café instantané de Nina en l'accompagnant d'un biscuit.

Il donna son numéro de portable à Nina en lui faisant promettre de l'appeler en cas de problème. Puis il sortit avec Rose dans le crépuscule.

Toutes ses sensations semblaient exacerbées. Le grincement de la grille du jardin lui parut discordant, et la caresse de la brise vespérale lui sembla trop douce sur son visage et enivrant le parfum des cheveux de Rose. Soudain, il ne maîtrisait plus ses sens.

— C'est gentil de lui avoir laissé votre numéro.

Elle leva les yeux vers lui, ses mèches blondes voletant dans la brise espiègle. Même lasse et ébouriffée, elle était magnifique.

— Elle ne devrait pas en avoir besoin. C'était une crise mineure, et il n'a plus de symptômes.

— On ne sait jamais.

— Je voulais surtout la rassurer.

Il était temps de prendre congé maintenant, mais quelque chose le tracassait.

— Je vous dois des excuses. J'aurais dû vous dire que les secousses seraient ressenties plus fortement à l'air libre, et… Vous avez dû avoir très peur.

— Non.

C'était étrange, la première réaction de Rose était de refuser systématiquement toute émotion. Il haussa les sourcils.

— Pas même un petit peu ?

— Bon, d'accord. J'ai eu la frousse de ma vie. J'ai cru que j'allais vous retrouver enfouis sous un tas de gravats…

— Vous avez été courageuse de revenir.

— Ça semblait la seule chose à faire, rétorqua-t-elle avec un sourire.

Il était touché d'avoir réussi à percer sa carapace et d'avoir pu entrevoir la femme qui se cachait dessous.

— Je dois y aller maintenant, dit-elle en cherchant ses clés de voiture.

— Vous voulez vous coucher tôt ?

Il ne se décidait pas à bouger. Il ne pouvait pas la quitter sans avoir l'espoir de la revoir.

— Oui… Je crois que je vais retourner sur le site demain matin. Je veux voir ce qu'il y a après la dernière grotte.

— Ce n'était pas juste un trou ?

— Je ne pense pas. Nous avons tracé le plan de ces cavités, et sauf erreur de notre part la dernière est à au moins trente mètres sous la surface.

Elle avait piqué sa curiosité. Il voulait croire que son intérêt avait uniquement trait à la grotte et n'avait rien à voir avec elle.

— Alors, vous allez découvrir ce que ça cache.

— Bien sûr. Vous n'avez pas envie de le savoir ?

— J'admets être curieux, dit-il avec un petit rire. Très curieux même.

— Eh bien, si vous voulez passer pendant le week-end, appelez-moi. Je dois encore vous faire visiter le reste du site.

Il n'y avait pas de mal à cela, après tout.

— À quelle heure y allez-vous demain ?

— Vers 6 heures. Ça me laissera le temps de faire le tour avant la grosse chaleur.

Il sortit ses clés de voiture de sa poche.

— Eh bien, à demain alors.

5.

Quand Matteo arriva sur le site à six heures moins le quart le lendemain matin, Rose était déjà là. Garant sa voiture, il la vit sortir du bureau, chaussée de grosses bottes et emmitouflée dans une veste à capuche pour se protéger du froid matinal. Elle s'avança vers lui d'un pas léger.

— Vous comptez faire du jardinage ? demanda-t-il, désignant les sécateurs qu'elle tenait.

Elle sourit et, sortant une feuille A4 de sa poche, elle la déplia et l'étala sur le capot de la voiture.

— Regardez. C'est un plan de la zone, et j'y ai superposé l'étude des grottes.

Matteo regarda la carte. Le sentier menant à l'entrée de la grotte était sur la gauche, et donc… Il examina la pente devant les cavités.

— Alors la grotte où nous étions hier doit se trouver devant nous, à peu près à mi-hauteur.

— C'est mon avis. Je ne voulais pas y descendre seule…, dit-elle avec un haussement d'épaules.

— Je suis ravi de l'entendre.

— Mais j'ai pensé que si cette lumière vient de l'extérieur…

— C'est peut-être qu'il y a une autre entrée, conclut-il, tout excité par cette découverte.

— Exactement. Et regardez là-haut…

Il suivit la direction qu'elle indiquait du doigt. La colline montait en pente douce et, à l'endroit où elle cédait la place à un affleurement de rochers dont certains avoisinaient les dix mètres de haut, un grand taillis broussailleux s'étendait au-dessus d'une tache sombre.

— Vous croyez que c'est ça ?

— C'est sensiblement au bon endroit.

Matteo se pencha pour prendre les gants de travail qu'il avait glissés dans sa voiture avant de partir.

— Très bien. Allons-y.

Ils avancèrent avec précaution, testant le sol du pied au cas où le séisme de la veille aurait ouvert des fissures. De plus près, Matteo vit qu'il y avait un petit trou, partiellement masqué par des branches. Il leur fallut une demi-heure pour se frayer un chemin jusque-là.

— Qu'en pensez-vous ? demanda-t-il, se penchant pour scruter l'intérieur du cratère aux bords déchiquetés.

— On aura l'air bête si c'est l'antre d'un renard. Et je n'ai guère envie de le découvrir en fourrant mon bras là-dedans.

— Moi non plus. Mais ça ne ressemble pas à un trou de renard.

Les renards creusaient leurs tanières dans le sol, pas en hauteur. Néanmoins, il ramassa une longue branche et la poussa dans le trou avec précaution.

— Vous sentez quelque chose ?

— Non, rien. La cavité semble profonde.

Il enfonça davantage le bâton sans rencontrer de résistance. Puis il le lâcha, et il disparut complètement.

— Vous avez entendu ?

Rose acquiesça.

— J'ai eu l'impression que la branche était tombée sur quelque chose dans un trou.

Ils se regardèrent, les yeux brillant de la même excitation.

— On peut descendre une caméra là-dedans ?

— Oui. On en a une à extension télescopique. Je vais la chercher, dit-elle, tournant les talons pour regagner le baraquement.

L'appareil, qu'on adaptait sur un bras flexible, se composait d'une caméra légère et d'un projecteur, avec un moniteur récepteur et une batterie à l'autre extrémité.

Rose assembla les différentes parties en choisissant trois perches rigides à raccords flexibles, et fixa soigneusement la caméra et le projecteur à un bout. Matteo prit le trépied qu'elle avait rapporté et enfonça solidement les pieds dans le sol pour le caler.

— Vous voulez faire un essai ?

Appréciant l'honneur qu'elle lui faisait, il hocha la tête et, posant une extrémité du bras flexible sur le trépied pour le stabiliser, il fit descendre la caméra dans le trou.

— Doucement. Essayez de ne pas toucher les côtés…

Le moniteur donnait une image claire des premières couches de sol, avec des morceaux de racines enchevêtrées.

Matteo se concentra. Son propre travail se faisait à une échelle bien plus réduite, mais l'idée générale était la même.

Rose se tenait près de lui, tendant le cou pour voir l'écran. Il s'aperçut soudain que sa main tremblait et se réprimanda, s'efforçant d'ignorer le doux parfum qu'elle dégageait.

À une profondeur d'une quarantaine de centimètres, les parois de la cavité disparurent, et ils ne virent plus que de la poussière en suspension. Il actionna les commandes pour incliner la caméra, d'abord délicatement, puis plus franchement en se rappelant qu'il ne s'agissait pas d'un acte chirurgical.

La caméra se focalisa sur un sol plat que Matteo estima environ deux mètres plus bas que le niveau où ils se tenaient. Il entendit Rose retenir son souffle.

— C'est bien une grotte. Essayez d'évaluer sa taille.

En faisant pivoter la caméra, il estima que la cavité faisait environ trois mètres de hauteur sur vingt mètres de diamètre. Il se figea en voyant une lueur soudaine traverser l'écran.

— Qu'est-ce que c'est ?

— Peut-être le reflet de dépôts minéraux quelconques. Repassez encore.

Matteo déplaça la caméra, et ils virent scintiller ce qui

ressemblait à des cristaux de quartz, pratiquement sur le sol de la grotte.

— Pouvez-vous aller jusqu'au fond ? murmura Rose contre son cou.

— Je vais essayer, répondit-il, troublé par cette proximité.

Il orienta la caméra vers le bas, et ils attendirent que l'image se stabilise sur l'écran du petit moniteur. Il eut un hoquet de surprise.

— C'est…

Visiblement, Rose paraissait aussi interloquée que lui.

— Quoi ?

Il savait à quoi cela ressemblait, mais elle était plus expérimentée pour déchiffrer l'image.

— On dirait une tombe. Vous voyez ces trois plaques ?

Trois grosses dalles de pierre assemblées en une structure d'environ un mètre de largeur et deux mètres d'épaisseur. Ce qui ressemblait à des cristaux éparpillés à une extrémité donnait un curieux effet de scintillement.

L'excitation de Rose était presque palpable, et il avait du mal à stabiliser la caméra tellement sa main tremblait.

— Je n'ai jamais rien vu de tel. Les sépultures des cavernes sont généralement très anciennes.

Elle éclata soudain d'un rire émerveillé qui faisait écho à son propre enchantement.

— Je me demande si c'est la sorcière de mon grand-père, commenta-t-il avec malice, notant, malgré son inexpérience, que la tombe paraissait appartenir à quelqu'un d'important.

— On serait déjà pulvérisés si c'était le cas.

Dans son enthousiasme, elle dérapa soudain sur la roche, et la caméra fit une embardée quand il tendit la main pour la retenir.

— Ne tentez pas le sort…, dit-il en l'attirant contre lui.

Elle se rattrapa à ses épaules en gloussant, et il fut incapable de se contenir davantage. Lâchant le flexible, il glissa les bras autour de sa taille et la fit tournoyer autour de lui en riant.

Matteo savait très bien que cela ne se passerait pas comme dans un film, où les archéologues grattaient frénétiquement la terre pour élargir une cavité avant de ramper dedans pour découvrir des merveilles insoupçonnées. C'était un processus minutieux, laborieux, mais la lente montée de l'excitation rendait les choses encore plus palpitantes.

Rose avait téléchargé les images de la caméra et les avait envoyées à ses collègues par mail. Elle n'avait pas fini de se préparer du thé que son téléphone se mit à sonner, et à 10 heures du matin vingt personnes étaient déjà arrivées sur le site. Matteo la regarda débattre de la suite des événements avec ses collègues. Son T-shirt était maculé de poussière, des mèches dorées échappées de sa queue-de-cheval lui tombaient dans les yeux. Elle rayonnait à la lumière du soleil.

On décida d'élargir l'ouverture de la grotte pour en faciliter l'accès et l'exploration. On progressait lentement, car il fallait prendre des photos et prélever des échantillons de sol, et sous le soleil de la mi-journée les équipes de fouille travaillaient par postes d'une demi-heure, retournant régulièrement se rafraîchir à l'ombre et spéculant avec passion sur ce qu'il y avait sous les dalles.

— Nous allons entrer dans environ une demi-heure, annonça Rose.

Autorisé à participer au creusement d'une tranchée à flanc de colline pour élargir l'ouverture de la grotte, Matteo était en train de laver son visage maculé de poussière devant le lavabo du campement.

— C'est vrai ? Vous allez descendre la première ?

— Avec vous aussi. Le Pr Paulozzi l'a suggéré puisqu'il s'agit de votre trouvaille.

Le cœur de Matteo se mit à battre la chamade. Ils allaient découvrir la grotte ensemble.

Pour célébrer cet instant, elle se débarbouilla et se recoiffa. Puis une fois tous deux équipés de gants et de casques munis de lampes et de caméras frontales, Matteo se glissa dans la tranchée menant au trou désormais béant, puis il se tourna pour aider Rose à descendre.

Pour des raisons de sécurité et parce que le sol de la grotte n'avait pas encore été examiné, ils ne furent autorisés à faire que quelques pas à l'intérieur.

— Une douzaine de petits cristaux sont éparpillés sur la dalle la plus proche de l'entrée. On dirait du quartz ou de l'améthyste. Il semble qu'il y ait aussi des éclats de poterie. Peut-être un récipient pour une offrande quelconque…

Grâce au micro fixé à sa caméra, Rose commentait tout ce qu'elle voyait pour ses collègues qui patientaient dehors.

— Il y a quelque chose sur les murs, dit-elle, orientant sa lampe vers la paroi qui surplombait les dalles, ce qui fit apparaître des taches sombres. On dirait de l'ocre rouge, sans forme distincte, mais ça semble faire toute la longueur des dalles sur une hauteur d'une soixantaine de centimètres. Le sol de la grotte est sec, et il n'y a pas de guano de chauve-souris. Je ne vois aucune trace d'incursions animales.

Elle poursuivit ses observations pendant que Matteo regardait autour de lui, ému de se trouver dans ce lieu paisible que nul n'avait troublé pendant tant d'années.

Sa main effleura celle de Rose dont les doigts se refermèrent sur les siens.

— C'est magnifique ici…, murmura-t-elle.

Ils travaillèrent jusqu'au crépuscule, dressant une tente au-dessus de l'ouverture pour que rien ne pénètre dans la cavité au risque d'endommager son contenu. Matteo se félicita de voir que deux étudiants et un archéologue se préparaient à passer la nuit sur les lieux pour garder la grotte.

— Tenez. Je vous ai téléchargé la vidéo.

Au moment de se séparer, Rose lui avait glissé une carte mémoire dans la main avec un sourire las.

— Merci. Vous me ferez savoir ce que vous découvrirez ?

— Bien sûr. Vous faites partie de l'aventure maintenant.

Il le pensait aussi. Il s'était promis de ne pas trop s'impliquer avec Rose, mais là, c'était différent. Il avait l'impression qu'ils étaient connectés à cet endroit par un lien sacré qu'il devait suivre, où qu'il l'entraîne.

Il passa le dimanche avec son grand-père et lui montra la vidéo. Il ne pouvait pas participer au travail de photographie et de prélèvement réalisé dans la grotte, mais il avait besoin d'en parler à quelqu'un, de raconter ce qu'ils avaient vu. Quand l'image montrait un aperçu fugitif du visage souriant de Rose, il croyait presque sentir son parfum.

Elle lui envoya des SMS pour le tenir au courant de leurs progrès, mais l'appel qu'il attendait arriva le mercredi.

— Venez ce soir, dit-elle sans préambule. Dès que vous pourrez, après le travail.

— Je serai là à 6 heures.

Rose guettait la voiture de Matteo et, en la voyant approcher sur la route en lacets qui menait au site, elle se dirigea vers le parking. Elle avait hâte de lui montrer ce qu'ils avaient trouvé.

Et de le voir car il lui avait manqué. Découvrir la grotte en sa compagnie lui était apparu comme un signe du destin. Elle avait dû faire un effort pour se rappeler qu'il avait son propre travail et ne pouvait pas être partout à la fois.

Quand il arriva, en jean, T-shirt, et grosses bottes, elle lui tendit un casque.

— Prête ?

Le beau sourire qu'il lui adressa lui coupa le souffle.

— Qu'est-ce que vous avez ?

— Nous avons examiné ce qu'il y avait sur les plaques de pierre. Ce sont surtout des cristaux de quartz, provenant sans doute d'autres parties du réseau souterrain. Et il y avait des fragments d'un petit plat en poterie.

— Vous avez une idée de quelle époque ça date ?

— C'est ça qui est curieux. La poterie remonte assurément à la fin de la période romaine, probablement après l'occupation de la villa principale. En général, les sépultures souterraines sont beaucoup plus anciennes, et il est rare d'en trouver de l'époque romaine.

— Alors vous ne pensez pas que celui qui est enterré ici ait occupé la villa ?

— C'est très improbable. Les périodes ne correspondent pas, et il y a un groupe de tombes de l'autre côté de la villa, qui doit être le lieu de sépulture de la famille. Notre théorie, fondée sur d'autres trouvailles faites dans la caverne principale, est que cet individu appartenait à un groupe qui a occupé les grottes.

— Ils ont vécu ici, dans les collines ?

— Nous pensons qu'ils s'y cachaient. Le plat a vraisemblablement été utilisé par une personne aisée car il est de bonne qualité et a été tourné. Ce n'est pas le genre d'objet que posséderait un homme primitif.

— Des réfugiés…, commenta-t-il d'un air pensif.

— Je crois, oui. Peut-être fuyaient-ils un conflit ou une invasion, cela ne manque pas dans l'histoire de la Sicile.

— Et c'est bien une tombe ?

— Oui. C'est pour la voir que je vous ai appelé. Nous l'avons ouverte.

Matteo pressa le pas, et elle dut presque courir pour rester à sa hauteur. Inutile de demander s'il avait envie de la voir.

L'entrée de la grotte était maintenant protégée par une structure plus imposante. Rose ouvrit la fermeture sécurisée de la tente, mit son casque et, allumant les projecteurs, elle s'approcha de la tombe puis s'agenouilla.

C'était presque comme si elle voyait ces objets pour la première fois. Matteo s'accroupit près d'elle en silence et contempla le squelette couché dans une déclivité naturelle de la roche tapissée d'argile.

Elle se pencha vers lui.

— Vous voyez ici…, dit-elle, ses poils se hérissant malgré elle au contact du bras de Matteo. Ces marques dans l'argile sont des empreintes d'herbes et de fleurs.

— Qu'est-ce que c'est que ça ? s'enquit-il, désignant un objet à moitié enterré posé au-dessus des vertèbres.

— Une pièce de monnaie. Il n'est pas rare d'en trouver sur la bouche du défunt dans les sépultures romaines.

— Alors… L'individu a été couché sur un lit de fleurs, avec une pièce de monnaie sur la bouche, puis on l'a recouvert des dalles qu'on a décorées de cristaux…, résuma-t-il d'un ton respectueux.

— Oui. Et nous pensons que les traces d'ocre rouge sur la paroi sont des restes de dessins. Le degré d'acidité de l'argile est bas, ce qui explique le très bon état de conservation. Regardez là…

— Qu'est-ce que c'est ? lança-t-il, scrutant le morceau d'argile ovoïde avec des marques dentelées qu'elle montrait.

— Je ne sais pas, nous n'avons encore rien vu de tel. C'est de facture grossière, ça peut avoir été fabriqué par quelqu'un et avoir une signification personnelle. Il faudra l'envoyer à Rome pour voir s'il y a quelque chose à l'intérieur, nous ne disposons pas de matériel de scanographie dans l'île.

Il s'assit sur les talons en réfléchissant.

— Mais si.

— Pas à usage archéologique… À quoi pensez-vous, Matteo ?

— Des archéologues ont déjà utilisé nos appareils de radiographie. Pourquoi pas le CT scan ? À moins que vous ayez une raison de faire scanner vos trouvailles à Rome.

— Non. Elles sont fragiles et les déplacer comporte un risque… Vous croyez que l'hôpital accepterait de faire ça ? demanda-t-elle avec un sourire.

— Je parlerai à la directrice demain et je ferai de mon mieux pour la convaincre.

Rose doutait que quiconque soit capable de résister aux tentatives de persuasion de Matteo.

— Et… Vous accepteriez de réaliser l'examen ?

— Vous plaisantez ? J'adorerais m'en charger ! s'écria-t-il, se penchant pour examiner les ossements. Qui que soit cet individu, il a été enterré avec amour, n'est-ce pas ?

— Il n'y a aucun doute là-dessus.

— Alors, nous devons à ceux qui l'aimaient d'aller au bout de nos recherches, vous ne croyez pas ?

6.

C'était un sentiment étrange. Alec n'avait jamais témoigné le moindre intérêt pour le travail qu'elle effectuait, et il s'ennuyait à mourir quand elle en parlait. Or non seulement Matteo s'y intéressait, mais il était animé de la même passion qu'elle. Il l'appela le lendemain après-midi pour lui dire qu'il avait obtenu l'accord de principe de l'hôpital, et savoir si le week-end suivant lui conviendrait.

— Je pense. Je vais demander au Pr Paulozzi de prendre contact avec l'administratrice de l'hôpital. Nous comptons sortir les ossements et les objets funéraires aujourd'hui et demain.

— Parfait. Qu'est-ce qui vous va le mieux, samedi ou dimanche ?

— Je préférerais dimanche. Elena et sa famille vont à un mariage samedi, et j'ai promis à William de l'emmener quelque part.

— Va pour dimanche, alors.

— Bon. Au fait, vous connaissez un marché sympa à Palerme ? De préférence pas trop fréquenté.

— Quelle question ! Bien sûr que j'en connais. Mais ils sont pris d'assaut le week-end.

— J'espérais éviter la foule. Je serai seule avec William, et je ne voudrais pas le perdre dans la cohue.

— Si je vous accompagnais ? dit Matteo après un court silence. Je peux vous montrer le meilleur marché de Palerme. Vous allez l'adorer.

Rose s'accorda un temps de réflexion. Cette sortie n'avait

aucun rapport avec leur travail, mais elle ferait plaisir à William, tout en restant à peu près dans les limites qu'elle s'était fixées.

— Eh bien… Si ça ne vous dérange pas.

— Bien sûr que non. Je vous appelle demain.

Roulant lentement le long de la rue où il devait retrouver Rose, Matteo repéra sa voiture et se gara juste à côté. Assis à l'avant, tête blonde contre tête blonde, William et Rose étaient absorbés par l'examen du téléphone de la jeune femme.

— Ah, vous nous avez trouvés ! s'écria-t-elle.

Elle descendit de voiture tandis que William rampait sur le siège pour saluer Matteo de son meilleur *bongiorno.*

— Regardez ce que j'ai trouvé, dit-elle avec un grand sourire, apparemment trop excitée par le contenu de son téléphone pour s'embarrasser de formules de politesse.

Il prit l'appareil et scruta l'écran.

— Qu'est-ce que c'est ?

— C'est une application qui simule le daltonisme. Ça doit me permettre de voir ce que voit William. Mais je ne suis pas sûre de l'avoir réglée correctement…

Matteo orienta le téléphone vers le ciel, et l'image devint terne. Se penchant à la hauteur de William, il le prit par les épaules pour qu'ils puissent voir l'écran en même temps.

— Comment le vois-tu, William ? Pareil ?

Le garçonnet secoua la tête.

— Le bleu est moins vif. Comment vous faites ?

— Il y a des réglages pour chaque couleur, expliqua Rose.

Elle tapa le côté de l'écran, et trois curseurs apparurent. Matteo régla celui qui contrôlait les bleus et le poussa jusqu'en haut.

— C'est mieux, William ? demanda-t-il.

— Ça a l'air pareil.

— Oui, pour moi aussi.

Il répéta le processus en se basant sur une voiture rouge,

puis une verte, réglant les curseurs pour modifier la balance des couleurs jusqu'à ce que William remarque une différence. Puis il rendit le téléphone à Rose.

— Je crois que c'est bon.

— Merci, dit-elle en levant l'appareil vers le ciel bleu avec un sourire lumineux. Je me réjouis que vous voyiez tous deux ce ciel comme je le vois.

Elle éteignit le téléphone, mais le garda à la main.

— Le marché est dans quelle direction ?

— Par là. Il n'y a qu'à suivre tout le monde.

Il trouvait bizarre d'être de nouveau avec Rose et son fils. Il avait plus ou moins réussi à accepter ses sentiments ambigus à l'égard de Rose, en se disant qu'elle n'était qu'une personne extrêmement séduisante avec un métier fascinant. Que William était un enfant intelligent doué du même appétit que sa mère pour la nouveauté... Mais, ensemble, ils formaient une famille, ce qui se révélait un vrai défi pour lui.

Il résolut le problème en n'y pensant plus. Cheminant à côté de William, il répondit à ses babillages et lui prit la main quand Rose s'arrêta pour regarder quelque chose à travers le filtre couleur de son téléphone. Comme si elle n'était pas là, et qu'il était venu uniquement pour William.

Le pantalon et la chemise écrus de Matteo faisaient ressortir la teinte dorée de sa peau. La brise taquine jouait avec le tissu léger de sa chemise qu'elle plaquait sur ses épaules athlétiques, et sa démarche détendue le rendait encore plus irrésistible. Comme il y avait de plus en plus de monde dans les rues, il installa William sur ses épaules. En voyant le visage radieux de son fils agrippé à son cou, Rose sentit son cœur se serrer, douloureusement consciente qu'il avait besoin d'un père.

À l'approche de la place du marché, les éventaires se multipliaient, et les étals de fruits et légumes disposés en grosses taches de couleur lui semblaient étranges, voire peu appétissants, à travers le filtre de son téléphone.

Matteo ralentit l'allure pour marcher au pas. Faire ses achats était pour lui une affaire sérieuse, et il dépassa plusieurs stands de beaux produits frais avant de se décider à s'arrêter.

À l'intérieur de l'immense marché couvert, un nouveau spectacle, de nouvelles odeurs les attendaient. Des éventaires proposaient un impressionnant assortiment de fromages, et les poissons frais couchés sur la glace sentaient bon la mer. Matteo s'attarda un moment à une brûlerie avant de choisir son café en grains.

— Vous ne prenez qu'un paquet ?

— Ils seront là la semaine prochaine…

— Et s'ils ne reviennent pas ?

Matteo éclata de rire.

— Eh bien, j'irai là, répondit-il, montrant un autre stand devant lequel se pressaient les clients. C'est ce qu'il y a de bien avec le marché. On achète au jour le jour.

Elle ne reconnaissait plus le Matteo prudent et réfléchi qu'elle avait vu à l'hôpital et sur le site archéologique. Détaché de toute obligation professionnelle et détendu, il profitait pleinement de l'instant présent.

Il reporta son attention sur William qu'il tenait contre sa hanche et, saisissant une lamelle de fromage sur un étal, il la fit goûter à l'enfant.

— Ça te plaît ?

Hochant la tête, William prit une autre bouchée. Elle aimait les voir ensemble, mais Matteo semblait un peu distant avec elle aujourd'hui. Le lien impalpable qu'elle avait senti entre eux sur le site n'était peut-être qu'un intérêt commun pour son travail d'archéologue. Elle aurait pourtant juré l'avoir vu réagir de façon très personnelle à plus d'une occasion.

Mais peut-être était-il de ces hommes qui trouvaient inapproprié de flirter avec une femme en présence de son enfant. Et c'était pour le mieux. Si Matteo n'était qu'un ami aux yeux de William, il ne pourrait pas souffrir.

Elle sortit son porte-monnaie.

— Si tu l'aimes, je vais en acheter, dit-elle à William.

Matteo fit signe au fromager qui s'empressa de prendre leur commande.

Matteo débarrassa Rose de son sac de courses pour qu'elle ait les mains libres. L'idée de la décharger un peu du lourd fardeau qu'elle portait avait quelque chose de grisant.

Entre un travail exigeant et un enfant à élever, elle semblait aisément faire front alors que c'était tout sauf simple. Lors des rares instants où son masque avait glissé, il avait vu le stress et la tristesse qu'elle cachait soigneusement, comme si ces émotions banales avaient le pouvoir de la détruire.

— Que faites-vous pour déjeuner ? demanda-t-il comme ils revenaient tranquillement vers leurs voitures.

— J'ai pensé que nous pourrions manger quelque part. Voulez-vous vous joindre à nous ?

Ses beaux yeux brillants remuèrent quelque chose au fond de lui. Quelque chose qu'il ne voulait pas admettre, mais auquel il ne pouvait résister.

— J'ai une meilleure idée. Venez chez moi, William pourra jouer sur la plage derrière la maison.

En tête à tête, peut-être retrouveraient-ils cette complicité qui leur avait tant manqué ce matin.

— Vous avez une plage privée ?

— Elle ne m'appartient pas vraiment. Mais elle est assez isolée, et pour l'atteindre il faut passer par le sommet de la falaise ou traverser la maison.

— Avec plaisir, alors. J'ai les affaires de plage de William dans la voiture. C'est loin d'ici ?

— Pas très loin, non. Dans la banlieue de Palerme.

La demeure de Matteo était un mélange harmonieux d'ancien et de moderne, à la fois stylée et confortable dans un environnement champêtre. Les murs blancs, l'entrée voûtée, et les hautes fenêtres munies de volets avec balcons en fer forgé à l'étage, étaient dans le style traditionnel des grandes maisons que Rose avait vues en Sicile. Mais elle possédait un étage supplémentaire, plus moderne, légèrement en retrait derrière un haut rebord en pierre qui courait autour du toit d'origine.

Elle avait le charme des maisons de livre d'images, et Rose avait du mal à imaginer qu'on pût y vivre à l'année.

Matteo s'arrêta dans l'allée semi-circulaire et, descendant de voiture, il attendit qu'elle se gare. Puis, passant sur le côté de la maison, ils franchirent une grille et gravirent un petit escalier pour déboucher dans un patio couvert de la largeur de la demeure et bordé d'une balustrade en pierre. Le confortable mobilier en rotin témoignait du temps qu'il devait y passer, ce qui n'avait rien de surprenant car le patio donnait sur une longue plage de sable blond.

Tenant la main de William, elle suivit Matteo à l'intérieur. Sur la droite, se trouvait une grande cuisine moderne, sobre et fonctionnelle, où l'art culinaire devait atteindre des sommets. À gauche, un salon ouvert occupait presque tout le rez-de-chaussée, avec des fauteuils en cuir pâle et une élégante table en verre très design.

William regardait autour de lui, bouche bée. Rose en aurait sans doute fait autant si elle n'avait senti sur elle le regard de Matteo.

— Quelle belle maison… C'est vous qui avez fait les transformations sur le toit ?

— L'étage supplémentaire était là quand je l'ai achetée, mais elle avait été longtemps inoccupée et était en assez mauvais état. J'ai fait ajouter un jardin sur le toit derrière.

— Le résultat est magnifique.

Il posa son sac de courses sur le comptoir de la cuisine.

— Je vais mettre vos achats au réfrigérateur. Vous voulez un café ?

— Avec plaisir, merci. Je le prendrai comme vous.

Il sortit une cafetière Moka du placard et la posa sur la cuisinière.

— Fort et noir…, dit-il avec malice. Vous êtes sûre ?

— Sûre.

Elle se serait contentée d'un café instantané, mais s'il pouvait le boire ainsi, elle aussi.

Sortant avec William dans le patio, elle l'enduisit de crème solaire et elle-même troqua ses sandales contre des espadrilles. Matteo, qui avait disparu après avoir mis l'eau à chauffer, revint en T-shirt et bermuda, juste à temps pour remplir la cafetière.

Il posa deux petites tasses à expresso sur la table puis se dirigea vers une caisse d'où il sortit un ballon de foot, à la grande joie de William qui se rua vers lui.

— Les Tufnell Park Cheetahs contre les Palermo Panthers ! annonça-t-il.

Il fit rebondir le ballon que William attrapa au vol et qu'il bloqua sous son bras avant de se diriger vers l'escalier menant à la plage.

— Je te rejoins dans une minute ! lui cria Matteo en prenant sa tasse. Vous jouez avec nous, Rose ?

— Non, je vais… boire mon café, si ça ne vous gêne pas.

— Bien sûr.

Il vida sa tasse en deux gorgées puis la reposa sur la soucoupe. Rose lui sourit, décidée à s'attaquer prudemment au sien dès qu'il se serait éloigné.

Elle finit par capituler en le voyant s'attarder.

— Si je m'étouffe, vous me taperez dans le dos ?

— Vous aurez droit à la procédure complète de réanimation.

Elle porta sa tasse à ses lèvres, huma le noir breuvage, puis le but d'un trait.

— Oh… C'est…

Elle ferma un œil, fronça le nez.

— L'essence du bon café ! dit-il, éclatant de rire.

— C'est normal d'avoir l'impression que sa tête va exploser ?

— On ne peut pas qualifier l'expérience tant que la saveur n'a pas déclenché la réaction de plaisir sur les papilles.

La laissant expérimenter la chose, il descendit rejoindre William.

Pendant une demi-heure, elle les regarda jouer au football sur la plage. Son magnifique petit garçon courait sous le soleil, hurlant de joie quand il envoyait le ballon dans le but tracé sur le sable par Matteo. Une image de parfaite félicité.

Mais, si elle les rejoignait pour compléter l'illusion d'une famille heureuse, l'image s'effacerait. Il valait mieux les laisser jouer seuls.

Matteo prit son temps pour préparer le déjeuner, jetant dans des poêles des ingrédients qu'il faisait goûter à William. Pour finir, ils dégustèrent une délicieuse salade d'épinards tièdes avec de la saucisse de Sicile et des pommes de terre, le tout accompagné d'un verre d'un excellent vin de pays.

Après le repas, Rose installa William pour sa sieste sur le canapé en rotin au fond du patio. Puis elle débarrassa la table et aida Matteo à emporter les assiettes et les verres dans la cuisine.

— Café ? proposa-t-il avec un sourire taquin, comme si la barrière invisible qui les séparait avait disparu maintenant que William dormait.

— Ce qui ne nous tue pas nous rend plus fort, paraît-il… Allons-y. Je vais même peut-être finir par aimer ça…

— Asseyez-vous dans le patio. Je vous l'apporte.

— Je peux vous regarder le préparer ?

— Vous voulez apprendre à faire du café buvable ? Ça risque de prendre du temps…

Elle leva les mains en signe de capitulation.

— D'accord. J'y vais.

Cette fois, elle huma l'arôme du café puis en savoura le goût rond sur sa langue avant d'attendre le plaisir. Matteo la regarda faire puis il but le sien, adossé à son fauteuil.

— Quand vous rentrerez chez vous, ça vous manquera.

— Beaucoup de choses me manqueront. Comme faire la sieste, une bonne habitude que vous avez ici.

— Je trouve aussi. Quand j'étais en Angleterre, je détestais voir tout le monde manger à son bureau en travaillant. J'essaie toujours de faire une pause déjeuner, ne serait-ce que de vingt minutes.

— Combien de temps avez-vous passé en Angleterre ?

— Sept ans quand j'étais enfant, mais ma sœur et moi retournions chez nos grands-parents les vacances d'été. J'ai fait mes études de médecine à Rome, et je suis ensuite reparti à Londres où je suis resté trois ans à cause d'une relation amoureuse… Mais nous avons fini par nous séparer.

— Je suis désolée. C'est toujours dur.

— Oui. Je n'aimerais pas avoir à refaire ce choix, dit-il, le visage assombri.

— Mais la Sicile est un merveilleux endroit où revenir.

Il avait repris le fil de son existence, comme elle, et s'était construit une belle vie. Peut-être avaient-ils plus en commun qu'elle ne l'avait cru.

— Oui. Et mon travail est ici. Je m'y sens plus chez moi que partout ailleurs.

Il tourna lentement la tête pour la regarder, et elle sentit de nouveau cette étrange affinité entre eux.

Elle n'avait pas envie de parler de choses négatives dans ce cadre paisible, avec la brise marine qui rafraîchissait le patio ombragé. Elle sortit son téléphone de son sac et le posa sur la table.

— J'aimerais vraiment avoir une idée de ce que vous voyez, si ça ne vous dérange pas…

Soudain, il était important pour elle de voir le monde à travers les yeux de Matteo, et peut-être d'en apprendre un peu plus sur la façon dont ce dernier fonctionnait.

7.

Matteo était exaspéré par les gens qui insistaient pour savoir quelle était, pour lui, la couleur de telle ou telle chose. Mais Rose voulait *vraiment* comprendre, et cela le touchait.

Il prit son téléphone, gardant le profil couleur qu'il avait installé pour William. Puis il ajusta les réglages des couleurs pour qu'elles soient aussi proches que possible de sa perception du monde.

— Voilà, dit-il en lui rendant le téléphone, un peu inquiet.

Elle tourna lentement l'appareil autour d'elle pour examiner tout ce qui l'entourait.

Matteo l'observait. Elle était fascinante à regarder, et le fait qu'elle soit en train de découvrir quelque chose sur *lui* rendait l'expérience encore plus grisante.

— C'est un peu ce que voit William. Mais pas tout à fait.

— Comme William n'a pas de récepteurs de couleur verte dans les yeux, il ne distingue pas du tout le vert. Moi, j'en ai quelques-uns qui me permettent de percevoir des nuances légèrement différentes de lui.

Hochant la tête, elle tourna sur elle-même et pointa l'appareil sur lui. Le jeu devenait soudain très personnel. La perception que Rose avait de lui comptait pour lui.

— Que voyez-vous ?

— Vous êtes… À peu près pareil. Et exactement le même quand vous riez ! s'écria-t-elle comme il s'esclaffait.

— Pouvez-vous retourner l'image ? demanda-t-il, voulant qu'elle sache à son tour comment *lui* la voyait.

Elle tritura le téléphone un moment, puis le tint contre sa

poitrine et, écartant ses cheveux, elle serra les lèvres. Cela ne changerait pas grand-chose. Sa bouche pouvait sembler plus rouge à la plupart des gens, mais la déficience en vert dont il souffrait concernait aussi de nombreuses nuances de rouge.

Elle scruta l'écran du téléphone et ses yeux s'agrandirent.

— Oh… Je suis un peu pâle, non ? J'ai l'air maladif !

— Vous êtes très bien pour moi.

— Mes yeux…

Elle avait du mal à trouver ses mots. Percevait-elle ce qu'il voyait, une beauté pâle, éthérée, aux cheveux d'or brillants et aux yeux d'un bleu saisissant ? Ou filtrait-elle l'information pour trouver à redire à son apparence ?

— Sont très bleus, dit-il. D'un bleu magnifique…

Elle lui adressa un sourire tremblant.

— Ils ressortent davantage. Comme si les autres couleurs s'effaçaient à côté.

— Les bleus me paraissent toujours plus intenses.

Elle reposa le téléphone.

— J'aimerais pouvoir vous montrer ce que je vois, déclara-t-elle.

Il s'aperçut qu'il en avait envie aussi. Il avait toujours farouchement défendu son droit à voir les choses à sa façon, avec ses propres yeux, et il n'avait jamais souhaité y changer quoi que ce soit. Mais il voulait tout savoir sur Rose.

— Quel genre de vision aimeriez-vous avoir si vous pouviez choisir ? demanda-t-il.

— Une image de radar à pénétration de sol, répondit-elle en riant. Ça faciliterait la vie. Ou une image tomodensitométrique… J'ai hâte d'être à demain pour voir ce qu'il y a dans l'œuf d'argile.

— Il pourrait ne rien y avoir, dit-il pour la préparer à une éventuelle déception.

— Je sais. Mais j'espère le contraire.

— Moi aussi. Au fait, le type avec qui vous m'avez mis en contact m'a expliqué la différence entre scanner les tissus humains et les restes archéologiques. Vous apporterez les ossements et l'œuf, n'est-ce pas ?

— Bien sûr. Le but est de tout scanner et, quand nous aurons les informations, on pourra réenterrer les ossements.

— L'hôpital sera ravi de cette excellente publicité.

Elle lui sourit.

— Et vous, quel type de vision aimeriez-*vous* avoir si vous aviez le choix ?

— Pas par rayons X. Regarder des squelettes marcher dans la rue ressemblerait trop à ce que je vois dans mon travail !

Soudain, il sut exactement ce qu'il avait envie de voir. La mer, le ciel, et le bleu magnifique des yeux de Rose.

— Je crois que je me contenterais de ce que j'ai, ajouta-t-il.

En tant que directeur du site, le Pr Paulozzi allait superviser le transport des ossements et des objets funéraires, ainsi que le processus de scanographie. À l'hôpital, ils furent envoyés directement aux laboratoires de radiologie où régnait une forte activité.

En tenue opératoire, Matteo était en train de protéger la table d'opération d'un drap en plastique. Il se retourna pour accueillir Rose quand elle entra en poussant le chariot portant les lourdes caisses métalliques.

— Nous sommes prêts, dit-il. Le Pr Paulozzi va avoir des spectateurs dans la galerie d'observation. Plusieurs médecins veulent assister à l'examen.

Rose se sentit fière d'être la seule habilitée à le seconder durant l'intervention.

— Faut-il que je me change ? demanda-t-elle.

— Non, il suffit de porter un tablier de protection. Je suis plus à l'aise en tenue opératoire, mais j'en mettrai un aussi.

— On peut commencer à déballer ?

— Bien sûr. Mais j'ai besoin de vous une dizaine de minutes, le temps de revoir quelques procédures.

Il la conduisit dans une petite pièce attenante où ils firent le point des mesures de sécurité avant de regagner la salle.

Le tablier de protection était lourd et encombrant, mais cela ne semblait pas gêner Matteo. Derrière la vitre de la galerie d'observation, le Pr Paulozzi était entouré de sa cour et semblait ravi de parler de leurs trouvailles au personnel hospitalier qui se pressait dans le petit espace.

— On commence par les ossements ? demanda Matteo d'un ton calme et professionnel.

Quelqu'un éteignit l'éclairage de la salle d'observation, et ils se retrouvèrent seuls dans le halo des lampes scialytiques.

L'un après l'autre, Matteo scanna les os avec un soin méticuleux. Le temps qu'il arrive à l'os maxillaire, Rose souffrait le martyre, son dos torturé par le lourd tablier de plomb, mais la concentration de Matteo ne flanchait pas tandis qu'il scrutait les résultats du scanner sur le grand écran.

— Je dirais... que notre demoiselle avait dans les seize ans.

D'après la forme du bassin et les caractéristiques du crâne et de la mâchoire, ils étaient déjà convenus qu'ils avaient affaire à une femme. La fusion et la croissance osseuses indiquaient qu'il s'agissait d'une adolescente, ce qui était corroboré par le développement dentaire.

— Je suis d'accord, dit Rose en souriant. Peut-on regarder sa jambe maintenant ?

Elle avait ses propres théories sur le fémur gauche, et elle l'avait emballé pour qu'il soit le dernier os de la caisse. Matteo acquiesça, et elle posa délicatement l'os au centre de la zone de scannage.

— Qu'en pensez-vous ? interrogea-t-elle, voulant avoir son avis avant de formuler sa propre opinion.

Matteo regarda fixement l'écran, le visage grave.

— Cet os a été cassé. Il avait visiblement commencé à se ressouder, c'était donc arrivé avant la mort.

— Combien de temps avant ?

— Six semaines peut-être... La fracture a manifestement été réduite, une telle cassure ne se serait pas aussi bien ressoudée sinon, ce qui veut dire qu'il y a eu intervention humaine. Et regardez là… Il y a une entaille nette qui semble avoir été faite à peu près au moment où l'os a été brisé.

Rose avait déjà vu des os portant ce genre de marque, mais ici la tomodensitométrie montrait une excroissance osseuse prouvant qu'il avait commencé à se reconstituer.

— Je crois que c'est un coup d'épée ou de hache qui lui a cassé la jambe.

— Pauvre petite…, commenta Matteo, tout son détachement professionnel envolé. Elle a eu de la chance d'y survivre…

— Qu'est-ce que c'est que cette zone blanchâtre ?

— Une sorte de dépôt métallique, répondit-il, effectuant des réglages pour améliorer la résolution de l'image. Je crois que c'est de la rouille. Comme s'il était resté un fragment de métal qui se serait dégradé au fil des ans dans la blessure.

Un signal sonore se fit entendre dans l'interphone reliant le laboratoire à la galerie, rappelant à Rose que les observateurs entendaient ce qu'ils disaient.

— Dois-je répondre ?

— Oui. Quelqu'un a quelque chose à dire, semble-t-il.

Elle écouta attentivement les instructions du Pr Paulozzi dans l'interphone et se tourna vers Matteo.

— Pouvez-vous prélever un échantillon en abîmant l'os le moins possible ? En testant les dépôts de rouille, nous aurons une idée plus précise de ce qui a endommagé le fémur.

— Je ne vous promets rien car l'os est très fragile. Mais je vais faire de mon mieux.

Concentré sur sa tâche, Matteo préleva l'échantillon osseux qu'il enferma dans un tube, laissant le fémur pratiquement intact. Rose n'avait jamais vu un travail aussi précis, rendu possible grâce aux compétences chirurgicales de Matteo qui savait exactement où percer l'os.

Il s'écarta de la table et s'étira.

— On a fini avec les os ? Alors, passons à l'objet mystère.

Elle plaça l'œuf d'argile dans la zone de scannage. Matteo commença prudemment par un scan de faible intensité.

— Il est creux, de facture grossière, et il y a bien quelque chose à l'intérieur…, annonça-t-il. On voit bien la ligne irrégulière du scellement.

— Vous pouvez avoir une meilleure image de l'intérieur ?

La masse blanche au centre de l'image se précisa.

— Du métal ? demanda-t-elle, le souffle coupé.

— C'est ce que je crois, murmura-t-il, désignant un fin objet courbe terminé par une sorte de nœud.

— Oui… C'est la tige d'une boucle d'oreille, ajouta-t-elle, les yeux fixés sur l'écran. Et vous voyez ça ? C'est une fibule… Une broche pour fermer les vêtements… La forme d'arbalète est caractéristique.

Ils se regardèrent. Ils devaient ouvrir le récipient d'argile.

La sonnerie de l'interphone se fit entendre, insistante.

— Répondez, ordonna Matteo d'une voix sourde.

Rose alla décrocher et écouta le Pr Paulozzi.

— Pouvez-vous mesurer la ligne de scellement et l'ouvrir en faisant levier ?

— Je n'ai jamais fait ça, mais je veux bien tenter le coup.

— Allez-y doucement, un objet de cet âge peut se fissurer aisément. Mais ce serait bien de l'ouvrir en deux.

Avec soin, il gratta le scellement puis sépara les deux moitiés de l'œuf. Rose retint son souffle quand il souleva le chapeau qu'il posa délicatement dans le conteneur qu'elle avait préparé. Les bords lisses étaient presque parfaits par endroits. Et à l'intérieur…

— C'est une paire de boucles d'oreilles en or, avec ce qui ressemble à des perles de verre… Des perles donc, peut-être en ambre ou en verre, deux fibules, et une bague…, résuma-t-elle pour les observateurs de la galerie. Peut-on avoir une meilleure vue sur le scanner ?

Les bijoux, qui avaient dû être enveloppés, étaient recouverts de fins débris qui s'étaient solidifiés avec le temps.

Matteo manipula lentement l'image sur les écrans.

— Stop… La bague représente deux mains jointes.

Probablement une bague de fiançailles… Vous pouvez aller un peu vers la gauche ? Oui, juste là.

Les fibules étaient ensemble et, sur l'écran, Rose voyait qu'elles avaient des marques sur un côté. Des mots. Elle essaya de les déchiffrer.

— *Amat et... amatur...* , lut Matteo en latin.

— Il (ou elle) aime, et il (ou elle) est aimé, traduisit Rose.

Il déplaça l'image, et l'inscription de l'autre broche apparut.

— A… E…, épela-t-il lentement.

Ignorant le bourdonnement de l'interphone, il sourit.

— Aemilia. Elle s'appelait Aemilia.

8.

Il avait passé deux samedis en compagnie de Rose et, déjà, Matteo envisageait de manquer le lancement d'un projet auquel il s'était voué corps et âme pour passer un troisième samedi avec elle.

Il se força à choisir. Comme il le faisait depuis qu'il avait décidé de quitter l'Angleterre pour rentrer en Sicile. Cette fois pourtant, privilégier son travail et sa communauté lui semblait plus difficile.

Il décrocha son téléphone et composa le numéro de Rose.

— Cette clinique, vous avez participé à sa création ? demanda-t-elle avec intérêt quand il lui exposa son projet.

— Initialement, c'était un partenariat entre la communauté locale et un centre pour femmes de Palerme.

— Alors elle est réservée aux femmes ? Les hommes de la région n'en ont-ils pas besoin ?

Matteo sourit. C'était l'argument qu'il avait donné à Isabella Mori, la directrice du centre pour femmes.

— Si, bien sûr. Ce sera ouvert à tous, mais il y aura des séances spécifiques pour les femmes.

— C'est intéressant… Je suppose que les visiteurs ne sont pas autorisés ?

— Si, c'est ouvert à tous…

Il se mordit la langue. Ce n'était pas ainsi qu'il allait décourager Rose.

Nouvelle pause.

— Alors, n'importe qui peut venir ?

Il essaya d'analyser la situation rationnellement, mais sa raison avait du mal à résister à l'enthousiasme de Rose.

— Si William et vous avez envie de venir, vous êtes les bienvenus… Mais je dois vous prévenir que ma famille peut être un peu envahissante.

— Nous serons ravis de venir, merci. J'aimerais beaucoup voir ce que vous faites, dit-elle.

Partagé, Matteo se demanda si elle savait dans quoi elle mettait les pieds. Quant à lui, il l'ignorait. Mais c'était fait maintenant, et il n'avait plus qu'à appeler sa tante et son oncle pour les persuader de ne pas étouffer Rose sous leur hospitalité débordante.

— Génial… Je passerai vous chercher vers midi.

Elle était prête quand Matteo arriva, ayant mis pour l'occasion une jolie robe bleu et blanc et des espadrilles bleues.

Roulant vers le sud, ils traversèrent des collines plantées de vignes tachetées de lumière par le soleil. Des champs aux différentes nuances de brun qui devaient décliner toutes sortes de teintes de vert pour les yeux normaux.

— C'est magnifique par ici…

Elle avait longuement commenté ce qu'ils voyaient pour William mais, les questions de l'enfant ayant fini par se tarir, elle reportait son attention sur Matteo.

— Ma famille est originaire d'ici, raconta-t-il. Autrefois, mon père dirigeait l'exploitation viticole maintenant gérée par mon oncle. Puis ce sera le tour de mes cousins.

— Vous n'avez jamais envisagé de travailler dans la propriété familiale ?

— Non. Mon grand-père n'a pas été ravi quand mon père est parti à Rome faire des études universitaires, mais lorsque j'ai voulu devenir médecin il s'était plus ou moins fait à cette idée.

— Mais il avait un autre fils, remarqua-t-elle, toujours attentive à l'aspect humain des choses.

— Oui. La situation aurait été un peu différente s'il n'avait eu personne à qui transmettre cet héritage.

— Pas pour vous, cependant.

— Non. Pas pour moi. J'adore cet endroit, mais rien n'aurait pu m'empêcher de devenir médecin.

— Et cette clinique où nous allons… Elle a un rapport avec la vigne ?

— Elle se trouve à la limite du vignoble, près du village, sur une parcelle que mon oncle n'exploitait pas.

— Alors c'est vraiment un projet familial.

— C'est un effort commun. Je connais Isabella Mori depuis l'école de médecine. Elle était professeur assistant et cherchait des volontaires pour donner un coup de main à la clinique pour femmes. Quand je suis rentré en Sicile après mon séjour en Angleterre, elle m'a parlé de ses projets d'étendre ses services aux communautés rurales, et je lui ai dit qu'une clinique généraliste, destinée à des femmes avec une grande diversité de services, pouvait être la solution. Et ça a fait boule de neige.

— Vous entraînant dans l'aventure ?

Elle lui sourit, le soupçonnant manifestement d'être un des éléments moteurs de l'entreprise.

— Je n'ai pas pu résister à l'envie de m'en mêler.

La route devenait plus raide, et il changea de vitesse, tandis qu'elle contemplait le paysage escarpé avec curiosité.

— Je croyais que la vigne poussait sur terrain plat.

— L'air plus frais de la montagne est mieux adapté à sa culture, comme le sol volcanique.

— On va voir un volcan ? s'exclama William.

— Un volcan éteint, chéri. Ça veut dire qu'il n'a pas connu d'éruption depuis très longtemps.

— Depuis l'année dernière ? lança l'enfant pour qui douze mois représentaient une éternité.

— Pas depuis plus de mille ans.

— Alors ce ne sera pas pour aujourd'hui…, conclut William, vaguement déçu.

— Non. Là, nous allons à un endroit où on récolte le raisin pour en faire du vin. Ce raisin-là ? demanda-t-elle à Matteo.

— Oui.

— La vigne ne ressemble pas à ce que j'imaginais.

— Ces plants sont traditionnellement adaptés au sol et ils produisent un vin de très grande qualité, répondit Matteo en bifurquant vers la propriété de son oncle. Nous nous garerons près de la maison et nous descendrons à la clinique à pied ; je vous la ferai visiter avant que tout le monde débarque pour l'inauguration. Mon oncle et ma tante ne me pardonneraient pas de ne pas passer leur dire bonjour, mais nous ne nous attarderons pas…

Rose trouvait Matteo un peu à cran, mais il sourit à son oncle et sa tante quand ils firent leur apparition pour les saluer avant de disparaître aussi vite. La visite de la grande maison de pierre s'ensuivit puis Matteo leur montra le sentier qui descendait au village.

Ils remarquèrent alors un homme d'un certain âge qui se dirigeait vers eux d'un bon pas à travers les vignes. Il avait les cheveux blancs et le visage ridé par la vie au grand air, mais il se tenait très droit et ses yeux noirs avaient quelque chose de familier. Il étreignit fougueusement Matteo.

— Je vous présente Nannu Alberto, déclara ce dernier.

— Nannu ? C'est grand-père en italien ?

— En sicilien…, corrigea Matteo avec un clin d'œil.

Nannu Alberto prit la main de Rose pour y poser ses lèvres avant de l'embrasser sur les deux joues et de la serrer dans ses bras. Puis, se tournant vers William, il lui donna une poignée de main et sourit de toutes ses dents quand le garçon se présenta en italien.

Le vieil homme sembla réprimander Matteo en désignant Rose qui se demanda si elle avait commis un impair.

— Qu'est-ce qu'il a dit ?

— Qu'il comprend que je ne sois pas venu les voir depuis

longtemps. Que seule une femme aussi belle peut justifier que je néglige honteusement mes vieux parents. Ne faites pas attention…

— C'est très gentil de sa part. *Grazie,* dit-elle au vieil homme qui lui baisa de nouveau la main.

— Tu veux voir les vignes ? proposa Nannu Alberto à William qui regarda sa mère d'un air suppliant.

Aussi lui lâcha-t-elle la main et il se mit à courir vers les rangées de plants.

— Nannu Alberto…

Matteo considéra son aïeul d'un air réprobateur, mais le vieillard haussa les épaules avant de lui tourner le dos pour rejoindre William.

— Désolé, Rose, je vais le chercher…

— Pourquoi ? On a le temps. À moins que votre grand-père n'écorche les petits enfants pour les manger au petit déjeuner ?

— William sera en sécurité avec lui. Il risque quand même de se salir.

— Tout va bien… La saleté, ça se lave. Du reste, j'ai un T-shirt propre pour lui dans mon sac… Si votre tante accepte que je le change dans la maison…, dit-elle, un peu refroidie par la réserve qu'avaient montrée l'oncle et la tante.

— Oui, bien sûr. Je pensais juste…

— Ça ne vous dérange pas de penser à l'ombre ? lança-t-elle, désignant les chaises installées sous un oranger.

— Bonne idée. Ça pourrait durer un moment.

Matteo s'assit et posa son chapeau sur la table. Rose attendit, mais il ne semblait pas disposé à lui confier la raison de son apparente contrariété.

— Il y a un problème ?

— Non, je…

— C'est très gentil à Nannu Alberto de montrer la vigne à William. Regardez comme il s'amuse.

Il leva les mains en signe de capitulation.

— Très bien. J'espérais juste que vous ne trouviez pas ma famille trop… envahissante.

— Ils nous ont à peine salués ! Les auriez-vous mis en garde ? demanda-t-elle, frappée par une idée subite.

— Je leur ai juste dit…

Il s'interrompit net en voyant apparaître sa tante à l'angle de la maison, portant un plateau avec quatre verres de citronnade. Adressant à Rose un sourire hésitant, elle posa le plateau sur la table.

Rose bondit.

— *Grazie*… hum… Vous l'avez faite vous-même ?

— Bien sûr, intervient Matteo sans laisser à sa tante le temps de réagir.

Agacée, Rose adressa à la femme son plus joli sourire, et celle-ci comprit le message. Après un bref coup d'œil à son neveu et un franc sourire destiné à Rose qu'elle embrassa sur les joues, elle regagna la maison.

— D'accord. J'ai saisi…, déclara Matteo, un peu penaud.

Rose se rassit sur sa chaise.

— Qu'est-ce qui vous a pris de leur faire la leçon avant ma visite, Matteo ? dit-elle, le foudroyant du regard. Que doivent-ils penser de moi ?

— C'est de moi qu'ils ne doivent pas penser du bien, et je vais sûrement en entendre parler dans un avenir proche.

— Quand je serai partie ? Vous parlerez de moi ? s'écria-t-elle, troublée par l'idée qu'il pût seulement penser à elle.

— Non…, marmonna-t-il avant de soupirer. Quand j'étais à Londres, je suis venu passer quelques semaines ici avec ma compagne et ses enfants. Elle a détesté, prétendant que ma famille l'étouffait. Elle n'avait qu'une hâte : rentrer en Angleterre.

— Vraiment ? lâcha Rose, sincèrement étonnée.

De toute évidence, il en avait été profondément affecté. Mais pourquoi y pensait-il encore après tant d'années ? Elle n'osait pas le lui demander.

— Elle m'a forcé à choisir, reprit-il en dessinant des motifs dans la condensation de son verre, perdu dans ses pensées.

Il avait dû préférer la Sicile et sa compagne l'Angleterre, ce qui était un vrai problème, certes, mais ils auraient sûrement pu trouver un compromis.

— Entre ma famille et elle… Quand ma grand-mère est tombée malade et que j'ai voulu passer du temps avec elle, Angela m'a obligé à choisir. Je devais couper tout lien avec ma famille sicilienne, ou je ne la reverrais jamais.

Rose sentit la tête lui tourner. C'était peut-être la chaleur, mais une gorgée de citronnade glacée ne changea rien.

— Combien de temps comptiez-vous rester ici ?

— Environ un mois, pas plus.

— Et vous deviez rentrer en Angleterre ensuite ?

— Oui.

Rose était perplexe. Il devait y avoir autre chose.

— Angela avait eu une relation difficile avec le père de ses deux enfants qui l'avait trompée et lui avait menti, expliqua-t-il. Méfiante, elle voulait toujours savoir où j'étais, être sûre qu'elle était la seule femme dans ma vie. J'en étais conscient et j'essayais de la rassurer.

— Votre famille n'est donc pas responsable de votre rupture, finalement. C'est elle qui l'a cherchée.

— Je suppose, répondit-il avec un haussement d'épaules. Mais elle m'a imposé ce choix, et je l'ai fait. Ça n'aurait pas été si grave car sa jalousie impossible avait fini par miner notre relation, mais les enfants…

— Elle vous a empêché de les voir ?

Elle était choquée. Elle s'était démenée pour impliquer Alec dans la vie de William et avait échoué. Mais elle ne concevait pas qu'on pût délibérément refuser à un enfant l'amour de quelqu'un qui l'aimait comme un père.

— Oui. Je savais qu'une rupture serait dure pour eux, et si elle était inévitable il valait mieux qu'ils ne nous voient pas nous déchirer, leur mère et moi. Mais je n'ai pas vu arriver le coup. Elle leur a interdit de prendre mes appels, et a ignoré mes lettres et mes mails. Quand je suis retourné en Angleterre dans l'espoir d'arranger les choses, ou au moins dire aux enfants qu'ils n'étaient pour rien dans les événements, elle m'a claqué la porte au nez.

Elle compatissait à sa souffrance. Il avait dû être un beau-père formidable pour les enfants de sa compagne et il n'avait pas compris ce qui s'était passé. Ce triste épisode avait irrémédiablement gâté ses relations avec les autres, même celles qu'il entretenait avec sa propre famille.

— C'était mon choix, et je dois vivre avec.

Elle se leva en reposant son verre à moitié vide.

— Vous croyez que Nannu Alberto acceptera de me montrer les vignes si je lui apporte sa citronnade ?

Matteo sourit.

— Il faudrait que je me batte avec lui pour l'en empêcher. Et je ne m'y risquerais pas car il aurait probablement le dessus.

Prenant le plateau, elle alla rejoindre Nannu Alberto et William qui farfouillaient au pied d'un plant de vigne dans le seul but de se couvrir de poussière. Elle entendit les pas de Matteo derrière elle.

— Tenez…, dit-il en ôtant son panama pour le poser sur sa tête. Le soleil tape fort.

Elle s'immobilisa, tenant toujours le plateau.

— Je ne vois plus que mes pieds…

Il inclina le chapeau légèrement en arrière.

— C'est mieux ?

— Beaucoup mieux. Ce chapeau est très confortable.

— Il vous va mieux qu'à moi, déclara-t-il en souriant.

Nannu Alberto épousseta William avant de prendre son verre de citronnade qu'il vida d'un trait. Puis il leur fit les honneurs de la vigne, caressant tendrement les feuilles de ses mains usées par le travail. Ils se rendirent ensuite à pied à la salle de fermentation, une haute structure en brique peinte en blanc, nichée au creux d'un vallon.

William se boucha les oreilles en entendant le bruit des machines, et ils traversèrent rapidement l'usine d'embouteillage pour gagner la zone de fermentation, plus calme, où Matteo leur montra les énormes cuves en acier inoxydable.

— Après les vendanges, le raisin est stocké ici pour être équeuté et écrasé puis la fermentation du vin se fait dans ces cuves.

— Je suis un peu déçue. Pour moi, une exploitation viticole, ce sont des toiles d'araignées et d'énormes barriques en bois, expliqua Rose en détaillant les lieux aseptisés où tout était en métal brillant et automatisé.

— On a ça aussi, affirma Matteo en échangeant un sourire avec son grand-père.

Ils passèrent dans une autre salle où des rangées de tonneaux en bois montaient jusqu'au plafond.

— Vous allez goûter le vin, ordonna Nannu Alberto avant de disparaître derrière les foudres.

— Il aurait pu vous demander votre avis…

— Il est très gentil, et je serai ravie de goûter son vin. Dois-je le recracher après ?

— Si vous voulez, répondit-il en haussant les épaules. Personnellement, je préfère l'avaler.

Nannu Alberto revint avec trois verres à dégustation contenant chacun un fond de vin. Rose en but une gorgée, consciente des deux paires d'yeux qui l'observaient. Elle hocha la tête en savourant le bouquet sur sa langue, ce qui fit sourire les deux hommes.

Sur le chemin du retour, ils firent une halte sous le gigantesque oranger mandarinier. Sans un mot, Nannu Alberto cueillit quatre belles mandarines et en tendit trois à Matteo qui en donna une à Rose et une à William.

— Cette variété mûrit beaucoup plus tard que la plupart des mandarines et elles sont très sucrées.

Le parfum et le goût du fruit doux et juteux ressemblaient beaucoup à ceux de l'orange. Voyant William peiner à éplucher sa mandarine, Nannu Alberto la lui prit pour la peler, enlevant soigneusement la peau blanche de chaque quartier avant de le lui tendre.

— C'est de ça que nous sommes faits, commenta le vieil homme comme ils revenaient vers la maison.

— Que tu es fait, *toi,* Nannu, répliqua Matteo en riant.

Le vieillard balaya la remarque d'un geste et marmonna en italien.

— Il dit que quand on est né en Sicile on est le fruit de la terre et façonné par elle, traduisit Matteo pour Rose. Que personne n'y échappe. Mais ce n'est qu'en partie vrai.

— Comment ça ?

— À Rome, à Londres, et même à Palerme, je suis fait de choses différentes. De rationalité surtout. Mais ici…

— Vous êtes né ici ?

— Dans cette maison. Mes parents vivaient à Rome et passaient l'été ici. Nannu Alberto pense que mon sang coule dans cette terre, avec celui de générations de Di Salvo.

Il lui montra la mince cicatrice blanche qu'il avait sur le côté de la main.

— Comment vous êtes-vous fait ça ?

— Avec une serpette. Nannu Alberto m'a fait subir une sorte de rite de passage, et après lui avoir passé un savon Nanna Maria m'a emmené chez le médecin me faire recoudre.

— Vous avez des racines. Ce n'est pas une mauvaise chose.

— Non. En tout cas, j'ai fait mon choix, ajouta-t-il alors qu'une ombre passait fugitivement dans son regard.

La décision avait été terrible à prendre, et elle avait conditionné pratiquement tout ce que Matteo avait fait ensuite. Surtout, il s'était voué corps et âme à son travail et sa communauté, comme s'il ne pouvait pas faire moins, au risque de trahir les enfants qu'il avait meurtris par son départ.

Cela expliquait bien des choses, dont l'attitude de Matteo envers William, et son comportement avec elle. Son rapport à chacun d'eux séparément, mais jamais en tant que famille. En tout cas, une chose était sûre, sculptée dans la pierre, figée dans la terre. Si tout ce qui restait à Rose — sa maison, son travail — se trouvait à Londres, tout ce que possédait Matteo était ici…

9.

Ils descendirent au village à pied. Matteo qui connaissait tout le monde la présenta à des gens dont elle oublia le nom, ne se rappelant que la chaleur de leur poignée de main et leur gentillesse envers William.

Ils se joignirent à la foule qui se rassemblait au pied des marches menant à l'entrée d'un élégant bâtiment flambant neuf. Le silence se fit, et un petit homme replet qu'elle devina être le maire gravit les marches et se planta devant le ruban rouge qui barrait les portes.

Ils écoutèrent son discours dans le bruissement des éventails qui s'agitaient autour d'eux comme des ailes de papillon. Émaillant son allocution de poses théâtrales, l'homme se prenait pour un orateur, et son auditoire commençait à s'impatienter quand une mince quinquagénaire vêtue de rouge monta l'escalier pour le rejoindre.

— C'est Isabella, chuchota Matteo à Rose. Je lui donne trente secondes pour lui arracher le micro…

Matteo avait sous-estimé Isabella. Elle formula ce qui était à l'évidence un compliment extravagant, accompagné d'un sourire à mille watts qui subjugua son interlocuteur au point qu'il ne résista pas quand elle s'empara du micro. En quelques secondes, l'attention de la foule s'était reportée sur elle dans un murmure approbateur.

Isabella fit un signe, et une petite fille endimanchée s'approcha. Lui prenant la main, Isabella prononça quelques mots brefs avant de pousser la fillette vers le ruban, et celle-ci le coupa maladroitement sous les acclamations de la foule.

Ouvrant grand les portes, Isabella invita tout le monde à entrer avec un grand sourire. Puis elle descendit l'escalier et, fonçant droit sur Matteo, elle l'embrassa sur les joues.

— Voici Rose, et son fils William, dit-il, faisant les présentations en italien et en anglais.

— Ah, Rosa…

Isabella lui serra fermement la main avant de se pencher pour saluer William puis elle se mit à parler avec volubilité.

— Elle dit que le panama vous va bien, traduisit Matteo en souriant. Et que si j'avais fait le discours d'inauguration, comme elle le souhaitait, personne ne serait mort d'ennui.

Rose se mit à rire.

— Matteo est…, commença Isabella, cherchant ses mots. *Troppo modesto.*

— Non, Isabella. Seulement je n'aime pas faire des discours, surtout par cette chaleur.

Voyant une vieille dame gravir l'escalier avec difficulté, Isabella vola à son secours après avoir adressé un dernier sourire à Rose.

— Quel personnage…, commenta celle-ci en la regardant courir sur ses talons de dix centimètres et prendre le bras de la dame.

— Oui, c'est une force de la nature. Vous voulez visiter ?

— Avec plaisir, répondit-elle en lui prenant le bras.

Le soleil entrait à flots par les grandes fenêtres, inondant de lumière le hall d'entrée de la clinique. Sur le côté, une salle d'attente assez spacieuse pour servir de salle de réunion laissait place à une enfilade de cabinets de consultation.

Les installations plus spécialisées se trouvaient dans l'autre aile : une petite salle de radiographie, quelques chambres où les patients pouvaient passer la nuit, et une salle de consultation servant aussi pour les procédures mineures.

— Cinquante pour cent des soins qui obligeaient les gens à se rendre à l'hôpital de Palerme pourront désormais se faire ici. On pourra donner des consultations régulières, faire des contrôles prénataux, soigner des fractures et des luxations…

Visiblement fier de la clinique, Matteo voulait tout lui montrer, mais quand William commença à s'impatienter il les entraîna dehors où un buffet était servi. Sollicité de toutes parts, il les abandonna un moment, et William choisit de s'installer à l'ombre avec Nannu Alberto.

— J'ai l'impression que William en a assez…

Ayant réussi à fausser compagnie aux femmes qui voulaient le gaver comme une oie, Matteo revenait arracher Rose au petit groupe agglutiné autour d'elle.

Elle jeta un coup d'œil à son fils affalé sur les genoux de Nannu Alberto.

— Il a l'habitude de faire la sieste, remarqua-t-elle.

— Si vous le rameniez à la maison pour qu'il dorme un peu avant le feu d'artifice ?

— Il y a un feu d'artifice ?

— Bien sûr. Je ne vous l'ai pas dit ? répliqua-t-il d'un ton innocent.

Rose rayonnait. Elle s'était intéressée à tout, recourant aux gestes et aux sourires quand les mots lui manquaient, et bavardant avec tout le monde. Elle avait goûté à tous les plats du buffet et, à en juger par les murmures approbateurs qui avaient salué ses efforts, elle avait conquis le cœur des villageois.

Matteo n'aurait pas dû y attacher d'importance, mais cela comptait beaucoup pour lui.

Assis dans la cuisine, il entendait sa tante bavarder avec Rose à l'étage. Elles ne comprenaient probablement pas la moitié de ce qu'elles se disaient, mais les mimiques et les gestes devaient combler les blancs. Pendant son séjour en Sicile, Angela, en revanche, avait mis un point d'honneur à ne rien comprendre. Mais il préférait ne pas s'attarder sur les différences entre les deux femmes.

La porte d'entrée claqua, et il entendit parler anglais d'un ton pressant. Se levant d'un bond, il courut dans le hall.

— Que se passe-t-il ? lança-t-il.

— Vous parlez anglais ? demanda une blonde en short et débardeur, tournant grossièrement le dos à son oncle pour s'adresser à lui.

Elle devait faire partie des étudiants qui travaillaient à la vigne au printemps et en été en échange du gîte et du couvert. Elle semblait paniquée.

— Oui. Quel est le problème ?

— C'est Pete… Mon ami… On travaille ici. On ne voulait pas aller à la fête locale, dit-elle en fronçant le nez, comme si c'était indigne d'elle. Alors on est descendus à la rivière tôt ce matin pour se baigner. Au déjeuner, Pete a bu du vin et il s'est endormi, mais je n'arrive pas à le réveiller…

— Quand avez-vous essayé ?

— Il y a cinq minutes. Juste cinq minutes…

— D'accord. Je suis médecin, allons le voir. *Maintenant*, précisa-t-il comme elle le fixait sans réagir.

— D'accord. Oui… Il est près de la chute d'eau.

Matteo connaissait l'endroit car il y avait souvent joué étant enfant. Haute de trois mètres, la cascade rebondissait sur des rochers avant de finir sa course dans une piscine naturelle. Inondé de soleil, c'était l'endroit idéal pour se baigner et bronzer sur les grands rochers plats entourant le plan d'eau.

— Elle a pris un sacré coup de soleil, commenta Rose, désignant la fille qui venait de se laisser choir sur les marches, une main sur la bouche.

— Nous ferions mieux d'appeler Isabella pour lui demander de venir l'examiner. Je vais m'occuper du garçon.

— Je viens avec vous, déclara Rose, comme si travailler ensemble leur était devenu naturel.

Il voulut protester, mais outre le fait qu'elle parlait anglais elle savait faire la différence entre bronzage et coup de soleil, ce qui pouvait s'avérer utile.

Elle fonça vers la porte sans attendre sa réponse.

Marchant d'un bon pas, Matteo traversa les vignes puis longea un terrain rocheux qui descendait vers la rivière. Rose était parfois obligée de courir pour ne pas se laisser distancer, mais la galanterie passait au second plan, l'urgence étant de trouver le garçon et s'assurer qu'il allait bien.

Rose le rattrapa comme il dévalait la pente rocheuse vers la rivière. Se retournant, il lui tendit une main, mais elle l'ignora et réussit à se débrouiller seule.

— C'est là ? dit-elle, scrutant les alentours du bassin.

Il lui montra une serviette rayée, un sac de plage et deux bouteilles de vin vides.

— Ils étaient là. Il a dû s'éloigner.

Elle courut au bord de l'eau, n'osant envisager le pire si le garçon ivre avait passé la journée en plein soleil. Matteo, qui la rejoignit, fixa les eaux limpides.

— Vous voyez quelque chose ?

— Non, et vous ?

— Non. Il n'a pas dû aller loin…

Soudain, Rose tendit la main vers les rochers.

— Je le vois. Là…

Apparemment, le jeune homme avait rampé au bord de l'escarpement pour échapper à la brûlure du soleil. Il était à moitié couché et ne bougeait pas. Matteo grimpa jusqu'à lui.

— Seigneur… Son visage et sa poitrine sont rouge vif, il a attrapé un méchant coup de soleil.

Il donna une petite tape derrière l'oreille du garçon.

— Pete… Pete, vous m'entendez ?

Pete marmonna en s'agitant, conscient et mal en point. Soudain, il eut un violent haut-le-cœur, mais il n'avait visiblement rien dans l'estomac.

Les hommes envoyés par son oncle n'allaient pas tarder à arriver et Matteo préférait les attendre, ne pouvant pas porter Pete tout seul sur les rochers. Il lui saisit le poignet pour prendre son pouls, et le garçon retira son bras avec un glapissement de douleur en jurant copieusement.

— Assez ! s'écria Rose d'un ton sévère. Le médecin essaie de vous aider. Restez tranquille.

Pete se calma instantanément, plissant les yeux pour voir qui avait parlé.

— C'est mieux, ajouta-t-elle plus doucement en lui touchant la paume pour éviter la brûlure qu'il avait sur la main. Prenez son pouls, ordonna-t-elle à Matteo d'un ton autoritaire qui lui arracha un sourire.

Il s'exécuta. Le pouls était beaucoup trop rapide. La peau du jeune homme était chaude et sèche, ce qui signifiait qu'il avait déjà dépassé le stade de la sudation et de l'augmentation du rythme cardiaque, et qu'il était en sévère hyperthermie.

Entendant des voix, Matteo comprit que les hommes de son oncle étaient arrivés. Parfait. Tournant la tête, il vit qu'ils avaient apporté une chaise pliante. Encore mieux.

— Aidez-moi à le porter, leur demanda-t-il en italien. Nous prendrons des raccourcis pour aller directement à la clinique.

Rose avait trempé la serviette de bain dans l'eau fraîche, et ils en avaient couvert le corps de Pete. Chacun prit un coin de la chaise pliante qu'ils soulevèrent, puis ils s'engagèrent sur le chemin du retour par des sentiers difficilement praticables, mais plus rapides.

Ils coupèrent le sentier longeant la rivière qu'ils traversèrent à son point le plus étroit. Matteo ne pouvait s'arrêter pour aider Rose, mais elle suivait bravement, le bas de sa robe et ses espadrilles trempés par le bain forcé. Les rattrapant de temps en temps, elle avait toujours un mot d'encouragement pour Pete à moitié inconscient.

Dans la clinique déserte, ils portèrent Pete dans une des chambres et l'allongèrent sur le lit. Il commença à s'agiter, marmonnant des mots incohérents, et Rose s'assit près de lui pour le calmer. Matteo en profita pour aller chercher des packs de glace.

— Posez-les sur les aisselles, le cou et l'aine, dit-il à Rose.

Puis il s'occupa de la perfusion saline, conscient qu'il était urgent de l'hydrater.

Pete cria quand les packs de glace touchèrent sa peau, mais il ne réagit pas lorsque l'aiguille pénétra dans sa veine.

Matteo lui avait conseillé de partir, mais elle était restée pour l'aider à s'occuper de Pete, lui rafraîchissant et réhydratant son corps, et appliquant du baume sur ses épaules et son torse brûlés par le soleil.

La nouvelle que la clinique avait reçu son premier patient s'était répandue. Isabella vint leur annoncer que l'amie de Pete souffrait de sévères coups de soleil, mais elle se sentait déjà mieux. Au bout d'une heure, Pete dormait paisiblement, et Matteo semblait satisfait de ses progrès.

— Vous êtes donc le premier à soigner un patient ici, remarqua Rose.

— Oui. Et je ne suis pas près de l'oublier.

— Vous le méritez.

— Chacun a fait sa part, dit-il en haussant les épaules.

— Qu'est-ce qui se serait passé si la clinique n'avait pas été ouverte ?

— J'aurais amené Pete à la maison pour le rafraîchir et appelé une ambulance qui lui aurait posé une perfusion saline sur le chemin de l'hôpital.

— Mais ça aurait pris plus de temps. Du temps que Pete n'avait peut-être pas, commenta-t-elle.

— Peut-être. Que voulez-vous dire exactement ?

— Eh bien, je préférerais qu'il ne se soit pas mis dans cette situation, mais puisqu'il l'a fait…

— D'accord, nous lui avons *peut-être* sauvé la vie, coupa Matteo en riant. Vous êtes contente ?

— Oui. Ça ira.

— Si vous partiez maintenant ? On doit le transférer à l'hôpital de Palerme, et l'ambulance sera là dans moins d'une heure. Allez donc regarder le feu d'artifice avec William.

— Je préfère rester jusqu'au bout. Ça ne dérange pas votre oncle et votre tante de le garder encore ?

— Bien sûr que non. Et Nannu Alberto sera ravi. Il est toujours partant pour dévoyer de jeunes esprits… Je plaisante ! William est en sécurité. Nanna Maria veille.

— Je sais. Il va être content de voir le feu d'artifice avec eux.

Elle déplorait de devoir emprunter les familles des autres pour montrer à William ce qu'était une famille heureuse et soudée. Son père et sa mère étaient formidables, mais ils n'étaient que deux, ce n'était pas tout à fait pareil.

— Restons donc ici. Qui sait, on arrivera peut-être à voir la fin du feu d'artifice.

Peut-être. Mais cela n'avait pas d'importance car la journée avait déjà été extraordinaire pour Rose.

10.

Matteo avait pris l'habitude de venir au moins une fois par semaine sur le site après le travail pour suivre la progression des fouilles.

Il passa la tête dans la salle du laboratoire. Même après une journée torride, il semblait frais et dispos. Rose but une gorgée de la bouteille d'eau qu'elle n'avait pas touchée depuis un moment, absorbée par son travail.

— Il fait chaud ici, s'exclama-t-il. Il vous faut un bon *sorbetto di limone*.

— Vous voulez me torturer ?

— On n'offre pas une tentation sans le moyen de la satisfaire.

Exactement. Ce n'était pas bien de la part de Matteo de débarquer ici dans tout l'éclat de sa beauté virile sans avoir la moindre intention de la plaquer contre la paillasse pour l'embrasser à perdre haleine… Mais bon.

Il sortit une petite glacière de son attaché-case.

— Je suis venu aussi vite que j'ai pu…

— Matteo, vous n'avez pas… Sortons pour éviter toute contamination.

Elle le poussa dehors et l'entraîna vers des chaises pliantes installées à l'ombre d'un auvent de toile. Il lui tendit un bol en carton et sortit une cuillère de son attaché-case.

— Mmm… C'est divin… Merci, dit-elle, savourant le goût acidulé, délicieusement rafraîchissant. Vous en voulez ?

— Merci, répondit-il en souriant. Je préfère vous regarder.

— J'avais oublié que vous étiez un voyeur alimentaire.

— Je vous apporte du sorbet au citron, et vous voulez me

priver du plaisir de vous regarder le déguster ? dit-il avec un sourire beaucoup moins innocent qu'il en avait l'air. Alors, où en êtes-vous avec Aemilia ? s'enquit-il.

— Ça va…

— Qu'est-ce qu'il y a ? lança-t-il, perspicace.

— J'ai demandé à un étudiant de faire une reconstruction de son visage. Il a déjà fait ce genre de chose et il est doué.

— Vous l'avez ici ?

— Oui, sur ma tablette, à l'intérieur.

— On y va, ou vous allez la chercher ?

— Eh bien… Ce n'est pas que c'est raté. Au contraire. Mais ce n'est pas tout à fait ainsi que je la voyais.

Il s'adossa à sa chaise, faisant craquer la toile.

— Vous me la montrez, ou dois-je vous supplier ?

Rose se leva pour aller chercher la tablette. Elle l'alluma et cliqua. Peut-être ne verrait-il pas la même chose qu'elle.

Il contempla l'image un long moment en silence.

— C'est bien exécuté. La forme du visage me paraît correcte… Je ne conteste pas le talent de celui qui a fait ça…

Il leva les yeux, et elle y vit le doute et la consternation. Le reflet de ses propres émotions.

— Remo a fait de l'excellent travail en reconstituant les traits. Mais il y a toujours une part de subjectivité dans la reconstruction faciale car on a des informations limitées à partir d'un crâne.

— Ce n'est pas le visage de quelqu'un qui était aimé…

— Je ne crois pas, non.

Comme toujours, il avait immédiatement mis le doigt sur le problème. Les yeux de la fille sur l'image étaient vides et fixes, le visage dénué d'émotion, ses cheveux tirés en arrière et désordonnés. Une jeune fille qui s'était cachée dans une grotte toute sa vie et n'avait rien connu de la beauté de la vie…

Ils se regardèrent en silence, défendant tacitement le droit d'Aemilia au bonheur. Même si c'était de l'histoire ancienne, c'était important pour eux.

— Qu'est-ce que vous allez faire ?

— Je ne sais pas. Elle ressemblait peut-être vraiment à ça.

— Vous ne le croyez pas plus que moi. Ses proches se sont donné du mal pour enterrer Aemilia avec beaucoup de soin et d'amour. Ils nous ont envoyé un message pour nous dire comment elle était, et c'est à nous… À *vous*, d'y répondre.

— Je suppose… Quand j'aurai tout consigné.

Piètre réponse à un message tendrement préparé qui n'avait survécu au temps que pour être négligé aujourd'hui…

— Vous faites ce genre de travail ? demanda-t-il, lui rendant la tablette.

— Pas d'infographie, non. Je préfère l'argile, c'est plus tactile, mais je ne l'ai pas travaillée depuis des années.

— Vous ne voudriez pas réessayer ? dit-il avec défi.

— Le modelage faisait partie de mon travail avec la police, répliqua-t-elle, la bouche soudain sèche. Mais je n'en fais plus.

— C'est trop difficile ?

— Oui. J'ai fait le dernier pour une affaire criminelle. Il y avait beaucoup de pression pour identifier la coupable, et j'ai travaillé toute la nuit pour finir le modèle, alors en rentrant chez moi le samedi matin… J'étais enceinte…, ajouta-t-elle avec un haussement d'épaules. Je ne pouvais pas m'échiner toute une nuit sans m'écrouler de fatigue le lendemain alors que mon ex-mari et moi avions prévu un week-end de détente.

— Bien sûr… Ce modelage a brisé votre mariage ?

— Non, c'est moi qui ai tout gâché. Nous avions besoin d'argent, et j'ai voulu trop en faire pour mes capacités.

— J'en suis désolé, Rose. Mais là, c'est différent.

— Non ! s'écria-t-elle. Quand j'ai eu William, je lui ai promis d'être toujours là pour lui. De ne pas prendre trop de travail, et de toujours y mettre un terme en fin de journée.

— Je peux comprendre. C'est entièrement votre décision.

C'était ce qu'Alec avait déclaré. « C'est entièrement ta décision. » Sauf qu'il n'acceptait jamais les conséquences des décisions qu'elle prenait. Elle voyait mal Matteo bouder plus de cinq secondes, mais il l'avait dit lui-même, c'était *sa* décision.

— Merci, lâcha-t-elle avec une ironie qui parut lui échapper.

— Je regrette que la reconstruction ait été décevante.

Elle prit une longue inspiration.

— Oui. Eh bien, merci d'être passé. Pardon d'avoir crié.

Il lui adressa ce sourire craquant dont il avait le secret.

— Si c'est ce que vous appelez *crier*, je peux vous recommander un excellent otorhino.

Elle ne put s'empêcher de sourire.

— Merci. Il faut vraiment que je me remette au travail.

— Moi aussi. Je retrouve Isabella et son mari pour dîner ce soir. Je la soupçonne d'avoir quelque chose à me demander.

— Que vous refuserez de faire ? dit-elle, sceptique.

— Évidemment. Je vais exiger d'avoir au moins trois semaines de répit avant de reparler de la clinique avec elle.

— Bonne chance, alors.

— J'en aurai besoin, affirma-t-il en riant. À plus tard ?

— Bien sûr.

Il avait été furieux d'apprendre la façon dont son ex-mari avait quitté Rose. Il avait essayé de se montrer rationnel pour ne pas la blesser, mais ses tentatives de réconfort avaient été bien tièdes.

Depuis, Rose gardait ses distances. Elle ne l'avait pas appelé le lendemain ni le surlendemain, et il avait décidé de la laisser respirer.

Le jeudi, n'y tenant plus, il lui téléphona pour lui demander à quelle heure il devait passer la prendre pour aller au marché du samedi. Elle hésita et s'excusa de ne pas pouvoir venir.

Matteo raccrocha avec le sentiment tristement familier qu'elle le rejetait et qu'il ne les verrait plus, William et elle. Il avait cru qu'elle était différente d'Angela, et elle l'était, mais la fin était la même. Il aurait dû prendre ses distances plus tôt, avant d'être trop proche d'eux.

Rentrant chez lui, il jeta ses clés sur la table basse puis se laissa choir dans un fauteuil. Il sortit son portefeuille de sa poche et, l'ouvrant, chercha la photo derrière les cartes de crédit. Rebecca et Joe, les enfants d'Angela. Rebecca devait avoir seize ans maintenant, et cette image n'était qu'un souvenir. Il ne connaissait Rose que depuis quelques semaines, mais la souffrance du passé lui semblait encore plus vive depuis son rejet.

Quand le téléphone sonna, il faillit ne pas décrocher. Mais ce fut plus fort que lui…

— Rose, que se passe-t-il ?

— Euh… Je me demandais… William voulait savoir si nous allions vous voir samedi, et…

Elle était capable de dire non à l'enfant, quand même !

— J'ai eu tort de décider pour samedi sans me soucier de votre avis à tous les deux, ajouta-t-elle. C'est à vous de voir, mais si vous vous voulez passer boire un café, il serait content de votre visite. Et vous serez le bienvenu.

Ébahi, Matteo faillit lâcher le téléphone. Elle lui laissait l'opportunité de voir William s'il en avait envie.

— Je peux passer samedi matin…

— Je risque de travailler, mais Elena sera là avec les enfants.

— Dites à William…

— Je vais le chercher, vous pourrez le lui dire vous-même.

Il parla un moment avec le petit garçon qui voulait savoir s'il viendrait jouer au football avec lui, ne consentant à rendre l'appareil à sa mère que quand Matteo le lui promit. Puis la voix de Rose résonna à son oreille.

— Merci. Je vous en suis reconnaissante.

— J'en suis ravi. Appelez-moi la semaine prochaine.

Il reposa le combiné.

Elle aurait pu entraîner l'enfant avec elle dans cette rupture. Mais non. Si elle prenait ses distances avec lui, elle semblait se comporter différemment d'Angela.

Il eut une pensée émue pour Rebecca et Joe, espérant qu'ils l'avaient oublié et qu'ils étaient heureux. Puis il remit la photo dans son portefeuille jusqu'à la prochaine fois.

Rose ne répondant pas sur son portable, il téléphona à la maison et parla à Elena qui lui dit que Rose travaillait tard, mais que William attendait sa visite le lendemain matin.

La conversation terminée, le silence plana. Et, soudain, il sut. Il contempla la mer au loin, laissant l'idée prendre forme. Il l'examina, l'étudia sous tous les angles, et décida que cela se tenait.

Cela dit, pourquoi, Rose ?

C'était la seule chose qu'il n'arrivait pas à comprendre. Mais il allait le découvrir.

11.

Le soir tombait quand Matteo arriva sur le site et gara sa voiture à côté de celle de Rose. Les bureaux paraissaient vides, les volets étaient tirés, les fenêtres verrouillées, la porte fermée à clé. Retournant à la voiture de Rose, il secoua l'aile avant pour déclencher l'alarme antivol.

Une lumière s'alluma à l'intérieur puis une porte claqua. Quand il aperçut Rose qui jetait un coup d'œil à l'extérieur, il lui fit signe.

— Qu'est-ce que vous faites ? demanda-t-elle en accourant, pointant sa télécommande pour stopper l'alarme.

— Je viens vous voir…

Il marcha vers la porte du bureau et pénétra à l'intérieur. Il la sentit derrière lui lorsqu'il traversa la grande salle obscure puis emprunta le couloir en direction du rai de lumière qui filtrait sous la porte du fond. Il l'ouvrit.

Il ne s'était pas trompé. Posé sur un socle, près d'un assortiment de couteaux à modeler et d'un gros morceau d'argile, se trouvait une représentation du crâne d'Aemilia, visiblement réalisé par une imprimante 3D à partir de scans. Rose avait déjà commencé à travailler, et des taches de glaise étaient positionnées autour du crâne pour montrer la profondeur des tissus mous qui l'avaient enveloppé.

— Alors, vous avez décidé de le faire…

— Oui. Mais je ne vais pas tarder à rentrer.

Il eut l'impression qu'elle avait pleuré. Son cœur se serra à la pensée qu'elle était restée seule ici, versant des larmes à cause d'une tâche trop dure pour elle.

— Dommage… J'aurais aimé voir comment vous faites.

Elle le regarda fixement.

— Pourquoi êtes-vous ici, Matteo ?

Il fit un pas vers elle.

— J'aimerais *vraiment* savoir pourquoi vous ne pouvez pas partager ça avec moi.

— J'ai été très occupée.

Il posa une main légère sur son bras. Elle tremblait.

— Rose, c'est dur pour vous, je le vois bien. Mais nous avons travaillé ensemble jusqu'ici… Vous ne voulez pas me laisser vous épauler un peu ?

— Je n'ai pas besoin…, commença-t-elle, essuyant une larme sur sa joue d'un air presque coupable.

— Ne me mentez pas, Rose.

— Je ne vous mens pas, protesta-t-elle, indignée. Seulement… Je me laisse submerger par mon travail et je m'épuise et… Je ne suis pas une compagnie agréable.

— La fatigue vous rend hargneuse, c'est ça ?

— Quelque chose comme ça…, dit-elle, les sourcils froncés.

— Laissez-vous aller alors. Je peux le supporter.

Elle prit une grande inspiration pour se contrôler.

— Épargnez-moi vos reparties spirituelles, Matteo.

— C'est vous qui vous moquez de moi en jouant les dures, comme si rien ne vous touchait.

Elle le foudroya du regard, mais il l'ignora, la préférant ainsi.

— Vous voudriez que je craque sous la pression, c'est ça ? Est-ce ainsi que vous aimez voir les femmes ?

— J'aime qu'elles n'aient pas peur.

— Qu'est-ce que ça veut dire ? rétorqua-t-elle avec colère.

— Que si vous voulez pleurer ou rire, allez-y. Parce que si vous ne pleurez pas vous ne pouvez pas vraiment rire non plus. Toute cette souffrance reste coincée en vous et vous empêche de vivre.

— Alors comme ça, je suis une refoulée ?

— Vous voulez vraiment le savoir ?

— Allez-y. Puisque vous semblez tout savoir de moi.

— Fort bien, dit-il avec exaspération. Vous êtes belle et brave. Mais vous manquez de cran, Rose. Vous avez peur de lâcher prise.

Un moment, il crut qu'elle allait le gifler ou le planter là. Mais elle fit une chose plus radicale qui lui coupa le sifflet.

Étouffant son hoquet de surprise, le baiser qu'elle lui donna fut comme un raz-de-marée investissant ses sens. Il y avait de la passion, de la rage et de la souffrance dans la bouche qui violentait la sienne, et il se soumit à sa volonté, le corps en feu.

Elle s'écarta, les yeux brillants. Elle savait ce qu'elle avait fait, et sans doute que les battements précipités de son cœur, sa respiration haletante, ne lui avaient pas échappé.

— Coincée, hein ?

— Je reconnais mon erreur…

— C'est tout ce que vous avez à dire ?

— Non.

Cette fois, ce fut *lui* qui l'embrassa, en la prenant dans ses bras, acceptant tout ce qu'elle offrait.

Il ne se rappelait pas avoir jamais été aussi perdu. À la fois conscient de sa propre force et conquis par la sienne. Quand enfin ils se séparèrent, le souffle court, il soutint son regard.

— Ça ne doit pas forcément se passer comme la dernière fois, Rose.

— Vous ne comprenez pas…

— Alors expliquez-moi.

Elle hésita, et il resserra son étreinte autour d'elle, prêt à rester là toute la nuit s'il le fallait.

Elle capitula.

— J'ai rencontré Alec à la fac, au bal de première année. J'avais déjà eu des petits amis, mais il a été le premier…

— Je vois.

— C'était un enfant unique, comme moi. Mes parents remplissaient notre maison d'amis, mais Alec était un solitaire. Il disait que j'étais tout ce qu'il avait, tout ce dont il avait besoin, et je trouvais ça plutôt mignon. Il était charmant.

— Et vous l'avez épousé, dit Matteo, doutant qu'*être mignon* soit une base solide pour un mariage.

— Je sais ce que vous pensez. Mais nous étions jeunes et je l'aimais. Je savais comment il était, j'ai toujours été lucide.

— Et comment était-il ?

— Eh bien… C'était un rêveur qui ne se souciait pas des détails pratiques. Mais je croyais pouvoir m'en charger et je l'ai fait jusqu'à ce qu'il soit licencié pour raisons économiques. Il a alors décidé de créer sa propre affaire, et moi, j'ai pris un emploi supplémentaire. Puis je suis tombée enceinte. J'ai cru pouvoir tout assurer, mais c'était trop pour moi.

— Ça l'aurait été pour n'importe qui… Il ne vous a pas soutenue ?

— Ce n'était pas son genre. Il détestait que je travaille tard ou que je rapporte du travail à la maison, et j'ai cessé de lui en parler. Je travaillais un peu plus car j'étais malheureuse… C'était un cercle vicieux, et tout a fini par s'effondrer.

— Mais… En quoi était-ce votre faute ?

— Le matin où je suis rentrée après avoir fait ce modelage, il était furieux et m'a dit des choses horribles… Qu'il regrettait que je sois enceinte parce que je ne pensais qu'au bébé, que je ne lui parlais plus et qu'il ne comptait plus pour moi…

Elle leva les yeux, et sa tristesse fendit le cœur de Matteo.

— Je croyais pouvoir tout assumer seule, mais je me trompais. Je me suis mariée en toute lucidité et j'ai tout gâché. Et je ne referai pas la même erreur avec William.

Comment cette femme si forte avait-elle pu être détruite par la faiblesse d'un homme ?

— Me croiriez-vous si je vous disais que vous n'y êtes pour rien ? On n'excuse pas quelqu'un de ne pas assumer ses responsabilités sous prétexte que *ce n'est pas son genre*.

— J'aimerais vous croire, Matteo.

— D'accord. Alors nous allons procéder autrement.

— Comment ça ?

— Vous allez rassembler vos affaires et venir avec moi. Vous pourrez travailler chez moi ce week-end. Amenez

William, et je jouerai au foot avec lui sur la plage. Vous ferez le plus dur en rendant justice à Aemilia par la reconstitution de son visage.

— C'est très gentil à vous de me soutenir…

— J'en ai envie, Rose. Ne me repoussez pas, s'il vous plaît.

Elle pinça les lèvres, paraissant au bord des larmes.

— Je vous ai blessé, n'est-ce pas ?

Matteo ravala son sentiment de colère impuissante.

— Ça n'a pas d'importance, Rose. Ce qui compte, c'est ce que nous allons faire maintenant. Prenons vos affaires.

Il glissa un bras autour de ses épaules et posa les lèvres sur son front. Un geste amical, mais il ne se leurrait plus. Un ami aurait laissé partir Rose, or il n'était pas question qu'il la laisse seule ce week-end.

— Je vais chercher les cartons, dit-elle.

Il l'aida à envelopper et empaqueter le matériel, puis se chargea du plus lourd. Comme elle posait son carton près de sa voiture, il la prit de court en sortant sa télécommande.

— Vous prenez Aemilia en otage ? demanda-t-elle en le regardant poser la caisse dans le coffre de son propre véhicule.

— Oui. Au cas où vous décideriez d'aller faire ça ailleurs. Car vous venez tous les deux à la maison.

Il fut soulagé de la voir sourire.

— Alors votre proposition était sérieuse ?

— Qu'est-ce qui vous fait croire qu'elle ne l'était pas ?

Si elle voulait le juger d'après le comportement de son ex-mari, elle allait être surprise.

Elle glissa son carton dans le coffre de Matteo.

— Roulez doucement, je ne veux pas de casse à l'arrivée.

Matteo ralentissait prudemment à chaque virage comme s'il transportait une cargaison précieuse, et Rose le suivait, le pied sur le frein. Il transportait bien quelque chose de précieux : ses espoirs et ses rêves brisés. Et elle voulait croire qu'il en était digne et ne les piétinerait pas.

Mais elle avait initié quelque chose qu'elle ne pouvait plus stopper. Même s'il l'avait provoquée, elle l'avait embrassé et lui avait confié ses secrets les plus intimes.

Lorsqu'elle fut garée devant chez lui, il l'entraîna à l'intérieur en portant les deux caisses.

— Vous pourrez travailler dans mon bureau.

Elle gravit les marches derrière lui dans une demi-obscurité, les yeux fixés sur sa silhouette virile. Matteo, un homme délicat et décontracté, mais aussi passionné.

Au bout du couloir, ils gravirent un escalier plus étroit. En haut, il s'immobilisa devant une porte close, et Rose le contourna pour l'ouvrir, le frôlant au passage.

Elle alluma la lumière puis regarda autour d'elle. Ils se trouvaient sous l'extension du toit, où deux longues pièces en L avaient été aménagées sur le devant et le côté de la maison. Le reste de l'espace était occupé par un jardin pavé donnant sur la mer. La seconde pièce était plongée dans l'obscurité.

— C'est votre salle de jeux ? dit-elle avec malice.

— En fait, je l'appelle mon bureau, mais salle de jeux est probablement un terme plus adapté.

Une bibliothèque chargée d'ouvrages couvrait un pan de mur. À l'extrémité, il y avait un grand canapé, avec une télévision à écran plat fixée au mur. Un ordinateur était posé sur un bureau, entouré de livres et de papiers, et dans le coin, un télescope sur un trépied pointait son œil vers les étoiles.

Tous les aspects disparates de la vie de Matteo étaient réunis ici. Dehors, une grande cuve en béton contenait une vigne qui rampait sur le mur, et des fauteuils invitaient à paresser au soleil. Dedans, il y avait tout ce dont il avait besoin pour nourrir son insatiable intelligence.

— Le dernier occupant de la maison était un artiste qui avait son atelier ici, expliqua Matteo en désignant l'autre salle. Sa femme était potière. Ils travaillaient là.

Il alla ouvrir les portes coulissantes donnant sur le jardin terrasse, et le murmure du ressac emplit la pièce. Rose sortit et offrit son visage à la caresse de la brise marine.

— C'est merveilleux. Aucune barrière entre votre travail et les choses que vous aimez.

Il haussa les épaules.

— J'ai de la chance car j'adore mon travail… La médecine m'a toujours fasciné, et j'espère qu'il en sera toujours ainsi.

Ils allèrent jusqu'à la balustrade et contemplèrent la mer sombre qui s'étendait à perte de vue.

Rose aussi adorait son travail, et l'opportunité que lui offrait Matteo ne pouvait être dédaignée.

— J'ai très envie d'accepter votre proposition… Si ça ne vous dérange pas, bien sûr.

Il sourit.

— Je vais vider mon bureau et vous pourrez déballer vos affaires pendant que je fais du café. Vous en voulez ?

— Est-ce à dire que la nuit sera longue ?

— Pas forcément. Ce sera comme vous voudrez.

— Préparez du café fort, alors.

Les heures s'écoulèrent, rythmées par le murmure des vagues et le parcours de la lune dans le ciel noir. Assis devant le bureau, ils découpèrent et placèrent les morceaux de glaise représentant les différents groupes musculaires du visage et du cou d'Aemilia.

Puis Rose s'adossa à sa chaise en réprimant un bâillement. Ils avaient beaucoup plus avancé ensemble qu'elle n'aurait cru. Les connaissances physiologiques de Matteo étaient précieuses. Le modelage ressemblait encore à un accessoire de film d'horreur un peu effrayant, mais la prochaine couche d'argile donnerait vie à Aemilia.

— Je vous raccompagne chez vous ?

— Je peux conduire, merci. À quelle heure voulez-vous passer me chercher demain matin ?

— À partir de 7 heures ? Vous avez peut-être envie de dormir un peu…

Rose doutait d'arriver à dormir dans l'état d'excitation où elle se trouvait.

— D'accord pour 7 heures, dit-elle en se levant.

12.

Il arriva à 7 heures tapantes. William l'attendait déjà derrière la porte, son slip de bain et son maillot de foot glissés dans le sac de plage de Rose, avec les serviettes et la crème solaire. Ils s'arrêtèrent en route pour acheter des viennoiseries pour le petit déjeuner, et quand Matteo eut préparé le café il fit signe à Rose de monter à l'étage en promettant à William qu'ils joueraient au foot sitôt sa mère partie.

L'atelier sous le toit était parfait pour travailler. Les portes vitrées donnaient une belle luminosité, et il y faisait frais. Rose pouvait se concentrer sans être distraite, mais aussi sortir sur la terrasse voir ce qui se passait sur la plage.

Des bruits de voix annoncèrent l'arrivée de Nannu Alberto, puis elle vit trois silhouettes longer le bord de l'eau en quête de trouvailles. William courait de l'un à l'autre, impatient d'ajouter des trésors à leur récolte, et Nannu Alberto retroussa son pantalon pour le suivre dans l'eau.

Mais c'était surtout Matteo qu'elle regardait. En jean et T-shirt, les cheveux ébouriffés, les pieds nus… Beau comme un dieu, il aurait fait le bonheur d'un sculpteur qui se serait délecté à reproduire chaque muscle, chaque flexion de son corps. Mais la plus parfaite sculpture n'aurait pu rendre justice à la grâce de ses mouvements.

Les sourcils froncés, elle se concentra sur le plaisir de William, sur ses cris de joie quand Matteo le rattrapait et le faisait tournoyer au-dessus des vagues. Mais Aemilia l'appelait aussi. Tout ce qui comptait pour elle était ici, son enfant, son travail… Et Matteo.

Vers midi, les bruits de voix passèrent de la plage à la cuisine, et la volubilité de Matteo et son grand-père monta encore d'un cran. Quand Rose descendit les rejoindre, Matteo souleva William du tabouret où il était perché pour lui permettre de courir embrasser sa mère.

— *Mama* ! cria-t-il, utilisant machinalement le mot italien.

— Alors, tu t'amuses bien ?

— Oui ! J'ai trouvé des trucs sur la plage, raconta l'enfant, courant dans le patio chercher son seau bleu rempli de coquillages, de galets et d'algues.

— Pas dans la maison, trésor, dit-elle avant de se tourner vers Nannu Alberto qui l'embrassa sur la joue.

William s'était figé, un pied dans la maison, l'autre dans la cour, et le vieil homme le poussa dehors pour lui faire faire l'inventaire de leurs trouvailles de la matinée.

— Vous faites de la pizza sicilienne ? demanda-t-elle à Matteo, avisant deux grandes pizzas sur le comptoir.

— Un peu sicilienne, un peu new-yorkaise, répondit-il en riant. Nannu trouve que c'est une hérésie et qu'on devrait me fusiller. Mais je n'ai pas de four à pizza traditionnel.

— Vraiment ? J'aurais cru que vous aviez tous les gadgets culinaires connus.

— J'ai un couteau aiguisé et une spatule, ce sont les seuls indispensables. Vous aimez les anchois ?

— Ils sont très salés ? s'enquit-elle, fronçant le nez.

D'un air faussement horrifié, il prit un bout de pain sur lequel il posa une petite lamelle d'anchois.

— Goûtez. Vous verrez que non.

Elle mordit dans le pain d'un air méfiant.

— Faites-moi confiance. Fermez les yeux…

Elle s'exécuta et, soudain, ils furent seuls. Elle entendit Matteo chuchoter : « *Chiudi gli occhi.* »

C'était tellement mieux en italien. Mais c'était peut-être juste la façon dont Matteo le disait. Elle réprima un frisson de plaisir, et se prépara au goût fort et particulier du poisson.

— Oh ! c'est… En fait, c'est très bon, reconnut-elle en prenant une autre bouchée. Différent de chez nous…

Quand elle ouvrit les paupières, Matteo la regardait.

— Et le fromage ? dit-il avec défi, coupant un copeau de la grosse tomme posée à côté de la râpe.

De nouveau, elle ferma les yeux et sentit ses doigts lui effleurer la bouche quand il y glissa le bout de fromage.

— Excellent.

— Ne regardez pas…

Un doigt glissa sur ses lèvres avec lenteur. Elle sentit l'odeur de la tomate fraîche, son goût sucré.

— Délicieux aussi.

Il était tout proche, et elle se mit à trembler à la pensée qu'il pourrait la toucher. Elle sentit ses lèvres lui frôler le front, mais si brièvement qu'elle faillit hurler de frustration.

Elle ouvrit les yeux, et leurs regards se soudèrent, chargés de désir et d'incertitude dans l'air tiède de la mi-journée. Soudain, il sourit.

— Il y a un pichet de citronnade dans le réfrigérateur, si vous en voulez.

Ils ne bougèrent pas, comme pour prolonger encore un peu ce bref instant d'intimité. Puis une voix se fit entendre dans le patio, et Matteo s'écarta.

— Maman, tu veux voir ? s'écria William, s'engouffrant dans la pièce.

— Oui, bien sûr… On prend la citronnade, et je viens voir ce que tu as trouvé.

Ils déjeunèrent dans le patio. Devant un verre du vin rouge apporté par Nannu Alberto, ils dégustèrent la meilleure pizza que Rose ait jamais mangée. Puis Matteo la renvoya à son travail pendant qu'il s'occupait de la vaisselle.

Un quart d'heure plus tard, il surgit à la porte de l'atelier avec deux tasses de café qu'il posa sur le bureau.

— Qu'en pensez-vous ? demanda-t-elle.

Elle contemplait le modelage, se familiarisant avec la forme en train d'émerger sous ses doigts.

— Impressionnant…, commenta-t-il en s'asseyant. Nannu et William font la sieste au rez-de-chaussée.

— Mon fils ressemble de plus en plus à votre grand-père !

— Effrayant, non ? Mais ça nous donne l'occasion… Vous avez trouvé la forme du cou et des épaules, murmura-t-il en examinant le modèle d'un air concentré.

— Oui. J'espérais que vous pourriez m'aider à reconstituer les groupes de muscles car je n'ai qu'une vague idée de ce qui se passe sous le menton.

— Vraiment ? dit-il avec un coup d'œil provocant qui lui valut un regard dur.

— Je suis sûre que vous avez un schéma quelque part.

— Sûrement, répondit-il en se levant pour aller vers une rangée de gros ouvrages médicaux dont il prit un exemplaire. Voilà, le squelette et les muscles.

— Parfait. Trouvez la page sur le cou, et on pourra commencer.

La journée avait été bonne. Parfaite même. Matteo se demandait ce qui se serait passé si Nannu Alberto et William n'avaient pas été là. Un autre baiser, peut-être. Ou plus ?

Il contempla la mer. Il avait eu largement l'occasion d'embrasser Rose puisqu'ils étaient restés seuls dans l'atelier presque deux heures avant qu'un tintamarre n'annonce le retour de William et Nannu Alberto de la plage.

Mais il avait des préoccupations plus importantes aujourd'hui. Comme montrer à Rose qu'elle pouvait lui faire confiance et qu'il ne lui demanderait pas de choisir entre lui et ce qui comptait pour elle. Ou tout faire pour que la petite étincelle jaillie de leur baiser les embrase pour de bon.

Il n'y avait donc pas eu de nouveau baiser et, curieusement, ils étaient encore plus proches. Ils partageaient un objectif commun et, après le départ de Nannu Alberto, Matteo avait regardé Rose travailler pendant que William somnolait sur le canapé, ce qui les avait encore rapprochés.

Mais ce moment de grâce ne durerait pas. Rose ne tenait pas plus que lui à se lancer dans une aventure risquée, et ils ne tarderaient pas à prendre du recul. Ou pas. Ils pouvaient aussi partager davantage, en veillant à garder le secret pour que personne ne souffre. Surtout pas William.

Troublé par cette pensée, Matteo crispa les doigts sur les accoudoirs de son fauteuil.

Il secoua la tête. Il allait nager un moment puis il irait se coucher car ils commençaient tôt demain matin. Rose venait finir le modelage et, cette fois, elle serait seule.

William allait à un anniversaire avec les enfants d'Elena, et Rose aurait toute la journée pour travailler. Elle ne pouvait pas emporter le buste sur le site pour le terminer sur place car ce projet était aussi celui de Matteo. Ensemble, ils l'avaient initié, ensemble, ils le finaliseraient.

Quand elle arriva chez Matteo, il l'entraîna dans la cuisine où des viennoiseries fraîches les attendaient avec la juste dose de café en grains prête à être moulue.

— J'ai hâte de voir à quoi ressemble le modèle, remarqua-t-il, préparant le café sans se presser.

— Vous l'avez vu hier soir… Il sera pareil ce matin.

— Non, répliqua-t-il en souriant. On le verra avec des yeux neufs. Comme quand on repeint une pièce et qu'on doit attendre le lendemain pour juger de l'effet.

Ils emportèrent leurs tasses dans l'atelier, et Rose enleva la housse qui protégeait le buste, retenant son souffle.

Les traits sur lesquels elle avait travaillé la veille étaient les mêmes, mais elle les voyait maintenant comme une partie d'un tout. La mâchoire était un peu trop forte, les pommettes légèrement trop hautes pour que le visage soit d'une beauté classique, mais il était fascinant. Le visage d'une personne forte, qu'on avait envie de connaître.

— Elle sourit, murmura Matteo d'un air approbateur.

— Oui, je pensais que si elle *était* aimée…

Elle s'interrompit, vaincue par l'émotion.

Matteo lui saisit la main.

— Non, Rose. S'il vous plaît…

Elle crut qu'il allait essuyer ses larmes, mais il ne bougea pas. Elle était en train de se ridiculiser et, apparemment, il voulait la regarder pleurer !

— Ça va…, soupira-t-elle avec un regard suppliant.

— Arrêtez de dire ça, Rose. Ça ne va pas du tout quand on ne s'autorise pas à éprouver des sentiments.

C'est bon. Tout est sous contrôle. Je vais bien. Les paroles qu'Alec voulait toujours entendre ne marchaient pas avec Matteo. Et en y réfléchissant, avec elle non plus.

— Alors qu'est-ce que je fais ?

— Finissez le modelage. Dites à Aemilia ce que vous voulez lui dire, face à face. Et… Je vous laisse libre de le partager avec moi, ou pas, ajouta-t-il en lui lâchant le poignet.

— Très bien. Vous allez faire du café ?

— *Si, capo…* , répondit-il malicieusement.

— *Capo* ?

— Oui, chef.

Matteo se pencha si près en posant la tasse et la soucoupe devant elle qu'elle crut qu'il allait la toucher, mais il n'en fit rien. Le souffle court, elle sentit le désir ramper dans son corps. Il chuchota « savourez » comme une caresse dans son cou qui s'attarda longtemps après qu'il fut parti.

Pouvait-elle s'autoriser à éprouver ces sentiments ? Si elle l'embrassait de nouveau, elle n'aurait plus l'excuse d'avoir cédé à l'impulsion du moment.

— Une chose à la fois, hein, Aemilia ? dit-elle en scrutant le buste d'argile.

Elle travailla durant trois heures, encouragée par les bruits étouffés qui montaient du rez-de-chaussée. À 10 heures, envisageant une pause, elle entendit se fermer la porte de la véranda.

Elle alla à la fenêtre et vit Matteo qui descendait à la plage, sa serviette à la main. Il s'arrêta au bord de l'eau.

Elle retint son souffle. Ses muscles s'étirèrent au soleil quand il passa son T-shirt par-dessus sa tête. Il semblait prendre son temps, comme s'il l'invitait à le contempler.

Tourne-toi. Tourne-toi... S'il lui faisait face, elle saurait que cette petite scène lui était destinée.

Matteo ne se retourna pas. Il entra dans l'eau et commença à nager avec de longs mouvements des bras, s'éloignant du rivage.

Gagnant le rez-de-chaussée, Rose se déchaussa et, laissant ses sandales sous la véranda, elle descendit à la plage. Le sable était tiède sous ses pieds. Elle alla s'asseoir à côté de la serviette de Matteo.

Dans un crawl impeccable, il revenait vers le rivage, et l'eau qui giclait miroitait autour de lui comme un halo.

Il émergea, le corps ruisselant. Elle eut un choc en prenant conscience que son sourire la troublait encore plus que ce spectacle plutôt agréable à regarder.

— Comment ça va ? lança-t-il, ramassant sa serviette pour se frictionner les cheveux.

— Bien. J'ai presque fini. J'avais besoin de faire un break.

— Vous voulez marcher un peu ?

— J'avais juste envie de faire trempette. Je remonterai dans un moment pour les dernières touches puis il faudra laisser sécher complètement la glaise avant d'appliquer la couleur.

Il lui tendit la main pour l'aider à se relever, et elle la prit, effrayée et rassurée à la fois. Elle pouvait lui faire confiance.

— Je pensais à une chose..., dit-elle, songeuse.

— Vous avez besoin de mon accord pour réfléchir ? Ou juste exprimer vos pensées ? demanda-t-il en donnant un coup de pied dans l'eau pour l'éclabousser.

Elle l'aspergea à son tour. Le voyant hausser les sourcils, elle éclata de rire.

— Un aspect de l'archéologie essentiel à mes yeux est de montrer que les anciens nous ressemblaient dans bien des domaines. Leurs vies différaient certes des nôtres, mais eux aussi rêvaient, eux aussi aimaient.

— Une jolie pensée.

— C'est ce que je n'aimais pas dans la première représentation. Elle était parfaite techniquement, mais on ne sentait ni la joie ni la souffrance qu'elle avait vécues.

— Je peux monter la voir ?

— Vous voulez bien attendre que j'aie fini ?

Il se mit à rire.

— Si vous désirez que je ressente quelque chose, c'est déjà le cas.

— J'ai envie de vous choquer un peu.

Il plissa les paupières.

— Pour voir si je peux le supporter ?

Ils ne parlaient plus seulement du buste. Ils se demandaient jusqu'où ils pouvaient aller, ce qu'ils pouvaient endurer.

— Oui, dit-elle, les jambes tremblantes.

— Très bien.

Il lui effleura la main du doigt. Ils étaient tout proches, mais ce n'était pas un hasard. Matteo ne laissait jamais rien au hasard. Elle leva les yeux vers lui.

— Quand vous aurez fini, nous pourrions déjeuner tôt et aller quelque part pour que vous puissiez vous dégourdir les jambes et soulager un peu vos crampes.

— Bonne idée. Où aimeriez-vous aller ?

— On pourrait passer chez vous prendre votre maillot de bain puis je vous emmènerais dans un endroit spécial.

— Une surprise ?

— Oui, dit-il. Vous pensez pouvoir gérer ?

Et voir ce qu'elle éprouverait. Ce qu'ils éprouveraient tous les deux.

— Je peux gérer.

13.

Une sensation d'inachevé planait entre eux, telle une menace prête à fondre. Le baiser avait hanté Matteo. Rose jouait avec lui, soufflant le chaud et le froid, et il adorait ça.

Elle avait encore disparu une heure et demie, puis était redescendue en annonçant que le buste était fini. Regagnant l'atelier, ils avaient contemplé en silence le visage plein de vie d'Aemilia. Une jeune femme qui avait aimé, et qu'on avait aimée.

— Je peux la laisser maintenant, déclara-t-elle en prenant la main de Matteo.

— C'est stupéfiant.

Il embrassa chacun de ses doigts, puis ils s'en allèrent, conscients d'avoir accompli leur devoir envers la jeune défunte.

Après un déjeuner rapide, ils passèrent chez Rose puis quittèrent Palerme.

— On va à l'exploitation viticole ? demanda-t-elle, croyant reconnaître la route.

— Pas loin.

— Votre oncle est au courant de notre venue ?

— Je l'ai appelé pour lui dire qu'on risquait de passer.

— Donc nous n'allons pas forcément le voir…

— Laissez tomber, Rose. Vous ne devinerez jamais.

Quand il se gara au bord d'un chemin, elle descendit de voiture, attrapa son sac de plage et regarda autour d'elle.

— Par ici, dit-il.

Derrière lui, elle franchit une petite crête rocheuse qui bordait les terres cultivées, et ils continuèrent à grimper.

Comme Rose peinait, il s'arrêta pour l'attendre, lui offrant sa main pour dévaler une petite pente glissante.

Elle se pinça le nez en grimaçant.

— Berk ! C'est pour l'odeur que vous m'avez amenée ici ?

— C'est le soufre. La plupart de ces rochers sont d'origine volcanique.

— Vous m'emmenez voir un volcan ?

Il l'entraîna au bord d'une ravine et l'entendit retenir son souffle. À leurs pieds, le grand bassin d'eau transparente leur tendait les bras comme quand il avait dix ans.

— Une source chaude ? demanda-t-elle, levant vers lui son joli visage interrogateur.

— Oui, répondit-il en souriant.

— C'est votre oncle qui l'a creusée ?

— Non. Une source chaude est un cadeau de la nature. Mon grand-père l'a nettoyée, et la famille vient une fois par an enlever la vase qui s'y accumule.

— Et on peut s'y baigner ?

— C'est l'idée…, répliqua-t-il en riant.

L'endroit était magnifique. D'un côté, une pente rocheuse plongeant dans l'eau, de l'autre, les montagnes altières en grandiose toile de fond. Rose se pencha pour tremper la main dans l'eau chaude.

Son maillot de bain à la main, Matteo lui montra une anfractuosité dans les rochers.

— Vous pouvez vous changer là-bas.

Elle se déshabilla rapidement, contente d'avoir opté pour un pratique maillot une pièce. Chaussant ses espadrilles, elle émergea des rochers et vit la tête de Matteo flotter à la surface du bassin. Elle se laissa glisser dans l'eau.

— C'est merveilleux. L'eau est vraiment chaude, comme dans une baignoire…

— Évitez d'aller là-bas, dit-il, désignant un coin où des

bulles crevaient sporadiquement la surface. Les rochers peuvent être brûlants.

— C'est bon pour la santé ? Comme un spa ?

Elle avait l'impression que l'eau légèrement gazeuse la massait, apaisant les petites douleurs de son dos.

— Bien sûr. Venez ici une fois l'an et vous vivrez cent ans.

— C'est un avis médical ?

— Ne voudriez-vous pas vivre cent ans, juste pour revenir une fois ici ? rétorqua-t-il avec malice.

Elle flottait dans l'eau chaude, avec le ciel au-dessus de sa tête et les montagnes autour d'elle. Si ce n'était pas le paradis, cela lui ressemblait beaucoup. Elle sentait son corps se détendre, ses muscles noués se relâcher.

Chaque inspiration semblait lui éclaircir l'esprit, la soulageant un peu plus du poids qui lui comprimait la poitrine depuis si longtemps.

— Je me demandais… Si je pouvais vous toucher, dit-elle, se retournant pour lui faire face. Si vous en aviez envie…

Les yeux de Matteo s'assombrirent.

— Avez-vous besoin de poser la question ?

Non. Il était évident qu'ils le voulaient tous les deux.

— Je trouvais plus poli de demander, je ne l'ai pas fait la dernière fois…

— Vous pouvez recommencer quand vous voudrez, affirma-t-il, tendant le bras pour lui caresser la joue.

— Je ne suis pas une femme pour vous, vous le savez. Je ne resterai que quelques mois, puis je rentrerai à Londres.

Il sortit un bras de l'eau pour se tenir au rocher, l'attirant à lui de l'autre.

— Vous êtes exactement celle que je veux, Rose. Nous ne pouvons pas modifier le passé, mais nous avons le présent. Et je n'ai jamais osé rêver qu'il pût être aussi merveilleux.

Leurs corps se touchèrent dans l'eau, et elle en eut le souffle coupé. Puis il s'inclina, et leurs lèvres se frôlèrent.

Elle sentit la main de Matteo glisser dans son dos.

— Un peu de froid, puis un peu de chaud…, murmura-t-il en lui embrassant le cou, l'oreille. Et vous m'appelez à vous…

— Oui…

Elle brûlait de lui appartenir, mais elle voulait que le jeu de séduction soit aussi lent et délicieux qu'il le souhaitait.

Leurs baisers étaient de plus en plus passionnés… Mais il l'entraîna vers les rochers où il se hissa et l'aida à sortir.

— Va t'habiller, ordonna-t-il en souriant.

S'habiller et rentrer à la maison. Retrouver le lit de Matteo, où ils pourraient faire ce qu'ils voudraient.

Il ne la suivit pas des yeux quand elle s'éloigna, et elle ne le regarda pas non plus. Ils regagnèrent la voiture en se tenant la main. Ils savaient exactement où ils allaient, ils n'avaient pas besoin de se presser.

Matteo se gara devant chez lui. Le moment était venu de finaliser ce qu'ils avaient commencé ou se séparer. Il ne voulait pas la quitter.

Rose non plus, apparemment. Ils s'étaient promis de ne pas faire souffrir William. Et de se résoudre aux adieux le moment venu.

Dès qu'il coupa le contact, elle lui tendit les bras, et la folie s'empara d'eux, les emportant dans un tourbillon passionné balayant toute pensée raisonnable.

Mais ils étaient un peu à l'étroit sur le siège avant de la voiture et il s'arracha à son étreinte, manquant tomber par terre. Il avait envie de la soulever dans ses bras, il l'avait déjà fait dans un passé lointain, à l'époque où il ne comparait pas toutes les femmes à Rose. Mais Rose était spéciale, et il ne tenait pas à l'emporter dans sa chambre telle une vulgaire poupée de chiffon. Il voulait qu'elle marche la tête haute.

Ce qui ne signifiait pas qu'il ne pouvait pas l'embrasser en chemin pour lui montrer combien il avait envie d'elle.

Ils parvinrent à la chambre sans que leurs bouches se soient séparées un seul instant, sans voir où ils mettaient les pieds. Matteo se cogna le tibia sur quelque chose, et sa perception de la douleur se perdit au milieu des multiples sensations qui le parcouraient.

Ils s'écroulèrent sur le lit, et Rose se retrouva à califourchon sur lui, sa jupe étalée autour d'elle, la respiration haletante.

Penchée vers lui, elle l'embrassa et glissa la main sous son T-shirt pour taquiner ses mamelons.

— Tu sais… que tout ce que tu me donnes maintenant… je te le rendrai…, dit-il, haletant, tendu sous ses caresses.

— J'y compte bien, répliqua-t-elle contre sa bouche.

Soudain, elle se redressa et agrippa l'encolure effilochée de son T-shirt d'un air décidé.

— Tu n'oserais pas… Et si c'est mon T-shirt préféré ?

— Il est rouge, tu ne vois même pas sa couleur, murmura-t-elle, le faisant taire d'un baiser. Je t'en offrirai un autre…

Il eut une sensation de vertige quand elle tira sur le tissu qui se déchira. Il s'abandonna aux exquises sensations de ses lèvres qui parcouraient son torse, descendant insensiblement vers sa ceinture.

Ses doigts le titillèrent, le touchèrent. Il gémit quand elle baissa la fermeture de son jean pour le caresser. Il la laissa le déshabiller en savourant chaque seconde.

— Tu aimes ce que tu vois ? demanda-t-il.

Ayant passé sa vie sur la plage ou dans l'eau, il n'avait aucune inhibition concernant son corps, mais il voulait l'entendre le dire.

— Beaucoup. J'en ai *envie*…

Promenant les mains sur son torse et ses hanches, elle s'inclina pour baiser son intimité palpitante. Il étouffa un gémissement et la plaqua contre lui.

Le moment était venu pour lui de reprendre le contrôle.

Il glissa les mains dans son dos pour lui dégrafer sa robe.

— Enlève-la. Et ferme les yeux.

14.

Matteo maîtrisait l'art de la caresse, et elle frissonnait de volupté sous ses mains qui parcouraient chaque parcelle de son corps.

Il chuchotait des mots qu'elle ne comprenait pas mais chargés de sensualité, et ses lèvres, sa voix, les rendaient d'un érotisme insoutenable en les traduisant en anglais. Elle sentait qu'il voulait la posséder. L'entendre crier.

Il s'allongea sur elle. Elle goûta le contact de sa peau. Huma son odeur. Il s'écarta un instant et lui mit un préservatif dans la main.

Elle le sentit s'insinuer entre ses jambes et poussa un cri de plaisir. Quand il introduisit un doigt en elle, elle se cambra dans la perspective enivrante de ce qui allait suivre.

— Ouvre les yeux.

Elle s'exécuta, entendant leurs cœurs battre à l'unisson.

Il la contemplait en souriant, le regard brûlant. Ils étaient prêts tous les deux, le corps tendu, le souffle court.

Elle voulut lui donner le préservatif, mais il secoua la tête et la fit taire d'un baiser.

— Chut… Nous n'avons même pas encore commencé…

Ils se livrèrent à un troublant badinage érotique, menant le jeu à tour de rôle.

Séchés par le soleil, les cheveux de Rose formaient un halo doré autour de son visage, et ses yeux bleus brûlaient de fièvre. Jamais il ne l'avait trouvée aussi belle.

Soudain le jeu cessa. Il lui prit le préservatif des mains.

Il sentit les jambes de Rose s'enrouler autour de ses hanches, et ils ne maîtrisèrent plus rien, pris dans le tourbillon de la passion.

— Rose… Rose…

Vague après vague, ils se laissèrent emporter par le plaisir. Matteo eut juste le temps de l'entendre murmurer son nom avant d'être happé dans le gouffre sans fond de l'extase.

Endolorie, elle étira ses muscles raidis. Ils étaient restés longtemps enlacés, l'air tiède brassé par le ventilateur du plafond caressant leur peau moite. Rose ne se rappelait pas si Matteo l'avait allumé ou s'il marchait déjà à leur arrivée.

Elle lui tapota l'épaule.

— Tu n'aurais pas des restes dans ton réfrigérateur ? demanda-t-elle, consciente qu'elle mourait de faim.

— Tu es vraiment parfaite… Tu fais l'amour et, sans transition, tu penses à manger, dit-il avec un sourire amusé en se redressant. Reste ici…

— J'y vais. Je veux voir ce que tu as.

Elle sauta du lit pour ramasser sa robe fripée.

— Prends un de mes T-shirts, si tu veux, proposa-t-il en lui montrant la commode.

Ouvrant un tiroir, elle vit des piles de T-shirts soigneusement rangés par couleur. Elle en prit un qu'elle enfila.

Elle se retourna pour planter un baiser sur les lèvres de Matteo, puis descendit au rez-de-chaussée. Dans la cuisine, elle trouva un plat de cannellonis frais et un bol de fraises qu'elle répartit sur deux petites assiettes.

Elle n'avait pas entendu Matteo approcher, mais elle sentit soudain sa chaleur contre son dos et respira son parfum. Il lui vola une fraise avant de se tourner vers le réfrigérateur pour sortir une bouteille de vin blanc.

— J'aurais pu monter tout ça, commenta-t-elle.

— Je n'aurais pas supporté une seconde de plus sans toi, répliqua-t-il, taquin et, prenant deux verres, il gagna le patio, à l'aise dans son short ample.

Comme elle hésitait à le suivre, il se retourna.

— Tu peux sortir. On n'est pas à Londres.

Effectivement. Ici, on vivait portes et fenêtres ouvertes. Elle le rejoignit sous la véranda où il profitait de la brise, assis sur le parapet de pierre. Elle posa les assiettes et s'installa à côté de lui.

— Délicieux…, dit-elle après avoir dégusté un cannelloni.

Il lui essuya le coin de la bouche en riant et, débouchant la bouteille, il versa un peu de vin dans chaque verre. Il était doux, savoureux. Comme Matteo passait un bras autour de ses épaules, elle s'appuya contre lui pour déguster son vin.

— C'est drôle…

— Quoi donc ? demanda-t-elle.

— Après ces deux heures, je me serais cru juste capable de grignoter un truc, faire un tour sur la plage et un petit somme à l'ombre…

— Que veux-tu faire d'autre ?

Il lui embrassa le sommet du crâne, et elle tourna la tête pour déposer un baiser sur ses lèvres. Elle avait de nouveau envie de lui.

— Il semble que je n'aie pas eu assez de toi…

Elle noua les bras autour de son cou.

— Moi non plus je n'ai pas eu assez de toi.

Il glissa une main entre ses jambes.

Jetant un coup d'œil hésitant derrière elle, elle regarda le store qui protégeait la véranda du soleil de l'après-midi et qui claquait paresseusement dans la brise.

— Tout va bien, assura-t-il. La grille est fermée à clé et personne ne peut entrer. On ne peut pas nous voir.

Il sortit un petit sachet de la poche de son short.

— Tu es préparé, à ce que je vois ? commenta-t-elle avec malice.

— Je pensais que plus tard, peut-être…

— Mais tu n'as pas pu attendre. Eh bien, moi non plus…

Il l'attira au bord du parapet, et elle enroula ses jambes autour de lui tandis qu'il se débarrassait prestement de son short. Comme il l'embrassait en la pressant contre lui, elle sentit son érection contre sa jambe et se mit à trembler.

— Ce n'est pas seulement… Je respecte…

— J'ai saisi, Matteo, et moi aussi, je te respecte. Mais là, honnêtement, ce n'est pas ton esprit qui m'attire.

— Je suis juste un objet sexuel pour toi ? dit-il, haletant, tandis qu'elle lui enfilait le préservatif.

— Oui. Tu y vois une objection ?

— Non…

Elle sentait son corps dur contre le sien. Tout allait si vite qu'elle n'eut pas le temps d'enlever son T-shirt avant qu'il la pénètre. Et elle n'eut plus qu'à se laisser emporter.

Ils jouirent en même temps, et leurs bouches s'unirent dans le même cri. Tout ce qui donnait du plaisir à l'un semblait procurer le même plaisir à l'autre. Chaque geste, chaque caresse.

Agrippée à lui, elle laissa s'apaiser les battements précipités de son cœur, le corps en sueur.

Il la descendit doucement du parapet.

— Finalement, être un objet sexuel n'est pas aussi terrible que je croyais, murmura-t-il, malicieux. Je craignais que tu m'enchaînes au lit et que tu investisses ma cuisine.

— Aucune chance. Tu es trop bon cuisinier. Que dirais-tu d'être un objet sexuel *et* domestique ?

— Ça marche pour moi, répliqua-t-il en riant.

Ils prirent une douche puis ils préparèrent le repas et mangèrent ensemble. Le temps filait comme du sable entre leurs doigts, et avant que Rose ait pu s'en rendre compte l'après-midi était passé, et elle enfilait sa robe froissée.

Il la raccompagna à sa voiture et lui ouvrit la portière. Elle l'embrassa une dernière fois.

— J'ai adoré cet après-midi, Rose. Je regrette que tu ne restes pas cette nuit.

— Moi aussi, affirma-t-elle en lissant le col de sa chemise. Je suis désolée, mais je dois rentrer pour William.

— Je sais. Et je comprends.

Matteo ne lui faisait jamais de reproches quand les choses ne se passaient pas tout à fait comme il voulait. Il l'acceptait.

— Pourra-t-on recommencer ?

— Je l'espère vivement, répondit-il en souriant.

Elle se gara devant la maison au moment où Elena sortait les enfants de sa voiture. L'air endormi, William eut le temps de lui dire qu'il s'était bien amusé, puis elle prit la relève et donna leur bain aux enfants avant de les mettre au lit.

En redescendant, elle trouva Elena blottie contre son mari, Cesare, sur le canapé du salon.

— Tu as fini le modelage ? demanda Elena.

— Oui, je dois encore mettre la couleur, mais l'argile doit d'abord sécher. Cet après-midi, nous sommes allés nous baigner dans une source chaude dans la montagne.

— Excellent pour le teint, commenta Elena en riant. Tu retournes là-bas chercher tes affaires ?

Elle avait dû remarquer que Rose n'avait pas rapporté le matériel de modelage. En fait, elle n'y avait même pas pensé.

— Non… J'irai chercher le buste pendant la semaine.

— Pourquoi n'y vas-tu pas maintenant ?

Il n'était que 9 heures du soir. Elle avait le temps de boire un café avec Matteo et peut-être de se promener un peu avec lui sur la plage avant de rentrer.

— Non… Tu as eu William toute la journée.

— Tu t'occupes tout le temps de mes rejetons. Et quatre enfants ou trois, c'est pareil quand ils dorment.

— Je ne sais pas… Non, vraiment.

— Si tu as des choses à faire, tu n'as pas besoin de rentrer ce soir. Reviens demain matin.

— Non, je…

— Va le rejoindre, coupa Elena, mettant un terme à la conversation en ramassant le livre qu'elle lisait.

Si elle avait cru leurrer son amie, elle s'était trompée. Elena avait tout compris.

— Si tu es sûre…

Posant les papiers qu'il étudiait, Cesare ôta ses lunettes.

— Va. Laisse le buste sécher cette nuit et apporte-le sur le site demain matin. Si on te demande, je dirai que tu travailles ce week-end.

Il chaussa ses lunettes puis retourna à ses papiers. La question était réglée pour lui.

— Merci. J'apprécie sincèrement.

En quittant la pièce, Rose crut entendre glousser Elena.

15.

Assis sous la véranda, Matteo laissait ses pensées éparses s'envoler dans la brise vespérale. Il aimait la tranquillité des soirées ici après une journée de travail. Ce soir, pourtant, il éprouvait comme une sensation de manque.

Entendant un bruit de moteur, il regarda autour de lui et vit briller les phares d'une voiture à travers les fenêtres. Il était un peu tard pour une visite, et il se demanda qui cela pouvait être. Il alla ouvrir.

Rose se tenait près de sa voiture, vêtue d'un jean et d'un T-shirt blanc, un cardigan jeté sur les épaules, semblant un peu nerveuse. Il se précipita vers elle.

— Je pensais justement à toi.

— En bien, j'espère, répondit-elle en souriant.

— C'est encore en dessous de la vérité.

Il lui prit la main qu'il porta à ses lèvres.

— Je… William est couché, Elena le garde cette nuit…

— Tu restes ?

— Ça t'ennuie ? dit-elle, les yeux brillants dans l'ombre.

— Entre, avant que je t'attrape et que je t'emporte à l'intérieur comme un vulgaire paquet.

Il l'avait aidée à emballer son matériel pour le lendemain, puis il avait rempli deux verres de vin blanc qu'ils avaient emportés sur la plage. Il faisait nuit, et Rose se blottit contre lui dans la brise tiède.

— C'est si beau ici. Et la vie est… si différente de la vie à Londres.

— J'adore vivre ici, même si l'agitation de Londres me manque parfois.

— Je pensais… Tu parles sicilien chez toi, italien et anglais… Ça me semble compliqué. Tu ne t'y perds jamais ?

Il haussa les épaules.

— Quand tu grandis dans un milieu polyglotte, tu utilises naturellement la langue que tu entends. Ma sœur est mariée à un Anglais et elle parle italien à ses enfants alors que son mari ne parle qu'anglais. Mes neveux utilisent les deux langues.

— Et dans quelle langue se parle le couple ?

— Elle prétend qu'ils emploient le langage de l'amour. Mais je crois qu'ils se disputent en italien, ajouta-t-il en riant.

— Tu penses que les Anglais ne se querellent pas ? lança-t-elle en lui assénant un coup dans les côtes.

— Grands dieux non. Surtout pas toi. Tu le fais très bien.

— Tu trouves que j'ergote, c'est ça ?

— Quand tu maîtriseras les verbes irréguliers, tu parleras couramment, répliqua-t-il malicieusement.

— William comprend bien l'italien. Je me demandais si je devais l'encourager à continuer à le pratiquer quand nous serons rentrés. Je crains que ça le perturbe. Qu'en penses-tu ?

Matteo ne répondit pas tout de suite.

— C'est toi qui connais le mieux ton fils.

Elle retrouvait la distance qu'il avait promis de garder entre William et lui. Pas seulement dans l'intérêt du petit garçon, mais aussi pour éviter de souffrir.

— Tu n'as jamais envisagé d'avoir des enfants ?

— J'ai cru en avoir… Je n'étais pas leur géniteur, mais je les aimais comme un père. Et je les ai abandonnés.

— Tu n'avais pas le choix, Matteo.

— On l'a toujours. J'ai fait le mien et je dois vivre avec.

Ensuite, il s'était imposé la punition de ne plus jamais avoir de relation durable avec une femme. Ni d'enfant, alors qu'il était fait pour être père.

Mais c'était ce qu'elle voulait aussi. Que sa relation avec Matteo n'affecte pas William. Et elle ne tenait pas non plus à s'engager dans une relation permanente, échaudée par son premier échec. Ils pensaient la même chose, même si cette idée semblait déprimante tout à coup.

Il se retourna sur le dos dans le sable, une main derrière la tête, l'autre tenant son verre. Tandis qu'il contemplait les étoiles, Rose se demanda ce qu'il pensait.

Il ne semblait pas être du genre à s'attarder sur des regrets. C'était un homme du présent, qui vivait dans l'instant.

— As-tu changé d'avis au sujet de mon rôle d'objet sexuel ? s'enquit-t-il en lui embrassant la paume de la main.

— Non, cet arrangement me convient très bien, déclara-t-elle, consciente qu'il l'invitait à le rejoindre dans le présent.

— À moi aussi. Mais tu pourrais me rendre la pareille.

Elle se mit à rire.

— Ah, tu voudrais que je sois ta minette ? Ou mieux, ta *femme fatale* ?

— L'adjectif « fatale » me gêne un peu, j'espère survivre à l'expérience.

— Qu'as-tu en tête alors ?

— Je te verrais bien te balader toute nue dans ma maison. Me laisser t'offrir des sous-vêtements hors de prix que je t'arracherais avec les dents.

— Si je suis nue, comment peux-tu m'arracher mes sous-vêtements ? Ce n'est pas logique.

— Hum… On pourrait trouver une alternative.

— Peut-être, répondit-elle en l'embrassant. J'y réfléchirai.

— En tout cas, j'aimerais que nous soyons amis. Des amis qui se parlent.

— Qui s'épaulent ?

— Exactement. Qui sont là l'un pour l'autre.

— Bonne idée, dit-elle en s'appuyant contre lui. Alors c'est entendu comme ça ?

— Je crois. Tu veux connaître mon fantasme ? Je voudrais me réveiller près de toi par un beau matin clair. Te garder dans mes bras un moment, puis te voir t'habiller. Préparer le petit déjeuner…

— Ça me plairait. Mais j'aimerais te regarder te doucher.

— Ça peut s'arranger.

— Il va falloir se coucher tôt.

— C'est ce que je pensais. On y va ?

16.

Matteo était heureux. À condition de ne pas trop penser au passé ni à l'avenir, ces six dernières semaines avaient été merveilleuses.

Il avait pris l'habitude de passer voir Rose sur le site deux soirs par semaine après le travail, et elle lui montrait les vestiges de la villa romaine. Le week-end, il l'emmenait avec William au marché, à la plage, ou faire du tourisme.

Leurs amis savaient qu'ils étaient ensemble, mais personne n'en parlait. Rose et William avaient séjourné au vignoble chez la famille de Matteo, et elle leur avait préparé un déjeuner dominical typiquement anglais qui avait ravi Nannu Alberto. Ils avaient aussi organisé un barbecue sur la plage pour les compagnons de fouilles de Rose, et un dîner pour les amis de Matteo et leur progéniture. À ces occasions, ils s'étaient à peine touchés, juste heureux d'être ensemble.

Mais une nuit par semaine et une autre le week-end, quand Rose avait raccompagné son fils chez Elena, il l'avait pour lui tout seul. Il attendait ce moment toute la journée, guettant l'instant où elle descendrait de voiture et s'avancerait vers lui. Puis, dès que la porte s'était refermée sur eux, ils se laissaient emporter par la passion.

La journée d'aujourd'hui avait encore été parfaite avec la visite de l'amphithéâtre romain, et le déjeuner et l'après-midi de détente dans l'ombre fraîche du patio. À présent, le soir tombait, et ils se promenaient pieds nus sur la plage.

— La visite de ce matin a plu à William, remarqua-t-il.

— Ça m'a étonnée. Je croyais qu'il verrait ça comme un tas de vieilles pierres…

Matteo avait donné une autre perspective à l'enfant qui, à défaut d'être historique, avait su retenir son attention.

— Mais je ne suis pas sûre qu'il ait compris ton histoire de princesse. Il n'a que quatre ans, tu sais.

— J'aurais dû lui dire que le vainqueur de la lutte gagnait une pièce d'or, et que le perdant épousait une princesse. Il ne connaît pas la valeur d'une *principessa…*, ajouta-t-il avec malice.

La dernière fois qu'il l'avait appelée ainsi, c'était après de fougueux ébats. Rose sourit à ce souvenir.

Perdus dans le même rêve, ils cheminaient en silence quand le cri perçant de William déchira la paix du soir. Rose se précipita vers son fils qui s'efforçait d'arracher quelque chose de sa jambe. Arrivé le premier, Matteo sortit de l'eau l'enfant qui se débattait en hurlant.

— N'entre pas dans l'eau et regarde où tu mets les pieds, dit-il, et Rose vit une masse rosâtre bordée de tentacules étalée sur le sable. C'est une méduse. Ne la touche pas.

Une zébrure rouge commençait à apparaître sur la jambe de William. Matteo attrapa entre le pouce et l'index le bout de tentacule qui y était fiché et le lança au loin avec dégoût.

— Je sais que ça fait mal, William. Mais ça va aller, fiston.

Les bras autour de son cou, William s'agrippait à lui en sanglotant.

Matteo arrosa la piqûre d'eau de mer pour la rincer, puis il sortit de l'eau.

— Qu'est-ce que je peux faire ? demanda Rose, paniquée, brûlant de lui arracher son fils pour le consoler.

— Tu veux bien aller chercher ma trousse de secours dans le coffre de ma voiture ?

Il se mit à courir vers la maison, et elle le suivit en trébuchant. Traversant le salon, il fonça vers l'escalier tandis qu'elle allait dans la cuisine chercher ses clés de voiture puis elle se rua dehors, ouvrit le coffre et prit la trousse médicale.

Elle rejoignit Matteo dans la salle de bains. Assis sur le bord de la baignoire, il tenait William sur ses genoux. La peau à l'endroit de la piqûre de méduse était rouge vif et enflée et l'enfant gémissait de douleur, les joues ruisselant de larmes.

Elle posa la trousse sur le sol et l'ouvrit.

— De quoi as-tu besoin ?

— Mon stéthoscope, s'il te plaît. Ne t'inquiète pas. Je veux juste l'ausculter.

Matteo était calme, mais le voir se concentrer sur les signes vitaux de William ne la rassurait pas du tout.

— Il a déjà eu des réactions allergiques à des piqûres, des morsures, des médicaments ?

— Non, rien de tel.

— Bon. Son cœur et son souffle sont normaux, et je vais examiner les ganglions lymphatiques de la jambe.

Il écarta le short de l'enfant et appuya doucement au niveau de l'aine.

La main sur la bouche, au bord des larmes, Rose l'observait. Elle savait qu'elle pouvait lui confier son fils.

— On peut lui donner un médicament ? demanda-t-elle.

— Inutile. Il va bien, mais je garde un œil sur lui. Veux-tu examiner sa jambe et t'assurer qu'il ne reste plus rien ? Prends la pince à épiler dans la trousse et mets des gants car les nématocystes restent urticants pendant un moment.

Rose s'agenouilla pour scruter soigneusement la jambe de William et, voyant qu'il restait un minuscule fragment de tentacule dans la blessure, elle le sortit avec la pince. William se débattit, mais Matteo le berça contre lui, lui promettant les plus belles récompenses, de la crème glacée au jeu vidéo. Il se comportait comme le père que William n'avait jamais eu et qu'il était déterminé à ne pas être.

— Il n'y en a plus, dit-elle, remarquant par hasard une zébrure rouge sur la jambe de Matteo. Qu'est-ce que c'est ?

— Je m'en occupe dans une minute… Aïe ! cria-t-il comme elle lui arrachait un bout de tentacule du mollet.

— Pourquoi n'as-tu rien dit, Matteo ?

Les nématocystes du tentacule lui avaient dispensé leur venin tout ce temps, mais il n'avait pensé qu'à William.

— Ça va, dit-il, grimaçant quand elle lui ôta deux autres morceaux de tentacule.

William lui posa sa petite main sur la joue.

— Ça va aller… Maman va te soulager.

Quelque chose qui ressemblait à de l'amour brilla fugitivement dans les yeux noirs de Matteo.

— Je sais. Merci, répondit-il en déposant un baiser sur son crâne. Mais on va commencer par toi, d'accord ?

— J'ai mal…

— Je sais. On va baigner ta jambe et ça ira mieux. Tu veux remplir le lavabo d'eau la plus chaude possible, Rose ? La chaleur désactivera le venin et calmera la douleur.

Quand le lavabo fut plein, il souleva William pour lui immerger la jambe dans l'eau chaude. Rose remarqua qu'il trempait aussi sa main dont le pouce et l'index étaient rouges et enflés, contaminés par le tentacule qu'il avait arraché de la jambe de l'enfant.

Elle referma la trousse puis ramassa les serviettes en papier contenant les morceaux de tentacule.

— Je peux vous laisser une minute ?

— Oui. Fais attention en jetant ça. Mets-le directement dans la poubelle, avec les gants.

Elle se pencha pour embrasser William et fut récompensée par un sourire tremblant. Descendant dans la cuisine, elle prit un tabouret haut et regagna la salle de bains pour trouver William blotti dans les bras de Matteo.

— Tu te sens mieux, mon trésor ?

William hocha la tête sans lâcher Matteo.

Elle installa le tabouret près du lavabo.

— Assieds-toi et garde les doigts dans l'eau, ordonna-t-elle.

— *Si, capo,* répliqua malicieusement Matteo en s'installant sur le tabouret avec William dans les bras.

Elle se pencha pour examiner la piqûre. Elle était enflammée et sensible mais peu enflée, et il n'y avait plus de fragments de tentacule.

— Combien de temps faut-il rester dans l'eau chaude ?

— Trente à quarante minutes.

Elle prit une serviette de toilette qu'elle glissa sous le robinet d'eau chaude de la baignoire et essora. Puis elle l'appliqua sur la piqûre que Matteo avait à la jambe.

— Ça fait du bien. Merci.

Elle les entoura de ses bras et embrassa William.

— C'est un bisou qui guérit, maman ? demanda l'enfant qui ne la vit pas déposer un baiser sur la bouche de Matteo.

— Oui, répondit Matteo avec un sourire coquin. Maman donne des bisous qui guérissent…

Matteo avait enduit de crème la jambe de William et il lui avait mis un pansement léger pour l'empêcher de se gratter, puis Rose s'était occupée de son mollet.

— Je préférerais que vous restiez tous les deux ici cette nuit au cas où il aurait une réaction, confia-t-il tandis que William somnolait sur les genoux de sa mère.

Un père n'aurait pas fait plus pour William, et Rose avait très envie que Matteo reste dans les parages.

— J'appelle Elena pour lui dire de ne pas nous attendre.

— Merci. Ça me rassurera.

Mais Matteo était agité et distrait, et quand il monta une énième fois vérifier que William dormait bien elle le suivit.

— Il va bien. Ne t'inquiète pas.

— Je regrette, Rose, dit-il en passant une main sur son visage. Je regrette tellement…

Elle l'entraîna hors de la chambre, et ils regagnèrent le rez-de-chaussée.

— Quoi, Matteo ? D'avoir été là pour William quand il avait besoin de toi ?

Avait-il pris conscience de son attachement pour l'enfant et cela le perturbait-il ? Mais il secoua la tête.

— Je n'aurais pas dû le laisser marcher seul devant nous. J'aurais dû le surveiller.

— C'est à moi de faire ça, non ?

— Je vis ici. Je connais le danger des méduses.

— Moi aussi. Et William aussi, repartit-elle en s'asseyant sur le canapé. Si quelqu'un doit se faire des reproches, c'est moi.

Il se détourna pour contempler la mer à travers les baies vitrées, les mains dans les poches. Elle s'approcha.

— Écoute, Matteo…

Il se retourna, l'air torturé.

— Je t'avais promis qu'il ne lui arriverait rien.

C'était donc ça. Matteo se reprochait d'avoir fait souffrir les enfants d'Angela et il se considérait comme responsable de ce qui était arrivé à William. Ce n'était pas logique, mais la culpabilité ne l'était pas toujours.

— Tu as fait des choix ce soir, Matteo. Tu as arraché ce bout de tentacule en sachant qu'il te piquerait les doigts et tu as soigné William sans te soucier de toi. Penses-y.

— J'ai fait ça sans réfléchir, dit-il, haussant les épaules.

— Tu aurais pu agir autrement, ce que tu n'as pas fait. C'était un choix, pensé ou pas.

— Qu'est-ce que tu veux dire ?

— Que tu ne t'es pas arrêté pour réfléchir et que tu as fait des choix qui ont évité à mon fils plus de souffrance, que tu l'as soigné, réconforté. Je suis désolée que les enfants d'Angela aient souffert, mais après t'avoir vu avec William je suis sûre que tu as fait tout ce que tu pouvais pour eux.

— J'adore te voir t'enflammer, commenta-t-il en souriant.

— Ne change pas de sujet. Il ne s'agit pas de moi.

Il la prit dans ses bras et l'étreignit passionnément.

— Et moi, je pourrais te dire que la femme que je connais n'y est pour rien si William n'a pas de père.

— Je n'ai pas envie d'en parler.

— Moi non plus. Mais je t'ai entendue.

Elle noua les bras autour de son cou.

— Maintenant que nous avons dit ce que nous avions sur le cœur, tu veux bien me tenir dans tes bras cette nuit ?

Il hésita, ne voulant pas rompre ses engagements.

— Ce n'est pas que je ne veux pas…

— Je partagerai la chambre d'amis avec William.

— D'accord. Appelle-moi si quelque chose t'inquiète.

Couchée près de son fils dans le grand lit, Rose se rendit compte que rien n'avait vraiment changé. Matteo tout comme elle savaient que leur relation devrait s'adapter ou mourir et, après avoir goûté ensemble aux joies familiales, ils avaient repris leurs distances, hantés par la peur de l'échec. Désormais, elle ne pouvait qu'espérer que leur relation évoluerait vers l'amitié car, dans le cas contraire, elle s'éteindrait vraiment.

17.

Ils fonçaient droit dans le mur. Leurs rapports passionnés laissaient supposer que rien ne pouvait se mettre en travers de leur route, mais le mur était là. Et il devait y réfléchir.

Matteo savait depuis le début que Rose repartirait à Londres et qu'elle reviendrait un jour pour son travail. Ils avaient soigneusement évité d'aborder les détails, mais il allait de soi que leurs retrouvailles seraient à la fois tendres et pimentées par la séparation. Puis que Rose repartirait de nouveau.

Mais maintenant que le jour fatidique approchait et que son départ devenait une réalité, il ne pouvait plus l'ignorer. Il ne voulait pas de retrouvailles. Pas de séparation.

Il l'emmena à la source chaude où ils se baignèrent ensemble. Les préliminaires sensuels qu'ils avaient fait durer des heures en barbotant sous le soleil parurent cette fois un peu précipités. Tout commençait à perdre sa magie.

— Tu me manqueras, Matteo.

C'était ce qu'il voulait entendre, et elle le redit ce soir-là, alors qu'ils dînaient dans le patio éclairé de lanternes qui se balançaient sous la brise.

— Toi aussi, répondit-il, buvant une gorgée de vin dans l'espoir de faire taire les voix qui protestaient dans sa tête. Rose, tu sais qu'on n'est pas obligés de faire ça…

— Mais je dois rentrer en Angleterre.

— Je sais. Mais ce n'est pas de ça que je parle, rétorqua-t-il, prenant encore un peu de vin pour se donner du courage.

Elle porta son verre à ses lèvres et demanda :

— Que veux-tu dire exactement, Matteo ?

— Que je ne veux pas que ça s'arrête là. Pas comme ça. Je ne vais pas te faire l'amour en sachant que c'est peut-être la dernière fois. Je ne peux pas.

Son beau teint de porcelaine avait blêmi.

— Mais… je reviendrai.

— Je sais. Et nous reprendrons une relation qui s'achèvera de nouveau. Je ne veux pas de ça.

— Nous avions dit pas d'attaches, Matteo. Tu ne peux pas changer les règles maintenant.

— Ce sont nos règles, nous pouvons les modifier.

— Mais… as-tu seulement un plan ?

— Non, Rose. Je n'ai pas besoin d'en avoir pour tout ce que je fais…

Soudain elle se leva et se détourna, ce qu'il ne put supporter.

— Ne fais pas ça, dit-il, bondissant pour la rejoindre devant la balustrade qui surplombait la mer. Ne t'éloigne pas de moi.

— À quoi t'attends-tu, Matteo ? demanda-t-elle en le regardant, les yeux brûlant de passion. Qu'est-ce qui arrivera si ça ne marche pas, hein ? Tu sais ce qui se passe quand un couple se sépare et que des enfants sont impliqués.

— Oui. Et je suis prêt à courir ce risque car je veux davantage. Es-tu trop effrayée pour seulement essayer ?

Un moment il crut qu'elle allait l'embrasser. Quand ils disaient ce qu'ils avaient sur le cœur, ils avaient pris l'habitude de clore la discussion par un baiser.

— Oui, affirma-t-elle. Et tu devrais l'être aussi.

Glissant la main dans sa poche, il referma les doigts sur la bague qu'il avait pensé lui offrir ce soir pour lui montrer à quel point, pour lui, leur relation était sérieuse. Il pouvait s'agenouiller devant elle et apaiser ses craintes.

Mais cela n'apaiserait pas les *siennes* propres. La peur diffuse qu'elle ait raison, et que leur histoire soit destinée à s'arrêter là. Il sortit la main de sa poche, laissant la bague où elle était.

Rose le scrutait comme pour deviner ses pensées. Soudain, elle se détourna, prit son sac et marcha vers la porte.

— Je ne te regarderai pas partir, Rose.

— Alors, tourne le dos.

— Ne sois pas stupide…

— Je ne suis *pas* stupide. Tu crois que c'est facile pour moi ? J'ai adoré chaque instant que nous avons passé ensemble…, dit-elle, fondant en larmes. Tourne-toi ! Tu penses que je peux te regarder en face et faire ça ?

Il pivota sur lui-même.

— Rose, je t'en prie…

Quand il l'entendit ouvrir la porte, son cœur se brisa. Une sensation effroyable qui lui comprimait la poitrine, l'empêchant de respirer. Rien ne serait plus jamais pareil.

Il attendit, pétrifié, longtemps après que le battant se fut refermé derrière elle. Rien ne serait vrai tant qu'il ne se serait pas retourné pour constater qu'elle était partie.

Il regagna le patio sans un regard en arrière et prit son verre qu'il remplit. Ce soir, pour une fois, le vin aiderait à atténuer un peu sa souffrance. Descendant l'escalier de pierre, il alla sur la plage et s'assit dans le sable. Il sortit la bague de sa poche, et le diamant scintilla au clair de lune.

Il l'aurait jetée dans la mer si elle n'avait pas été un héritage familial. Son grand-père la lui avait donnée pour qu'il l'offre à celle qu'il jugerait digne de partager sa vie.

Il ne savait même pas pourquoi il l'avait sortie de son écrin pour la glisser dans sa poche ce soir. Il l'avait fait sur une impulsion, refusant la séparation et espérant contre toute attente que les choses s'arrangeraient.

Mais ils ne pouvaient pas revenir en arrière. Rose ne voulait pas partir, mais il l'avait suppliée de rester, en vain. Peut-être avait-elle eu le courage de faire ce qu'il fallait, alors qu'il en était incapable.

Il but une gorgée de vin, les yeux fixés sur la mer obscure. Une étoile filante traversa le ciel, et il murmura machinalement, ses paroles se perdant dans le grondement du ressac : « *Stella, mia bella Stella, desidero che*… »

« Étoile, ma belle étoile, je souhaite… »

Mais on n'était pas la nuit de la San Lorenzo où les vœux se réalisaient à la vue d'une étoile filante.

Après tout, il avait eu exactement ce qu'il voulait avec cette aventure sans lendemain, persuadé que Rose était comme toutes les autres. La prochaine fois, il y réfléchirait à deux fois avant de formuler un souhait.

18.

— Maman…
— Oui, chéri ?
— Quand est-ce qu'on va en Sicile ?
La question que Rose redoutait tant…
— Je ne sais pas, William. J'ai du travail à faire à Londres en ce moment.
— Mais comment je vais jouer au foot ?
— Tu peux jouer avec tes copains de maternelle, non ?
— Ils sont nuls. Je veux jouer avec Matteo.
— Il est en Sicile, répliqua-t-elle, les yeux embués à cette pensée, même après six semaines. Et nous vivons à Londres.
— Il peut venir ici.
— Ses patients ont besoin de lui, mon cœur.
— Et le week-end ?
— C'est beaucoup trop loin pour venir deux jours.
— J'aime bien la Sicile, déclara William en donnant un coup de pied dans les pavés du trottoir. J'aime bien Matteo.
— Moi aussi.
Les yeux fixés sur leur porte d'entrée deux cents mètres plus loin, elle remonta son gros sac sur son épaule. La semaine avait été longue. Comme ces six semaines. Elle avait hâte de rentrer chez elle et de faire dîner William avant de le coucher pour mettre un terme à ses questions.
— Tu l'as embrassé ?
— Quoi ? s'écria-t-elle, la question piège l'arrachant à la douce perspective d'une soirée tranquille.
— L'embrasser, tu sais…, dit-il, mimant un baiser.

— Non. Pas comme ça.

William poussa un soupir.

— Si tu ne l'as pas embrassé, on ne retourne pas là-bas.

Peut-être était-il préférable d'en rester là. Ils devraient changer de vie pour rester ensemble, et si elle gâchait encore tout qu'arriverait-il ? Matteo et William souffriraient, et elle n'était pas prête à leur infliger cette douleur.

— J'ai une idée, allons quelque part demain, qu'en dis-tu ?

— Où ? demanda-t-il avec un grand sourire.

— Où aimerais-tu aller ? Au parc ? Au zoo ?

— Au zoo !

Lui lâchant la main, William courut devant et escalada la petite grille qui se balança sous son poids.

Si seulement elle pouvait oublier Matteo aussi facilement. Ses caresses, son rire. Il avait été son amant puis son meilleur ami avant de devenir son pire chagrin d'amour…

L'avion de Matteo atterrit à l'aéroport de Heathrow peu après midi. On était en juin, mais le ciel chargé de gros nuages gris n'avait rien d'estival.

C'était une des choses qu'il aimait à Londres. On ne savait jamais à quoi s'attendre. En Sicile, on pouvait rester au lit le matin, les yeux clos, sachant qu'il faisait beau. C'était un avantage quand on aimait le soleil, comme lui, mais c'était aussi prévisible. Alors qu'un jour de juin à Londres, on pouvait aussi bien avoir un vent glacial et de la grêle qu'un soleil éclatant dans un beau ciel bleu.

Cela lui convenait parfaitement. Quand on ignore à quoi s'attendre, on est prêt pour n'importe quoi. Il avait une semaine pour voir ce qui allait se passer. Il pouvait s'installer chez sa sœur et appeler de vieux amis. Ou passer tout de suite au véritable objet de sa visite.

Il sortit son téléphone et composa le numéro de Rose.

Pas de réponse. Il ne s'attendait pas à ce que ce soit facile.

Il remit son portable dans sa poche et chercha du regard la plus proche station de métro.

Il ressortit le téléphone en l'entendant bourdonner et s'arrêta net. S'excusant auprès d'une passante qui avait failli trébucher sur sa valise, il lut le texto :

Tu m'as appelée ?

Le problème avec les SMS, c'était qu'ils ne donnaient pas le ton d'un message. Ils pouvaient être accusateurs, joyeux… Il rappela Rose au lieu de se perdre en conjectures.

— Tu m'as appelée…

Le timbre était agréable, le genre de ton qu'on adoptait au téléphone avec quelqu'un qu'on connaissait à peine.

— Oui. Que dirais-tu d'un café ? Cet après-midi ?

Il éloigna l'appareil de son oreille au cas où elle hurlerait après lui, ou jetterait le téléphone par la fenêtre.

— Un *café*… ?

On aurait dit qu'elle n'avait jamais entendu ce mot-là, mais c'était mieux qu'un *non* catégorique. Peut-être l'avait-elle déjà oublié. Auquel cas, il aurait la réponse qu'il était venu chercher.

— J'ai deux ou trois choses à faire, mais je serai libre après 4 heures. Que dirais-tu de Borough Market ? On pourra y prendre un café et se balader… S'il ne pleut pas.

Il y eut un long silence.

— Borough Market… ?

— Oui, près du Pont de Londres…

— C'est un peu loin pour que je puisse y prendre un café.

— Où es-tu exactement ?

— Je travaille sur le site. En Sicile. Et toi, tu es où ?

— À l'aéroport de Heathrow.

À tout autre moment, ils auraient éclaté de rire, mais les secondes s'écoulèrent, ponctuées par les bruits diffus de l'aéroport.

Il aurait dû raccrocher, ironiser sur ce rendez-vous manqué, lui dire qu'il se rattraperait une autre fois. Sa sœur l'attendait, et elle ne serait pas ravie s'il appelait à la dernière minute pour annuler sa visite.

Mais Rose était en Sicile.

— Prenons un café ce soir, alors. À la *piazza* où nous allions, près de la plage.

Long silence.

— Où, à la *piazza* ?

— Il y a un café avec une marquise rayée rouge et blanc.

— Tu es sûr ?

— Oui. Si j'ai un vol, je t'appellerai. Vers 8 heures ?

— Non, tu es sûr que les rayures sont rouges et blanches ?

— Absolument, répondit-il, manquant s'étrangler en prenant conscience qu'elle comptait être au rendez-vous.

— À 8 heures, alors.

Rose reposa le combiné. Elle tremblait. Matteo avait paru détendu au téléphone, comme à son habitude. Certaine qu'il découvrirait qu'elle était de retour en Sicile, elle avait décidé de refuser de le voir, poliment mais fermement.

Mais dès qu'elle avait entendu sa voix ses belles résolutions avaient faibli, et elle avait joué la montre pour trouver le courage de décliner son invitation.

Elle n'en avait pas eu l'occasion. Que Matteo l'invite à boire un café était une chose. Mais qu'il soit prêt à faire douze cents kilomètres en avion et autant pour rentrer en était une autre.

Derrière son apparente nonchalance, il savait ce qu'il voulait. Et elle tenait à l'entendre de sa bouche.

Elle s'efforça de se concentrer sur son travail, mais elle s'arrêtait toutes les dix minutes pour regarder sa montre. Quand enfin il fut 6 heures, elle rassembla ses affaires, monta dans sa voiture et prit la direction de Palerme.

Au cours des dernières heures, elle avait eu le temps d'envisager tous les scénarios possibles. Il voulait lui faire des adieux définitifs, et ce serait dur, mais elle encaisserait.

Ou il voulait la ramener chez lui et lui faire l'amour pendant une semaine avant de lui dire adieu. Et c'était impensable.

Elle n'osait pas imaginer qu'il pût ne pas y avoir d'adieu. Leur relation étant impossible, Matteo avait peut-être trouvé une autre option, mais elle ne voyait pas laquelle.

En tout cas, elle ne voulait pas qu'il la voie dans le short fripé et la chemise dans laquelle elle avait transpiré toute la journée. Partie pour une semaine, elle n'avait emporté que deux robes et, la fleurie rouge et vert ne faisant pas l'affaire, elle devrait mettre la bleue.

Elle se doucha et s'habilla rapidement, prévint Elena qu'elle s'absentait deux heures, puis elle reprit sa voiture direction le centre-ville pour se garer dans une ruelle menant à la *piazza*.

Il était huit heures moins le quart, mais Matteo était déjà assis à une table en terrasse, plongé dans la lecture d'un journal anglais. Rose se figea pour le contempler. Il était trop beau pour être vrai avec son costume de lin clair et sa chemise foncée, ses cheveux ébouriffés par la brise, sa peau dorée par les derniers rayons du soleil.

Elle faillit tourner les talons, mais c'était trop tard. Il l'avait vue.

— Tu es resté assez longtemps en Angleterre pour t'acheter un journal, dit-elle, s'asseyant en face de lui.

— C'est tout ce que j'ai fait. J'ai repris le premier vol pour la Sicile, expliqua-t-il en faisant signe au serveur de leur apporter deux cafés. Merci d'être venue.

Rose inclina la tête. Les politesses semblaient déplacées. Le café aussi. Seuls comptaient les yeux noirs de Matteo.

Durant leur liaison, s'il ne voyait pas Rose pendant deux jours, Matteo savait que leurs retrouvailles n'en seraient que meilleures. Mais il ne l'avait pas vue depuis presque deux mois, et c'était différent. Aujourd'hui, une tristesse pesante ternissait leurs retrouvailles. Elle pouvait repartir à tout instant, et la torture recommencerait.

— Tu travailles encore sur le site ? demanda-t-il pour meubler le silence.

— Oui. J'étais censée revenir il y a un mois, mais… j'étais très occupée. Alors j'ai travaillé avec eux par vidéo-conférence, mais pour certaines choses il faut être sur place. Je vais rester une semaine.

— William est là ?

— Non, mes parents le gardent. J'ai pensé que ça le perturberait…

— Tu ne veux pas qu'il se fasse des amis avant de devoir repartir une nouvelle fois en Angleterre.

— En effet. Il était heureux ici et il commence juste à se réhabituer là-bas. Mais si tu veux passer la prochaine fois que tu viens en Angleterre, il sera très content de te voir.

— Merci. Je serai ravi de le voir aussi.

Elle avait pris la meilleure décision pour William, mais elle ne l'empêcherait jamais de voir Matteo. Ce faible espoir lui rendit un peu courage.

Il attendit que le serveur apporte leurs cafés et échangea quelques mots avec lui en italien. Puis Rose lui sourit. Elle était si belle quand elle souriait.

— C'est pour le café que tu es revenu ? lança-t-elle.

— Le café anglais est ignoble, mais de là à faire un tel voyage…

— Alors *pourquoi* ? demanda-t-elle en le dévisageant.

— J'ai un plan, Rose.

Elle but une gorgée de café.

— Tu es sûr que ça va ?

Il prit sa main qu'il pressa.

— Je ne tiens pas à te blesser, Rose. Si tu ne veux pas de moi, dis-le et je partirai.

— Il n'y a pas eu une minute où je n'ai pas voulu de toi, Matteo.

— Tes désirs sont importants pour moi. Car ce que je souhaite avant tout, c'est votre bonheur, à toi et William.

Elle s'empourpra.

— Dis-le-moi, Matteo. Quel est ton plan ?

— Tout projet doit reposer sur un objectif à atteindre. Et le mien, c'est que nous soyons ensemble.

— Mais… Nous avons essayé. Il y a tant de raisons…

Il posa un doigt sur ses lèvres pour lui imposer silence.

— Non, on n'a pas essayé. Notre projet était basé sur notre expérience passée. Le mien se fonde sur l'avenir, et ce que je veux en faire.

Elle eut un hoquet de surprise.

— Et tu n'as pas peur ?

Il sentit les battements de son cœur s'accélérer.

— Je suis terrifié. Mais je t'aime et je crois sincèrement que ça peut marcher. Nous avancerons lentement… Mais je serai là quand tu seras prête.

Elle lui caressa la joue.

— Je suis déjà prête. Et si tu as peur je serai là pour toi.

— J'ai peur en ce moment.

Elle prit ses deux mains dans les siennes.

— N'aie pas peur. Je t'aime aussi, Matteo.

Il brûlait de la serrer contre lui, mais il lui avait promis de ne pas précipiter les choses. Il lui sourit.

— Je me sens déjà mieux.

— Dommage. J'espérais prolonger un peu mes soins…, plaisanta-t-elle, avant de recouvrer son sérieux. Je… Je ne gâcherai pas les choses cette fois, Matteo.

— Tant pis. J'espérais qu'il y aurait une grosse pagaille, et qu'on se disputerait avant de se réconcilier, chuchota-t-il, portant ses doigts à ses lèvres pour les embrasser.

— Tu veux qu'on se réconcilie maintenant ? proposa-t-elle, les yeux brillants.

Oh oui, il voulait. Il sortit un billet qu'il glissa sous sa soucoupe et, quand Rose se leva, il la prit dans ses bras pour l'embrasser, ignorant les applaudissements qui crépitaient derrière eux. C'était si bon de retrouver son parfum, ses lèvres, son corps contre le sien.

— Je te promets que quoi qu'il arrive William ne souffrira pas, Rose. Je l'aime assez pour faire ce qu'il faut pour ça…

— Il a besoin d'un père. Si tu veux poser ta candidature pour le poste, je n'en vois pas de meilleure, dit-elle sans avoir besoin de réfléchir.

— Je t'aime, Rose, murmura-t-il d'une voix rauque d'émotion.

— Je t'aime aussi, Matteo.

Soulevant alors son précieux fardeau dans ses bras, il l'emporta et traversa la *piazza*. Ce qui avait semblé un rêve impossible quelques minutes auparavant était devenu réalité.

19.

Après deux longs mois de séparation, ils avaient fait l'amour dans l'exquise urgence de leur bonheur tout neuf. Puis, au cas où elle aurait manqué les promesses qu'il lui avait faites dans le feu de la passion, Matteo recommença. Puis ce fut au tour de Rose, et il savait qu'elle pensait chaque mot qu'elle prononçait : il était son meilleur ami, l'amant qui la comblait de bonheur, le seul et unique. Elle avait su le guérir, et il n'avait plus peur. Il serait toujours en sécurité avec elle.

— Tu crois pouvoir être heureuse avec un Sicilien ? demanda-t-il comme ils reposaient dans les bras l'un de l'autre. On peut être impétueux…

— Faire deux mille kilomètres en avion pour prendre un café est le genre d'acte impétueux qui me plaît.

— Têtus…

— J'aime les hommes qui savent ce qu'ils veulent.

— Possessifs.

— Je viens de le remarquer. Tu devrais continuer.

— *Très* possessifs.

— Et les Anglaises alors ? On les dit froides.

— J'adore ta froideur. Elle rend tes ardeurs encore plus délicieuses.

— Réservées…

— Comme à l'instant, dit-il en la serrant dans ses bras. Dors maintenant, *bellissima*.

— Seulement si tu es là à mon réveil.

— Je serai là.

Demain matin, et tous les autres matins de leur vie.

— Il faudra un peu de temps pour me trouver un remplaçant à l'hôpital.

Au matin, ils savaient que la seule chose qui comptait désormais pour eux était d'être ensemble.

— Pas si vite, répondit Rose.

En descendant prendre leur petit déjeuner, ils avaient trouvé le réfrigérateur vide, et Matteo était sorti acheter du café et des viennoiseries. À son retour, Rose paressait dans le grand hamac, un de ses T-shirts moulant son joli corps, et il s'était empressé de la rejoindre.

— Quelle est ton idée ? demanda-t-il comme elle se blottissait contre lui.

— Le Pr Paulozzi aimerait que je reste ici tout l'été. Je pourrais dire oui et aller chercher William.

— Ce qui me laisse le temps d'organiser mon déménagement à Londres.

— Oh ! Alors, tu vas t'installer à Londres ? Qu'est-ce qui se passera si je décide d'accepter le poste qu'il m'a offert ?

— Tu adores Londres, Rose, tu y es chez toi. J'y ai été chez moi aussi à une époque, et je serai heureux d'y vivre avec toi.

— Et tu adores la Sicile. Nous avons le choix entre deux endroits merveilleux. En en choisissant un, on pourra toujours passer nos vacances dans l'autre. C'est une opportunité, pas un problème.

— Je croyais que tu voulais vivre à Londres…

— Arrête d'imaginer ce que je veux. Il y a assez de sites archéologiques sur cette île pour m'occuper pendant des années, et avec le soleil et l'excellent café je serai comblée.

Elle sortit une autre viennoiserie du sac dont elle coupa un morceau qu'elle lui glissa dans la bouche.

— On trouvera une solution.

C'était vraiment un nouveau départ. Sans dissimulation. Sans non-dit.

— Oui, dit-il, sentant ses doigts le caresser. Tu es insatiable, Rose. La nuit dernière ne t'a pas suffi ?

— Non, murmura-t-elle en se hissant sur lui pour l'embrasser sur la bouche. Pourquoi, ça t'a suffi à toi ?

— Sûrement pas… Enlève juste ce T-shirt et dis-moi que tu m'aimes…

Rose savait que Matteo avait bien des façons de lui donner du plaisir, mais cette fois il se surpassa, lui prouvant son amour de mille et une manières, partageant ses fantasmes avec elle et à l'écoute des siens.

Ils passèrent le reste de la matinée dans le hamac, n'en sortant que pour préparer du café et aller se baigner. Puis ils s'habillèrent et se rendirent au vignoble familial.

Moins de dix minutes après leur arrivée, toute la famille savait qu'ils étaient ensemble. L'oncle et la tante de Matteo l'embrassèrent, Nanna Maria en fit autant, et Nannu Alberto la souleva dans ses bras en lui énumérant les défauts de Matteo pour la préparer à ce qui l'attendait.

Ils restèrent deux heures pour déjeuner tout en bavardant à l'ombre des arbres derrière la demeure familiale. Puis Matteo avait déclaré qu'ils devaient partir.

— Qu'est-ce que Nannu Alberto t'a dit ? demanda Matteo lorsqu'ils se retrouvèrent seuls.

— Ça ne te regarde pas, répondit-elle, riant de sa mine déconfite. Ça te dirait de retourner à Londres avec moi ? Tu pourras passer du temps avec ta sœur, et nous ramènerons William ici avec nous. Si ça ne te fait pas trop d'heures de vol en une semaine…

— J'ai toujours mon billet de retour pour la fin de la semaine, dit-il en souriant. Quand Andrea vous connaîtra, toi et William, elle me pardonnera.

— J'aimerais la rencontrer.

— D'accord. Mais pas demain. Demain, on cuisine. Des plats aphrodisiaques…

— Bonne idée.

Il sortit ses clés de voiture de sa poche.

— Tu veux qu'on aille à la source chaude en rentrant ?

— Avec plaisir. J'ai quelques douleurs à faire passer…

— Moi aussi. Il faudra que tu sois plus douce avec moi, ce soir, chuchota-t-il. Attends un instant, je vais chercher une bouteille de vin et deux verres à la cave…

Ils roulèrent à travers les vignes et se garèrent à proximité de la source. Prenant la main de Rose, Matteo l'emmena jusqu'au plan d'eau.

Comme le crépuscule tombait, il avait tenu à emporter des lampes-tempête qu'il posa près du bassin pour que la lumière se reflète dans la nappe liquide. Puis ils se déshabillèrent et, se glissant dans l'eau, ils se détendirent après cette journée riche en émotions.

Il la prit dans ses bras et, étroitement enlacés, ils contemplèrent les rayons du soleil couchant qui embrasaient le ciel.

— Ça ne va pas trop vite pour toi ? murmura Matteo en l'embrassant sur le front.

— Non. Et pour toi ?

— Non. Mais il y a encore une chose…

— Une dernière avant que le soleil se couche.

Il regarda le ciel qui s'assombrissait rapidement.

— J'ai intérêt à faire vite, alors.

Il sortit de l'eau pour prendre les verres dans lesquels il versa un peu de vin. Il en tendit un à Rose avant de la rejoindre dans le bassin.

Il trinqua avec elle.

— Buvons à cette journée. Et à demain.

Ils burent, les yeux dans les yeux.

— Rose, veux-tu m'épouser ?

Abasourdie, elle le fixa, incapable de parler.

— S'il est trop tôt…

— Non… Non. Et, oui, je veux bien t'épouser, Matteo.

— Tu ne veux pas qu'on en parle ? Je peux être persuasif…

— Tu n'en as pas besoin.

Puis elle se jeta dans ses bras, lâchant son verre qui oscilla sur l'eau.

— Merci, merci, sussura-t-il dans son cou pendant qu'elle le couvrait de baisers. Tu ne le regretteras pas.

— Toi non plus.

— J'ai une bague…

— Vraiment ? Où ça ?

— Tu veux la voir ? dit-il avec malice.

— Bien sûr !

Comme elle essayait de lui desserrer le poing, il résista un moment puis ouvrit la main.

Le solitaire scintillait dans sa paume. Un magnifique diamant carré serti dans un filigrane d'or. Rose en resta bouche bée.

— Elle appartenait à mon arrière-grand-mère. Son mari la lui a offerte à la naissance de Nannu Alberto qui me l'a donnée. Sa mère était très belle et tendrement aimée, et il voulait que j'en fasse cadeau à une femme digne d'elle.

— Elle est magnifique, Matteo… Et comme par hasard, tu l'avais dans ta poche ? ajouta-t-elle, taquine.

— Depuis un moment, oui. J'attendais l'instant propice.

Elle l'embrassa puis tendit sa main pour qu'il glisse la bague à son annulaire.

Puis il prit son verre posé au bord de l'eau.

— Portons un toast, *bellissima*. À maintenant et toujours.

— À maintenant et toujours, dit-elle avant de boire une gorgée.

Épilogue

Deux ans plus tard

Traînant ses valises à roulettes, Rose franchit le portillon et déboucha dans le grand hall de l'aéroport. En compagnie de William, Matteo l'attendait avec leur petite fille blottie dans ses bras.

Rose avait passé deux semaines formidables à Londres entre son travail, ses amis, et les soirées au théâtre. Mais elle était enfin rentrée chez elle.

— *Papà*, s'écria William. La voilà !

— Je la vois, dit Matteo avec un grand sourire.

Se précipitant vers eux, elle souleva William qu'elle embrassa puis elle l'étreignit en même temps que Matteo et Andrea, le beau bébé brun aux yeux noirs qui ressemblait tant à son papa.

— Avec *papà*, on a fait du *sorbetto di limoncello* pour toi, annonça William qui mélangeait allègrement l'anglais et l'italien.

Quand ils lui avaient appris qu'ils allaient se marier, il s'était jeté dans les bras de Matteo. Ils avaient échangé leurs vœux au cours d'une première cérémonie en Angleterre, puis d'une seconde en Sicile. Si Rose avait gagné un mari, William avait gagné un père.

— J'ai hâte d'y goûter, affirma-t-elle.

— Où sont tes étudiants ? demanda Matteo.

— Ils arrivent. Ils logeront à l'hôtel cette semaine…

Matteo s'étonna, habitué à voir des étudiants en archéologie camper dans leur patio.

— J'ai préféré leur laisser le champ libre pour leur permettre de faire du tourisme.

Il lui jeta un regard perplexe.

— Tu reçois deux étudiants qui préfèrent le tourisme aux fouilles, je ne saisis pas…

Dans dix minutes, Reba et son petit ami Sam seraient là, et Rose savait qu'elle avait intérêt à s'expliquer vite. Elle prit sa fille dans ses bras puis saisit la main de William.

— En réalité, Reba s'appelle Rebecca. Rebecca Walters.

Il la fixa, interdit. Elle n'ignorait pas qu'il n'avait jamais cessé d'aimer Rebecca et son frère Joe, même s'il s'était résigné à ne plus les voir. Mais à dix-huit ans Rebecca pouvait désormais faire ses propres choix.

— Je l'ai trouvée, Matteo. Elle étudie la médecine à l'université de Leicester. Je lui ai écrit en lui donnant mon adresse mail, et elle m'a répondu immédiatement. Elle se souvenait de toi et avait envie de te voir. Nous nous sommes rencontrées, et elle m'a dit qu'elle et son copain pouvaient m'accompagner en Sicile.

— Tu… Tu lui as dit ?

— Oui, répondit-elle, consciente qu'il avait toujours souffert de ne pas savoir si Rebecca et son frère s'étaient sentis abandonnés par lui. Ils savaient que tu les aimais. Leur mère a jeté toutes tes lettres, mais, le Noël qui a suivi ton départ, Reba a pu intercepter ta carte et elle l'a gardée. Elle l'a encore.

— Et elle est ici ? bredouilla-t-il, bouleversé.

— Oui.

Il sourit soudain, le choc passé.

— Je t'aime tant, Rose…, dit-il en l'entourant de ses bras.

— Moi aussi. Mais elle va arriver d'un instant à l'autre…

Les yeux de Matteo se posèrent anxieusement sur les portes battantes qui s'ouvraient et se refermaient automatiquement pour laisser passer les voyageurs. Il se pencha vers William.

— Maman a amené une amie que je n'ai pas vue depuis longtemps et je suis un peu nerveux. Tu m'accompagnes ?

L'enfant hocha gravement la tête.

— N'aie pas peur, *papà*. Je viens avec toi.

Matteo le remercia et, lui prenant la main, il embrassa Rose avant de se diriger vers les portes automatiques.

Rose se demanda s'il allait reconnaître Rebecca après tout ce temps. Mais, dès que la jeune fille rousse franchit les portes avec son ami, il s'avança. Quelques mots furent échangés, et la jeune fille se jeta au cou de Matteo. Ils s'étreignirent avec émotion.

Quand ils s'écartèrent l'un de l'autre, Rebecca se pencha en souriant pour serrer la menotte de William.

Rose poussa un soupir de soulagement.

Conscients qu'ils étaient dans le passage, Matteo poussa Reba un peu à l'écart puis il salua Sam, et le petit groupe s'avança vers Rose en bavardant joyeusement.

— Ils vont vraiment à l'hôtel ? s'enquit Matteo.

— Reba veut passer du temps avec vous, intervint Sam.

— Nous allons vous conduire à l'hôtel pour vous faire enregistrer, puis nous irons tous à la maison. Nous avons un grand hamac dans le patio si vous voulez rester ce soir, déclara Matteo avec un sourire malicieux. C'est un bon moyen d'avoir de la fraîcheur la nuit.

— D'accord, nous restons, dit Reba, tout excitée.

— Et on jouera au foot ? lança William.

— Oui, répondit-elle. Sam est très bon, alors on fera équipe.

— Eh bien, qu'est-ce qu'on attend ?

Matteo prit la valise cabine de Rose et, tous ensemble, ils se dirigèrent vers le pôle de livraison des bagages. Leur famille venait encore de s'agrandir.

Tant bien que mal, ils réussirent à caser les quatre adultes, les deux enfants et les six valises dans la voiture. Rose et

Matteo attendirent dans le hall de l'hôtel pendant que Reba et Sam montaient dans leur chambre.

— Comment se passe l'accueil des visiteurs sur le site ? demanda Rose.

Les fouilles de la villa romaine avaient mis au jour de précieuses trouvailles dont un très beau sol en mosaïque, permettant de récolter des fonds pour préserver et exposer les antiquités *in situ*.

— Les travaux ont bien avancé, ces dernières semaines, répondit Matteo. J'y suis allé hier, et c'est génial de visiter le site avec les antiquités sur place… Le modelage d'Aemilia a beaucoup de succès. Elle occupera une place de choix dans le nouveau musée.

— J'ai hâte d'y aller.

— On pourra y emmener Reba et Sam demain, si tu veux, dit Matteo en glissant un bras autour de ses épaules. Merci, mon amour. Tu sais combien c'est important pour moi.

— Pour Reba aussi. Nous avons beaucoup parlé ensemble.

— Qu'ai-je fait pour te mériter, ma Rose ?

— J'ai fait une liste, mon chéri. Rappelle-moi de te la montrer…

BLANCHE

HARLEQUIN

Une maman pour son fils, d'Emily Forbes - N°1608

Daisy n'entend pas. Mais les mots qu'elle lit sur les lèvres du Dr Ajay Patel lui vont droit au cœur. Le nouveau médecin urgentiste de l'hôpital de Bondi où elle exerce comme infirmière est doué, généreux, attentif... L'homme idéal ? Elle le croit volontiers, mais y a-t-il seulement une place pour elle dans la famille qu'Ajay forme avec son adorable petit garçon ?

L'étreinte d'un confrère, de Susan Carlisle

Pionnière de la chirurgie rénale, le Dr Lily Evans révèle un sang-froid à toute épreuve. En salle d'opération, elle maîtrise chacun de ses gestes pour sauver des vies. Aussi est-elle déconcertée par l'arrivée du Dr Maxwell James dans son hôpital. Ce confrère, nommé tout comme elle pour l'Innovation médicale de l'année, travaillera à son côté durant dix jours. Or il a le don de lui faire perdre ses moyens, et pour preuve : un an plus tôt, tous deux ont eu une liaison...

Un prince pour époux, d'Amy Ruttan - N°1609

SÉRIE : LE SECRET DES PRINCES - 1/2

Dante veut... l'épouser ? Bouleversée, Shay ne sait que lui répondre. Certes, elle est amoureuse de son collègue, et la seule nuit qu'ils ont partagée a été fabuleuse. Mais si Dante la demande en mariage c'est uniquement parce qu'elle vient de lui révéler qu'elle attendait un enfant de lui. Autrement, jamais il n'aurait voulu d'une simple infirmière comme elle pour épouse ! D'autant que, en plus d'être médecin, il est également prince...

Ce doute à surmonter, de Robin Gianna

SÉRIE : LE SECRET DES PRINCES - 2/2

Apprendre que la sublime Aubrey Henderson travaillera comme infirmière au sein de son service, après la nuit torride qu'ils ont partagée deux mois plus tôt, était bien la dernière chose à laquelle Enzo s'attendait. L'aurait-elle suivi par intérêt après avoir découvert sa véritable identité ? Le prince s'interroge. Et ses doutes grandissent encore lorsque Aubrey lui avoue qu'elle porte son bébé...

Leur mission : sauver des vies.
Leur destin : trouver l'amour.

HARLEQUIN
www.harlequin.fr

BLANCHE

Le dilemme de Tamara, de Sue MacKay - N°1610

Tamara a dû mal à y croire : elle attend un bébé ! Elle qui, aveuglée par le désir, s'est abandonnée entre les bras du Dr Conor Maguire, la voilà qui panique à l'idée de se retrouver mère célibataire. Car malgré les sentiments qu'elle éprouve pour Conor, un homme parfait sur tous les plans, elle sait qu'elle a commis une faute professionnelle en entamant une relation sentimentale avec son patron…

Passion à haut risque, de Charlotte Hawkes

Lorsqu'elle se réveille entre les bras du colonel Ash Stirling, Felicity est bouleversée. Car jamais auparavant elle n'a éprouvé une passion aussi intense pour un homme. Et la présence d'Ash à ses côtés – si séduisant et protecteur – est tellement enivrante qu'il lui serait facile de s'y habituer. Pourtant, Felicity se refuse à l'aimer, car elle ne peut prendre le risque d'être abandonnée…

HARLEQUIN

…ur mission : sauver des vies.
…ur destin : trouver l'amour.